HERANÇA DE SANGUE

HERANÇA DE SANGUE

Mark Billingham

Tradução de
MAURO PINHEIRO

2ª edição

EDITORA RECORD
RIO DE JANEIRO • SÃO PAULO
2019

CIP-BRASIL. CATALOGAÇÃO NA FONTE
SINDICATO NACIONAL DOS EDITORES DE LIVROS, RJ

Billingham, Mark, 1961-
B494h   Herança de sangue / Mark Billingham; tradução de Mauro Pinheiro. - 2ª ed. -
2ª ed.   Rio de Janeiro: Record, 2019.

    Tradução de: Bloodline
    ISBN 978-85-01-09297-7

    1. Ficção inglesa. I. Pinheiro, Mauro. II. Título.

                               CDD: 823
14-11303   CDU: 821.111-3

Título original em inglês:
BLOODLINE

Copyright © Mark Billingham Ltd 2009

Publicado originalmente na Grã-Bretanha por Little, Brown em 2009.

Texto revisado segundo o novo Acordo Ortográfico da Língua Portuguesa.

Todos os direitos reservados. Proibida a reprodução, no todo ou em parte, através de quaisquer meios. Os direitos morais do autor foram assegurados.

Direitos exclusivos de publicação em língua portuguesa somente para o Brasil adquiridos pela
EDITORA RECORD LTDA.
Rua Argentina, 171 – Rio de Janeiro, RJ – 20921-380 – Tel.: 2585-2000,
que se reserva a propriedade literária desta tradução.

Impresso no Brasil

ISBN 978-85-01-09297-7

Seja um leitor preferencial Record.
Cadastre-se e receba informações sobre nossos lançamentos e nossas promoções.

Atendimento e venda direta ao leitor:
sac@record.com.br

Para David Shelly

PRÓLOGO

Debbie e Jason

— *Vamos, meu pombinho! Vamos fazer piuí para os trens* — Debbie Mitchell puxa o filho pelo braço, mas ele resiste fazendo força para ir na direção oposta, onde está o labrador cor de chocolate que a senhora idosa luta para controlar. — *Piuíí* — faz Debbie. — *Vamos, é o seu favorito...*

Jason resiste bravamente, ele é forte quando quer. O som que faz é algo entre um resmungo e um gemido. Qualquer um acharia que ele estava sofrendo, mas Debbie o conhece muito bem.

— *Cachorro* — fala ele. — *Cachorro, cachorro!*

A senhora idosa com o labrador sorri para o menino — ela está acostumada a vê-los no parque —, depois faz a mesma cara triste de sempre, ao olhar para a mãe.

— *Coitadinho* — diz ela. — *Ele sabe que carrego uns biscoitinhos para Buzz no bolso. Ele quer dar alguns ao cão, não é?*

O cão ouve isso e se projeta com vigor na direção do menino.

— *Lamento, mas temos que ir* — responde Debbie, puxando o braço de Jason e, desta vez, é de dor que ele reclama. — *Agora...*

Ela sai andando depressa, virando-se para trás depois de alguns passos, instigando Jason a avançar.

— *Piuíí* — faz ela novamente, tentando disfarçar o medo na voz, sabendo a facilidade com que ele consegue perceber essas coisas. O *menino começa a sorrir, o cachorro é logo esquecido. Ele corre ao lado da mãe bufando à sua maneira.*

O cachorro fica latindo lá atrás, enquanto Debbie se afasta depressa. A senhora idosa — qual seu nome? Sally? Sarah? — tinha boas intenções, e em qualquer outra ocasião Debbie teria dito alguma coisa. Ela teria sorrido, escondendo sua irritação, e explicado que Jason não era o coitadinho de ninguém, que não havia no mundo criança mais feliz, mais querida.

Seu menino precioso. Faria 9 anos, já com pelos nas pernas e uma camisa GG do Arsenal. Seu menino que, com quase toda certeza, jamais será capaz de se vestir e se alimentar sozinho.

— Trem — diz Jason. Ou tenta dizer.

Ela se apressa pelo gramado, passa pelo banco onde costumam se sentar, onde tomam sorvete às vezes, quando está calor. Ao alcançarem o campo de futebol, Jason sai correndo à sua frente. Já faz alguns anos que passeiam por ali e, correndo em direção àquela fileira de árvores que margeia os trilhos, ela se intriga por não saber sequer como se chama aquele lugar; se é que tem um nome. Não é um Hampstead Heath ou Richmond Park — no verão passado, havia um exibicionista circulando por ali, e, algumas vezes, meninos da área faziam fogueiras à noite —, mas aquele era o parque deles.

Dela e de Jason.

Ela olha outra vez para trás e continua avançando. Andando, lutando contra a vontade de sair correndo, temendo que, se o fizer, alguém a verá e tentará impedi-la. Sem sinal do homem do qual está fugindo, ela aperta o passo para alcançar Jason. Ele está parado diante do gol para bater um pênalti imaginário, como de costume. Ele faz isso, mesmo que haja uma partida sendo disputada no campo, e os garotos que ali jogam estão habituados a vê-lo invadindo o espaço e agitando os braços, enquanto corre em volta do gol, como se fosse o Cristiano Ronaldo. Às vezes, eles o encorajam, e já não riem mais nem fazem cara feia. Debbie seria capaz de dar um beijo em cada um deles por isso. De vez em quando, ela lhes traz refrigerantes ou laranjas cortadas.

Ela pega a mão de Jason e aponta para a ponte, uns cem metros à frente, à esquerda.

Eles avançam rapidamente agora.

Em um dia normal, teriam vindo por outro caminho, pela entrada em frente à sua casa, o que os teria conduzido diretamente à ponte. E teriam evitado, assim, subir na cadeira de plástico e saltar sobre a cerca do jardim de sua amiga.

Mas aquele não era um dia normal.

Quando volta a olhar ao seu redor, ela vê o homem no outro lado do campo. Ele acena e ela se controla para não sujar as calças ali mesmo. Ele não conseguiria alcançá-los a tempo, pensa ela, mesmo se corresse. Ou conseguiria? O fato de ele estar andando devagar, com passos confiantes, provoca-lhe um pavor inimaginável. Não há mais nada que possa fazer. Ela havia percebido antes até de ouvi-lo ao telefone. Visto em seus olhos e na horrenda mancha vermelha sob o casaco.

O homem acena para ela novamente e começa a correr.

Na ponte, Jason para no local de costume e espera por ela, sabendo que terá sua ajuda para ver o trem quando este aparecer. Bufando e sacudindo os braços, ele parece confuso, quando ela chega ao seu lado.

Antes havia uma grade de ferro, mas aos poucos foi sendo arrancada, no mesmo tempo em que pessoas sem nada melhor para fazer começaram a cobrir cada centímetro da estrutura de tijolos com pichações.

De quem pegou quem. De quem é veado. De quem esteve ali.

Ela põe a mão no ombro de Jason e começa a escalar, ignorando a dor em seus joelhos arranhados pelos tijolos, e se equilibra com cuidado. Com a respiração ofegante, lentamente ergue uma perna de cada vez, até conseguir sentar-se. Ela não ousa olhar para baixo. Não por enquanto.

Olhando em volta para certificar-se de que ninguém está observando, ela ouve a voz do policial de verdade. Ele não está longe dali, perto da extremidade da ponte, vindo de outra direção. Sua voz soa entrecortada e áspera, quando berra seu nome, e ela tem certeza de que ele vem correndo. E continua gritando, tentando um contato visual, mas ela se vira para o outro lado.

Tarde demais, pensa ela. Demasiadamente tarde.

Ela estende o braço, ajudando Jason a subir, e é tomada por um sentimento de desamparo ao ver a excitação no sorriso dele. Ela sempre o erguia primeiro, a uma altura suficiente para que pudesse enxergar os trilhos, observar o trem no momento em que passa trovejando lá embaixo.

Agora, seria uma aventura completamente nova.

Com o esforço para erguê-lo, ela dá um grito e tenta conter as lágrimas enquanto ele se ajeita, balança as pernas e se aconchega nela. Ele sente a vibração antes da mãe e lhe transmite sua emoção por meio de berros e soluços.

Debbie sente suas vísceras se dissolverem ao olhar para a frente e ver o trem fazendo a curva ao longe. É o metrô de superfície em direção ao sul, que vem de High Barnet. Ela sabe que ele desacelerará ao se aproximar da estação de Totteridge & Whetstone. Mas estará em grande velocidade, de qualquer jeito.

Ela segura a mão do filho e a aperta. Inclina-se em sua direção e sussurra as doces palavras secretas, sabendo que — apesar da opinião de qualquer especialista — ele a entende. Ele aponta e grita à medida que o trem vai chegando mais perto e ficando mais barulhento, com aquele sorriso que a deixa arrasada.

Debbie fecha os olhos.

— Piuííí — faz Jason para o trem.

PARTE UM

UMA NOVA ANGÚSTIA

UM

— ... o feto é inviável.

A mulher deixa as palavras pairando no ar por alguns segundos, depois de entregar-lhe o rolo de papel-toalha, desligar o equipamento e então se virar para trás, dando-lhe a notícia, enquanto Louise ainda tira o excesso de gel da barriga.

Seguem, então, algumas estatísticas: porcentagens, semanas e probabilidades em cada dez casos. Alguns dados sobre como isso é comum e como é muito melhor que tenha sido descoberto agora que mais adiante.

Thorne, na verdade, não registrou quase nada.

Inviável.

Ele viu Louise fazer que sim com a cabeça, piscando mais lentamente do que costuma fazer e abotoando a calça jeans, enquanto a mulher falava por alguns minutos sobre os aspectos práticos.

— Podemos falar dos pormenores mais tarde — disse ela. — Depois de vocês refletirem um pouco.

Ela era *médica* de verdade? Thorne não tinha certeza. Talvez alguma espécie de "técnica em ultrassonografia" ou coisa parecida. Não que isso tivesse importância. Obviamente, não era a primeira vez que pronunciava aquelas palavras; não houve uma pausa ou sequer um sinal de constrangimento, e ele estava esperando algo assim. Era provavelmente melhor para todos os envolvidos agir de maneira *pragmática*, pensou ele.

Afinal de contas, ele estava acostumado a isso. O melhor é dizer apenas o que precisa ser dito e seguir em frente, especialmente em consultas marcadas uma atrás da outra, com vários casais felizes esperando lá fora.

Mas aquela frase...

Depois disso, eles se sentaram perto do bebedouro, virados para o lado oposto da área principal da sala de espera. Quatro cadeiras de plástico parafusadas umas às outras. Uma parede amarela e desenhos de crianças presos em um quadro de cortiça. Uma mesa de vime com algumas revistas e uma caixa de lenços de papel.

Thorne apertou a mão de Louise. Ela parecia pequena e fria dentro da sua. Ele a apertou novamente e Louise olhou para ele, sorriu e fungou.

— Você está bem? — perguntou ela.

Thorne assentiu com a cabeça, pensando que, em matéria de eufemismos, este era muito bom. Prosaico, e ainda assim definitivo. Provavelmente capaz de amenizar o impacto para a maioria das pessoas, o que, no fim das contas, era o objetivo.

Inviável.

Morto. Morto dentro de você.

Ficou pensando se também deveria tentar usar a mesma expressão da próxima vez que encontrasse alguém no necrotério ou batesse à porta de algum pobre coitado no meio da noite.

É o seguinte, seu marido deu de cara com um bêbado imbecil armado com uma faca. Lamento, mas seu marido... não é mais viável.

Tudo bem, isso fazia a vítima soar como um objeto, mas a imparcialidade era importante, certo? Era preciso um distanciamento. Era isso ou então mais algumas garrafas de vinho vazias na sua lata de lixo reciclável toda semana.

Amenizar o golpe, tanto para você quanto para eles.

Lamento ter que dizer isso, mas seu filho foi baleado. Ele agora está tão inválido quanto um prego empenado.

— Tom?

Thorne olhou para cima, depois de Louise cutucá-lo levemente, e viu a mulher que realizara o ultrassom vindo em sua direção. Ela era indiana, com uma mecha vermelha nos cabelos. Devia ter 30 e poucos anos, pensou Thorne. O sorriso dela era perfeito: pesaroso, mas transparecia certa animação.

— Muito bem, acho que consegui um leito para você.
— Obrigada — agradeceu Louise.
— Quando você fez sua última refeição?
— Não comi mais nada desde o café da manhã.
— Isso é ótimo. Vamos tentar realizar o D e o C imediatamente. — A mulher entregou uma folha de papel a Louise e lhe disse como chegar à enfermaria onde seria internada. Depois, olhou para Thorne. — Você poderia ir até sua casa e apanhar algumas coisas para ela, pijama, essas coisas...

Thorne concordou, enquanto a mulher explicava a Louise que ela precisaria ficar com as pernas para cima durante alguns dias. E ele continuou concordando, quando ela disse que *ambos* deviam encarar tudo com serenidade, que havia naquele papel números de telefone de pessoas com as quais poderiam conversar, se quisessem.

Ele a observou retornar para sua sala, virando-se para chamar o casal seguinte ao chegar à porta. Na outra extremidade da recepção, havia um televisor instalado no alto da parede. Um casal de meia-idade visitava uma *villa* na França, ou na Itália, e a esposa dizia como eram coloridos os azulejos.

— D e C?

Louise estava examinando as instruções em sua folha de papel.

— Dilatação e curetagem.

Thorne esperou, ainda sem entender nada. Deu a impressão de ser algo horrível.

— Raspagem — disse Louise por fim.

Uma mulher magra apareceu no corredor empurrando um carrinho com produtos de limpeza na direção deles. Parou ao lado da mesa de vime, apanhou um pano e um recipiente plástico no carrinho e o esguichou sobre uma das cadeiras vazias. Enquanto a limpava, olhou para Thorne e Louise.

— Por que você está chorando? — perguntou a mulher.

Thorne examinou-a por alguns segundos, depois se virou para Louise, que olhava para o chão, dobrando várias vezes o papel em suas mãos.

Ele sentiu um calor repentino, podia sentir os pelos arrepiando na nuca e a camada de suor entre sua mão e a de Louise. Fez um gesto com a cabeça na direção da porta, sobre a qual se lia: Sala de Ultrassonografia Pré-Natal, depois olhou para a faxineira.

— O que você acha, porra? — respondeu ele.

Thorne precisou de praticamente 15 minutos para percorrer os quase dois quilômetros do Whittington Hospital até Kentish Town, mas pelo menos o percurso lhe deu tempo para se acalmar um pouco. Até não pensar mais na respiração ofegante de Louise quando aquela faxineira falou com eles. Sua vontade naquele momento foi de enfiar aquele pano na boca da mulher.

E ela reagira como se ele estivesse sendo *grosseiro*, meu Deus do céu.

De volta ao seu apartamento, ele colocou um pouco de ração no prato de Elvis e enfiou as coisas que Louise pedira dentro de uma sacola de plástico: uma camiseta limpa, sutiã e calcinhas; uma escova de cabelos e um estojo de maquiagem. Ao sair do quarto, parou ao lado da porta e teve que se apoiar na parede por alguns segundos, antes de seguir até a sala de estar. Desabou sobre o sofá e permaneceu sentado ali por alguns instantes, olhando para o vazio, abraçando a bolsa no colo.

Fazia frio no apartamento. Ainda estavam na terceira semana de setembro e já era hora de ligar o aquecedor. Começariam as pequenas disputas novamente, com Thorne aumentando o termostato e Louise o baixando outra vez, quando achava que ele não estivesse olhando. O controle da temperatura sendo reajustado secretamente. A constante trapaça em torno do aquecedor.

Uma verdadeira comédia que Thorne adorava, apesar das brigas.

Eles andavam discutindo — com mais seriedade —, desde que Louise descobrira que estava grávida, sobre os planos para o futuro. Embora passasse a maior parte do tempo na casa de Thorne, Louise ainda tinha seu apartamento em Pimlico. Ela relutava em vendê-lo, ou pelo menos relutava em aceitar a ideia de que o venderia. Embora ambos estivessem ansiosos para morar juntos em *algum lugar*, não concordavam sobre qual dos imóveis deveria ser posto à venda, então começaram a pensar em vender *ambos os* apartamentos e comprar outro, juntos, além de talvez um outro menor também que pudessem alugar.

Thorne olhou para a lareira, tentando imaginar se tudo isso agora ficaria em compasso de espera. Se várias das coisas que foram discutidas — algumas com mais seriedade que outras — seriam discretamente colocadas na geladeira ou se tornariam assuntos que simplesmente nunca mais seriam abordados.

Mudar para um lugar um pouco mais afastado da cidade.

Casar.

Deixar o emprego.

Thorne se levantou e apanhou o telefone sobre a mesa perto da porta, e o levou de volta para o sofá.

Na maioria das vezes, essas coisas eram mencionadas em conversas hipotéticas; principalmente toda aquela história sobre casamento e sair da polícia. Só conversa fiada, nada mais, assim como as piadas sobre não querer filhos ruivos e os nomes excêntricos.

Que tal Damien?

Acho que não.

O nome dele no filme não era Thorne?

Sem o "e". E quem disse que ele vai ser um Thorne? Por que não pode ser um Porter? Por falar nisso, quem disse que vai ser menino?

Thorne apertou as teclas do telefone com firmeza. Ele tinha sido liberado por duas horas; portanto, agora precisava avisar que só voltaria no dia seguinte. Teria sido bem melhor se pudesse deixar uma mensagem, mas a ligação caiu diretamente na mesa do detetive Samir Karim, no setor de Incidentes Especiais.

— Você deve ser vidente.

— Como assim?

— O inspetor-chefe está acabando de deixar uma mensagem em sua caixa postal.

Thorne pegou o casaco e, no bolso, o celular. Ele o havia desligado no hospital e se esquecera de religá-lo. Quando a tela se iluminou e ele ouviu o som indicando a chegada de uma mensagem, o inspetor-chefe, detetive Russel Brigstocke, já estava na linha.

17

— Ligou na hora certa, parceiro. Ou na hora errada.

— O que foi?

— Temos um caso. — Brigstocke bebeu um gole de chá, ou café. — Uma coisa sinistra, pelo que ouvi.

Thorne blasfemou baixinho, mas não tão baixo assim.

— Olhe, eu ia passar esse caso para Kitson, de qualquer maneira.

— Como você disse — retorquiu Thorne. — Liguei na hora errada.

— Se quiser, ele é seu.

Thorne pensou em Louise e no que aquela mulher dissera sobre pegar leve. Yvonne Kitson era perfeitamente capaz de assumir um novo caso, e ele já tinha vários trabalhos em andamento. Mas, quando deu por si, estava de pé, procurando caneta e papel.

Elvis perambulava em torno de suas pernas, enquanto Thorne fazia algumas anotações. Brigstocke tinha razão, era um caso sinistro, mas isso não o surpreendeu. Geralmente, eram os casos mais sinistros que caíam em suas mãos.

— O marido? — perguntou Thorne. — O namorado?

— Foi o marido que achou o corpo. Ligou para nós e depois correu para a rua, berrando feito um condenado.

— *Primeiro* telefonou?

— Exato. Perdeu a cabeça *depois*, segundo dizem. Ficou esmurrando as portas, falando para todo mundo que ela estava morta, gritando alguma coisa sobre sangue e garrafas. Com certeza, um comportamento com o qual os bons cidadãos de Finchley não estão acostumados.

— O sossego de Finchley — disse Thorne.

— Isso mesmo, um bom lugar para você.

Cerca de oito quilômetros ao norte de Kentish Town. Teria que passar perto do Whittington Hospital.

— Preciso fazer uma parada rápida no caminho — disse Thorne. — Mas devo chegar lá em meia hora, mais ou menos.

— Não tem pressa. Ela não vai sair de lá.

Thorne precisou de alguns segundos para se dar conta de que Brigstocke estava falando sobre a mulher morta e não sobre Louise Porter.

— Qual é o endereço?

DOIS

Era uma rua calma, nas proximidades da High Road. Residências eduardianas com jardins bem-cuidados à frente e estacionamento lateral. Muitas, como a de número 48, haviam sido divididas em apartamentos, e esta agora estava isolada de sua vizinhança: uma lona protegia a viela lateral, policiais uniformizados se postavam em cada ponta do gramado frontal e faixas delimitavam o local do crime, oscilando ao vento acima dos canteiros de flores.

Thorne chegou pouco antes das oito, e já estava escuro havia quase uma hora. Mas a cozinha do apartamento no térreo estava iluminada, com os feixes de luz das duas lâmpadas de arco voltaico clareando cada partícula de poeira e de pó para identificação de impressões digitais, rebatendo nos trajes plásticos azuis dos técnicos de perícia e se espalhando pelo chão de linóleo. O estilo era retrô, com o padrão de tabuleiro de xadrez preto e branco estragado por algumas manchas de sangue. E pelo corpo de onde este pingara.

— Acho que já estou pronto para virá-la — disse Phil Hendricks.

No canto da cozinha, uma perita raspava a extremidade de um armário baixo. Ela estava concentrada em seu trabalho.

— Virá-la? Conte uma nova... — disse ela.

Hendricks sorriu e mostrou o dedo do meio para a mulher, depois olhou ao redor e perguntou se Thorne queria se aproximar, espremendo-se em um espaço de onde pudesse ter uma vista melhor.

Thorne duvidou que sua visão da cena fosse melhorar muito, mas avançou e se colocou entre os operadores de câmera que filmavam tudo, de frente para os dois peritos que se preparavam para dar a Hendricks a ajuda necessária, fornecendo um pouco de força à delicadeza dele.

— Certo, vamos com cuidado.

A mulher estava deitada de bruços, os braços estendidos para baixo ao lado do corpo. Sua camisa havia sido levantada ou se enrolado sozinha, mostrando manchas arroxeadas na pele, bem acima da cintura, onde a lividez cadavérica começara a aparecer, revelando que o sutiã não tinha sido removido.

— Tem algo aqui, acho — disse a perita, ao passar por ele.

Thorne desviou o olhar do corpo para a janela. Havia pratos e canecas sobre o escorredor de louças ao lado da pia. Uma luz piscava no painel da máquina de lavar, avisando que o ciclo fora concluído.

Ainda havia vestígios de normalidade.

Caso não conseguissem chegar a uma conclusão nos primeiros dias, Thorne tentaria voltar em um momento. Considerava útil passar um tempo onde a vítima tinha vivido; ainda mais quando era também o local onde ela havia morrido. Mas aguardaria até que não precisasse mais se esgueirar entre peritos agachados e transpor aquela parafernália deprimente típica de cenas de crime.

E até que o fedor passasse.

Ele se lembrou de um filme em que um policial ficava nas casas onde as pessoas haviam sido assassinadas e conversava com seus assassinos. *Foi aqui que você os matou, seu filho da puta? Era daqui que você os observava?*

E toda essa bobagem...

Para Thorne, tudo o que importava era saber algo sobre a vítima. Alguma coisa além do que haviam comido na última refeição e o peso de seus fígados no momento da morte. Algo simples e trivial geralmente já bastava. Um quadro na parede do quarto. Os biscoitos guardados no armário da cozinha ou o livro que jamais acabariam de ler.

Quanto ao que passava na cabeça do assassino, Thorne ficava satisfeito em saber apenas o suficiente para prendê-lo, e nada mais.

Agora, ele observava enquanto o que restara de Emily Walker era deslocado, e viu a mão bater na perna enquanto o corpo era erguido e virado em um movimento vagaroso e suave. Viu aquelas mechas de cabelo que não estavam meladas de sangue se desprenderem do rosto quando a deitaram de costas.

— Tudo bem, rapazes.

Hendricks trabalhava com uma boa equipe. Era exigente quanto a isso. Thorne se lembrava de um perito em especial — no tempo em que se contentavam em ser chamados oficiais de cena de crime —, removendo o corpo parcialmente em decomposição de um velho como se fosse um saco de batatas. Hendricks, então, empurrou o homem contra a parede e pressionou seu pescoço com o braço completamente tatuado. Desde então, nunca mais os dois voltaram a trabalhar juntos na mesma cena de crime.

Os operadores de câmera deram um passo à frente e se puseram ao trabalho. Quando acabaram, Hendricks ditou algumas observações preliminares em seu gravador digital.

— Quanto tempo mais, Phil? — perguntou Thorne.

Hendricks ergueu um dos braços da mulher morta, começou a dobrar os dedos de uma das mãos fechadas.

— Uma hora e meia — o forte sotaque de Manchester do médico-legista alongando a última palavra, aplainando as vogais. — Duas, no máximo.

— Certo — disse Thorne verificando o relógio.

— Você tem algum compromisso?

Thorne fez o que pôde para achar a expressão facial adequada, que fosse conspiratória e diabólica, mas não teve certeza de ter conseguido. Ele se dirigiu até o sargento Dave Holland, a fim de ver o que este já havia descoberto.

— Ela tem alguma coisa na mão — disse Hendricks.

Thorne virou-se rapidamente e se agachou para ver melhor. Com a pinça, Hendricks retirou algo de entre os dedos da vítima. Parecia um pequeno retângulo de plástico ou celuloide, escuro e não muito fino. Hendricks colocou-o num saquinho de provas e o ergueu contra a luz.

— Pedaço de um filme? — perguntou Thorne.
— Pode ser.

Eles ficaram mais alguns segundos olhando para aquilo, mas ambos sabiam que o máximo que poderiam fazer era dar palpites até que o laboratório de análises forenses emitisse um laudo. Hendricks entregou o plástico para o assistente, para que o catalogasse e etiquetasse, depois cobriu cuidadosamente as duas mãos da vítima com uma manta de polietileno e passou à parte superior do corpo.

Thorne fechou os olhos por alguns segundos, suspirando profundamente.

— Você acredita que estou aqui por livre e espontânea vontade?

Hendricks virou-se para ele. Estava ajoelhado atrás da cabeça da vítima, erguendo-a de modo a apoiá-la sobre sua perna.

— Brigstocke deixou que eu decidisse — explicou Thorne.
— Você deve estar louco.
— Eu poderia ter deixado Kitson pegar o caso.
— Mas este caso é a sua cara — disse Hendricks.
— Por quê?
— Olhe para ela, Tom.

Emily Walker era uma mulher de seus... tinha morrido com 30 e poucos anos, os cabelos eram escuros com mechas grisalhas e havia uma estrelinha tatuada em seu tornozelo. Não media mais que 1,60m, sua estatura enfatizando os quilos a mais que, a julgar pelo conteúdo da geladeira e pelo ímã na porta no qual se lia "TEM CERTEZA DE QUE ESTÁ COM FOME?", estava tentando perder. Usava um colar de contas marrons e, no pulso, um bracelete da sorte com um dado, um cadeado e dois peixinhos. Sua blusa era de brim; a saia de algodão fino, do mesmo vermelho do esmalte das unhas dos pés.

Thorne viu mais à frente a sandália que havia sido demarcada com um círculo de giz, perto da geladeira. Olhou para uma garrafa decorativa alguns metros adiante, na qual parecia haver vinagre balsâmico e, por fora, sangue e fios de cabelo grudados às ranhuras do vidro. Mais à frente, a luz da máquina de lavar ainda piscava; ele levou a mão ao rosto, os dedos percorrendo a cicatriz reta e branca em seu queixo. Ficou olhando até a luz vermelha começar a ficar fora de foco, então se virou e saiu dali, deixando Hendricks a segurar a cabeça de Emily Walker e a falar pausadamente no gravador.

— Não há nada prendendo o saco plástico que cobre a cabeça da vítima, o que sugere que o assassino o segurou no pescoço dela. Arranhões na região sugerem que ele utilizou muita força, até a vítima parar de respirar...

Holland estava de pé no terraço, na parte posterior da casa, observando meia dúzia de homens uniformizados examinando minuciosamente o canteiro de flores. Utilizavam suas lâmpadas de arco voltaico lá fora também, mas era apenas a primeira varredura e, assim que amanhecesse, mais agentes estariam de volta para procurar impressões digitais.

— Então ninguém arrombou o apartamento — disse Thorne.

— O que significa que ela o conhecia.

— Possivelmente. — Thorne sentiu o cheiro de cigarro em Holland, e por um instante teve vontade de fumar um ali mesmo. — Ou ela atendeu a porta, ele sacou uma arma, e obrigou-a a entrar de novo.

Holland concordou.

— Vamos ver se temos sorte com os vizinhos. Esta rua parece uma daquelas onde todos os moradores cuidam da vida uns dos outros.

— E o marido?

— Só estive cinco minutos com ele, antes de o levarem para um hotel aqui perto — respondeu Holland. — O cara estava arrasado, como era de se esperar.

— Ele exagerou, você não acha?

— Como assim?

— Parece que ele queria que todo mundo na rua visse o estado deplorável em que se encontrava. Depois de ligar para nós.

— Você ouviu a gravação da chamada?

— Não — Thorne deu de ombros. — É só...

— É só uma suspeita? — perguntou Holland. — Certo?

23

— É. Talvez. — Estava esfriando um pouco. Thorne enfiou as mãos no impermeável de plástico e depois nos bolsos do casaco de couro. — Seria bom se... fosse um caso simples.

— Não sei como — exclamou Holland.

Thorne tampouco o sabia, na verdade. O que sabia muito bem é a que ponto pode chegar a violência doméstica; já vira como um namorado ciumento ou um marido tirânico podem perder o juízo. Ele piscou ao ouvir o ruído do braço batendo no chão, no momento em que reviraram o corpo. As manchas vermelhas nos azulejos pretos e brancos. O caso era tudo menos simples...

— Talvez ele estivesse apenas *muito* angustiado — disse Holland. — Quantos nós já não vimos assim?

Thorne expirou. Não havia necessidade de resposta.

— Certo. Mas eu ainda não consigo entender como uma coisa dessas pode acontecer.

Holland era 15 anos mais novo que Thorne. Trabalhava ao seu lado havia sete anos, e, embora a aura de novato já houvesse ficado para trás, Thorne ainda gostava dos rompantes de alguém que não tinha sido totalmente enquadrado no trabalho. Holland já o admirara como o tipo de policial que queria se tornar, Thorne sabia disso. Sabia também que Holland não era como ele... não naquilo que importava, e que deveria ser muito grato por isso.

— Especialmente quando se trata de mulher — disse Holland. — Eu vejo os maridos, namorados e pais. Como essas coisas os afetam, e não importa se ficam histéricos, furiosos, ou paralisados como zumbis. Eu não faço a menor ideia do que se passa dentro da cabeça deles.

— Não dá nem para imaginar, Dave — disse Thorne.

Nesse momento, os dois olharam para fora, ao ouvirem uma risada no jardim, onde um dos policiais havia certamente pisado em alguma coisa. Em seguida, ele se pôs a raspar algo da sola do sapato, sobre a grama.

— E aí, onde você estava se escondendo? — quis saber Holland.

— O quê?

— Quando tudo isto aqui começou.

Thorne pigarreou.

Louise tinha reagido bem ao saber que ele assumiria aquele caso, quando parou no hospital para deixar suas coisas. Ela já estava deitada, folheando o exemplar de uma revista e tentando se desligar da conversa interminável da mulher no leito em frente. Ele lhe perguntara se tinha certeza. Ela o olhou como se ele estivesse sendo ridículo e perguntou por que não teria. Ele lhe disse que telefonasse, caso precisasse de alguma coisa, caso precisasse dele. Louise assegurou-o de que não precisava se preocupar, poderia tomar um táxi quando tudo estivesse terminado, se necessário.

— Fui à dentista — disse Thorne. — Uma hora nas mãos da higienista nazista. A mulher parece que saiu daquele filme, *Maratona da morte*.

Holland riu e imitou o torturador do filme:

— É seguro?

— Exatamente — disse e riu. — Você contou a Sophie que voltou a fumar? — perguntou Thorne.

Holland sacudiu a cabeça negativamente.

— Não. Mas o porta-luvas está cheio de pastilhas de menta extra-fortes. — Ele se inclinou e cuspiu em um ralo. — É ridículo isso, porque tenho certeza de que ela sabe. Só não quer brigar, acho.

Holland e sua namorada eram outro casal que andava falando em sair de Londres e em Holland largar a polícia. Thorne se perguntou se esse também não era um assunto que evitavam abordar a fim de não começar uma discussão. Ele sempre achou que Holland deveria permanecer onde estava, mas nunca diria isso. Se Sophie soubesse da opinião de Thorne, ela se esfolaria para fazer o contrário.

Então ele ficou calado, contente por Holland ainda estar ali.

— Primeira coisa amanhã: identificar a vítima — disse Thorne. — Depois, quero bater um papo com o marido.

— Sem problema.

— Nunca se sabe. Podemos ter sorte.

Holland soltou um grunhido e fez sinal na direção do policial que ainda estava limpando a sola do sapato com um galho, removendo a merda.

— Aquele tipo de sorte — disse Holland.

Ambos olharam para o alto, quando um avião sobrevoou em baixa altitude, as luzes piscando, iniciando a aterrissagem em Luton. Thorne o viu cruzar o céu e engoliu em seco. Oito semanas antes, ele e Louise tinham ido para a Grécia em suas primeiras férias de verdade como casal. Passaram a maior parte dos dias deitados ao lado de uma piscina, lendo livros de qualidade duvidosa e sem fazer nada de mais cultural que aprender a pedir cerveja e lulas grelhadas no bar da região. Ambos fizeram o máximo para não falar de trabalho e deram boas risadas. Certo dia, Louise acabara de passar filtro solar nos ombros de Thorne, onde a pele estava bem queimada, e disse:

— Só vou até este ponto em termos de contato íntimo não sexual, está bem? Não vou espremer cravos e *não vou* limpar sua bunda se você quebrar os dois braços.

Ela comprou um teste de gravidez na última manhã que passaram por lá. E o utilizou antes de saírem para jantar na última noite.

Thorne estava sentado no carro, quando Hendricks apareceu.

Ele havia checado o telefone e tentado ligar para ambos os apartamentos, mas Louise ainda não voltara e não havia recados. Tinha escutado um pouco de música no rádio e depois telefonado outra vez, sem sucesso. O celular de Louise estava desligado e Thorne achou que era tarde demais para telefonar para o hospital.

Hendricks deu a volta até o lado do carona e entrou. Já havia retirado a capa protetora e vestia um jeans preto e um suéter justo, por cima de uma camiseta branca.

— Pronto — disse ele.

Thorne soltou um resmungo.

— Tudo bem com você? — perguntou Hendricks.

— Desculpa? Sim, está tudo bem. — Thorne virou-se e olhou para ele, depois assentiu com a cabeça e sorriu.

Uma marca vermelha e azul era vagamente visível acima da gola, mas a maioria das tatuagens de Phil Hendricks ficava escondida. Para o imenso alívio de seus superiores, uma boa parte dos *piercings* também.

Thorne ficou agradecido por ter sido poupado dos detalhes sórdidos, mas sabia que algumas haviam sido feitas em homenagem a um novo namorado, uma para cada conquista. Já fazia um tempo que ele não aparecia com um *piercing* novo.

Sua aparência não era, para muitos, a esperada para um médico-legista, mas Hendricks era o melhor com quem Thorne já havia trabalhado; e também — apesar de muitos altos e baixos — seu amigo mais íntimo.

— Vamos tomar uma cerveja mais tarde? — perguntou Thorne.

— E Louise?

— Está tudo bem com ela.

— Não é isso. — Hendricks sorriu. — Ela vai ficar com ciúmes.

— Depois nós damos um jeito de compensar.

Na verdade, era *ele* que havia sentido ciúmes. Já estava com Louise havia quase um ano e meio; eles se conheceram quando Thorne ajudou em um caso de sequestro no qual ela estava trabalhando. Mas ela só precisara de algumas semanas para se tornar muito íntima de Phil Hendricks, o que para Thorne demorou dez anos. Houve momentos, principalmente no início, em que isso chegou a ser desconcertante; quando ele se ressentia da amizade entre eles.

Certa vez, quando os três saíram juntos à noite, Thorne ficou de mau humor e chamou Louise de "amiga de veado". Ela e Phil riram e Phil disse que aquilo era muito irônico, porque Thorne estava agindo como uma bicha velha.

— Certo. Então, vamos — disse Hendricks. Ele olhou para a casa de onde os policiais começavam a sair em grupos de dois ou três. — Mas, se não se importar, como vou ter que cuidar daquela pobre coitada de manhã cedo, só vou tomar uma.

— Pois eu vou tomar *bem* mais — disse Thorne. — Então é melhor irmos para o bar perto da minha casa. Eu te dou uma carona.

Hendricks concordou, deixou a cabeça pender para trás e fechou os olhos. Thorne desistiu de procurar uma música *country* decente e sintonizou o rádio na Magic FM. Eram quase dez da noite e estava finalizando uma hora ininterrupta de seus sucessos antigos da banda 10cc.

— Ele levou o saco — disse Hendricks.

— O quê?

— O saco que usou para sufocá-la. Ele sabia o que ia fazer. Ninguén apanha um saco qualquer na cozinha para isso. É perda de tempo. A maioria deles tem buracos, de modo a evitar que os legumes transpirem ou sei lá o quê. É preciso não ter furos, claro, e tem de ser mais resistente, para não ser cortado pelas unhas da vítima, se ela as tiver. — Hendricks tamborilava no painel no ritmo da música — Além disso, com um saco de plástico *bom* e transparente, é possível ver o rosto da vítima, enquanto a estiver sufocando. Acho que, provavelmente, isso é importante.

— Então era uma pessoa organizada.

— Alguém que chegou preparado.

— Mas ele não levou a garrafa de vinagre.

— Não, acho que isso foi improviso. A primeira coisa que achou para golpear a vítima.

— E aí, depois que ela cai, ele pega o saco.

Hendricks assentiu.

— Poderia até tê-la acertado com força suficiente para fazer o trabalho antes de conseguir sufocá-la.

— Suponho que isso é o que deveríamos esperar.

— Eu não apostaria nisso — disse Hendricks. — Se quer saber a minha opinião, a garrafa serviu somente para ele se certificar de que ela não iria se debater demais. Ele queria matá-la com o saco plástico. Como eu disse, acredito que ele quisesse observar.

— Que horror.

— Saberei se foi isso amanhã.

Os vidros do carro estavam começando a embaçar, então Thorne ligou o ar. Ouviram as notícias no rádio por alguns instantes. Nada que melhorasse o humor deles, nem novidades esportivas capazes de deixá-los mais animados. A temporada de futebol só começaria em um mês, aproximadamente, seus times estavam de férias, e os demais resultados da noite não interessavam a eles.

— Daqui a seis semanas, nós vamos acabar com vocês — disse Hendricks. Torcedor fanático do Arsenal, ele ainda se deleitava com as duas vitórias do seu time sobre os Spurs nos clássicos londrinos da temporada anterior.

— Sei...

Hendricks estava rindo e dizendo alguma coisa, mas Thorne parara de ouvir. Olhava com atenção a tela do celular, percorrendo as opções e verificando se não havia chegado uma mensagem.

— Tom?

Será que havia sinal naquela área?

— Tom? Você está bem?

Thorne guardou o telefone e se virou.

— Louise está bem? — perguntou Hendricks, pressentindo algo na expressão de Thorne. — Merda, alguma coisa com o bebê?

— O quê? Como você sabe...? — Thorne recostou bruscamente no banco e olhou bem para a frente. Ele e Louise tinham combinado de não contar a ninguém nos três primeiros meses. Uma grande amiga dela havia perdido o filho antes disso.

— Não fique aborrecido — disse Hendricks. — Fui eu que a obriguei a falar.

— Sei que foi.

— Para falar a verdade, acho que ela estava louca para contar. — Hendricks procurou um abrandamento na reação de Thorne, mas não achou nada. — Ora, vamos, para quem mais ela poderia contar?

Thorne olhou de rabo de olho para ele e disse:

— Não sei. Para a *mãe* dela?

— Acho que já contou para ela também.

— Puta merda!

— Mais ninguém, até onde sei.

Thorne se inclinou e desligou o rádio.

— Foi por isso que decidimos não contar para ninguém. No caso de acontecer algo assim.

— Merda — esbravejou Hendricks. — O que houve?

Quando Thorne acabou de contar, Hendricks começou a lhe explicar que isso em geral acontecia por determinados motivos, que era melhor acontecer agora que mais tarde. Thorne o interrompeu. E lhe disse que já ouvira tudo isso da mulher que fizera o ultrassom e que também não havia ajudado muito a confortá-los.

Thorne viu a expressão no rosto de Hendricks e se desculpou.

— Eu simplesmente não sabia o que dizer para ela, entende?

— Não há muito que se *possa* dizer.

— Acho que é preciso deixar passar um tempo.

— Diga a ela que me ligue quando tiver vontade — declarou Hendricks. — Caso ela queira falar sobre isso.

Thorne concordou.

— Ela vai querer.

— Você também. — Ele aguardou até que Thorne olhasse para ele. — Combinado?

Eles ficaram calados por alguns instantes. Ainda havia bastante movimento diante da casa — veículos passando o tempo todo. Meia dúzia de espectadores estava reunida do outro lado da rua, apesar dos grandes esforços dos policiais para mantê-los afastados.

Thorne deu uma risada e bateu com a mão no volante.

— Falei para Lou que eu ia me livrar deste carro — disse ele.

— Esta máquina preciosa? — perguntou Hendricks. — Porra, essa é uma tremenda concessão!

O BMW ano 1971 amarelo de Thorne havia sido motivo de grande diversão para seus colegas durante um bom tempo. Thorne o chamava de "clássico". Dave Holland dizia que isso era eufemismo para "velha banheira enferrujada e caindo pelas tabelas".

— Eu lhe prometi comprar algo um pouco mais prático — disse Thorne, ajeitando a gola do casaco. — Um carro mais família, sabe?

Hendricks sorriu.

— Mas você *ainda* tem que se livrar dele.

— Veremos.

Hendricks apontou para a porta da casa, de onde saía a maca rolante, sendo transportada escada abaixo.

— Vamos nessa.

Eles saíram do carro e caminharam calmamente até a traseira da van do necrotério. Hendricks conversou baixinho com um dos assistentes, marcando algo para a manhã seguinte. Thorne observou a maca sendo erguida de suas pernas sanfonadas e o saco preto contendo o corpo deslizando lentamente para dentro do veículo.

Emily Walker.

Thorne olhou em direção aos curiosos do outro lado da rua: um adolescente de boné andando e arrastando os pés; uma senhora, boquiaberta.

Inviável.

TRÊS

Louise ligou de um telefone público em Whittington pouco depois das oito horas. Thorne estava saindo naquele instante. Sentiu-se ligeiramente culpado por ter dormido tão bem, e não precisou lhe perguntar como sua noite havia sido.

Ela parecia mais zangada que transtornada.

— Ainda não fizeram o procedimento.

— *O quê?*

Thorne largou a pasta de documentos e voltou até a sala de estar, como se procurasse alguma coisa para chutar.

— Algo saiu errado na primeira vez que estava programado, e depois acharam que o fariam bem tarde ontem à noite e, assim, não havia razão para eu voltar para casa.

— Quando, então?

— A qualquer momento. — Deu para ouvir alguns gritos por perto. Ela abaixou a voz. — Só quero que acabe de uma vez.

— Eu sei — disse Thorne.

— E, fora isso, estou morrendo de fome.

— Bem, se eu disser para onde vou agora de manhã, você vai perder o apetite.

— Ah, desculpe, eu ia perguntar — disse Louise. — A coisa foi feia?

Thorne contou-lhe sobre Emily Walker. Sendo Inspetora da Divisão de Sequestro da polícia, era muito difícil algo chocar Louise Porter. Às vezes, ela e Thorne conversavam sobre mortes violentas e seus riscos, com a mesma tranquilidade com que outros casais conversam sobre um dia ruim no escritório. Mas havia certos aspectos do trabalho deles que nenhum dos dois queria levar para casa, e, embora houvesse sempre lugar para o humor negro nas histórias mais horrendas, eles tendiam a poupar um ao outro dos detalhes mais repugnantes.

Mas Thorne não se conteve.

Quando ele acabou, Louise disse:

— Eu sei o que você está fazendo. E isso realmente não é necessário.

— O que não é necessário? — perguntou Thorne.

— Você me lembrar de que há pessoas em situações piores que a minha.

Duas horas mais tarde, do modo menos intrusivo possível, Thorne tirou o celular do bolso e verificou se estava no modo silencioso.

— Acho que estamos prontos.

Havia momentos em que ninguém gostava de ouvir celular tocando.

O assistente do necrotério removeu o lençol e convidou o marido de Emily Walker a se aproximar.

— O senhor é capaz de identificar o corpo como sendo o de sua esposa, Emily Anne Walker?

O homem assentiu uma vez e se virou.

— Pode responder, por favor?

— Sim, é a minha esposa.

— Obrigado.

O homem já estava à porta da sala, esperando que a abrissem para poder sair. Era costume, após a identificação formal, convidar os parentes mais próximos — se assim o desejassem — a ficar algum tempo com seu ente querido, mas Thorne pressentiu que isso era dispensável naquele caso. A asfixia podia causar tanto dano a um rosto quanto um objeto pontiagudo. Ele não podia julgar George Walker por preferir se recordar da esposa como ela era enquanto viva. Presumindo-se, é evidente, que não tivesse sido ele o responsável pela sua morte.

Thorne observou Walker saindo pelo corredor com dois policiais uniformizados — um homem e uma mulher. Viu seus ombros caídos, o braço da policial lhe dando apoio, e lembrou-se de algo que Holland dissera na véspera: *Eu não faço a menor ideia do que se passa dentro da cabeça deles...*

No mesmo instante, Dave Holland apareceu por ali, com uma expressão surpreendentemente alegre no rosto para alguém que vai assistir a uma autópsia. Ele alcançou Thorne no momento exato em que Walker virava-se para a escada e se dirigia lentamente para a rua.

— Sei que você quer falar com ele — disse Holland. — Mas podemos deixar isso para outra hora, não acha?

— Não sei, você acha?

— Ele ainda está muito transtornado. Acho que realmente devíamos lhe dar algum tempo com a família.

Era em momentos assim que Thorne desejava ter a capacidade de erguer a sobrancelha, como Roger Moore. Era preciso optar pelo sarcasmo.

— Sou todo ouvidos, *sargento*.

Holland achou graça.

— Conseguimos algumas pistas, falando com a vizinhança.

— E então?

— Um cara do outro lado da rua afirma ter visto alguém saindo de lá cerca de uma hora antes de o marido de Emily chegar em casa.

— E ele tem certeza de que não era o marido de Emily?

— Absoluta. Ele conhece George Walker de vista. O cara que ele viu era bem menos corpulento, segundo ele. Cabelo de cor diferente também.

— Pediu que ele nos ajudasse a preparar um retrato falado no computador?

Holland fez que sim com a cabeça.

— Isso ajuda a tirar o marido de apuros, é o que você está pensando?

— Não exatamente — respondeu Thorne. — Mas é um ponto importante. Falaremos com ele amanhã.

35

Uma porta foi parcialmente aberta no corredor e um rosto familiar de cabeça raspada apareceu.

— Quando estiverem prontos — disse Hendricks.

Thorne assentiu e afrouxou a gravata que tinha colocado de manhã especialmente para a ocasião.

Holland já não parecia tão animado enquanto se dirigiam até a porta.

Outros lugares semelhantes tinham uma disposição diferente, mas no necrotério de Finchley um corredor estreito se estendia entre as salas de identificação e a sala de autópsia, de forma que os corpos podiam ser discreta e rapidamente removidos de um lugar para o outro. Saindo de um ambiente com móveis leves e cores agradáveis para outro de paredes ladrilhadas com mobiliário de aço inoxidável, onde não havia nada agradável ao olhar.

Ainda que seus ocupantes não se importassem muito com isso.

Hendricks e Holland conversaram rapidamente, pois na noite anterior não haviam tido tempo para isso. Hendricks perguntou sobre a filha de Holland, Chloe, sobre quem ele parecia saber mais que Thorne, que achou isso bem deprimente. Ele não tinha exatamente ficado torcendo para que Holland e a namorada o escolhessem como padrinho, mas, antes, enviava cartões e presentes no aniversário dela e no Natal.

Thorne ouviu os dois tagarelando — Holland dizendo para Hendricks que sua filha estava crescendo rápido, não tinha nem 4 anos, e Hendricks falando como era incrível aquela fase, enquanto ele arrumava as tesouras e outros instrumentos —, e isso o aborreceu. Estava ainda tentando se lembrar da data do aniversário da menina, quando Hendricks começou a tirar as roupas de Emily Walker.

Meados de setembro?

Enquanto Hendricks trabalhava, ele ia relatando suas descobertas a um microfone que pendia do teto. Holland tomava notas. Esse resumo seria tudo o que a investigação teria por base até que o relatório final chegasse, mas frequentemente era mais do que o suficiente para policiais como Tom Thorne, até que, e se, um legista como Phil Hendricks tivesse a oportunidade de se aprofundar em detalhes durante o julgamento.

A ciência e o latim...

— Laceração grave na parte posterior da cabeça, porém sem fratura no crânio nem sinais de ferimentos cerebrais significativos.

Quando Thorne não precisava se concentrar, quando apenas tinha de observar procedimentos médicos aos quais já assistira demasiadas vezes antes, ele fazia o possível para se distrair, isolando-se dos sons. Há muito ele se acostumara ao cheiro — um odor de carne enjoativamente adocicado —, mas os barulhos sempre o deixavam nervoso.

— Tireoide danificada, assim como as cartilagens cricoides... importantes hemorragias puntiformes, petéquias... sangue coagulado ao redor da boca da vítima.

Então Thorne começava a cantar em sua mente. Hank Williams, Johnny Cash, Willie Nelson, o que lhe viesse à cabeça. Apenas um ou dois trechos para apagar o ruído da serra nos ossos e o estalo do talhador de costelas. Assim como o gorgolejo das vias respiratórias e a sucção provocada pela remoção do coração e dos pulmões, como se fossem um único órgão gotejante.

Naquele dia, foi a vez de Ray Price: "My shoes are going back to you."

— Nenhum indício de gravidez... não há sinal de aborto recente... Morta por asfixia mecânica.

Existem pessoas em situações piores que a minha.

Já no fim, depois de os órgãos terem sido pesados e os fluidos recolhidos, Thorne perguntou sobre a hora da morte. Quando se tratava de descobrir o principal suspeito, com frequência esse era o fator mais importante.

— No fim da tarde — disse Hendricks. — É o máximo que posso dizer.

— Antes das cinco? — perguntou Holland.

— Mais provavelmente entre três e quatro, porém não tenho como ter certeza por enquanto.

— Isso se encaixa. — Holland anotou alguma coisa. — O marido afirma ter chegado em casa um pouco depois das cinco.

— Ele não é suspeito, então?

— *Todos* são suspeitos — disse Thorne.

— Certo.

Thorne viu a expressão no rosto de Hendricks, e no de Holland, quando este desviou o olhar de seu caderno de notas.

— Desculpa...

Ele estava olhando para as bandejas de aço inoxidável onde agora se encontravam os principais órgãos de Emily Walker e pensando que, finalmente, ela conseguira se livrar dos quilos a mais que tanto a preocupavam. Ficou olhando para os pés dela, inchados e pálidos; para as unhas dos pés com esmalte vermelho e para a estrela tatuada no tornozelo. Quando por fim falou, foi sem querer maldoso e agressivo.

Holland olhou para Hendricks e sussurrou:

— Acordou com o pé esquerdo.

Thorne podia sentir sua irritação aumentando. Tentou se acalmar, mas não funcionou, e ao sair com Holland, dez minutos mais tarde, teve dificuldades para controlar o fôlego e o rosto ficou vermelho. Algumas vezes, ficava nervoso ao sair de uma autópsia, confuso ou apenas deprimido, o que era o mais frequente, mas não conseguia se lembrar da última vez que saíra se sentindo assim tão furioso.

Antes de deixar a sala, ele já havia religado o celular e, quando chegou à porta do necrotério na Avondale Road, viu que tinha três chamadas não atendidas de Louise. Ele disse a Holland que o alcançaria depois.

Pela voz dela, percebeu que a esposa acabara de chorar.

— Ainda não fizeram nada.

— Você está brincando!

— Não sei mais o que fazer — disse ela.

Ele se virou e olhou para a North Circular Avenue, evitando os olhares de um casal no ponto de ônibus que o ouvira gritar.

— O que eles disseram?

— Não consigo achar ninguém que possa me dizer alguma coisa.

— Daqui a pouco estarei aí — concluiu Thorne.

Ela se pôs a chorar assim que o viu entrando pela porta, na outra extremidade da enfermaria. Ele pediu gentilmente que ela se acalmasse, puxou a cortina em torno da cama e, sentando-se ao seu lado, abraçou-a.

— Eu só quero isto... fora de mim — disse ela. — Você entende?

— Entendo, sim

Eles escutaram a voz de uma mulher na cama em frente, do outro lado da cortina.

— Está tudo bem, aí?

— Está tudo bem — respondeu Thorne.

— Vocês querem que eu chame alguém?

Thorne se aproximou ainda mais de Louise.

— *Eu* vou chamar alguém.

Ele percorreu os corredores até encontrar um médico no outro andar e lhe dizer que alguma coisa devia ser feita. Depois de berrar durante um minuto e se recusar a sair dali enquanto o médico fazia algumas ligações, Thorne acabou voltando para o lado de Louise com uma enfermeira de doce sotaque escocês. Ela demonstrou compreender a situação deles e depois admitiu que não podia fazer nada.

— Isso não ajuda — disse Thorne.

— Lamento, mas estamos seguindo o procedimento padrão.

— Como assim?

— Receio que sua companheira simplesmente não teve sorte. — A enfermeira estava folheando uns papéis que trouxera. Ela se dirigiu a Thorne: — Todas as vezes que a curetagem foi marcada, surgiu outro caso mais urgente no último minuto. Apenas falta de sorte...

— Prometeram fazer ontem à noite — disse Thorne. — Depois adiaram para de manhã bem cedo.

Louise se recostou no travesseiro com os olhos fechados. Parecia exausta.

— Duas horas atrás, me disseram que eu era a próxima.

— Isto é um absurdo — protestou Thorne.

A enfermeira voltou a consultar seus papéis e fez um gesto com a cabeça quando achou uma explicação.

— Isso mesmo, mas chegou alguém com o braço seriamente fraturado, lamento muito...

— Um *braço* fraturado?

A enfermeira olhou para Thorne como se ele fosse um sem noção.

— O paciente estava sentindo dores terríveis.

39

Thorne olhou para Louise e perguntou:

— Você acha que ela está se *divertindo*?

Alex estava colocando o último pedaço de torrada na boca, quando Greg entrou na cozinha, dando bom-dia enquanto punha a camisa para dentro da calça. Ela grunhiu algo, acenou e voltou a ler o *Guardian*.

— Espero que tenha me deixado um pouco de pão — disse Greg, acendendo o fogo sob a chaleira. Ele ouviu outro grunhido ao se aproximar do cesto de pães, depois um murmúrio de desculpas, quando abriu a geladeira. — Sei, você devorou tudo...

Olhando lá dentro, ele procurou em vão um iogurte que estava ali na véspera. Kieron, com quem ele dividira o apartamento no ano anterior, tinha o hábito de acabar até com a última migalha do pão, assim como o leite, a manteiga e tudo mais, e também comia as coisas que não lhe pertenciam. Agora, Alex começava a ficar igualzinha. No entanto Greg sentia-se mais disposto a perdoar sua irmã, lembrando que ela deixava o banheiro muito mais cheiroso que Kieron.

Ela fechou o jornal, quando ele finalmente sentou-se com o chá e as torradas.

— Você está indo cedo.

— Tenho aula ao meio-dia — disse Greg. — O tema é o idiota do Henry II. E isso não é exatamente o que o resto do mundo considera como cedo.

— Para mim, é bem cedo.

— A que horas você voltou?

— Não sei — respondeu Alex. — Não era *tão* tarde assim. Mas alguns de nós acabamos em um bar em Islington, e eles entornaram umas doses letais de vodca.

— *Eles?*

Alex sorriu.

— Tá. Eu entornei algumas — acrescentou ela, enquanto Greg sacudia a cabeça antes de beber seu chá. — Você não vai ficar dando uma de irmão mais velho, rapazinho. Não com tudo o que você anda aprontando.

Greg ficou vermelho, o que o irritava, e então se irritou ainda mais quando Alex começou a dar uma risadinha, deixando-o ainda mais corado.

— Olhe, você só está aqui, há duas semanas, é só isso que estou dizendo. — Ele a interrompeu, antes que ela abrisse a boca. — E não me diga para "ficar frio" ou coisa parecida. Você não tem mais 12 anos.

— Estou fazendo amigos — disse ela.

— Você precisa diminuir o ritmo. E talvez *trabalhar* um pouco. — Ele bateu no próprio peito de modo teatral. — Eu sei, ideia de *louco*...

— Como você disse, faz apenas duas semanas que estou aqui. — Ela esticou o braço e tentou sem sucesso pegar uma de suas torradas. — E sabe o que mais? Trata-se de *teatro*. Não há tanto trabalho assim.

— O velho deve ter ficado animado, quando soube que você vinha para cá, não? Quando foi que você lhe contou que ia morar comigo? — Ela deu de ombros. — E quão puto ele ficaria se soubesse que você cai na farra dia sim, dia não.

No momento exato em que parecia que Alex ia começar a berrar, ou se enfurecer, ela abriu o mesmo sorriso de falsa ingenuidade que usava há 18 anos.

— Você está só com ciúmes, porque está enrolado com o curso certo, as aulas certas — disse ela. — O idiota do Henry II.

— Um cara chato pra caralho — declarou ele.

Os dois começaram a rir, e ela investiu mais uma vez, com sucesso agora, contra suas torradas. Greg chamou-a de vadia safada. Alex o chamou de bunda-mole, depois se levantou para preparar mais.

— Você vai aparecer no Rocket hoje à noite?

Alex voltou à mesa, fazendo uma careta de terror.

— Depois de tudo o que você disse?

— Só quero que saiba que eu provavelmente estarei lá.

— *Provavelmente*. Sei — Ela apontou de modo acusador para a faca cheia de manteiga e geleia. O complexo Rocket na Holloway Road pertencia ao grêmio estudantil do *campus* da Metropolitan University no norte de Londres. Era também o berço das boates da moda e, até bem recentemente, não era o tipo de lugar que seu irmão frequentaria muito. — Vai ser a terceira vez essa semana.

— E daí?

— Está virando um hábito, não?

— A bebida é barata — disse ele, dando de ombros.

— Sei, não é porque você está de olho em alguém, ou coisa assim?

Greg ficou vermelho novamente e se levantou. Disse que estava atrasado demais para comer mais torradas, precisava se arrumar. Ela lhe disse aos berros que podia ir comendo no caminho. Ele retrucou, gritando também.

— Só se eu quiser ser atropelado...

Cinco minutos mais tarde, ele estava levando sua bicicleta pela calçada e fazendo o possível para comer a torrada que Alex havia lhe dado no alto da escada. Geralmente, era assim que acontecia. Por mais que o pai de Greg achasse que ele cuidaria da irmã caçula, era ela que, normalmente, acabava cuidando dele. Alex dava bronca nele, o controlava e, em geral, se comportava como a mãe que não tiveram.

Quando montou na bicicleta e aguardou uma brecha no trânsito, ele olhou para cima e a viu acenando da janela do quarto. Ela pressionava o rosto contra o vidro, como uma criança. Ele acenou e saiu pedalando em direção à Hornsey Road, o glorioso estádio Emirates recortando o céu cinzento à sua frente.

Greg ergueu a mão e acenou de novo, no caso de Alex ainda estar na janela.

Ignorando os olhares que o vigiavam.

Que vigiavam os dois.

QUATRO

Embora o que se passava na cabeça deles permanecesse, em grande parte, um mistério para Dave Holland, ele havia reparado como as pessoas diretamente afetadas pela violência podiam se alterar fisicamente. Era como se tivessem sido esvaziadas por ela; ou, no caso de George Walker, encolhido levemente. Walker media quase 1,90m e era bem forte, mas, sentado à sua frente na sala de interrogatório da delegacia de Colindale, Holland via um homem quase frágil.

— Isto não vai ser muito demorado — disse Holland. — Fica muito mais fácil para nós gravar tudo numa fita, entende?

A base da Homicídios ficava a cinco minutos dali, no Peel Centre, mas o prédio marrom de três andares que abrigava os escritórios não passava agora de uma sede administrativa. Embora as investigações fossem comandadas a partir da Becke House, os policiais que precisavam utilizar as salas de interrogatório, áreas de custódia ou as boas e velhas celas, costumavam dar um pulo em Colindale.

— Tudo o que eu puder fazer... — disse Walker.

Holland assentiu ligeiramente. Ele não tinha como saber como era a voz de George Walker antes de sua esposa ser assassinada, mas, agora, até ela parecia frágil.

— Então, anteontem, você voltou para casa no horário de sempre?

— Às 12h45, mais ou menos.

— E permaneceu durante uma hora, aproximadamente.

Walker fez que sim com a cabeça e então Holland lhe disse que respondesse em voz alta por causa do gravador.

— Certo. Uma hora.

Ele lecionava em uma escola perto de onde ele e sua esposa moravam, e Holland já havia descoberto que ele almoçava em casa diariamente.

— As refeições na escola não melhoram nunca, não é?

— Elas são muito boas, na verdade — respondeu Walker. Ele estava olhando para o tampo da mesa, tocando a beira com o polegar. Agora, olhava diretamente para Holland. — É que eu gosto de almoçar em casa.

— Eu gostaria de poder fazer o mesmo — disse Holland. — A cantina aqui é um desastre....

A porta foi aberta e Thorne entrou. Holland anunciou sua chegada para o gravador, depois interrompeu a fita, enquanto Thorne se desculpava com Walker pelo atraso. Walker disse que não tinha importância.

— O trânsito está um pesadelo — disse Thorne.

Ele dera um pulo em Whittington no caminho e acabou pegando o engarrafamento das horas mais movimentadas da manhã de sexta-feira. Finalmente haviam realizado a curetagem na tarde anterior, mas mantiveram Louise internada por uma noite. Ela comera bastante no café da manhã e estava com o astral bem melhor, em comparação ao de quando ela e Thorne foram informados sobre o aborto. Sem saber explicar o motivo, tudo aquilo o deixara estranhamente nervoso.

— Eu só quero ir para casa agora — dissera ela.

Thorne prometeu fazer o possível para ir buscá-la na hora do almoço, ou, se houvesse um contratempo, ligaria para avisar.

Na sala de interrogatório, assim que Thorne sentou-se, Holland rapidamente o atualizou sobre o que já havia sido falado e eles retomaram a gravação do depoimento de George Walker.

— Conte para nós o que aconteceu quando voltou para casa depois da escola — pediu Thorne.

Walker pigarreou.

— Algo parecia estar errado, assim que entrei — disse ele.

— *Errado?*

— Diferente...

— E isso foi a que horas?

— Pouco antes das cinco da tarde. Eu organizo um clube de xadrez às quartas-feiras, após as aulas. Senão teria sido mais cedo.

Thorne olhou de relance para Holland, a fim de verificar se ele percebera a importância daquilo, depois fez sinal para que Walker prosseguisse.

— Senti o cheiro de alguma coisa, que era... o sangue, claro. Havia um vaso no chão da entrada e água derramada em todo canto. Ela deve ter tentado lutar com ele, vocês não acham?

— Ainda estamos tentando encaixar todas as peças — disse Holland.

— Então chamei Emily e, em seguida, entrei na cozinha. Bem, vocês viram o que eu vi.

— E você nos telefonou imediatamente, não é? — Thorne leu suas anotações, embora soubesse muito bem o horário. — Recebemos sua ligação às 16h56. Você parecia bem calmo.

— É mesmo? Acho que eu estava em estado de choque. — Walker balançou a cabeça, respirando ruidosamente durante dez segundos. — Não consigo nem me lembrar de ter telefonado.

— E depois? — perguntou Thorne. — Você se lembra de ter saído correndo na rua? De bater na porta de seu vizinho do lado e gritado "sangue"?

Outra vez, ele balançou a cabeça.

— Mais ou menos. — A voz de Walker virou um sussurro. — Não consigo me lembrar exatamente do que eu disse... gritei. Lembro que minha garganta ficou doendo depois e eu não sabia por quê. Eu estava ajoelhado ao lado de Emily, esperando alguém chegar. Pareceu levar séculos, sabe? — As lágrimas começaram a escorrer, mas Walker não pareceu se importar. Ocasionalmente, ele abaixava a cabeça e as enxugava com a mão, quando necessário. — Eu realmente queria tocar nela. Sei que não devia, pois destruiria as provas. Já vi isso várias vezes na TV. Mas eu só queria segurar a mão dela por alguns minutos, enfiar a mão sob o saco plástico e ajeitar seus cabelos atrás da orelha.

Holland olhou fixamente para Thorne, até este assentir.

— Quer fazer uma pausa por alguns minutos?

O homem arrastou um pouco a cadeira para trás e murmurou alguma coisa sobre precisar comprar lenços de papel.

— Na verdade, acho que podemos parar por aqui — disse Thorne.

Walker fez um gesto com a cabeça, a gratidão evidente em seus olhos, e os fechou.

Assim que Holland interrompeu a gravação, Thorne já estava de pé, dirigindo-se à porta.

— Certo. Vamos ver se conseguimos um táxi para você.

Walker levantou-se lentamente.

— O mais difícil foi contar para o pai de Emily — disse ele. — Depois do que aconteceu com a mãe dela, quer dizer. — Ele se virou e olhou para Thorne. — Como uma família pode ter tanto azar?

— Perdão, mas não entendi — disse Thorne.

Walker pareceu confuso. Ele olhou para Holland, que também sacudiu a cabeça para dizer que estava totalmente desinformado.

— Ah, pensei que vocês soubessem — disse Walker. — A mãe da minha esposa foi assassinada também, faz 15 anos. O nome de solteira de Emily era Sharpe.

Thorne só pôde pedir "perdão" outra vez. Como era de se esperar, o nome de Emily Walker tinha sido verificado no sistema para que eles descobrissem se ela possuía um histórico criminal, mas não havia nada nos registros. Uma tragédia no passado de sua família certamente não teria sido considerada relevante como informação criminal.

Walker ainda estava alternando o olhar entre Holland e Thorne, como se esperasse que se lembrassem do nome que acabara de mencionar. Ele apanhou seu casaco e, quando voltou a falar, ficou claro que estava habituado a dizer aquilo cada vez que encerrava uma conversa.

— Ela foi uma das vítimas de Raymond Garvey.

Eles observaram o táxi de Walker se afastar e começaram a caminhar na outra direção, voltando para o Peel Centre. Ainda não eram dez horas. A manhã estava agradável, mas chuviscava.

— Eu telefonei para lá antes de ele chegar — disse Holland. — Ele voltou à escola às duas da tarde. Só saiu de novo às 16h45. Posso falar novamente com Hendricks, se você quiser, conferir os horários que ele nos deu.

— Não precisa — disse Thorne.

Eles apertaram um pouco o passo para não ficarem muito molhados.

— Eu estava pensando nele voltando para a escola após o almoço — disse Holland. — De repente, me ocorreu esta imagem, do assassino vendo-o sair, depois indo até a porta e tocando a campainha. Emily a abre, achando que seu marido esqueceu algo.

Thorne sacudiu a cabeça.

— Os horários ainda assim não se encaixam totalmente.

— Foi só uma imagem que me ocorreu.

Continuaram andando, entraram à esquerda na Aerodrome Road e seguiram em frente.

— Acho que você estava com razão naquela noite — disse Thorne. — É alguém que ela conhecia. Não *bem*... não necessariamente, de qualquer modo. Talvez alguém que trabalhe no comércio da região, ou cuide do jardim de um vizinho, qualquer coisa assim.

— Um rosto que ela reconheceu.

— É tudo de que ele precisava. Você ouviu o que Walker disse sobre ter sido um dia diferente. Parece que o assassino de Emily a estava observando e há algum tempo. Ele conhecia seus movimentos, sabia a hora certa de agir.

— Então ela era um alvo?

— Parece que sim. Ele não estava tocando todas as campainhas até que alguém com uma aparência que lhe agradasse lhe abrisse a porta.

— Mas por que Emily? — perguntou Holland.

Thorne olhou de soslaio para ele e Holland reconheceu a estupidez de tal pergunta àquela altura, quando os dados ainda eram tão escassos. Em um momento em que havia milhares de respostas, e nenhuma ao mesmo tempo. Ambos sabiam que a resposta de verdade, se um dia a descobrissem, lhes daria, certamente, uma chance maior de pegar o assassino de Emily Walker. Naquele instante, Thorne não pôde fazer muito mais que murmurar "Sei lá", sair correndo, atravessar a rua e caminhar depressa em direção à porta principal.

— Mas isso é estranho, não? Essa história de Garvey? — Holland fazia o possível para acompanhar o ritmo dos passos de Thorne. — Foi antes da minha época, isso. Mas, porra... foi um caso e tanto, não foi?

Antes de Holland, Thorne apresentou sua identificação ao policial da guarda.

— Você trabalhou nesse caso? — quis saber Holland.

Meio minuto depois, foi a vez de Holland esperar, a chuva leve caindo em seu rosto, enquanto sua credencial era verificada. Thorne já estava cinco metros à frente e atravessava o estacionamento indo para a Becke House. Parecia não ter escutado a pergunta de Holland.

Thorne *havia* trabalhado na investigação de Raymond Garvey, embora de modo não muito relevante. Batera em algumas portas, participara da equipe que colhera impressões digitais, certa noite. Na época, foi a maior investigação da década, com centenas de detetives trabalhando para capturar o homem que no fim das contas acabaria assassinando sete mulheres. Poucos agentes da Metropolitan Police não se envolveram, de alguma forma, no caso.

No interior da Becke House, Thorne caminhou até o elevador e apertou o botão do terceiro andar, rememorando aquele período.

À época, ele era um policial que andava sempre colado no rabo do sargento, ávido em agradar. Trabalhava na Divisão de Investigações Criminais de Kentish Town, a menos de cinco minutos de caminhada do lugar onde morava agora.

As portas do elevador estavam se recusando obstinadamente a fechar, então Thorne apertou o botão outra vez. Ele sentia vergonha de conseguir se lembrar, com todos os detalhes, de um terno azul que costumava usar na época, e da placa do carro que dirigia então, porém esquecera-se dos nomes das vítimas de Raymond Garvey.

As portas enfim se fecharam.

De nenhuma delas...

Ele disse a si mesmo que isso era o que acontecia sempre, principalmente com assassinatos em série. Do nome de quantas vítimas, dentre as quinze de Dennis Nielsen, conseguia se lembrar? Ou dentre as cinco de Colin Ireland? Seria capaz de se lembrar do nome de uma das mais de duzentas vítimas de Harold Shipman?

Saindo do elevador, ele seguiu pelo corredor, passou pelo setor de Incidentes Especiais e foi até o pequeno escritório que dividia com a inspetora Yvonne Kitson.

Mas a mesma coisa não ocorria com seus próprios casos. Era capaz de se lembrar de todos os nomes, todos os rostos; cada uma das fotos de "antes" e "depois". O nome da mãe da vítima não lhe parecera imediatamente familiar, como devia, mas Thorne sabia que nunca mais se esqueceria do nome de Emily Walker.

Kitson deixara um bilhete em sua mesa sobre um caso cujo prazo chegaria ao fim na semana seguinte e as provas que ainda lhe faltavam. Thorne afastou o papel e aproximou o teclado do computador. Durante todo o trajeto desde Colindale, tentara imaginar onde estariam arquivadas as anotações sobre o caso Garvey. Agora, descobria que havia um modo bem mais rápido de pesquisar isso.

Thorne foi ao Google, depois escreveu o nome "Raymond Garvey". Surgiram mais de 350 mil resultados.

Ele passou a primeira meia dúzia de *links*, ignorando Wikipédia e outro chamado serialkiller.com, até encontrar um site que não anunciava uma revista ou um documentário sobre crimes verídicos e que parecia mais ou menos confiável. Olhou a lista dos nomes. Susan Sharpe, 44 anos, era a número quatro. Ela havia sido atacada quando ia da academia de ginástica para sua casa, espancada até a morte, assim como todas as demais vítimas, e encontrada na margem do canal em Kensal Green, com seus vastos mausoléus e primorosas estatuárias de seu famoso cemitério ao lado. Thorne clicou no nome dela e surgiu uma foto. Não viu semelhança imediata com Emily Walker, depois se lembrou de que nunca havia visto Emily viva.

Raymond Anthony Garvey assassinara sete mulheres em quatro meses. Teria matado muitas mais, se não tivesse sido capturado depois de uma briga idiota em um *pub* em Finsbury Park. Não tivesse a amostra de seu DNA, extraída após o incidente, correspondido àquela encontrada em duas das vítimas. Era o tipo de coincidência que bastaria para que os autores de histórias policiais fossem acusados de preguiçosos, mas a

49

sorte tinha um peso mais importante na elucidação de tais casos do que a maior parte dos veteranos da polícia se daria o trabalho de admitir.

Garvey, que sempre se recusou a falar sobre o que o motivava, foi condenado a cinco penas perpétuas, e o juiz lhe disse que ele morreria na prisão. E isso aconteceu muito mais cedo do que todos esperavam, pois descobriram um tumor cerebral nele no décimo segundo ano de encarceramento, e Garvey faleceu seis meses depois.

Thorne olhou outra vez para a foto de Raymond Garvey — o olhar meigo e feliz de um psicopata comum — antes de selecionar e inserir um destaque em amarelo nos nomes das mulheres que ele havia assassinado. Logo depois de imprimir o documento, a porta se abriu e Russel Brigstocke entrou.

O inspetor-chefe acomodou seu considerável traseiro sobre a mesa de Thorne e olhou para as imagens na tela do computador. Ajeitando os óculos, disse:

— Holland me falou sobre isto. Como pode uma coisa dessas?

Ele passou os dedos no que outrora havia sido uma densa cabeleira, mas que agora rareava.

— Pois é.

Thorne sabia que a própria aparência também mudara. Ainda havia cabelos grisalhos mais de um lado que do outro, e um bocado deles espalhados pela cabeça toda. Ele saiu do site da internet, o rosto de Garvey dando lugar a uma tela azul com o logotipo da Metropolitan Police, com as palavras "Trabalhando Juntos por uma Londres Mais Segura".

— Já faz 36 horas que trabalhamos neste caso, Tom — disse Brigstocke. — Em que ponto estamos?

O inspetor-chefe conseguia interpretar as expressões e a discreta linguagem corporal de Tom Thorne melhor que ninguém. Ele reconhecia o movimento do ombro, que queria dizer "Lugar nenhum". O arfar do peito que significava, "a não ser que nosso assassino se entregue, você não fará uma declaração triunfante para a imprensa tão cedo".

— O que diz a Polícia Científica? — perguntou Thorne.

O departamento em questão, com seu laboratório em Victoria, estava ocupado examinando todos os vestígios coletados no local do crime:

fios de cabelo, fibras, impressões digitais. Estavam analisando os padrões das manchas de sangue na esperança de criar uma reconstrução exata do crime. Tentavam também identificar o fragmento de celuloide encontrado na mão de Emily Walker.

— Estou atrás deles — disse Brigstocke. — Como sempre. Amanhã, se tudo correr bem; porém, mais provavelmente no domingo.

— E quanto ao retrato falado feito no computador?

— Você já o *viu*?

Thorne disse que sim. O vizinho que espiava por trás da cortina não havia testemunhado muita coisa, nem muitos detalhes, conforme dissera inicialmente.

— Não tenho muita esperança nesse quesito — disse ele.

— Certo. Também não acho que isso nos ajudará muito, mas não sei. Jesmond quis divulgá-lo depressa, então já está em circulação. No *Standard* de hoje e em mais alguns jornais nacionais. No *London Tonight* também.

Brigstocke era tão transparente quanto o próprio Thorne, e Thorne viu o olhar evasivo que podia ser traduzido por "Uma puta perda de tempo". É claro, o Superintendente Trevor Jesmond iria querer que o retrato falado feito no computador fosse distribuído para o maior número de veículos de comunicação possível, a fim de mostrar que sua equipe estava fazendo progressos. Não parecia lhe preocupar o fato de que — com uma imagem do assassino que parecia ter sido desenhada por um chimpanzé — o tempo e a mão de obra preciosos seriam desperdiçados, recebendo, registrando e conferindo centenas de ligações telefônicas inúteis, enlouquecidas ou mal-intencionadas, afirmando que a pessoa que a polícia estava procurando podia ser qualquer um, desde o vizinho até Johnny Depp.

A principal preocupação do superintendente era sempre como *ele* apareceria na tela ou nos jornais. Mais tarde, ele falaria à imprensa em Colindale. Apresentaria os fatos simples e chocantes, enfatizando a brutalidade à qual fora submetida Emily Walker e deixaria claro que todas as medidas necessárias seriam tomadas para levar o assassino à justiça.

Thorne precisava dar crédito ao homem. Ele não seria capaz de prender um caloteiro do conselho fiscal, de jeito nenhum, mas sabia interpretar muito bem uma indignação.

— É alguém que ela conhecia — disse Thorne. — Alguém que a estava espiando. Ela o vira por ali, falara com ele, alguma coisa assim.

Brigstocke assentiu com a cabeça.

— Vamos mandar o pessoal visitar todas as lojas que ela frequentava regularmente, o supermercado mais próximo, a academia de ginástica. Vamos investigar os amigos e os colegas de trabalho. Interrogar todos os vizinhos mais uma vez.

— Phil acha que ele já chegou preparado. — Thorne pegou o atestado de óbito que Hendricks entregara na tarde do dia anterior e o folheou. — Meu palpite é que ele vinha "preparando" isso há algum tempo.

Brigstocke praguejou.

— Porra, há quanto tempo eu faço isto? E ainda fico deprimido quando ouço estas coisas. — Ele saiu da mesa de Thorne e se dirigiu à janela. — Quero dizer, não que tivesse sido melhor que o marido a tivesse flagrado aprontando fora de casa e afundado seu crânio ou algo assim. Sei que ela estaria morta da mesma maneira. Mas, caramba...

— É *bom* que isso o deprima — retorquiu Thorne. — Quando não o deprimir mais...

— Eu sei. É hora de me aposentar.

— Sua vez agora de ir falar com Trevor Jesmond.

Brigstocke sorriu. Ele havia tirado o papel que saía da impressora quando entrou. Observando a lista de nomes, disse:

— Isto é algo que devemos investigar?

— Não vejo por quê — disse Thorne. — Garvey morreu na prisão três anos atrás.

Brigstocke sacudiu o pedaço de papel, como se estivesse se abanando.

— Mais um caso bizarro.

O inspetor-chefe assentiu com a cabeça. Ambos tinham trabalhado em um caso, alguns meses antes, em que um homem havia sido espancado até a morte na frente da família, após discutir com um vizinho barulhento. Depois ficaram sabendo que, vinte anos antes, e a somente duas ruas dali, exatamente a mesma coisa acontecera ao pai da vítima.

— Mais um entre tantos — concluiu Thorne.

No fim das contas, com uma reunião que passou de vinte minutos e um advogado da Procuradoria Geral que se recusava a desligar o telefone, a hora do almoço teria sido complicada para que Thorne pudesse sair. Porém isso já não tinha mais importância: Louise já havia telefonado para dizer que voltaria sozinha para seu apartamento. Estava se sentindo bem e precisava sair dali.

Voltando de carro para casa ao fim do dia, Thorne estava nervoso, como se ele e Louise tivessem brigado. Ele refletiu sobre as conversas que poderiam ter, quando ele chegasse, mas todas sumiram de sua mente no momento em que pisou no apartamento silencioso. Ela estava deitada de lado no quarto escuro.

— Está tudo bem — disse ela. — Não estou dormindo.

Eram somente 20h, mas Thorne se despiu e se deitou ao seu lado. Ficaram imóveis por um momento, escutando o ruído de uma moto subindo a rua, e uma música que Thorne não conseguiu identificar, vinda do apartamento no andar de cima.

— Você se lembra dos assassinatos de Garvey? — perguntou ele.

Ela murmurou algo e ele pensou que a havia despertado. Mas ela respondeu:

— Eu ainda estava na faculdade, acho. Por quê?

Thorne lhe contou sobre Susan Sharpe. Mãe e filha, assassinadas com 15 anos de diferença. O silêncio retornara agora, no andar de cima, e Thorne ainda não sabia que música tinha sido aquela.

— Você está fazendo de novo — disse Louise. — Tentando me fazer sentir melhor.

— Não estou. Eu juro.

— E tudo que conseguiu foi fazer você mesmo se sentir velho.

Thorne riu, pela primeira vez em alguns dias. Ele se aproximou dela por trás e apoiou o braço em sua barriga. Depois de um instante, sentiu-se estranho e começou a perguntar se o seu braço não a estaria incomodando e o removeu novamente.

CINCO

Conforme o sistema padrão de escalas de serviço e de descanso, Thorne passava sete a cada oito sábados em casa. Normalmente, uma manhã de sábado começava com uma permanência na cama mais longa que de costume; depois, ele saía para comprar o jornal e, então, voltava para casa e tomava um café da manhã daqueles bem prejudiciais à saúde. Desde que Louise entrara em sua vida, essas atividades pararam de ser solitárias e o mesmo valia para o sexo, que era ocasionalmente inserido entre as frituras matinais e a leitura do *Football Focus*.

Naquele sábado, dois dias após o assassinato de Emily Walker, todas as folgas haviam sido canceladas e horas extras autorizadas, caso necessárias. Thorne sentou-se em seu escritório na Becke House, sem olhar os depoimentos, ignorando os relatórios sobre a mesa, imaginando que a possibilidade de sexo agora se tornara remota.

Quando seria um bom momento para tocar no assunto? E que grande babaca egoísta ele estava sendo só de pensar nisso?

Ele olhou para a mesa à sua frente, onde Yvonne Kitson trabalhava, muito mais que ele. Havia sido tirada de um caso já resolvido de um assassinato doméstico e convocada para apoiar o comando da investigação. Thorne ficou contente por poder contar com ela. Kitson era uma das melhores detetives da equipe, suas façanhas eram muito impressionantes, considerando as circunstâncias, passadas e presentes. Já fazia vários anos que ela criava dois filhos sozinha, pois seu casamento havia fracassado, após um *affair* confuso com um colega já veterano, o que também prejudicara seu progresso profissional.

Ela ergueu o olhar da mesa, percebeu Thorne olhando em sua direção. Examinando os papéis de novo, ela virou uma página e disse:

— O que foi?

Uma vez, quando os dois estavam sem transar há algum tempo e ficavam bêbados, tinha rolado um flerte sutil, mas isso era coisa do passado.

— Sábado — disse Thorne.

Kitson olhou para ele com desdém.

— Pode esquecer a porcaria do jogo do Tottenham, ou uma manhã sob os cobertores com Louise, ou seja lá o que você estiver pensando que vai perder. Eu devia estar assistindo ao jogo de rúgbi de meus filhos. Tenho que me virar em mil para compensar essa ausência.

Por alguns instantes, Thorne pensou em lhe contar o que havia acontecido a Louise, e obter, assim, uma opinião feminina. Mas acabou apenas sorrindo e se concentrando nos relatórios à sua frente.

Um minuto depois, uma bola de papel quicou em sua mesa e caiu no chão. Ele se inclinou para apanhá-la e olhou para Kitson. Dando de ombros, ela fez que não era com ela.

Thorne desfez a bola de papel onde estava a transcrição das chamadas daquela manhã para o Setor de Incidentes Especiais. O retrato falado tinha chamado um bocado de atenção, e, enquanto a Assessoria de Imprensa cuidava do compreensível interesse da mídia, a equipe tinha que lidar com qualquer informação fornecida pela população. Brigstocke e Thorne haviam claramente subestimado até que ponto o retrato falado inspiraria alguns dos maiores desequilibrados da cidade no que dizia respeito à segurança comunitária.

— Eu não me importaria em ajudar — disse Kitson, apontando para a folha de papel na mão de Thorne —, se não tivesse que passar a manhã toda organizando esta merda.

— Mas isso precisa ser feito — replicou Thorne.

Todos eles sabiam. Todo mundo na equipe zombava sistematicamente do procedimento e se queixava dessa papelada, e 99 por cento das vezes, com uma pista primária tão frágil quanto um retrato falado, nada resultava desse tipo de trabalho, mas era preciso conferir duas, três vezes, por precaução. Ninguém queria ser aquele que deixaria passar a informação vital perdida no meio de uma longa lista de ligações absurdas. O indício oculto no lixo. Em uma época em que inquéritos sobre inquéritos viravam lugar-comum, proteger sua retaguarda se tornara uma necessidade. Começava antes de o cadáver da vítima esfriar e continuava até o juiz bater o martelo.

Mas as reclamações não cessavam.

— Sequer um nome aqui aparece duas vezes — disse Kitson.

— Você está enganada — disse Thorne percorrendo com o dedo a lista, parando para cumprimentar Holland, que entrava no escritório. — Três pessoas *diferentes* nos telefonaram para informar que ele se parece com o mecânico da série *EastEnders*.

— Ainda assim, deveríamos prendê-lo — sugeriu Kitson. — Por crime contra a atuação dramática.

Thorne olhou para Holland.

— Recebi um telefonema que acho que pode interessar — anunciou Holland.

— Não me diga, o assassino se parece com alguém da novela *Emmerdale*.

Holland deixou um pedaço de papel na mesa de Thorne: nele, um nome e um número.

— É um inspetor de Leicester. Ele viu Jesmond ontem à noite na TV falando sobre o assassinato de Walker e achou que o caso lhe parecia familiar.

— Parecia *o quê*?

— Pois é, esse inspetor ligou para verificar detalhes que não deixamos vazar para a imprensa. Para ver se batiam com um assassinato que eles descobriram algumas semanas atrás.

— Isso não parece bom — disse Kitson.

Thorne já estava com o telefone nas mãos...

Assim que terminaram as amenidades, o inspetor Paul Brewer contou a Thorne que o corpo de Catherine Burke, uma enfermeira de 23 anos, havia sido descoberto três semanas antes no apartamento que ela dividia com o namorado, em uma rua pacata atrás do campo de futebol do Leicester City.

Ela havia sido atingida na nuca com um objeto pesado e, depois, asfixiada com um saco plástico.

— Foi a asfixia que chamou minha atenção — disse Brewer, com um sotaque do leste de Midlands que não era tão forte quanto Thorne esperava. — Quando seu superintendente mencionou o saco na televisão, não fui eu que vi, mas, assim que me contaram, pensei que valia a pena verificar. Sabe como é, por precaução. — Ele parecia satisfeito consigo mesmo. — Pelo visto, eu agi com perfeição.

— Faz três semanas, você disse?

— Exatamente.

— E?

Uma breve risada.

— E... nada, parceiro, temos uma descrição de um cara com quem ela foi vista fora do hospital um dia antes, mas não conseguimos coisa alguma. Ela usava drogas de vez em quando, principalmente comprimidos desviados do próprio hospital onde trabalhava, mas isso também levou a lugar nenhum. Para ser franco, estava tudo esfriando até aparecer o cadáver de vocês.

— Um golpe de sorte — disse Thorne.

Brewer falou mais alguma coisa, mas Thorne estava ocupado demais gesticulando obscenidades para Kitson e Holland.

— E quanto à perícia?

— Essa foi a parte mais fácil — respondeu Brewer. — Tudo indica que ela o tenha arranhado, enquanto era sufocada com o saco. Descobriram um bocado de sangue e fragmentos de pele sob suas unhas, de modo que poderemos identificar o filho da mãe assim que o prendermos.

Thorne escreveu num papel "TEMOS O DNA" e entregou para que Kitson e Holland o lessem.

— Oi! Você ainda está me ouvindo?

— E aí, como vamos trabalhar isto? — perguntou Thorne.

— Não tenho a menor ideia, parceiro. Sei que não tem nada a ver comigo; portanto, não importa o que eu penso. O patrão daqui deve estar falando com o patrão daí neste instante, armando alguma coisa. Política, orçamentos, essa merda toda. E nós só fazemos o que eles mandam, certo?

— Certo...

— Só para você saber que não me incomoda essa história de jurisdição diferente, nada disso. Não precisa se preocupar com essa bosta toda. Depois decidimos quem vai ficar com o crédito quando o pegarmos, está certo?

Thorne percebeu que, independentemente das opiniões que estivesse formulando rapidamente sobre o investigador Paul Brewer — cansado da polícia e talvez desprezado por todos os colegas —, precisaria aturá-lo por algum tempo. Agradecendo pela ajuda e elogiando sua iniciativa, ele insistiu que os créditos deveriam ficar com a pessoa de direito. Ele o chamou de "Paul" várias vezes, prometendo saírem juntos uma noite dessas, quando pudessem se encontrar, e tentou mostrar-se satisfeito quando Brewer prometeu aceitar o convite.

— Era um pedaço de raio X — acrescentou Brewer.

— O quê?

— A película dentro da mão. — Brewer pareceu novamente satisfeito consigo mesmo. Ele aguardou um segundo. — Vocês encontraram um pedaço de plástico, não foi?

— Mas um raio X de quê?

— Ainda não souberam nos dizer. Havia algumas letras e números escritos, mas não conseguem ver o sentido. Se tivermos sorte, o pedaço de vocês poderá ajudar.

Quando Thorne ergueu o olhar, viu a expressão confusa de Holland e Kitson, que só tinham ouvido seu lado da conversa.

— Raio X? — sussurrou Kitson.

Thorne protegeu o fone com a mão e disse que precisava de mais um minuto. Brewer falava que estava a caminho de uma reunião, mas que tentaria ligar depois. E que uísque era sua bebida preferida.

— Só uma outra coisa — disse Thorne. — A mãe de Catherine ainda está viva?

— O quê?

— A mãe da vítima.

— Não. Os pais dela já morreram, e um irmão mais velho morreu num acidente de carro alguns anos atrás. Demoramos para achar um parente consanguíneo.

— E como a mãe morreu?

— Como é?

— Como a mãe da vítima morreu, e quando?

— Não tenho a menor ideia — respondeu Brewer.

— Você pode tentar descobrir e me informar depois?

— Acho que sim.

— Ótimo, Paul. Agradeço muito. Que uísque você prefere?

— O que isso tem a ver? — quis saber Kitson, depois que ele desligou.

— Provavelmente, nada — disse Thorne. Olhou fixamente para ela e concluiu: — Estou apenas cobrindo minha retaguarda.

Brewer voltou a ligar alguns minutos antes da reunião e desculpou-se por ter demorado tanto. Disse a Thorne que conversara com o namorado de Catherine Burke, que lhe confirmara que a mãe tinha morrido de câncer, quando a filha ainda era pequena. Thorne agradeceu, sem saber se estava decepcionado ou aliviado.

— Ah, por sinal, qualquer malte puro me agrada — disse Brewer.

Thorne passou as informações para Brigstocke pela porta aberta da sala de reunião, enquanto alguns policiais entravam. O inspetor-chefe desviou o olhar das anotações nas quais estava trabalhando havia uma hora e olhou para ele.

— Vale a pena tentar — disse.

Thorne viu passar alguns rostos desconhecidos; cumprimentou um ou outro que havia sido convocado de outras equipes.

— Então, quem vai assumir o caso?

— Nós vamos cuidar disso — respondeu Brigstocke.

— É mesmo?

— É... quer dizer... não oficialmente, mas, em termos de dinheiro e agentes, temos mais recursos que eles. Portanto, confidencialmente, nós vamos cuidar do caso.

— E, confidencialmente, o que acontece se fizermos besteira?

— Nesse caso, é óbvio, é meio a meio. E, havendo qualquer falha técnica operacional, a responsabilidade será também dividida.

— Parece justo — disse Thorne.

Lá dentro, estavam todos de pé. Alguns cochichavam. Um telefonema havia mudado toda a configuração do caso e, de repente, a atmosfera ficara bastante tensa.

Não havia muitas situações assim.

A perda de uma vida nunca era tratada como algo comum, bastava olhar além das conversas fiadas e das piadas sem graça e ver os olhos dos homens e das mulheres no local do crime. Thorne havia encontrado assassinos inteligentes e outros extremamente burros. Aqueles que perderam a cabeça e partiram para a violência e aqueles que tinham se divertido com tudo. Alguns o deixavam muito furioso, quase a ponto de se tornar ele mesmo um assassino, ao passo que em outros casos ele só sentia pena.

Existiam muitos tipos de assassinos e de maneiras de pôr fim a uma vida, mas, enquanto fosse o trabalho de Thorne prendê-los, o assassino sempre seria levado a sério.

Ainda mais quando havia mais de uma vítima...

— Muito bem. Obrigado por virem tão rápido — disse Brigstocke. — Temos várias coisas a analisar.

Do fundo da sala, Thorne observava os blocos de anotações abertos e escutou o clique de cinquenta canetas esferográficas. Pela porta, viu muitos retardatários entrarem apressados, já esperando que o superintendente Trevor Jesmond fizesse uma aparição inspiradora e oportuna.

— Como alguns de vocês já sabem, recebemos um telefonema hoje pela manhã que mudou o foco da investigação sobre o assassinato de Emily Walker. Passei a maior parte do dia ao telefone com vários oficiais superiores da polícia de Leicestershire...

Enquanto Brigstocke falava, Thorne se pôs a pensar sobre o controle; como exercitá-lo. O assassino de Emily Walker havia sido meticuloso nos preparativos ao aguardar para agir e na utilização do saco para asfixiá-la. Agora, havia todas as razões para crer que o mesmo homem fosse responsável pela morte de Catherine Burke. Ela também fora descoberta em casa, sem sinais de arrombamento, portanto parecia provável que ele tivesse planejado sua morte com a mesma meticulosidade empregada no assassinato de Emily Walker.

Um homem que esperou, observou e então matou duas vezes em três semanas.

— Muito bem, as investigações desses dois homicídios serão realizadas separadamente por enquanto — disse Brigstocke. — Com o máximo de cooperação entre vocês e os rapazes em Leicester, conforme for preciso...

Thorne sentiu a boca ficar seca. Duas vezes em três semanas... *até onde sabiam.*

— ... e se eles tiverem conexão, como parece provável, então colocaremos em prática os protocolos necessários.

De modo geral, a reunião se limitou a coisas práticas a partir desse ponto, enquanto Brigstocke elaborava o caminho a seguir. Nenhuma das duas forças policiais queria correr o risco de ver a outra prejudicar suas investigações; assim, havia sido combinado que cada uma delas teria acesso "de leitura exclusivamente" ao relatório que deviam enviar ao Sistema Geral de Inquéritos. Como gerente do escritório da polícia metropolitana, o sargento-detetive Sam Karim se responsabilizaria por todas as informações sobre o caso inseridas no relatório e pelo contato diário com seu homólogo em Leicester.

— Sem problema — disse Karim.

— E melhor ainda se for uma homóloga — acrescentou alguém.

Tratava-se de uma situação "delicada", salientou Brigstocke, e "potencialmente arriscada", mas ele confiava na capacidade de sua equipe para lidar com ela.

Se sua equipe precisava de mais razões para *tentar* fazer as coisas funcionarem, Brigstocke aguardou até o fim para dar-lhes a melhor de todas. Ele fez um gesto com a cabeça e virou para a tela atrás dele, enquanto as luzes eram apagadas. Muitos ali já haviam visto a foto de Emily Walker; contudo, nenhum deles, exceto Brigstocke e seu inspetor, tinha visto a de Catherine Burke, transmitida via internet poucas horas antes.

As imagens haviam sido feitas de ângulos diferentes, mas, projetadas uma ao lado da outra, a semelhança era evidente... e assustadora. Embora os membros estivessem dispostos de maneira distinta e houvesse um pouco mais de sangue em um saco que no outro, Thorne imaginou que todos os olhares naquela sala seriam atraídos para seus rostos. Para o choque e o desespero gravados nas faces branquíssimas das duas mulheres, vagamente visíveis através do plástico embaçado por seus últimos suspiros.

Quando acabou de falar, Brigstocke deixou as luzes apagadas e aguardou até que todos os policiais tivessem passado ao lado das fotos na tela.

Thorne foi o último a sair.

— Fisicamente, elas não se parecem nem um pouco — disse ele. Brigstocke se virou para ele e os dois policiais ficaram na penumbra, olhando para a tela. — Portanto, se procuramos uma conexão, não parece que ele tem um tipo físico preferido.

— *Se* for o mesmo assassino — ponderou Brigstocke.

— E você acha que não é?

— Estou só dizendo que ainda não temos certeza.

— Ora, Russel, *olhe* para elas...

Brigstocke refletiu mais um pouco e depois se afastou, atravessando a sala para acender as luzes.

— O relatório do legista chegou — disse ele. — Ainda não tive tempo de dar uma boa olhada, mas eles confirmaram que o fragmento de celuloide foi recortado de uma radiografia. — Antes que Thorne pudesse fazer a pergunta óbvia, ele prosseguiu. — Não, eles ainda não sabem do que se trata, mas acharam impressões digitais bem nítidas, e elas não pertencem a Emily. Conseguiram o DNA, também. Alguns fios de cabelo no suéter. Podem não ser do assassino, claro, mas já eliminamos o marido, então se nossas amostras corresponderem às de Catherine Burke...

— Elas corresponderão — disse Thorne.

— Parece que você está contando com isso.

— Esse cara tem um plano — continuou Thorne. — É provavelmente a única forma de nós o encontrarmos.

— Contanto que o encontremos.

Thorne se apoiou na parede e olhou para as cadeiras vazias. Naquele momento, os homens e mulheres que tinham acabado de sair estariam instalados diante de seus computadores, ao telefone; fazendo tudo que podia ser feito. Mas Thorne estava começando a pressentir que o caso só avançaria de fato quando o homem que estavam procurando começasse a lhes dar mais elementos com os quais trabalhar.

— Posso estar errado — disse Thorne. — Pode até me chamar de abusado. Mas basta uma olhada no que os caras de Leicester já conseguiram e tudo poderá ser solucionado.

— Espero que tenha razão.

Thorne também esperava ter razão, mas não conseguia afastar da cabeça a ideia de que se tratava de um desses casos em que um intervalo muito grande de tempo os levaria a outro cadáver.

SEIS

Thorne comprou uma refeição para viagem no Bengal Lancer, a caminho de casa. Não tinha se preocupado em ligar antes para fazer o pedido, estava a fim de tomar uma Kingfisher gelada e bater um papo com o gerente, enquanto aguardava.

Louise estava prostrada em frente a um programa de celebridades esquiando no gelo, quando ele chegou. Ela parecia bastante animada, com uma garrafa de vinho tinto já pela metade.

— Tudo tem seu lado bom — disse ela, erguendo a taça como se brindasse por algum motivo. — É ótimo poder beber novamente.

Thorne entrou na cozinha e começou a servir a comida. Ele gritou em direção à sala de estar:

— Você devia...

Depois de jogar as embalagens de papelão no lixo, ele voltou para a sala e encontrou Louise de pé à sua frente.

— Devia o *quê*?

— Devia mesmo beber alguma coisa... se estiver com vontade. Relaxar um pouco.

— Encher a cara, você quer dizer?

Thorne lambeu o molho dos dedos e olhou para ela.

— Eu não quero dizer nada, Lou.

Ela voltou para a sala de estar e, depois de um instante, ele chegou com os pratos. Eles comeram sentados no chão, com as costas apoiadas no sofá. Thorne serviu-se do que restava da garrafa de vinho; pouco mais de meia taça.

— Quem quer que tenha assassinado a mulher em Finchley — disse ele — parece já ter feito isso antes.

Louise mastigou por mais alguns segundos.

— Aquela história do Garvey que você me contou?

— Pois é. Aquela moça não foi sua primeira vítima.

— Merda...

— Isso mesmo. Só me faltava essa.

Ela deu de ombros e engoliu a comida.

— Pode ser *exatamente* o que estava faltando.

A refeição estava excelente, como sempre: carne de carneiro com um queijo cremoso e ervilhas, cogumelos *bahji*, arroz *pilau* e um *nan* de *peshwari* para os dois. Louise comia rapidamente, servindo-se da maior parte do pão. Ao final, ela raspou os últimos grãos de arroz amarelo e disse:

— Pelo visto, você vai ficar bastante ocupado.

Thorne olhou para ela, buscando em vão em seu rosto algum indício de como se sentia em relação àquilo. Ele tentou se resguardar.

— A equipe é muito boa. Vamos ver no que dá.

— Sei.

— E se eu abrir outro vinho?

— É uma boa ideia.

Thorne olhou-a de novo e não achou nada que contradissesse o que acabara de dizer. Ele levou os pratos de volta à cozinha e trouxe outra garrafa. Sentaram-se no sofá e assistiram à televisão em silêncio durante alguns minutos, Louise rindo mais do que Thorne quando uma ex-modelo glamourosa desabou na pista de gelo. Quando o programa acabou, Thorne mudou de canal, parando finalmente em uma reprise de *Selvagens Cães de Guerra*, um filme do qual sempre gostara. Eles acompanharam Richard Burton, Roger Moore e Richard Harris avançando pela selva africana, os três não muito verossímeis como mercenários de certa idade.

— Falei com Phil — disse Thorne. — Eu queria te dizer.

— Você contou a ele o que aconteceu?

— Não foi preciso. — Thorne aguardou para ver se suas palavras trariam o efeito esperado e ela admitiria ter comentado sobre sua gravidez com Hendricks. — Ele disse que você devia ligar para ele, se estiver a fim de conversar.

— Falei com ele ontem à noite.

— Ah, sei.

— Ele foi muito gentil.

Na televisão, Harris estava implorando a Burton que atirasse nele antes que os inimigos o espancassem até a morte, mas os berros e os disparos ficaram só no fundo como som ambiente.

— Por que você contou que estava grávida? — perguntou Thorne. — Combinamos que seria um segredo.

Louise fixou o olhar em sua taça.

— Eu sabia que ele ia ficar supercontente.

— Mas tínhamos resolvido não contar a ninguém, justamente no caso de isso acontecer.

— Está certo, *aconteceu*. Certo? Portanto, discutir agora sobre se eu devia ou não ter contado a alguém perde um pouco o sentido, você não acha? — Ela deslizou ao longo do sofá, se afastando uns bons centímetros dele e baixou a voz. — Caramba, o Phil não vai sair por aí anunciando isso a todo mundo.

Havia alguns grãos de arroz e migalhas de pão sobre o tapete. Thorne se virou e começou a catá-los, colocando-os na palma da mão.

— Sinceramente, não teria me importado se *você* tivesse contado a alguém — acrescentou Louise.

— Eu sei. Pensei nisso.

— A quem você teria contado?

Thorne sorriu e disse:

— Provavelmente ao Phil.

Eles voltaram a se aproximar e Thorne perguntou se ela se incomodaria se ele desligasse a televisão e colocasse um CD. Normalmente, ela teria revirado os olhos e insistido que colocasse um dos dela, ou repetiria a piada que ouvira de Holland ou Hendricks sobre seu gosto musical duvidoso. Mas naquela noite ela estava alegre demais, pronta a concordar e relaxar. Thorne pôs uma antologia de Gram Parsons e voltou para o sofá, erguendo as pernas de Louise para estendê-las sobre as suas. Eles escutaram "Hearts of Fire" e "Brass Buttons", bebendo o que restava do vinho.

— Então, o que o Phil disse? — perguntou Thorne.

— O que a gente esperaria dele, na verdade. Aquele papo de que há sempre boas razões para essas coisas acontecerem e de que o corpo sabe o que está fazendo e percebe quando há alguma coisa errada.

Ela deu um grande gole do vinho e se esforçou para manter a expressão séria.

— O que é? — perguntou Thorne.

— Ele disse que pode muito bem ter sido porque o bebê ia parecer com você. — Ela começou a rir. — Disse que, no caso, esse aborto espontâneo era a melhor opção.

— Mas que safado!

— Ele me fez rir — disse ela, fechando os olhos. — Eu estava precisando.

Ela começou a cochilar depois disso e Thorne seguia pelo mesmo caminho. Antes de 22h30, ele dormia profundamente, com Gram e Emmylou cantando "Brand New Heartache", o estalo metálico de Elvis lambendo seu prato na cozinha e os pés de Louise em seu colo.

A banda tocando no Rocket no começo daquela noite tinha sido incrível. Certamente tão boa quanto qualquer uma das chamadas bandas *indies* que Alex escutara no rádio recentemente. Eles tinham algo a dizer, e músicas decentes. E havia algo mais do que jeans apertados e belas bundinhas. É claro que não *incomodava* o fato de o guitarrista ser um sósia perfeito do vocalista do Razorlight...

Ela amava o calor e o barulho; a sensação de estar no meio de uma multidão. Sempre que saía para fumar um cigarro, ficava ensopada de suor, e tremendo, quando acabava de tragar. Depois disso, quando a banda se retirou, colocaram algumas fitas e a *dance music* começou. Alguns de seus amigos tinham ficado por lá, mas ela já estava pronta para voltar para casa.

O que Greg dissera sobre cair na farra?

Ela abriu a porta do apartamento e tentou ver se ouvia vozes.

Alex vira o irmão mais cedo no bar, mas só por alguns instantes. Tempo suficiente para que ele lhe dissesse que preferia morrer a assistir ao show de uma banda chamada Os Ladrões Bastardos, e para ela sacar quem era a figura com quem ele estava trocando longos olhares sensuais. Ele sumiu sem deixar vestígio, quando o show chegou ao fim, mas isso não a surpreendeu.

Ela imaginou que ele tivesse decidido dormir cedo.

Havia luzes no andar de cima, mas não dava para ouvir nada e ela achou que talvez estivesse interrompendo alguma coisa. Que talvez tivessem percebido sua chegada e estivessem deitados na cama de Greg, rindo e sussurrando um para o outro.

Ela subiu os degraus, cantando baixinho e se segurando com força no corrimão. No alto, jogou o casaco sobre o balaústre e ficou parada por alguns segundos, ébria e muito alegre.

Em seguida, caminhou sem fazer barulho até a porta do quarto de Greg.

Não viu luz debaixo da porta. Tentou ouvir algo, mas não escutou barulho algum; nada de risinhos e muito menos o estalo das molas da cama. Segurou a maçaneta e a girou lentamente. A porta estava trancada.

Alex se virou e voltou para a cozinha, os passos não tão silenciosos quanto antes, decidindo se valia a pena ou não preparar um sanduíche de queijo, já que ficara faminta de repente.

Estava feliz de verdade por Greg e esperava, ainda que aquilo não viesse a passar de só uma noite de sexo, que pelo menos ele estivesse se divertindo. Que aproveitasse ao máximo.

Seu irmão não dormia com alguém com muita frequência.

MINHAS MEMÓRIAS

28 de setembro

Estou cansado, claro, praticamente o tempo todo, porque há muita coisa acontecendo e tenho que manter todas as bolas no ar, mas, quando cada novo desafio é superado com sucesso, quando passo a outro nome na lista, ouço um zumbido e acabo me esquecendo de que estou exausto, e isso faz com que cada gota de sangue, suor e lágrimas valha a pena.
E essas três coisas não têm faltado!
Mais cedo, eu estava pensando em uma coisa que meu pai dizia. Certa vez ele me contou que estabelecer metas e cumpri-las tinha sido a única coisa que lhe fez atravessar os períodos mais difíceis até chegar ao fim de alguma coisa. Ler um livro até o fim, concluir um jogo de palavras cruzadas, qualquer coisa. Obviamente, levando em conta sua situação, essas eram coisas sem importância, coisas para as quais o resto do mundo não dava valor, mas elas significaram demais para ele na época.
As metas que estabeleci para mim mesmo são mais grandiosas, sei disso. Um pouco mais difícil de serem fixadas e alcançadas. Mas, caramba, a sensação quando tudo dá certo é indescritível. Depois de feito — muito embora eu já esteja pensando em outros lugares onde preciso estar e a pessoa que preciso ser quando chegar lá —, eu me sinto muito animado e realizado. Desesperado para voltar e poder anotar todos os detalhes, descrevendo como tudo transcorreu, de tal forma que estou rabiscando estas palavras antes mesmo de limpar
todo o sangue.

* * *

Chamo de "Memórias", não de "diário", e isto é intencional. Uma compilação de pensamentos, ideias e reflexões sobre este mundo muito estranho. Como chegamos aqui. Algo a ser lido algum dia e, quem sabe, desfrutado. Não só o que comi no café da manhã ou o que vi na TV, nada disso.

* * *

O lance com o irmão e a irmã não poderia ter saído melhor. Estudantes levam uma vida bem fácil, essa é a verdade. Sei que se queixam por terem de reembolsar os empréstimos e coisa e tal, mas a maioria deles parece bem feliz em poder passar todas as noites nos bares e encher a cara. É uma vida mais fácil que a da maior parte das pessoas, na minha opinião. Na verdade, o irmão não era realmente um festeiro, não como alguns outros, mas depois de um tempo deu para ver que, de qualquer forma, ele não estava ali atrás de bebida.
Era um cara fácil de seduzir!
Pude ver na hora o que o atraía. Bastou sustentar o olhar por mais alguns segundos que o normal. Aquela história de "sexo com alguém de classe inferior". No momento em que ele reuniu coragem para se aproximar e dizer alguma coisa, o contrato foi fechado e nós nos dirigimos para sua casa rapidamente, logo em seguida.
A irmã havia preparado o café da manhã para nós dois. Achei a bandeja ao lado da porta, depois. Foi bem simpático, devo admitir. Primeiro, ela bateu, então escutei a porta se abrir e seus pés descalços galgando as tábuas do soalho.
Ele estava com o rosto para baixo e eu deitado transversalmente na cama, nu, mas com o lençol encobrindo o que ela não precisava ver. Senti que ela parou, tentando entender, tirar alguma conclusão sobre o que estava diante de seus olhos,

descobrir o que acontecera. Foi bem difícil ficar imóvel, controlar minha respiração como a situação exigia.

Ouvi quando ela disse o nome de seu irmão e "Oh, meu Deus" algumas vezes. Sussurrante.

Ela foi até o irmão, primeiro, e tocou nele, no ombro, no braço. Escutei sua respiração entrecortada e depois ela começou a chorar. Quando pressenti que ela estava olhando para mim, eu abri os olhos.

Bang! Como um morto ressuscitando. Olhei fixamente em seus olhos azuis, marejados, arregalados. Então ela abriu a boca para gritar, puxando o ar profundamente, mas minha mão agarrou seu pescoço a tempo de apertá-lo e calá-la.

Quando enfim saí do quarto, o chá estava frio e só dei duas mordidas na torrada. Achei divertido pensar que eles ficariam todos animados com o DNA da saliva, as marcas dos dentes na torrada e coisas desse tipo.

No fim, nada disso terá importância.

SETE

Como todos os outros policiais, Thorne havia sido avisado a não deixar documentos importantes à vista quando estivesse ausente do escritório. Os funcionários eram instruídos a não mexer nos postos de trabalho durante a limpeza. Entretanto, como nenhuma das partes aderiu de forma particularmente estrita às melhores práticas, Thorne passou a primeira meia hora da manhã de segunda-feira procurando vários pedaços de papel importantes com anotações em uma caligrafia feia, depois organizou sua mesa repleta de papéis, que se fazia passar por um sistema de arquivamento, embora sujeito a se desfazer se alguém, por ventura, abrisse a janela.

Ou fechasse a porta rápido demais.

— Merda!

— Desculpe — disse Kitson. Ela se dirigiu à sua mesa, observando Thorne agachado, recolhendo os papéis que haviam caído no chão. — Não sei. E se você usasse clipes ou grampos? — Depois ela retirou o casaco e colocou a bolsa na mesa, e continuou a falar como se ele fosse uma criança pequena ou um cachorro bem estúpido. — Ou então se, num momento de maluquice, você digitasse tudo no computador?

Thorne resmungou, levantou-se e voltou a sentar-se na cadeira.

— Você é um gênio — disse ele.

— Apenas uma questão de bom senso. — Kitson removeu a tampa do café para viagem que trouxera e encheu de espuma a colher de plástico. — Infelizmente, são poucos os homens realmente dotados dessa qualidade.

— Ah, é? — perguntou Thorne. — Você está falando de mim ou de Ian? — O nome era tudo que Thorne sabia sobre o namorado com quem Kitson andava saindo nos últimos meses, mas, desde que ela caíra em desgraça, ele não era capaz de culpá-la por manter sua vida particular da maneira mais privada possível. — O pobre coitado vacilou no fim de semana, não foi?

O sorriso de Kitson deixou claro que ele acertara na mosca.

— Só estou dizendo que se as mulheres administrassem as coisas...

— A vida seria melhor, é isso?

— ... o mundo não estaria neste imenso caos.

— Exceto uma vez por mês — disse Thorne. — Quando as coisas ficariam extremamente bagunçadas.

O sorriso de Kitson se expandiu em volta da colher de plástico.

— Como foi seu domingo, espertinho?

Thorne passara a maior parte do dia anterior sozinho, o que lhe fora bem conveniente. Louise tinha ido visitar os pais em Sussex e, embora Thorne se entendesse perfeitamente bem com ambos, ela não se dera o trabalho de perguntar se ele queria acompanhá-la. Se Hendricks estivesse certo, e Louise tivesse contado à mãe sobre a gravidez, ela provavelmente preferiria estar só para dizer que havia sofrido um aborto.

Ele não vira razão para perguntar.

Depois de preparar um sanduíche de queijo e presunto, ele assistiu ao Tottenham arrancar um triste empate contra o Manchester City. Louise chegou em casa antes que ele tivesse tempo de se entediar sozinho, assistindo novamente aos melhores momentos do jogo na TV. O resto da noite, eles passaram discutindo sobre quando ela voltaria ao trabalho.

Louise telefonara do hospital para seu escritório logo no primeiro dia de internação, dizendo que sofrera um problema estomacal e que ficaria quatro dias de licença. Thorne discordara, alegando que ela precisava de mais dias. Louise disse que se tratava de seu corpo e cabia a ela decidir, que se sentia perfeitamente bem e que voltaria ao trabalho segunda-feira de manhã.

Naquela manhã, Thorne saíra de casa uma hora mais cedo que de costume, a fim de evitar os engarrafamentos e escapar de uma nova discussão. Ele olhou para o relógio acima da mesa de Kitson. Naquele instante, Louise devia estar chegando à Scotland Yard, onde ficava a base do esquadrão antissequestro.

"*O corpo é meu, eu decido...*"

Ele baixou os olhos e respondeu a Kitson:

— Meu domingo foi bem sossegado.

Assim que a equipe se encontrou para a reunião matinal, logo se tornou aparente que outros envolvidos nas investigações-gêmeas tinham estado consideravelmente mais ocupados que Tom Thorne nas 36 horas anteriores.

— Conseguimos identificar as amostras de DNA reunidas sob as unhas de Catherine Burke, em Leicester, como sendo as mesmas extraídas das roupas de Emily Walker. Portanto, oficialmente, estamos, a partir de agora, procurando o mesmo indivíduo, que está ligado a esses dois homicídios.

Russel Brigstocke olhou detidamente para cada um dos presentes e concluiu:

— Um só assassino.

Karim tirou o dedo apoiado no queixo e o ergueu.

— Nós vamos divulgar isto? — perguntou ele.

— Ainda não — respondeu Brigstocke.

— E temos certeza de que o pessoal de Leicester também não o fará, não é?

— Eles sabem que não *devem* fazê-lo. — Brigstocke ergueu os ombros. — Mas olhem, em uma investigação como esta, há duas vezes mais chances de haver algum vazamento. Algum imbecil de uniforme que tenta impressionar uma repórter que ele está a fim de levar para a cama, qualquer coisa desse tipo. — Ele ergueu as mãos para acalmar a reação previsível. — Assim sendo, só o que podemos fazer é manter o sigilo do nosso lado. Todos nós sabemos como a imprensa funciona, como a coisa pode fugir ao controle se eles sentirem cheiro de assassinatos em série.

Mais uma vez, ele examinou todos os rostos, fazendo uma pausa mais longa ao encontrar os olhos de Thorne.

Este sabia que Brigstocke estava, pelo menos, parcialmente certo. Os tabloides iam cair de boca. Enquanto os jornais maiores seriam mais discretos, e provavelmente citariam a expressão usando aspas, os sensacionalistas não demonstrariam o mesmo comedimento. O mesmo valia para a TV: a BBC tentaria pelo menos não ser vista como sensacionalista, ao passo que, para canais como Sky News e Channel Five, a expressão "assassino em série" se tornaria uma espécie de mantra.

Ele sabia também por que Brigstocke olhara fixamente para ele antes de concluir. Ele imaginava que, se fosse pesquisar no Google, seu próprio nome brotaria em mais de um daqueles sites que vira na semana anterior. Seu nome ao lado daqueles dos homens e mulheres que tinha caçado.

Palmer. Nicklin. Bishop.

Um homem que acabava com a vida de estranhos porque tinha medo de não fazê-lo; que fazia outros assassinarem por ele; um assassino cuja vítima mais infeliz não havia morrido...

Os pensamentos de Thorne voltaram bruscamente de suas digressões quando a luz foi apagada e uma imagem surgiu na tela.

— A Polícia Científica em Leicester nos enviou o fragmento de radiografia encontrado junto ao corpo de Catherine Burke. — Brigstocke apontou para a tela. — E podemos ver como ele se encaixa ao que Emily Walker estava segurando. — Os pequenos pedaços de celuloide haviam sido ampliados, e, ainda que não estivesse bem claro o que tenha sido radiografado, a ampliação mostrava claramente onde a imagem inteira fora cortada, um entalhe que quase desaparecia quando os fragmentos eram colocados juntos. — O fato de o assassino ter nos deixado isso indica que ele quer que nós os coloquemos juntos. Embora, no momento, não saibamos ainda do que se trata. — Ele apontou para uma série de letras e números praticamente ilegíveis que se estendiam em três linhas no alto de cada pedaço, depois fez um sinal para o fundo da sala.

Trocaram o diapositivo e apareceu uma imagem mostrando a conjunção da sequência de letras e números ampliada ainda mais:

VEY48
ADD
PHONY

— Anotem isto — disse Brigstocke. Ele viu os olhares se concentrarem nos cadernos de anotações em toda a sala. — Agora, há obviamente pedaços faltando em ambos os lados...

Ao lado de Thorne, Kitson escrevia e murmurava:

— Como um quebra-cabeça.

— Mas não dispomos de uma caixa com a imagem completa — disse Thorne.

— Certo, vamos em frente. — Brigstocke deu uma última olhada na tela. — No entanto, se algum de vocês quiser puxar mais ainda o meu saco e empregar todos os minutos de seu tempo livre para descobrir isso para nós, eu ficarei extremamente agradecido.

— É melhor do que uma porcaria de sudoku — disse Karim.

Brigstocke sorriu.

— Não que alguém vá ter algum tempo livre, entende?

Quando resmungos exagerados se espalharam por todos os lados, Thorne fixou a imagem sem piscar. A sequência de números e letras.

No momento, ainda não sabemos do que se trata...

Ele imaginou o assassino manuseando uma tesoura de unhas, o rosto concentrado, cheio de rugas. Depois, ele o imaginou suando e manchado de sangue, colocando cuidadosamente cada pedaço de celuloide na palma da mão das vítimas e fechando os dedos mortos.

Há obviamente pedaços faltando...

Thorne olhou para as lacunas.

Meia hora mais tarde, quando a equipe tinha se dispersado, Thorne e Kitson foram até o escritório de Brigstocke para uma reunião menos formal. Para o inspetor-chefe, essas oportunidades eram ótimas para se entender com os principais integrantes de sua equipe e conversar sobre as estratégias de inquérito. Também para poder se queixar ou explorar ideias que poderiam ser constrangedoras demais em uma reunião mais ampla. Um ou dois anos antes, todos acenderiam um cigarro; antes disso, na época dos Ford Cortinas, quando ainda culpavam os irlandeses por tudo, uma garrafa de uísque ou vodca seria retirada de seu esconderijo.

Quando Thorne e Kitson chegaram, a porta de Brigstocke estava aberta. Ele falava ao telefone, mas, assim que os viu, fez sinal para que entrassem e sugeriu a Kitson que fechasse a porta.

Thorne viu a expressão no rosto de Brigstocke e não se deu o trabalho de se sentar. Ele soube qual era o assunto quando o inspetor-chefe disse:

— Você tem *certeza*? Porque este parece um caso diferente. — Ele soube, no momento em que Brigstocke falava de pedaços de plástico e censura à imprensa.

Thorne trocou olhares com Kitson, enquanto aguardavam.

Brigstocke desligou e deixou escapar um suspiro profundo, longo e exausto.

— Mais uma peça do quebra-cabeça? — perguntou Thorne.

O rosto de Brigstocke ainda estava lívido quando ele respondeu:

— Duas peças.

OITO

Os corpos de Gregory e Alexandra Macken, de 20 e 18 anos, haviam sido descobertos pouco após as 9h30 pelo proprietário do apartamento alugado em Holloway — um iraniano chamado Dariush —, que tinha ido até lá para resolver um problema de aquecedor quebrado. Eles foram informalmente identificados pela senhora que morava no apartamento do andar de baixo, que afirmava tê-los ouvido voltando para casa no sábado, duas noites antes, porém não os vira mais desde então.

— Eles voltaram em horas diferentes, e certamente ouvi duas vozes masculinas mais cedo. — Ela se mostrou bem insistente quanto a isso, ao passo que, ao mesmo tempo, deixou claro que não gostava de meter o nariz na vida dos outros. Depois, com os olhos já embotados, disse: — Mais cordiais do que os estudantes costumam ser. — E fez questão de que o policial uniformizado anotasse isso. — Não faziam baderna e sempre cumprimentavam as pessoas. Chegaram até a alimentar meu gato, quando fui visitar minha irmã.

Ambas as vítimas foram encontradas mortas no quarto maior do apartamento. Gregory foi descoberto nu, deitado na cama, enquanto sua irmã, de pijama e roupão, foi encontrada no chão. Ambos tinham pedaços de plástico preto nas mãos e ferimentos na cabeça claramente visíveis através do saco manchado de sangue.

Em menos de uma hora, a equipe da perícia tinha começado a trabalhar. Uma policial uniformizada fazia o possível para consolar o Sr. Dariush, preparando-o para colher seu depoimento, enquanto outro, responsável pelos contatos com a família das vítimas, procurava fazer contato com algum parente próximo a fim de informá-lo de que seria necessária sua presença para identificar os corpos no dia seguinte.

Se assim o desejassem...

— Não entendo como alguém pode *escolher* esse tipo de trabalho — disse Thorne. — Quero dizer, a maioria de nós tem que fazer isso uma vez ou outra, mas por que arrumar um emprego no qual tudo o que se faz é lidar com a desgraça de outras pessoas? No qual é preciso... *entrar de cabeça nisso?*

— É preciso sentir empatia.

— Sentir o quê?

— É preciso dar importância ao ocorrido.

— Mas, o tempo todo? — Thorne sacudiu a cabeça e bebeu um bom gole de café. — Prefiro encarar alguém com uma arma.

— Você deveria pensar em recomeçar um treinamento — disse Hendricks. — Os mortos não são incômodo algum.

Já eram quase 18h. Depois de mais de sete horas no local do crime, Thorne e Hendricks saíram do apartamento quando a tarde caiu, e caminharam uns cem metros até o bar na Hornsey Road, a fim de matar o tempo, enquanto aguardavam que os corpos fossem removidos.

— Quantas horas antes o irmão foi morto?

Eles haviam escolhido uma mesa no canto sem precisar debater sobre a escolha, ambos acostumados a se manter o mais longe possível dos outros clientes sempre que se encontravam em um bar ou restaurante e tinham que conversar sobre o trabalho.

— Dez, doze horas, talvez — disse Hendricks. — Faz mais de um dia desde a morte da irmã, portanto ele deve ter sido morto há mais de umas 36 horas.

— Então sábado à noite e domingo de manhã.

Hendricks concordou e tomou um gole de chá.

— Um grande filme, esse. Quando o Albert Finney ainda era lindo.

— Você acha que ele é gay? — perguntou Thorne.

— Albert Finney?

Thorne ignorou seu colega e aguardou. Ele estava pensando no que a vizinha de baixo dissera e refletindo sobre a cronologia dos eventos. A moça não tinha sido assassinada porque interrompera alguém que estava matando seu irmão.

O assassino estava *esperando* por ela.

— Olhe, amanhã eu poderei dizer se houve alguma relação sexual — disse Hendricks. — Quem fez o quê com quem, e durante quanto tempo. Macken era gay *com certeza*, se isso pode ajudar.

— É o seu radar gay para detectar cadáveres, é isso?

— Ele tinha, em suas prateleiras, livros de Armistead Maupin e Edmund White. E Rufus Wainwright no CD *player*.

Thorne ouvira falar em Rufus Wainwright.

— Confio na sua palavra.

— O assassino pode ser gay também — disse Hendricks. — Mas, se você me perguntar, acho que ele pode ser qualquer coisa. Capaz de fazer qualquer coisa para entrar na casa.

— E depois, uma vez lá dentro, capaz de fazer o que for preciso. — Thorne terminou seu café e disse tanto para Hendricks quanto para si próprio: — Ele... se adapta.

— Não tenho certeza de que poderemos saber *exatamente* o que aconteceu. Como ele fez a moça entrar no quarto, se estava escondido Mas desta vez ele trouxe *dois* sacos plásticos.

— Dois sacos, mas um só objeto pontiagudo — disse Thorne. Tinham encontrado uma pesada jarra de vidro ao lado da cama. Havia cera de vela endurecida no fundo da jarra, e o que parecia ser matéria encefálica e sangue coagulado na parte externa. — Ele planeja tudo minuciosamente *e* tem o raciocínio rápido.

Hendricks concordou.

— Ele é bom nisso.

Uma garçonete se aproximou e perguntou se queriam algo mais. Hendricks disse que não, mas Thorne pediu outro café, sentindo-se bem ali, sentado por alguns instantes.

— O que ele fez durante doze horas? — perguntou ele.

— *Quem* fez o quê?

— Nosso homem, depois de matar o rapaz.

— Talvez tenha dormido um pouco — respondeu Hendricks. — Lido um livro. Talvez tenha se masturbado. — Ele deu de ombros. — Eu sei como é a cabeça desses malucos, mas não me pergunte o que se passa dentro dela.

Thorne inclinou-se em sua cadeira.

— *Talvez tenha se masturbado?*

Hendricks sorriu.

— Muitos desses casos têm algo de sexual, sabe?

Alguns, de fato, mas Thorne já concluíra que aqueles assassinatos não tinham motivação sexual, e não somente pela falta de provas. Uma morte violenta nunca era tratada como algo comum, mas, quando envolvia sexo, vingança e dinheiro, poderia haver pelo menos algum nível de entendimento. Quando nada disso estava envolvido, aí, sim, a coisa começava a assustar.

E Thorne estava começando a ficar assustado.

Ambos ouviram um choque repentino contra a janela e, ao se virarem, viram um bêbado, que já havia passado por ali cambaleando, pressionando o rosto contra o vidro. Thorne desviou o olhar, mas Hendricks sorriu e acenou para o homem. A garçonete, que estava perto de uma mesa próxima, se desculpou e caminhou até a porta, mas o bêbado, tendo lançado um último beijo para seu novo melhor amigo, já seguia a passos tortos pela calçada.

Hendricks sorriu e ergueu as mãos.

— Como eu disse, *empatia*...

Bateram outra vez na janela e, desta vez, Thorne se virou e viu Dave Holland chegando. Thorne tentou terminar seu café rapidamente enquanto Holland se aproximava da mesa.

— Estão removendo os corpos, finalmente?

— Não, mas você devia voltar até lá, assim mesmo — disse Holland. — Martin Macken chegou e está fazendo um escândalo. — Ele olhou para o café na mão de Thorne, pensando que ele também gostaria de beber um bem forte. — O pai dos jovens.

A rua havia sido interditada ao trânsito, provocando um engarrafamento considerável nos quarteirões vizinhos, intensificado pelos motoristas curiosos que desaceleravam nas esquinas. Se houvesse um jogo no Emirates Stadium, uma pane total do tráfego se abateria sobre uma imensa área do norte de Londres.

A rua da residência dos Macken estava apinhada de veículos da polícia e da perícia. O Saab conduzido pelo policial encarregado de contatar a família estacionara na calçada oposta, entre um caminhão transportando um gerador e uma pequena van-lanchonete que servia sanduíches e bebidas.

Thorne percebeu que o Saab era o veículo que estava procurando quando viu que era de lá que vinha o barulho. À medida que ele e os outros se aproximaram, viram um jovem policial à paisana e vários uniformizados tentando acalmar um homem que berrava e se debatia para atravessar a rua.

Tratava-se, ele deduziu, de Martin Macken. A cerca de seis metros do carro, Thorne desviou-se com Hendricks e lhe disse que entrasse de novo no apartamento e retardasse a remoção dos corpos. Enquanto Hendricks atravessava rapidamente a rua, Thorne se apresentou a Martin Macken, expressando suas condolências.

Macken não deve ter ouvido uma só palavra por conta do alvoroço enorme que estava fazendo e, depois de tentar mais uma vez, só restava a Thorne ficar calado e esperar que o homem parasse para tomar fôlego ou caísse morto de exaustão. Ele devia ter uns 50 anos e certamente cuidava de sua saúde, mas agora desabava diante dos olhos de Thorne. Os cabelos, que normalmente estariam bem penteados para trás, se agitavam sobre seu rosto cada vez mais colérico, com os tendões rígidos no pescoço. Pálidos, seus lábios finos babavam. Os olhos dardejavam, furiosos e injetados de sangue, enquanto ele tentava alcançar a casa na calçada oposta e berrava pelos filhos.

— Por favor, Sr. Macken...

De repente, ele pareceu distrair-se com um movimento na porta da frente e parou de se debater. Thorne fez um sinal com a cabeça e avançou, enquanto os policiais, que até então tinham se mantido cabisbaixos, empregando o mínimo de força possível para conter o homem, recuaram.

— Sou o inspetor Thorne, Sr. Macken.

Com o rosto vermelho e respirando sofregamente, Macken apontou para a figura se movendo na porta da frente da casa onde os filhos tinham morado.

— Quem é aquele?

Thorne engoliu em seco ao ver Hendricks desaparecer no interior. Aquele é o homem que vai cortar seus filhos de manhã.

— É só outro integrante da equipe. Todos estão trabalhando arduamente.

O olhar de Macken se dirigiu para as janelas do segundo andar, um gemido vindo do fundo da garganta. Os policiais ao lado ficaram tensos, achando que ele poderia atravessar correndo a rua a qualquer momento. Quando ficou claro que ele não o faria, o policial que cuidava do contato com familiares, um sargento escocês chamado Adam Strang, se aproximou de Thorne.

— Tentei convencê-lo a ficar onde estava — disse Strang. — Falei que só precisaríamos dele amanhã, mas ele não quis saber de nada. Simplesmente saiu andando de casa e se instalou no banco traseiro do carro. Eu tive que entrar e apagar as luzes...

Thorne assentiu com a cabeça e deu um passo na direção de Macken.

— É melhor você voltar para o carro. — Sem desviar o olhar da janela, Macken sacudiu a cabeça. — Você não ficaria melhor em casa?

— Quero ver meus filhos. — Sua voz soou baixa, rouca, educada.

— Receio que isso ainda não seja possível. — Thorne pôs a mão em seu braço. — Não é melhor nós o acompanharmos até...

Thorne olhou para o lado.

— Kingston — disse Strang, vindo em seu auxílio.

— Há alguém que possa ficar com o senhor... sua esposa?

De soslaio, Thorne viu Strang balançar a cabeça, mas já era tarde.

Macken virou bruscamente a cabeça e olhou firme para Thorne. Sua boca se entreabriu, como se uma imagem horrível tivesse sido de repente lembrada e algo de desesperado se afigurou em seus olhos; como se rogasse, como se rezasse.

— Não, depois do que aconteceu com Liz — balbuciou ele. — Não, depois do que aconteceu com Elizabeth.

Thorne olhou para Strang.

— Acho que ele está falando da Sra. Macken, a esposa — disse Strang em voz baixa.

— Meu Deus, não. Meu Deus...

— Sua esposa está bem?

— Minha companheira, não minha esposa. Nunca quisemos nos casar.

O que aconteceu com ela?

— Liz foi assassinada — respondeu Macken, de um modo simples e triste. — Faz 15 anos. Assassinada, como seus filhos.

Thorne sentiu aquilo começar assim que fizera a pergunta e vira o rosto de Macken. Um leve arrepio na nuca, logo se espalhando, antes mesmo de Macken parar de falar.

Em algum lugar mais atrás, ele pôde escutar a voz de Holland murmurando "Puta merda".

O fato de nunca terem se casado explicava por que o nome "Macken" não aparecera na pesquisa de Thorne naquela manhã; o sobrenome dos jovens era o de seu pai, que não era o mesmo que o da mãe deles. Agora, ele se lembrava dos sete nomes na lista de vítimas de Raymond Garvey: "Elizabeth O'Connor" era o terceiro.

Thorne pronunciou o nome do assassino de sua esposa calmamente e mal pôde suportar ver o rosto de Martin Macken se deformar e ele cair para trás, gemendo, ao lado do carro.

Thorne já estava pegando o celular e se afastando rapidamente, ciente de que Strang o chamava, perguntando o que fazer com o Sr. Macken. Percorrendo a lista de contatos do telefone, ele se encaminhou até onde estava Holland e disse que ele deveria ligar para sua namorada avisando que ficaria trabalhando até bem tarde.

Foi, então, a vez de Holland gritar com ele.

Foi bastante fácil entrar em contato com o Setor de Investigações Especiais, em Leicester, porém foi preciso alguma persuasão e, depois, mais um ou dois minutos se concentrando entre gritos e blasfêmias para conseguir o número de casa de Paul Brewer.

— Está com pressa de pagar aquele uísque? — perguntou Brewer.

— Vou dar um pulo em Leicester hoje à noite — disse Thorne. — E gostaria de conversar com o namorado de Catherine Burke. Preciso que você me ajude com isso.

— Ajudar, como?

— Informe ao rapaz que estou indo até aí. Certifique-se de que ele vai me esperar.

— Caramba, é algo em relação à mãe de Catherine Burke? — Brewer pareceu conter um bocejo. — Eu te disse, já falei com ele sobre isso.

— Sei que falou, Paul — concluiu Thorne. — O problema é que ele está mentindo.

NOVE

Havia um cartaz, À VENDA, na fachada do prédio onde ficava o apartamento de dois quartos que Jamie Paice tinha, até três semanas atrás, dividido com Catherine Burke. Thorne estava olhando para ele, quando a porta se abriu e um rapaz vestindo jeans e uma camiseta do Leicester City começou a reclamar, dizendo que já era muito tarde e não compreendia o que podia haver de tão importante. Já estava ficando cansado de responder a tantas perguntas, tendo acabado de perder sua namorada.

Thorne se apresentou e Holland disse:

— Um café seria bem-vindo.

Eles seguiram Paice até o andar de cima e, enquanto ele se dirigiu para a pequena cozinha, Thorne e Holland entraram em uma sala de estar onde havia um sofá de couro preto e duas poltronas no mesmo modelo. Uma mulher loura com seus 20 anos estava sentada com uma garrafa de cerveja na mão, diante de uma TV de plasma. Após uma troca de olhares significativos, ela relutantemente desligou o aparelho e se apresentou como Dawn Turner.

— Sou só uma amiga — disse ela, sem que a pergunta lhe fosse feita.
— Eu era amiga de Catherine.

Thorne fez um gesto com a cabeça. Ela usava uma camiseta sem mangas que não lhe caía bem, com as alças do sutiã visíveis em cada ombro. A sala estava abafada. Thorne e Holland tiraram o casaco e sentaram-se no sofá.

— Tem sido muito difícil para Jamie — disse Turner, colocando sua garrafa ao lado da cadeira —, nestas últimas semanas.

— Aposto que sim.

Eles partiram de Londres em uma hora boa e, mesmo com Thorne mantendo sua BMW a uma velocidade bem controlada, alcançaram a periferia de Leicester uma hora e meia depois de saírem de Holloway. Já eram quase 22h quando Jamie Paice entrou na sala carregando duas canecas de café e cervejas geladas para ele e sua "amiga". Ao se deixar cair na poltrona, ele olhou demoradamente para seu relógio.

— Para ser franco, estou fazendo um favor para vocês — disse ele.

— É bom que seja mesmo importante. Não me parece que vocês estejam aqui para me dizer que pegaram o filho da puta que matou Cathy.

Thorne sorriu, como se simplesmente não o tivesse ouvido.

— Vendendo o apartamento, Jamie?

Paice olhou para Thorne e sacudiu a cabeça, perplexo.

— Foi por isso que vocês vieram aqui? Querem fazer uma oferta?

— Não, fiquei apenas interessado, pois vi o anúncio.

— Bem, estávamos pensando em vendê-lo. Eu e Cathy já tínhamos visitado outros imóveis antes de ela ser assassinada.

— A polícia achou que isso podia ter a ver com o que aconteceu — disse Turner. — Eles supõem que, seja quem for que a matou, pode ter passado por aqui, fingindo estar interessado no apartamento. Acho que eles verificaram com as administradoras imobiliárias.

— Tenho certeza de que o fizeram — disse Thorne.

Holland se ajeitou na beira do sofá e olhou para Paice, fazendo um gesto com a cabeça na direção de Turner.

— Você pediu à sua amiga que viesse até aqui, quando soube que nós estávamos a caminho? — perguntou ele.

— Por que eu faria isso?

— Para ter algum apoio moral.

Paice ficou calado e tomou um gole de cerveja.

— Ou, então, ela já estava aqui?

— Brewer disse que vocês queriam falar comigo sobre alguma coisa. — Paice estendeu os braços, encostando-se na poltrona. — Podemos ir direto ao assunto?

— Você estava fazendo compras na cidade, quando Catherine foi assassinada — disse Holland.

— Meu Deus, vamos começar tudo outra vez?

— Procurando um programa de computador que vocês queriam comprar, foi o que você disse. Mas você acabou não comprando nada

— Não foi o que eu *disse*. Foi o que aconteceu.

— Isso é ridículo — disse Turner. — A polícia já verificou tudo isso. Foi até as lojas onde Jamie esteve.

— Podemos sempre verificar outra vez — alegou Thorne.

— Façam o que quiserem — disse Paice. — Talvez eu devesse conversar com um advogado para saber como posso processar vocês por essa bobagem.

— Um advogado pode ser uma boa ideia — concordou Holland.

— O quê? — Paice pareceu nervoso de repente e começou a se balançar devagar na cadeira, os dedos apertados em torno do gargalho da garrafa de cerveja.

— Está tudo bem, Jamie. — Olhando com raiva para Holland, Turner se levantou e sentou-se no braço da poltrona de Paice. Ela colocou a mão sobre seu ombro e lhe disse que ele precisava se acalmar; que ficar irritado não levaria a nada, e não traria Catherine de volta.

— É verdade o que ela está falando — disse Holland. — E já está na hora de você se acalmar.

Thorne queria ficar ali sentado, deixando Holland interrogar Jamie Paice. Eles sabiam muito bem que seu álibi era sólido, e eles não haviam percorrido centenas de quilômetros de carro porque achavam que ele assassinara Catherine Burke ou qualquer outra pessoa. Porém, por alguma razão, ele mentira para Paul Brewer, estavam seguros disso, e, nessas situações, sempre compensava deixar as coisas bem claras.

Holland fazia isso muito bem, e não era a primeira vez. Mais ou menos um ano antes, Thorne lhe dissera como ficara impressionado. Holland rira ao ouvir isso e, depois, disse a Thorne que, quando se tratava de fazer as pessoas se sentirem constrangidas, ele havia tido um grande mestre. "Não estou falando de você nos interrogatórios ou coisa parecida", disse Holland, parecendo se divertir com isso. "É simplesmente como você é com as pessoas... *o tempo todo.*"

— Perguntaram a você como a mãe de Catherine havia morrido — disse Thorne, esperando até que Paice olhasse para ele, antes de prosseguir. — E você falou um monte de bobagem.

— Quando Brewer ligou e perguntou, você quer dizer? — Paice parecia genuinamente confuso. Turner apertava seu ombro, tentando dizer alguma coisa, mas ele não a deixava falar. — Eu contei para ele. Não estou entendendo.

— Você contou que a mãe de Catherine tinha morrido de câncer.

— Isso. Assim como seu pai. Ele morreu há poucos anos, câncer no estômago, eu acho, e a mãe de Cathy morreu quando ela era criança. Não sei de que tipo exatamente...

— Por que está mentindo?

— *Não* estou mentindo. Ela morreu de câncer.

— Não — disse Thorne. — Não morreu de câncer.

Ele estava certo de que a mãe de Catherine Burke tinha sido assassinada 15 anos atrás, assim como a mãe de Emily Walker e de Alex e Greg Macken. Não havia ninguém chamado Burke na lista de vítimas dentro do bolso de Thorne, mas tampouco havia uma Macken ou uma Walker. Existiam inúmeras razões para que os sobrenomes de pais e filhos não fossem os mesmos, mas a ligação entre as quatro últimas vítimas de homicídios não deixava mais a menor dúvida.

— Isto é loucura — exclamou Paice. Ele se moveu para a frente, tentando se levantar, mas foi gentilmente forçado a se sentar outra vez.

— É verdade, Jamie — disse Turner. — A mãe da Cathy foi assassinada por um homem chamado Raymond Garvey.

Paice ergueu o olhar na direção dela e, assim que se lembrou do nome, ele começou a sacudir a cabeça.

— Você está brincando? O cara matou um monte de gente, não foi?

— Sete pessoas — disse Turner. Ela olhou para Thorne, que confirmou o número, e concluiu: — A mãe de Cathy foi a terceira ou quarta vítima, eu acho.

Paice deu um grande gole, mantendo a cerveja dentro da boca por alguns segundos antes de engoli-la.

— Então por que ela não me contou? Por que inventar essa história de câncer?

— Ela não aguentava mais — disse Turner. — As pessoas querendo saber como ela se sentia... Afinal de contas, que tipo de curiosidade é essa? — Ela se dirige a Thorne e Holland, assim como a Paice, agora, arrancando pedaços do rótulo da garrafa de cerveja, enrolando-os na palma da mão. — Ela costumava ficar muito incomodada com as pessoas escrevendo livros sobre isso e fazendo documentários para a televisão. Havia até um cara com quem costumava sair, que depois ela descobriu... ficava excitado com isso. Uns malucos, sabe? Então, alguns anos atrás, ela resolveu dar um basta. Mudou de nome, se transferiu para outro lado da cidade e nunca voltou a falar no assunto com ninguém. Eu conhecia Cathy desde os tempos de escola, mas eu era a única pessoa com quem ela falava e sabia o que havia acontecido, quando ela era criança. Além de mim, ninguém mais nem imaginava. Ninguém no trabalho dela. Nem Jamie.

Thorne olhou para Paice.

— Há quanto tempo vocês dois estavam juntos?

Paice parecia traumatizado.

— Um ano e meio. — Ele aproximou a garrafa da boca e olhou para ela.

— Por que "Burke"? — perguntou Holland.

Turner despejou os pedaços de rótulo enrolados dentro de um cesto de lixo de vime no canto da sala.

— Era o nome de solteira da mãe dela — respondeu a jovem. — Ela não ficou com absolutamente nada da mãe depois da morte. Seu pai passou a beber muito após isso, acabou vendendo tudo o que podia para pagar as contas. O nome da mãe dela era praticamente a única coisa sua que Cath podia preservar.

Thorne sabia que estava quase terminado. Ele olhou para seu casaco, que deixara caído no chão ao lado do sofá.

— Qual era a idade dela quando isso aconteceu?

— Onze — disse Turner. — Nosso primeiro ano numa grande escola. — Ela fechou os olhos por cinco segundos... dez, depois se levantou e voltou a sentar na outra poltrona. — Isso mexeu muito com a cabeça dela. *Para sempre*, entende?

— Drogas, é isso?

— Pois é. Quem não o faria?

Apanhando seu casaco, Thorne viu o olhar do homem na poltrona deslizar até seus pés e sentiu que Jamie Paice ficaria felicíssimo se pudesse ter ainda a namorada ao seu lado; e sair desse drama com ela usando todos os comprimidos que Catherine conseguisse desviar do hospital.

— Garvey matou a mãe de Catherine quando ela estava tomando banho de sol — disse Turner. — Ele subiu pela cerca e a agrediu até matar em plena luz do dia. — Ela olhou para o que restava em sua garrafa e bebeu rapidamente. — Catherine a encontrou no jardim, quando voltou da escola.

Quinze minutos mais tarde, a quase dois quilômetros da rodovia M1, Holland disse:

— Com um pouco de sorte, à meia-noite, nós estaremos de volta.

— Acho melhor ficarmos por aqui — disse Thorne.

— O quê?

— Vamos beber alguma coisa, depois dormimos e voltamos amanhã cedo.

Aquilo não pareceu entusiasmar Holland nem um pouco.

— Eu não disse nada a Sophie.

— Estamos na mesma situação. — Thorne reduziu a velocidade e começou a procurar as placas de sinalização. — Nós passamos por um lugar na vinda. Perto da rodovia. Bem à mão para sairmos amanhã cedo.

— Merda... Não trouxe nada para a passar noite.

— Podemos conseguir uma escova de dentes para você em algum lugar. E não me diga que nunca usa a mesma calça dois dias seguidos.

— Mas é um absurdo — protestou Holland.— Estamos a uma hora e pouco de casa.

— Estou cansado.

— Posso dirigir, se você quiser dormir.

— Quero ficar por aqui — disse Thorne.

O lugar era algo entre um motel e um centro de reabilitação para adolescentes, com papel de parede imitando madeira em todas as superfícies, um som de flauta saindo dos alto-falantes alto o bastante para rachar as paredes e um cheiro preocupante na recepção. Eles se registraram rapidamente, tentando não respirar demais. Thorne fez o possível para se mostrar simpático e bem-humorado, sem conseguir extrair um sorriso da mulher atrás do balcão. Em seguida, como nem ele nem Holland queriam encarar o quarto sem tomar pelo menos um drinque, ambos seguiram diretamente da suntuosa área da recepção para o que se passava por um bar.

Ainda não eram 23h, mas o local — meia dúzia de mesas e algumas plantas artificiais — estava praticamente vazio. Dois homens de meia-idade de terno estavam em uma mesa perto da porta e uma mulher de 30 e poucos anos estava sentada na extremidade do balcão, folheando uma revista. Não havia sinal de funcionários.

— O lugar está bombando — disse Holland.

Depois de alguns minutos, um cara estranho e meio careca, usando um colete cor de ameixa, se materializou atrás do balcão e Thorne pediu as bebidas: uma taça de vinho Blosson Hill para ele e uma cerveja Stella Artois para Holland. Perguntou se podiam pedir alguns sanduíches, mas foi informado de que a cozinha estava fechada. Eles levaram as bebidas para uma mesa no canto, e Thorne apanhou as tigelas de amendoins pela metade em três mesas adjacentes antes de sentar-se.

— Estão cheios de mijo — disse Holland.

Thorne estava com a boca cheia de amendoins e limpava o sal acumulado em suas mãos. Ele olhou para Holland e disse:

— O quê?

Holland apontou para as tigelas.

— As pessoas mijam e não lavam as mãos. Eu vi o programa da Oprah e eles fizeram testes. Descobriram vestígios de urina nas tigelas de amendoins e *pretzels*, essas coisas que deixam sobre os balcões.

— Estou com fome — disse Thorne.

Holland se serviu de um punhado.

— Só estou falando.

A música de flauta fora trocada por uma que provavelmente era de Michael Bolton, mas poderia muito bem ser um animal de grandes dimensões agonizando. Mas o vinho desceu facilmente e Thorne riu quando Holland comentou casualmente o fato de ele estar bebendo vinho *rosé*. Thorne lhe informou que Louise tinha começado a comprá-los e, segundo um artigo na imprensa, eles agora eram extremamente elegantes.

— Extremamente gay — disse Holland.

Thorne poderia ter dito que aquele tipo de comentário incomodaria Hendricks, não fosse este exatamente o tipo de comentário que Hendricks faria. Em vez disso, empurrou sua taça para o centro da mesa, lembrando a Holland que era sua vez de pagar a rodada. Poucos minutos depois, Holland retornou do balcão com outra cerveja, uma taça de vinho e quatro embalagens de batatas fritas sem urina.

— Você não se sente um pouco culpado? — perguntou Holland. — Em relação a Paice, quero dizer. Ele evidentemente não estava a par da história de Garvey.

— "Evidentemente", eu não sei.

— Você viu a expressão dele?

Thorne levou alguns segundos para responder.

— Talvez ele e sua nova namorada tenham inventado essa história.

— Por que fariam isso?

— Não tenho a mínima ideia.

— Pois bem, se fizeram isso, eles merecem o Oscar. — Holland bebeu de uma vez o que lhe restava da primeira cerveja. — Aliás, quem disse que ela é sua namorada?

— Foi a primeira coisa que eu pensei, acho. Assim que entrei.

Holland balançou a cabeça.

— Isso sequer me ocorreu. Algumas pessoas têm pensamentos sórdidos, desconfiados.

— Difícil não supor.

— E você acha que isso faz de você um bom policial? — Holland sorriu, mas não pareceu estar brincando. — Ou um mau policial?

— Provavelmente um policial que está nisso há muito tempo — respondeu Thorne.

Holland verificou se restavam algumas batatas fritas, mas todos os pacotes estavam vazios.

— Então, desde quando você parou de dar às pessoas o benefício da dúvida? — perguntou ele.

— Isso é trabalho para os jurados, não para mim.

— Sério.

— Não acho que já tenha feito isso... Jamais faço isso. — Thorne bebeu um bom gole de vinho. Este era um pouco mais adocicado que aquele que Louise comprara no Sainsbury. — Se, logo de início, você supor que todo mundo é imbecil, é improvável que fique decepcionado. — Ele se virou para o balcão e viu a mulher olhando na direção deles. Ele lhe sorriu e voltou a olhar para Holland. — Tudo bem, acho que me sinto um *pouco* culpado. E idiota, por achar que esse lance com Jamie Paice possa ter sido importante.

— Mas poderia ter sido — disse Holland erguendo sua cerveja. — E, neste instante, estaríamos brindando nosso sucesso com algo mais caro. Temos que atirar em todas as direções, certo? Mesmo que seja *idiotice*. Até a sorte nos sorrir e esse cara cometer um erro.

— Estou esperando que ele já tenha cometido um erro — disse Thorne. — Não quero ver mais nenhum pedaço de radiografia.

Depois de alguns instantes, Holland perguntou:

— Sinceramente, o que estamos fazendo aqui?

— Não estou entendendo.

— Aqui, neste fim de mundo, em vez de estarmos em nossas camas. — A expressão no rosto de Holland deixava claro que esperava ouvir Thorne dizer que estava enfrentando problemas com Louise, ou tentando evitar algum jantar entediante com a família e amigos dela. Esperava ouvir alguma coisa que o fizesse rir ou sentir-se solidário. Ele sacudiu a cabeça, pensando nas encrencas em que as mulheres os colocavam. — Tudo bem, você não precisa me contar.

Thorne estava se esforçando para responder à pergunta. Havia alguma razão por trás de sua relutância em voltar para casa que ele mal conseguia articular, mas que mesmo assim o fazia sentir-se terrivelmente culpado. Algo que não o deixava à vontade para partilhar com Holland, ou qualquer outra pessoa, ainda que fosse capaz de encontrar as palavras adequadas.

— Eu já disse — respondeu ele, feliz em poder exagerar o bocejo perfeitamente oportuno. — Estou apenas exausto.

— Muito bem. — Holland se levantou e disse que estava pronto para se recolher.

Combinaram de se encontrar às 7h para o café da manhã. Holland disse que botaria o alarme no celular para despertar. Depois, em vez de seguir com Holland até o elevador, Thorne voltou atrás, dizendo que ficaria mais um pouco para tomar outro vinho.

— Vai me ajudar a dormir.

— Tome logo dois. Você vai dormir como um bebê.

Thorne podia pressentir onde isso ia dar, mas apenas sorriu, deixando Holland ficar com a última palavra.

— Você vai acordar chorando por ter mijado na cama.

Thorne andou até o balcão e pediu outra taça de vinho. A mulher sentada alguns bancos adiante largou a revista e disse:

— Foi abandonado pelo seu companheiro?

— Aparentemente, eu tenho pensamentos sujos e suspeitos — disse Thorne. Depois, olhando para as garrafas à sua frente, ele fez um gesto com a cabeça.

— Aceita alguma coisa?

A mulher agradeceu e foi sentar-se mais perto. Ela pediu uma cuba libre e, quando começou a falar, ficou óbvio que aquele não era o primeiro drinque da noite. Seu rosto era pálido, tinha os cabelos pretos à altura dos ombros e usava um casaco de brim sobre uma curta saia marrom. O barman, com seu colete cor de ameixa, a placa no bolso com o nome Trevor, se pôs a servir as bebidas e ergueu as sobrancelhas para Thorne, quando a mulher não estava vendo.

— Meu nome é Angie — disse ela.

Thorne apertou a mão estendida da mulher e sentiu que corou um pouco quando lhe disse seu nome.

— Em que ramo você está, Tom?

— Vendo nozes — respondeu ele. — Amendoins, nozes... Sou basicamente um vendedor de petiscos.

Ela assentiu com a cabeça, sorrindo ligeiramente, como se duvidasse do que ouvia. Quando o barman acabou de servir as bebidas, ela pegou seu copo e esperou que ele se afastasse.

— Olhe, Tom. É quase meia-noite e nós podemos ficar aqui entornando todas. Ou podemos simplesmente levar estes copos para seu quarto.

Ela não tirou os olhos de cima dele enquanto sorvia sua bebida. Agora Thorne sentiu que estava *realmente* corado. Pôde sentir também o sangue esquentando em outras partes do corpo e ficou feliz por estar sentado.

Ele havia telefonado para Louise mais cedo, no estacionamento, ao mesmo tempo que Holland falava com Sophie. Ela lhe dissera que não havia problema se ele não voltasse; tinha até parecido um pouco irritada com a ideia de que ele pudesse achar que isso a incomodaria. Disse também que lhe faria bem ir para a cama mais cedo e, quando ele perguntou como tinha sido seu primeiro dia de volta ao trabalho, ela lhe disse que fora ótimo; não havia razão para ele se preocupar.

— Eu tenho... uma namorada — disse Thorne, assentindo com a cabeça, como se aquilo fosse autoexplicativo, mas a mulher apenas olhou para ele, parecendo esperar que desenvolvesse mais o tema. Ele estava tentando engolir em seco, pensando que não a achava lá grande coisa, realmente, e se perguntando como reagiria se o dissesse. — Você sabe, em *outra* circunstância...

A mulher ergueu as mãos e deslizou de seu banco lentamente.

— Não tem problema.

Thorne ainda sacudia levemente a cabeça, como um idiota. Ela dissera aquilo do mesmo modo que Louise: informal e friamente. Ele abriu sua carteira e retirou uma nota de dez libras para pagar a conta; e se virou ao ouvir a mulher praguejando.

Ela apontou para a identificação policial em sua mão e sacudiu a cabeça.

— Normalmente, consigo identificar de longe idiotas como você.

Rapidamente, Thorne pôde ver Trevor rindo maliciosamente, enquanto secava os copos no fim do balcão. Percebendo agora que a proposta da mulher havia sido puramente comercial, Thorne fez o possível para não parecer muito chocado.

— Não se preocupe com isso, querida — disse ele. — Não trabalho na área e, se isso te faz sentir melhor, acho que meu radar profissional está funcionando tão bem quanto o seu. — Ele ouviu por um segundo a música e a acompanhou batendo os dedos sobre o balcão, depois ergueu sua taça.
— A você, Angie.
— Na verdade, me chamo Mary.
— A noite está fraca, não, Mary?
— Fraca porra nenhuma, está letárgica — disse ela.

DEZ

Eles pegaram um trânsito pesado ao sair de Leicester, passando de um engarrafamento para outro assim que alcançaram a área mais congestionada de Londres. A chuva fina só piorava as coisas.

— Devia ter comido só o *musli* — disse Holland.

Thorne abaixou o volume do rádio.

— E você fica enchendo meu saco por causa do *rosé*?

Ele apertou o botão em seu telefone que ativava o viva-voz e o passou para Holland, era o máximo que fazia com a mão livre do volante.

— Como foi o encontro com Paice? — perguntou Brigstocke.

— Nada muito promissor — disse Thorne. — Catherine Burke não havia lhe contado sobre sua mãe, só isso.

— Mas valeu a pena conferir — falou Brigstocke. — Desde que suas despesas de deslocamento não sejam absurdas.

— Pode ser que fiquem caras por conta de uma intoxicação alimentar — declarou Holland.

Brigstocke lhes disse que Hendricks deveria realizar a primeira autópsia de Macken no fim da manhã e que, como já haviam confirmado o DNA, ele solicitara ao Departamento de Polícia Científica prioridade na análise dos dois novos fragmentos de radiografia, a fim de obter mais alguma informação.

— Temos que tentar todas as possibilidades — disse Thorne. — O cara está deixando pistas para nós encontrarmos, portanto ele deve querer que saibamos do que se trata.

— Ou então nos fazer perder tempo tentando encontrar — acrescentou Holland.

Outro telefone começou a tocar no fundo da ligação e houve uma pausa, enquanto Brigstocke o atendia; então, seguiu-se um minuto de conversa sussurrada.

— É isso que você acha? — perguntou Holland a Thorne. — Ele está deixando pistas para nós. Não é algo... ritualístico?

Antes que Thorne pudesse dizer que não fazia a menor ideia, ele se distraiu com o carro atrás deles.

— Olhe só esse idiota na minha traseira — disse.

Olhando fixamente pelo retrovisor, ele pisou algumas vezes no freio, até achar que o motorista atrás tinha entendido a mensagem.

Brigstocke voltou a falar, perguntando a que distância estavam e, depois, dizendo-lhes que não deviam se dar o trabalho de voltar ao posto.

— Dirijam-se imediatamente a Holloway Road. — Ele explicou que haviam feito uma busca porta a porta em algumas acomodações universitárias e tinham descoberto alguns estudantes que estavam no Rocket Club na noite de sábado. — Poderemos também ganhar tempo, interrogando todos juntos.

— Faz sentido — disse Thorne. Seria uma boa oportunidade de ver o último lugar em que alguém, fora o assassino, tinha visto Greg ou Alex Macken vivos.

Brigstocke tinha uma razão ainda mais forte.

— Vários deles disseram ter visto o irmão conversando com um homem no balcão do bar, que pode ter saído do local com ele mais tarde.

— Parece promissor — disse Holland.

— Bem, não sei até que ponto eles estavam sóbrios, mas talvez possamos obter uma descrição adequada desse homem. Com sorte... poderemos até conseguir algo melhor que isso.

Thorne olhou para Holland.

— Câmeras.

— Espertinho — disse Brigstocke. — Isso mesmo. Yvonne está seguindo para lá a fim de ver se há algum sistema de circuito interno.

— Provavelmente, terá de passar horas assistindo a jovens vomitando na escada e transando nos cantos escuros — disse Holland.

Thorne riu.

— Tenho certeza de que haverá muitos voluntários para essa tarefa.

— Acho que vou gravar essas cenas para mim. Vou guardá-las para mostrar à minha esposa, quando meu filho mais velho começar a encher o saco com essa história de entrar para a universidade.

Alguns quilômetros à frente, o trânsito ficou mais lento por conta da proximidade do desvio para a rodovia M25 e Thorne foi obrigado a engatar uma primeira em sua BMW. Começou a bater mais forte do que devia no volante no ritmo da música do rádio.

— Por que você não pega o acostamento e acelera? — perguntou Holland.

Thorne explicou que atravessariam aquele engarrafamento bem rapidamente, assim que passassem pelo entroncamento. Além disso, os estudantes não iam sair de onde estavam e ele não estava *realmente* nem um pouco a fim de ser flagrado por uma câmera e passar semanas escrevendo comunicados para provar que fizera aquilo em legítimo exercício de sua atividade policial.

— Foi só uma sugestão — disse Holland.

Thorne olhou pelo retrovisor e passou o carro para a pista interna, pensando naquilo, aumentando um pouco a velocidade do limpador de para-brisa, já que a chuva se intensificara, as gotas caindo como agulhas de um céu cor de cimento úmido.

Ciente de que eles estavam pálidos, malvestidos, com os cabelos desgrenhados, Thorne tentava imaginar a expressão daqueles jovens sentados à sua frente quando os policiais uniformizados bateram às suas portas às 7h30 daquela manhã. Ainda pensando nisso, e observando Holland anotar seus nomes, Thorne podia ouvir os comentários sarcásticos de Louise sobre ele estar ficando parecido com o pai. Isso antes de seu pai morrer, é claro, e antes de o Alzheimer o afetar profundamente. Antes, quando seu velho ainda conseguia emendar uma frase na outra, sem aborrecer um bocado de gente.

Louise não conheceu o pai de Thorne, mas sabia o bastante sobre ele para se divertir, provocando Thorne, mostrando como seus hábitos e atitudes estavam agora se tornando semelhantes aos do pai. Thorne tentava defender sua posição, porém nunca demonstrava muita convicção.

Algumas semanas antes, ela dissera: "E isso provavelmente vai piorar, agora que você vai se tornar um pobre pai!"

— Greg não aparece muito por aqui, é raro. — Quem disse isso foi uma jovem de cabelos louros bem curtos e uma argola no lábio inferior que deixaria Phil Hendricks orgulhoso. — Não me lembro de tê-lo visto por aqui no último semestre.

— Eu o vi *uma vez* — exclamou um rapaz magro e alto com uma barba rala. — Não parecia se divertir muito.

Houve murmúrios e gestos de cabeça assertivos do resto do grupo. Sete deles estavam reunidos em um canto do balcão principal do Rocket Club: quatro moças e três rapazes. Uns olhando para seu copo de café e três deles dividindo uma grande garrafa de água. O lugar fedia a cerveja e a área do chão sem tapete em volta do bar estava grudenta.

— Greg preferia ficar em casa e estudar — disse Holland. — É isso?

O rapaz magro deu de ombros.

— É. Ele estudava bastante, mas não era nenhum paranoico, ou coisa parecida. Acho que ele simplesmente detestava a música que tocam aqui.

— Ele gostava de jazz — disse uma loura. — Uns lances escandinavos muito estranhos. A gente costumava encarnar nele porque o som era uma merda.

Thorne tentou reprimir um sorriso.

Um gosto musical que os outros consideravam duvidoso era algo que ele e Greg tinham em comum.

— Então o que ele fazia aqui no sábado passado? — perguntou.

— E no sábado anterior também — disse o rapaz. — Ele andou vindo aqui um bocado desde o início deste semestre.

— Entendo. Mas, então, por quê?

Houve alguns instantes de silêncio em que se ouviu apenas um desconfortável arrastar dos pés e goles ruidosos de café. Uma garota asiática acima do peso, com uma mecha roxa nos cabelos, abriu um sorriso triste e estendeu o braço para pegar a garrafa de água.

— Ele estava de olho num cara — disse ela.

— O mesmo que alguns de vocês viram conversando com ele?

Algumas cabeças assentiram.

Thorne pôde entender bem a hesitação. Era estranho como o assunto de fofocas diárias se tornava muito mais difícil de ser discutido quando a pessoa em questão havia sido assassinada.

— Vocês o viram aqui com o mesmo cara, antes do último sábado? — perguntou ele.

A moça asiática disse que sim.

— Acho que ele veio aqui nas primeiras vezes para ficar de olho na irmã, sabe? Então, ele viu esse cara e gostou dele, daí passou a voltar sempre.

— Você os viu conversando antes?

— Não. Conversando, não. Só no sábado passado.

— O que aconteceu no sábado?

— Acho que o Greg levou um certo tempo para tomar coragem.

— Ele não era exatamente um cara... *confiante*.

A moça com a argola no lábio começou a chorar. O rapaz de barba aproximou sua cadeira e a abraçou.

— Talvez precisasse tomar umas bebidas antes.

Thorne concordou com a cabeça. Homo ou hétero, oito ou oitenta, ele sabia como isso funcionava. Mas, independentemente de qualquer tipo de timidez que freara Greg Macken até a noite do sábado passado, Thorne estava espantado com a segurança que o assassino demonstrara, contentando-se em vigiar a vítima, sendo capaz de esperar que *ela* desse o primeiro passo.

— Vocês acham que Greg estava bêbado? — perguntou Holland. — Na hora em que saiu?

A moça asiática balançou a cabeça.

— Não, apenas alegrinho. Eu falei com ele meia hora antes de notar que tinha ido embora e ele parecia bem. — Ela baixou a cabeça. — Ele estava... animado.

A autópsia lhes diria o nível de embriaguez de Greg Macken na noite de sua morte. Thorne também estava interessado em saber o que revelaria o exame toxicológico. Havia sido sugerido que o assassino talvez tivesse despejado algo na bebida de Greg — Rohypnol ou ecstasy líquido —, embora Thorne quisesse entender que, se fosse este o caso, o porquê de o assassino bater na cabeça de Macken antes de usar o saco plástico.

— E, então, alguém aqui os viu saindo juntos?

A loura disse que não tinha certeza.

— Mas os dois sumiram ao mesmo tempo.

— Eu os vi perto da porta — disse o rapaz magro. — Quando olhei outra vez, não havia mais ninguém. Imaginei então que...

Thorne ergueu a mão para lhes mostrar que aquilo não importava muito. Se a câmera do circuito interno trouxesse resultado, aquilo não teria mais a mínima importância, na verdade.

— Falem-me sobre esse cara — pediu Thorne.

— Era mais velho que a maioria de nós aqui — disse a garota asiática. — Com 30 e poucos, eu diria.

Thorne perguntou se isso era incomum e os estudantes explicaram que qualquer um podia pagar e entrar nas noites em que havia uma banda tocando. Além disso, sempre havia alguns estudantes mais velhos por lá.

— Ele parecia... seguro de si! — disse a loura.

O rapaz magro concordou.

— Eu achei o cara bem arrogante, para ser honesto.

A asiática disse que o cara parecia relaxado, feliz, e finalmente admitiu — embora tenha ficado com os olhos pregados no chão ao fazê-lo — que, se Greg não estivesse tão obviamente interessado, ela mesma o teria abordado.

Os estudantes começaram a fornecer uma descrição física mais detalhada; os três que haviam ficado mais perto do homem se aproximaram da mesa onde Holland fazia suas anotações. Enquanto argumentavam sobre a cor da camisa do cara e o comprimento de seus cabelos, Thorne foi sentar-se ao lado da moça que nada dissera até então.

Seus cabelos eram pretos e longos e ela vestia um casaco simples. Parecia ter uns 14 anos.

— Suponho que você não tenha visto muita coisa — disse Thorne.

— Eu não estava aqui — respondeu ela. Sua voz era tranquila, um sotaque de fora de Londres. — Eu era amiga da Alex. Estávamos juntas vendo a banda tocar.

Assim que ela pronunciou seu nome, os lábios começaram a tremer e Thorne apanhou um lenço de papel no bolso do seu casaco de couro. A garota avançou no pacote e apertou um chumaço amassado contra os olhos e, depois, falou em meio a soluços frágeis e infantis:

— Nós tínhamos marcado de almoçar juntas no domingo — disse ela. — Era preciso ser otimista, considerando o estado em que estávamos quando fomos embora. Mas era nosso plano. Uma boa carne assada num *pub* qualquer. A Alex tinha um apetite voraz, sabe? — Ela deixou as mãos caírem no colo e as apertou entre as pernas. — Eu estava numa ressaca tão grande no dia seguinte que nem telefonei para ela.

— Não fique assim — falou Thorne para consolá-la, sem se dar o trabalho de lhe dizer que, mesmo se houvesse telefonado, não seria atendida.

— Depois, ela não apareceu na aula na segunda-feira de manhã. Nunca mais voltei a falar com ela. — Suas mãos tornaram a cobrir o rosto e, quando finalmente ela retirou o lenço embolado, ele viu um ranho se estendendo de seu nariz aos dedos. Ela não se mexeu, mas Thorne se inclinou e enxugou seu nariz.

Assim que algum tipo de consenso foi alcançado na descrição, os estudantes foram liberados, advertidos de que deveriam entrar em contato, caso se lembrassem de algo mais. Ao saírem, eles cruzaram com Yvonne Kitson, que entrava, e Thorne viu que sua chegada atraíra um olhar mais do que casual do rapaz magro com a barba rala. Kitson percebeu também e não pareceu ofendida.

— Cuidado — disse Holland. — Isso é quase um assédio sexual a uma criança.

— E mesmo? — A expressão de Kitson era a imagem da inocência. — E, então, nenhum de vocês gostou da loura?

Nenhum deles respondeu.

Kitson sorriu e sentou-se.

— Certo — prosseguiu ela. — Não há nenhuma câmera sobre o balcão do bar, infelizmente, mas há um bocado em todas as escadas, no saguão da entrada e na porta da frente. Portanto, devemos conseguir alguma coisa lá para o fim da tarde. — Ela pegou o batom da bolsa e passou nos lábios. — Vocês conseguiram alguma descrição razoável?

— Conseguimos uma — disse Thorne. — Diferente daquela que nos deram os dois em Leicester, e diferente daquela dada pelos vizinhos de Emily Walker.

— Então *todas* são suspeitas.

— É possível.

— Ou então estamos lidando com alguém que se esforça para mudar de aparência.

Holland olhou para os dois.

— O que é isso, afinal de contas? Ele está se divertindo com a gente? — Ele sacudiu a cabeça como se respondesse à própria pergunta. — Talvez seja uma dessas criaturas com múltiplas personalidades.

— De jeito nenhum — protestou Kitson, jogando o batom de volta dentro da bolsa. — Vamos deixar que os advogados de defesa dele tentem esse tipo de bobagem quando chegar a hora. Ele deve estar só se divertindo com a nossa cara.

— Por mim, tudo bem. — Thorne apanhou as xícaras de café vazias no chão e as colocou sobre a mesa. — Com frequência, são esses que acabam se descuidando.

— Como Garvey — disse Holland. — De repente, ele vacilou.

— Pois é, mas, quando isso aconteceu, já havia sete cadáveres — acrescentou Kitson.

Thorne se levantou, pegou a chave do carro no bolso e disse:

— E o nosso cara já está quase empatando com ele.

ONZE

Louise enviara-lhe uma mensagem pelo telefone, quando já estavam a meio caminho entre Leicester e Londres: *dirija com cuidado. Você pode ainda estar de porre!* Thorne havia ligado na hora do almoço, após concluírem o trabalho no Rocket Club, mas ela estava ocupada e se mostrara um tanto ríspida ao telefone. Outra mensagem chegou pouco antes das 17h, quando ele e Holland estavam entrando no escritório de Brigstocke para rever as cenas do circuito interno de TV: *desculpe por mais cedo. peço comida pelo telefone de novo? não me importo em cozinhar. chega cedo?* Sentando-se ao lado de Brigstocke, Thorne mandou em resposta uma carinha com um sorriso, quase igual àquele em seu próprio rosto.

Não tinha se sentido assim tão bem o dia todo...

Enquanto Thorne estava em Leicester conversando com Jamie Paice e na Holloway, interrogando os estudantes, o resto da equipe havia seguido as linhas de investigação que tinham se tornado urgentes, desde que a conexão entre as vítimas fora estabelecida além de qualquer dúvida. Todas as verificações até então eliminavam qualquer dos antigos amigos de Raymond Garvey e determinaram que ele não possuía parentes do sexo masculino, sendo um tio idoso em uma clínica de repouso em Essex o único parente consanguíneo que a equipe fora capaz de identificar.

Eles conversaram sobre todas as possibilidades, enquanto Kitson preparava o equipamento.

— Então, alguém tentado a imitar o método? — sugeriu ela.

— Nada é copiado — disse Holland. — Não exatamente. Garvey espancou todas as vítimas até a morte.

— Você sabe o que quero dizer, Dave.

— Todas haviam sido mortas fora de casa, também.

— Algum tipo de *homenagem* perversa então, ou como quiserem chamar?

— Isso é possível, acho. Quer dizer, é muito fácil descobrir quem foram todas as vítimas de Garvey.

— Isso é moleza — falou Kitson. — Fizeram pelo menos dois documentários e existem vários livros sobre o assunto.

Kitson e Holland olharam para Brigstocke, que olhou para Thorne.

— Talvez — disse Thorne.

Ele já tinha visto vários desses livros, suas capas chamativas — o preto e o vermelho-sangue eram as cores preferidas — sobressaindo imediatamente nos *websites* dedicados a Raymond Garvey e outros do gênero. Ele já havia entrado em um desses sites e comprado alguns dos livros menos sensacionalistas. Mas será que tudo era tão simples assim? Seria o homem capaz de quatro homicídios brutais e meticulosamente planejados apenas por um pretenso psicopata tentando rivalizar com um de seus heróis? Um assassino a fim de inspirar suas próprias capas de livro chamativas. Talvez.

Agora, eles o veriam pela primeira vez.

Kitson passara a tarde transferindo as fitas do circuito interno do Rocket Club para um DVD: averiguando horas de sequências; destacando todas as cenas que poderiam ser úteis; e, finalmente, ela as gravou em um disco separado. Com Thorne e Brigstocke prontos para assistir, ela apanhou o controle remoto sobre o carrinho onde estavam a TV e o DVD.

— Muito bem, conseguimos três cenas com Greg Macken e o cara que ele fisgou no bar do Rocket Club na noite de sábado.

— Acho que Greg é que foi fisgado — disse Thorne.

— Um ou outro.

— Você não parece muito entusiasmada — ponderou Brigstocke.

Kitson apertou o botão e se afastou da tela, dizendo:

— Veja você mesmo.

A sequência era em preto e branco, muda, com as horas avançando no alto da tela.

— A imagem está ótima — disse Holland.

— Faz pouco tempo que eles compraram um equipamento de qualidade — informou Kitson. — A imagem não é o problema.

Estavam vendo um corredor com parte de uma escada no lado esquerdo da tela e um corrimão em espiral sumindo da imagem.

— Essa é a escada principal que leva do balcão do bar ao primeiro andar — disse Kitson. Um grupo de moças avançava em direção à câmera, balançando a cabeça e se divertindo. — Obviamente, há música vindo do outro ambiente, onde a banda estava tocando. As garotas se viram para a escada e saem do foco. É agora.

Na tela, surgiram Greg Macken e outro homem, que vinham da extremidade sombria do corredor, andando em direção à câmera. Thorne não conseguia distinguir os rostos, mas dava para ver que o acompanhante de Greg estava falando. Macken riu de algo que o homem disse Thorne aproximou sua cadeira da tela, ansioso em dar sua primeira olhada no assassino.

— Não fique muito empolgado — advertiu Kitson.

Nesse instante, o homem inclinou a cabeça e depois se afastou da câmera.

— Porra...

— Ainda vai piorar — disse Kitson.

A imagem ficou congelada e, depois, pulou para uma cena do saguão do prédio: um amplo espaço de piso de pedra cinzenta com escadas em cada extremidade na direção de uma lanchonete, salões de jantar e os bares nos andares superiores.

— Nós os flagramos outra vez saindo do saguão cinco minutos depois.

— Onde foram durante cinco minutos? — perguntou Brigstocke.

— Talvez um deles tenha ido ao banheiro. Um amasso rapidinho? Quem sabe? Ali vêm eles...

O esguio Greg Macken e seu amigo, mais alto e mais forte, surgiram na parte inferior direita da escada e caminharam para a câmera. O homem tinha cabelos pretos, usava uma calça e uma jaqueta de brim, mas Thorne ainda não conseguia ver seu rosto em detalhes. Quando eles atingiram o ponto em que as expressões foram ficando mais nítidas, o homem pôs a mão no ombro de Macken. Depois, inclinou-se para dizer alguma coisa e desviou o rosto do alcance da câmera.

— Ele sabe onde estão todas as câmeras — concluiu Thorne.

Kitson concordou, enquanto passava para a sequência final. A câmera sobre a entrada principal registrara os dois saindo da boate, quase imediatamente após a última câmera perdê-los de vista. Desta vez, o rosto já estava oculto, e assim permaneceu até que o homem tivesse se afastado. A última imagem, que Kitson deixou paralisada na tela, era uma boa tomada, bem detalhada, de sua cabeça vista por trás, enquanto ele e Macken seguiam pela calçada.

Kitson largou o controle remoto ao lado da televisão.

Brigstocke se levantou e levou sua cadeira para trás da mesa.

— Ele visitou o lugar algumas vezes, foi isso que disseram os estudantes, certo?

— Certo — disse Thorne. — Deixando Macken dar uma boa olhada nele, enquanto ele dava uma boa olhada na posição das câmeras.

— Por que se dar todo esse trabalho? — perguntou Holland. — Nós sabemos que ele mudou a aparência, de qualquer modo.

Thorne achou que Holland provavelmente estava com a razão, mas não tinham certeza. Conforme Kitson sugerira mais cedo, as discrepâncias nos depoimentos das testemunhas poderiam se dever simplesmente a uma falta de confiabilidade, tratando-se de uma descrição de um estranho para outro. O fato era que muito poucas pessoas conseguiam perpetrar a aparência de um estranho na memória, a tal ponto que alguns policiais sequer se incomodavam em anotar essas coisas. O próprio Thorne perdera a conta das vezes em que um homem corpulento de 1,90m se tornara um baixinho que precisava subir em um banco para alcançar a torneira.

Mas, quaisquer que fossem os motivos, as três descrições correspondiam em somente dois aspectos: o homem tinha cerca de 30 anos e media 1,80m.

— Ele sabe que foi visto — disse Thorne. — E eu não acho que esteja preocupado demais com isso. Mas ser flagrado por uma câmera, isso é outra coisa. Ele não vai querer correr esse risco.

— O trajeto do Rocket Club até o apartamento de Macken leva provavelmente uns dez minutos — ponderou Kitson. — Pode ser que ela apareça em três ou quatro outras câmeras entre um e outro.

Brigstocke lhe disse que averiguasse, já que era uma tarefa sua. Kitson informou que já estava fazendo isso e que provavelmente seria uma perda de tempo, com base no que tinham acabado de ver.

Thorne sacudiu a cabeça e disse ter certeza. Depois, olhou para a tela.

— Acho que podemos esquecer o que eu disse sobre ele acabar se descuidando.

Bateram à porta e Sam Karim apareceu, com um papel na mão.

— A Polícia Científica fez sua parte — disse ele. — Conseguiram encaixar os pedaços de radiografia dos Macken com os outros dois.

Thorne estendeu a mão para pegar a folha.

— Agora estão digitalizando as imagens em alta resolução — acrescentou Karim, ao entregá-la. — Vão nos mandar o resultado por e-mail dentro de uma hora, mais ou menos. Enquanto isso, disseram ter enviado por fax o que já conseguiram e podemos ligar para eles se houver alguma dúvida.

Thorne murmurou um "obrigado" e saiu para o corredor, passando por Karim, e se dirigiu ao setor de investigações especiais. Um minuto depois, quando chegou onde estava o fax, telefonou para o laboratório em Victoria, pedindo para falar com o médico cujo nome Karim anotara.

— Caramba, você foi rápido, ainda não enviei.

O Dr. Clive Kelly pediu a Thorne que aguardasse. Depois de ouvir um farfalhar de papéis e alguns murmúrios ligeiramente rabugentos, Thorne ouviu uma série de ruídos automáticos. A voz do médico voltou ao telefone, dizendo que acabara de enviar.

— Estou ao lado do fax — informou Thorne.

111

— Não tenho a menor ideia de onde ele se encontra, quando está a caminho — disse Kelly. — Essas coisas são um mistério para mim.

O fax deu sinal de vida e uma folha de papel começou a surgir.

— Mas você não é cientista? — perguntou Thorne.

— Não é minha especialidade — respondeu Kelly, rindo. — Se você me der um documento, eu digo de onde ele veio e quando a tinta foi fabricada e, se estiver em meus melhores dias, posso até dizer quantas vezes o cara que o escreveu coçou a própria bunda. Mas colocar esse documento numa máquina, apertar um botão e você pegá-lo a quilômetros de distância... isso, para mim, não passa de bruxaria.

Assim que o fax foi recebido, Thorne pegou o papel na bandeja e olhou para a nova e mais extensa sequência de letras e de números:

VEY48
ADD597-86/09
SYMPHONY

— Que porra é esta?

— Comecemos pelo início — disse Kelly ao telefone. — Esta é a parte mais fácil. "Symphony" é um tipo de máquina de ressonância magnética. É o nome da máquina que fez a radiografia. Não é uma radiografia, *propriamente dita*, claro, já que utiliza imagem de ressonância magnética e não de radiação, mas...

— Radiografia de quê?

— Ainda não dá para saber, infelizmente. Mas sabemos *onde* foi feita. Está vendo a segunda linha?

— Estou olhando...

— Achamos que os números possam ser algum tipo de referência dos serviços de saúde, e acabamos descobrindo que é o código de área para o Hospital da Universidade de Cambridge, do NHS Trust. E as três letras "ADD" se referem ao próprio hospital.

Kelly aguardou, como se esperasse que Thorne adivinhasse.

— E daí?

— Addenbroke.

— Em Cambridge?

— É fácil quando sabemos a resposta, não é? Receio que não possamos dizer mais nada por ora.

Thorne falou que, na verdade, não precisava de mais nada. Localizado a uns sessenta quilômetros de distância, não era o hospital mais próximo da Penitenciária Whitemoor, mas Addenbroke possuía uma reputação internacional quando o assunto era neurocirurgia. Agora, Thorne sabia *exatamente* de que tipo de radiografia os pedaços de plástico haviam sido recortados.

— A primeira linha nos fez quebrar a cabeça por aqui — disse Kelly.

VEY48

Thorne agradeceu a Kelly pela ajuda e depois disse:

— Acho que 48 é provavelmente a idade do paciente quando a radiografia foi feita.

É fácil quando sabemos a resposta.

— E "VEY" são as últimas três letras de seu nome.

PARTE DOIS

INCIDENTES CRÍTICOS

POSTERIORMENTE

Sally e Buzz

Sally desliga o telefone pela terceira vez naquele dia e volta para a poltrona. Buzz está cochilando diante da lareira a gás, seu focinho se contraindo, como se estivesse sonhando em caçar gatos ou coisa parecida, e ela precisa passar as pernas sobre ele para voltar à poltrona. Antes de se sentar, ela se inclina para afagar a pelagem marrom e macia de suas orelhas, o que ele adora.

Ela tem telefonado todos os dias desde que aquilo aconteceu, tentando obter alguma informação. "Perdendo meu tempo", disse ela à sua amiga Betty. "Ninguém quer me dizer nada." Ela falou com a polícia em diversas ocasiões nos dias que se seguiram e deu um depoimento completo no fim, mas agora falam com ela como se os estivesse aborrecendo. Como se tivessem coisas muito melhores a fazer, o que sempre lhe faz rir.

Não perguntou algo a que eles não tinham autorização para responder, não até onde sabia. Ela só queria saber o que estava acontecendo. Se vai haver um processo judicial de algum tipo, porque alguém tem que ser culpado pelo que aconteceu, sem dúvida.

Eles simplesmente a despacham. Alegam que o inquérito está em andamento. Ela quase consegue ouvir o suspiro de enfado na voz do policial que está de plantão ao lado do telefone.

"Meu Deus, de novo aquela velha chata do parque..."

A porta de um carro é fechada com um estrondo em algum lugar e Buzz se empertiga, correndo em direção à porta, latindo, enquanto ela muda os canais de televisão e lhe diz para não ser bobo. Em seguida, ele volta e pousa a cabeça nas pernas dela, seu rabo abanando energicamente.

"Eu sei", *diz ela*. "Lamento, meu garoto. Mas ainda não está na hora."

O cachorro está engordando, ela percebe, e é sua culpa. Não saiu mais de casa desde que aquilo aconteceu, e Betty não pode levá-lo para passear, por causa de suas pernas. A filha de Sally saiu com ele algumas vezes, mas Buzz sente falta das visitas diárias ao parque. Ambos sentem falta.

Ela chegou a ir até o portão da rua umas duas vezes, mas suas pernas começaram a tremer e teve de voltar para casa.

"Não é para menos", *diz Betty*. "É um choque imenso ter visto algo assim."

Mas Betty está enganada. Não é um choque. É a culpa.

A mulher parecera apressada, isso era óbvio, não queria ficar um pouco e conversar, mas Sally pensou que devia haver algo que pudesse ter feito para mantê-los ali. Se ao menos tivesse conversado com o garoto um pouco mais, só alguns minutos a mais bastariam. Fazer com que ele atirasse alguma coisa para Buzz ir buscar, talvez. Na hora, ela achou que era um menino sossegado, nada mais. Só depois, lendo o jornal, descobriu que havia algo de errado com ele.

Meu Deus, só de pensar naquele pobre garoto a deixa acordada a noite toda.

O pior de tudo foi, alguns minutos depois de ver os dois saírem correndo, o policial se identificando diante de seus olhos e ela começando a tagarelar imediatamente, como uma velha gagá que era. Dizendo-lhe que eles tinham acabado de passar por ali e mostrando em que direção haviam seguido.

Ela devia ter percebido que algo não estava certo, assim que ele começou a correr.

Sally se levanta e vai até a cozinha, prepara um chá e apanha um pacote de biscoitos no armário. Volta com tudo isso para a poltrona sobre uma pequena bandeja que Betty encontrou no Southend e olha na revista de programação se está passando um de seus programas de perguntas e respostas.

Tentará sair com Buzz amanhã, diz a si mesma, ou, se não der, no dia seguinte. A previsão do tempo não é muito boa, mesmo.

Ela se acomoda na poltrona. Assiste a um episódio antigo de um programa de perguntas e respostas e bebe o chá. Ainda sente dor nas pernas e no peito, e o tremor em sua mão faz a xícara balançar no pires.

DOZE

Quando o carro entrou na rua que levava ao hospital, Holland disse:
— Ainda acho que estamos ganhando o jogo.

Era a continuação de uma conversa que tinha começado na fila para pegar um táxi, que por sua vez havia surgido de uma discussão iniciada assim que o trem entrou na estação de Cambridge.

— E que jogo é esse?
— Pegar o assassino.
— Entendi — disse Thorne. — Então, não saber quem é ele, onde está ou por que diabos está fazendo isso. Você considera uma vitória, é isso?
— Mas nós sabemos quem serão as próximas vítimas. Isso nos dá uma margem decente, não dá?
— Parcialmente decente.

O táxi avançava sobre as lombadas para limitar a velocidade, em direção à entrada principal do hospital, e Holland sacou sua carteira para pagar o motorista.

— Pelo menos, podemos cuidar para que não haja mais nenhum assassinato.
— Se conseguirmos encontrá-los — ponderou Thorne. — Quero dizer, a situação não está muito esclarecida até agora, não é mesmo?

Eles tinham determinado rapidamente que existiam mais quatro candidatos prováveis: os filhos das vítimas de Raymond Garvey, cujas proles não haviam ainda sido atingidas. Até aquele momento da manhã, a equipe só tinha conseguido localizar e conversar com um dos quatro, e só conseguira encontrá-*la* assim, tão rapidamente, por conta de seus antecedentes criminais.

— Só um em quatro? — Thorne estava tão furioso quanto perplexo. — Isso é muito pouco, Russel. Precisamos encontrar os outros três, bem rápido.

— Você acha? — O tom na voz de Brigstocke foi tão cortante quanto o de Thorne. — Talvez você devesse estar sentado deste lado da mesa.

— Só estou dizendo que precisamos nos concentrar para encontrá-los e protegê-los.

— Ninguém está propondo o contrário.

— Esta deve ser nossa prioridade máxima.

— Estou bem ciente disso, Tom. Foi por isso que mobilizei todos, menos o faxineiro, para trabalharem nesse sentido.

Thorne tinha ficado de pé, ao lado da porta do escritório de Brigstocke, e assentiu com a cabeça, conscientizando-se, de repente, de que talvez tivesse reagido de forma um tanto prepotente.

— Eu não estava criticando...

— Então por que você não para de se comportar como se fosse o único a se importar com o que está acontecendo, vai para a rua e faz seu trabalho?

O táxi estacionou e Holland entregou o dinheiro, dando uma gorjeta razoável e pedindo um recibo. Enquanto o preenchia, o motorista mantinha um olho no retrovisor. Ele havia claramente ouvido tudo desde a estação de trem e, quando destacou o pedaço de papel e o entregou, perguntou a Holland se ele e seu colega estavam ali para prender alguém.

Thorne saltou do carro e bateu a porta.

— Você tem alguém em mente? — perguntou-lhe Holland, já com um pé fora do carro.

O motorista sorriu.

— A verdade é que eu poderia lhe contar um monte de histórias.

Holland bateu a porta e seguiu Thorne, alcançando-o perto de um grupo de fumantes reunidos ao lado da entrada.

— Seu copo *ainda* está meio cheio? — perguntou ele.

Eles atravessaram portas automáticas, passaram por pequenas lojas que vendiam revistas e chocolates, brinquedos e buquês de flores que fariam qualquer oficina mecânica parecer um florista de Kensington.

— Você acha que eu deveria ver mais o lado bom das coisas?

— Apenas admita que existe um lado bom, já é um começo — respondeu Holland.

Assim que passaram pela seção de urgências médicas, eles pararam na recepção para pedir informações. Por fim, identificaram as placas que indicavam o Departamento de Neurocirurgia e, alguns minutos depois, se dirigiam para os elevadores que os levariam ao andar certo.

— Você tem balas de hortelã ou algo assim? — perguntou Thorne.

Holland fez que não com a cabeça.

— Podemos voltar até aquela lojinha.

Thorne disse que não tinha importância. Só não gostava nem um pouco daquele cheiro, só isso. O odor de alvejantes e desinfetantes. Ele lia as placas de identificação, à medida que caminhavam.

Oncologia. Unidade de Psicologia. Seção Pré-Natal.

— De qualquer maneira, é uma frase bem idiota — disse ele, tentando controlar a voz. — Com certeza, o que está *dentro* do copo é mais importante.

— Talvez.

— E se for um copo sujo e estiver pela metade com urina quente?

Finalmente acharam a sala que estavam procurando, atrás de uma seção movimentada, ao final do corredor, com um assoalho cinza e brilhante e pinturas nas paredes que pareciam ter sido feitas pelos próprios pacientes ainda convalescendo de traumatismo craniano. A placa na porta dizia "Secretaria de Neurocirurgia" e, ao entrar, Thorne e Holland se viram diante de três mulheres, que se viraram e olharam para eles ao mesmo tempo. Holland informou-lhes, em um tom de voz mais sossegado que aquele com que Thorne se acostumara, que tinham uma hora marcada. A mais velha delas se levantou, passou por ele e seguiu até uma porta bem escondida atrás de um armário de arquivos. Ela bateu à porta e, após alguns segundos de conversa sussurrante, indicou o caminho a Thorne e Holland para a sala do Dr. Pavesh Kambar.

Thorne fez um gesto com a cabeça em direção à sala das secretárias e perguntou:

— São todas suas?

— Eu as divido com outros — respondeu Kambar. Ele falava como um locutor de noticiário de rádio. — Há aqui uma espécie de lei do mais forte.

— Isso em relação aos médicos ou às secretárias?

— Ambos — respondeu Kambar, olhando na mesma direção que Thorne. — Mas ali é ainda mais cruel.

Kambar era um homem bem disposto de cerca de 50 anos. Os cabelos eram grisalhos e espessos, assim como seu bigode bem aparado, e o terno preto e os sapatos bem engraxados, ainda que de maneira atenuada, eram obviamente caros. Ao contrário, sua sala não tinha janelas e não chegava a um quarto do tamanho daquela ocupada pelas secretárias; e também só havia mais uma cadeira além da sua. Thorne sentou-se nela, deixando Holland encostado à porta, um pouco sem jeito. Um calendário estava preso na parede. A cabeça de Holland se encontrava no mesmo nível de uma maquete do cérebro humano, pousada na extremidade de uma prateleira, com as diferentes seções modeladas em plástico colorido: azul, branco e rosa.

Thorne se virou e olhou para Holland e a maquete.

— Ela parece bem maior do que a sua.

Enquanto Thorne contava a Kambar sobre seu trajeto até ali e o médico criticava a inconstância do serviço ferroviário entre Londres e Cambridge, Holland mergulhava em sua pasta, buscando uma fotocópia dos fragmentos de radiografia recompostos. Achando-a, ele a entregou ao médico.

— Foi sobre isto que falamos ao telefone.

Kambar assentiu e examinou a imagem por alguns segundos. Depois, virou-se para seu computador e digitou algo no teclado.

— E foi daqui que saiu...

Thorne se mexeu na cadeira, aproximando-se e espiando a tela. Havia três imagens que, à primeira vista, pareciam idênticas: um corte transversal de um cérebro, cinza sobre fundo preto, com uma massa branca quase perfeitamente circular próxima à base.

— Imprimi uma para vocês — disse Kambar. Ele abriu a gaveta e pegou o que parecia ser uma grande radiografia. — Hoje, todas as imagens são digitais, armazenadas em discos, mas nós ainda usamos filmes, ocasionalmente, quando necessário.

Ele prendeu a radiografia sob a luz do negatoscópio, que se estendia de uma extremidade à outra da parede, acima de sua mesa, e a examinou, como se nunca a tivesse visto antes.

— E o que houve com o original? — perguntou Thorne.

— Não existe um original — disse Kambar. — Conforme expliquei, as imagens escaneadas são armazenadas no computador.

Thorne apontou para a fotocópia sobre a mesa de Kambar.

— Então, de onde elas vieram?

— Bem, ninguém precisaria imprimir isto, antes de mim — respondeu o médico. — Portanto, meu palpite é que elas vêm de uma série que imprimi e dei para Raymond Garvey algumas semanas antes de ele morrer. Todos os pacientes têm pleno direito de guardar cópias de todos os seus exames médicos. — Ele apontou, enquanto Thorne olhava para as imagens. — A massa branca é o tumor, obviamente.

Holland tinha se aproximado.

— Parece enorme — disse ele.

— Deste tamanho — explicou Kambar, erguendo seu punho fechado.

— Por quanto tempo você tratou dele?

Kambar ficou mexendo com o lápis, enquanto examinava o histórico de Garvey com os diagnósticos, tratamento e, por fim, sua morte. Holland fazia anotações e Thorne escutava, desviando o olhar ocasionalmente para as imagens sobre o negatoscópio. A sombra branca e simples, arredondada e suave, parecia inofensiva.

— Há cerca de três anos e meio, Garvey sofreu o que pareceu ser um ataque epiléptico em sua cela, em Whitemoor, e teve um corte profundo na cabeça, ao bater no beliche. Depois, ficaram sabendo que ele já havia sofrido episódios semelhantes e o levaram para o hospital municipal de Peterborough, que realizou um exame. Sozinhos, eles só teriam uma vaga ideia do que estavam vendo, mas dispomos de um sistema integrado de imagens conectando a maioria dos hospitais, e assim eles puderam nos pedir que déssemos uma olhada. Nós o fizemos e... não havia dúvida. Ele veio para cá algumas semanas depois a fim de se submeter a um exame de ressonância magnética.

Kambar se levantou e pegou o cérebro de plástico sobre a prateleira.

— Ele tinha um tumor importante na base do lobo frontal. É chamado meningioma benigno.

— *Benigno?* — exclamou Holland. — Pensei que fossem os malignos que matassem.

Kambar fazia o cérebro de plástico girar em suas mãos.

— Eles o matam um pouco mais rápido, só isso. Se um tumor benigno crescer muito, a pressão intracraniana será fatal. É por isso que precisamos operar. Olhe... — Ele ergueu o modelo com uma das mãos e apontou com a outra para um par de faixas paralelas estreitas, na parte posterior. — Estes são os sulcos olfativos.

— Responsáveis pelo *cheiro*, certo? — perguntou Holland.

Kambar confirmou com a cabeça.

— O tumor de Garvey estava alojado bem aqui. Um imenso meningioma no sulco olfativo. — Ele olhou para Holland. — Na verdade, problemas com o sentido do olfato nos pacientes é um dos primeiros sintomas. Garvey vinha reclamando disso há muitos anos. Sentia o cheiro de queimado ou de gasolina sem mais ou menos. Com muita frequência, não sentia cheiro nenhum. Infelizmente, para ele, seu tumor só foi descoberto mais tarde, quando já estava enfrentando problemas e era tarde demais.

Thorne pegou a maquete das mãos de Kambar e a segurou por alguns segundos, até começar a se sentir um tanto tolo, e então ele a passou para Holland, que a repôs na prateleira.

— Então vocês o operaram.

— Foi preciso esperar vários meses — respondeu Kambar. — A pressão intracraniana estava aumentando, era impossível operá-lo, mas não havia razão para crer que houvesse um perigo imediato. Enfim, ele levou algumas semanas para se decidir. Era uma intervenção de alto risco.

— Mas, assim mesmo, ele resolveu ir em frente.

— Ele refletiu um bocado — disse Kambar. — Pediu conselho a algumas pessoas que lhe eram próximas. Poucas, é claro.

— Pouca gente iria sentir sua falta — ponderou Holland.

— Muito pouca.

— Então ele morreu na mesa de operação? — perguntou Thorne.

— Logo depois — respondeu Kambar. — Uma hemorragia extradural. Na verdade, ele não recobrou a consciência. — Ele apagou o negatoscópio, removeu a radiografia e a entregou a Thorne. — Vocês podem ficar com isto, se tiver utilidade.

Thorne olhou as três imagens do cérebro de Raymond Garvey, do tumor que crescera em seu interior. Garvey havia assassinado brutalmente sete mulheres, e, embora tivesse acontecido antes que desejasse, sua morte fora relativamente tranquila. Agora, três anos mais tarde, alguém estava tentando matar outra vez. Mas por quê? Em nome dele? Em seu próprio nome? Alguém deixara fragmentos dessas imagens para que a polícia os encontrasse e eles ainda não faziam ideia de como tinham ido parar na mão dessa pessoa, tampouco qual era sua ligação com Raymond Garvey.

— Sabe com quem ele andou falando? — perguntou Thorne. — As pessoas que você disse lhe serem próximas.

Kambar pensou por alguns segundos, mordendo a ponta do lápis.

— Havia alguns outros prisioneiros, eu acho. Outras pessoas vulneráveis, como ele.

— Imagino que não se lembre dos nomes?

— Sinto muito.

Thorne virou para Holland.

— Talvez devêssemos dar um pulo em Whitemoor hoje à tarde.

Holland sorriu.

— Está planejando mais uma noite fora de casa?

— E havia o filho dele, obviamente — disse Kambar.

— Estaremos de volta hoje à noite... — Thorne se calou. Ele viu os olhos de Holland se dirigirem a Kambar, a expressão confusa, e então saltou da cadeira — Desculpe, o que foi que você disse?

— Pois é, pensando bem, o filho dele acabou ficando com todos os seus pertences — disse Kambar. — As radiografias e tudo mais, depois do enterro.

— Garvey não tinha parentes — contestou Thorne. — Aliás, só um tio idoso em algum lugar, mas com certeza não tinha filhos.

Kambar fez uma careta, como se estivesse tentando decifrar um enigma.

— Bem, houve certamente alguém que *alegava* ser seu filho. Alguém que complicou minha vida durante algumas semanas, após a morte de Garvey. Ele deixava várias mensagens, vociferando na secretária eletrônica. Tenho certeza quase absoluta de que o mesmo foi feito com o diretor de Whitemoor. Atormentaram o coitado durante um bom tempo.

— Qual era seu nome?

— Anthony Garvey.

— Anthony era o segundo nome de Ray Garvey — disse Thorne. — Isso me parece suspeito. — Ele se sentou outra vez, balançando a cabeça. — Não, não é possível.

Ele olhou para Holland, que se resignou estendendo os braços.

— Bem, *Garvey* achava que era seu filho — disse Kambar. — Esse homem o visitou várias vezes por semana durante anos. E recebeu centenas de cartas de Garvey também.

— Por que você diz que ele complicou a sua vida? — perguntou Holland. — Ele culpava você pelo que aconteceu com o pai?

— Não, não era bem isso — respondeu o médico. — Se bem que, obviamente, ele não estava feliz com as consequências da operação. Não, ele achava que deveria haver um novo julgamento...

Thorne se empertigou na cadeira.

— *O quê?*

— Ele queria que eu fornecesse evidências para ajudar seu pai.

— Por quê? Por que haveria outro julgamento? Nunca houve a menor dúvida sobre a culpa de Garvey.

— Nunca houve a menor dúvida de que havia cometido os assassinatos, certamente.

— Não estou entendendo.

— Anthony Garvey estava convencido de que, se houvesse um novo julgamento, a condenação de seu pai seria anulada. Eles conversavam sobre isso desde o primeiro diagnóstico de Garvey. — Ele bateu com a ponta do lápis na radiografia que estava sobre a perna de Thorne. — Estavam convencidos de que o tumor alterara sua personalidade; que, efetivamente, ele não estava em seu estado normal quando matou aquelas mulheres. Queria que eu limpasse o nome do pai.

Thorne olhou novamente para Holland, que fazia anotações apressadas. Ele olhou para a frente, deu de ombros e voltou ao seu bloco de notas. Thorne se virou para Kambar, mas não soube o que dizer. Ainda estava absorvendo a informação, os fios se tornando emaranhados com a mesma rapidez com que ele tentava desembaraçá-los.

— Vocês ainda não me disseram do que se trata tudo isto — disse Kambar. — Raymond Garvey morreu há três anos.

Holland parou de escrever.

— Tenho certeza de que entende que não dispomos de muita liberdade para entrar em detalhes.

— Claro. — Kambar pareceu um pouco sem jeito, arrumando os papéis sobre a mesa. — Estava só curioso. Seria legal saber o que está acontecendo.

— Você acaba de entrar no fim de uma longa fila — disse Thorne.

TREZE

A cantina dos funcionários de Addenbrooke era tão desagradável para almoçar quanto aquela da Becke House. A comida parecia um pouco melhor, assim como o nível das conversas nas mesas; porém, mesmo no andar de cima, reservado aos funcionários administrativos, não havia como escapar do cheiro de hospital.

Desinfetante e tudo mais.

Eles levaram as bandejas até o canto e colocaram os pratos e talheres na mesa, com uma garrafa de água e uma lata de Diet Coke. Ambos haviam optado pela lasanha, embora o médico tivesse escolhido uma salada como acompanhamento, o que quase levou seu visitante a devolver as batatas fritas. Quase.

— Onde seu colega vai almoçar? — perguntou Kambar.

— Não sei bem — respondeu Thorne. Eles tinham telefonado para marcar um encontro urgente com o diretor de Whitemoor e, assim que o confirmaram, Holland tomou um táxi de volta para a estação de Cambridge. De lá, após um trajeto de trinta minutos, ele chegaria à pequena estação de March e tomaria outro táxi até a Penitenciária.

— Talvez chegue a tempo de almoçar com o diretor.

— Talvez — disse Thorne. Ele imaginou que Holland preferiria dar outro jeito. No que dizia respeito a impregnar o corpo com o cheiro do local visitado, não fazia muita diferença se fosse um hospital ou uma penitenciária. — Provavelmente, ele vai comer um sanduíche no trem.

Thorne e Kambar começaram a comer.

— Isso é possível? — perguntou Thorne. — Essa mudança de personalidade?

— Ora, mudança de personalidade é certamente possível. Já lidei com alguns casos assim. Mas a ponto de chegar a assassinar alguém?

— A ponto de matar sete *alguéns*.

— Isso é quase Jekyll e Hyde.

— Então?

— Eu... duvido.

— Você não está dizendo que isso não seja possível?

— Quando se trata do cérebro, não existem normas estritas — respondeu Kambar. — Nada dever ser descartado completamente, mas de jeito algum eu diria isso num tribunal.

Thorne começou a comer as batatas fritas com a mão.

— Acho que entendi — disse ele.

— Ótimo. A lasanha hoje está melhor que de costume. Normalmente, ela vem muito seca.

Thorne conhecia vários médicos e cientistas que gostariam de se sentar em um banco de testemunha, em busca de notoriedade ou de uma boa grana, e que teriam dito que, embora tal coisa fosse improvável, eles não podiam afirmar que não acontecia. Pessoas assim — muitas das quais eram praticamente testemunhas profissionais em suas especialidades — eram um presente para os advogados de defesa tentando livrar o pescoço de figuras como Raymond Garvey. Tais testemunhas eram quase destinadas a plantar a semente da dúvida na mente do jurado mais cético.

Os parentes daqueles assassinados por Garvey deveriam se sentir muito agradecidos a Pavesh Kambar.

— Nesses casos com os quais lidou — perguntou Thorne —, como essas mudanças ocorreram?

Kambar ergueu a mão para explicar e parecia pronto a apunhalar a própria cabeça, até se dar conta e colocar o garfo de volta na mesa.

— O lobo frontal controla nossa percepção — disse ele. — É onde se encontram os inibidores naturais do cérebro, onde todos os níveis são estabelecidos. É o que nos faz ser como somos.

— E um tumor pode alterar isso?

— Qualquer corpo estranho, ou qualquer ferimento que afete essa área. Se o cérebro for danificado, a personalidade pode ser afetada. Modificada.

— Li certa vez num jornal — disse Thorne — sobre uma mulher que sofreu um grave ferimento na cabeça em um acidente de carro e, quando acordou, começou a falar numa língua completamente diferente.

Kambar assentiu com a cabeça.

— Já vi relatórios sobre casos semelhantes. Mas não estou convencido. Acho que isso só serve para gerar boas histórias.

— E, então, que tipo de mudanças *você* já viu?

— Pessoas tímidas que, de repente, se tornam extremamente sociáveis. Em geral, é uma questão de inibição, de quebra de barreiras. O álcool funciona do mesmo jeito, desinibindo o lobo frontal. Imagine alguém que esteja bem bêbado, mas sem ficar caindo ou com a fala enrolada. Não há... *sutilezas*, sabe? A benevolência social vai para o espaço, o limite é excedido.

— Já vi isso acontecer — disse Thorne.

Kambar garfou o que lhe restava de lasanha, enfiou na boca e aguardou.

Ignorando o que ainda havia em seu prato, Thorne se pegou mencionando para aquele homem que conhecera há apenas uma hora o Alzheimer que arruinara os últimos anos de vida de seu pai, e alguns dos seus próprios. Sobre as estranhas obsessões dele, e seu estilo de vida que se tornou cada vez mais errático e perturbador. Kambar lhe contou que a doença agia no cérebro exatamente do modo que ele acabara de descrever.

— As pessoas pensam que se trata apenas de esquecer nomes, ou de onde deixou as chaves — disse Kambar. — Mas o pior é que você esquece como se comportar.

Thorne pôs seus talheres na mesa, ajeitou-os e perguntou:

— E quanto ao fator genético?

Kambar fez um gesto com a cabeça, entendendo o motivo da pergunta.

— Olhe, está longe de ser definitivo, mas somente uns 15 por cento de pacientes com Alzheimer tiveram pais que sofreram desta doença; e, ainda assim, a ligação genética mais forte é com as formas mais raras, como acessos prematuros. Não é disso que estamos falando, é?

Thorne fez que não com a cabeça.

— O fato de seu pai — prosseguiu Kambar — ter tido a doença pode aumentar um pouco sua suscetibilidade, mas só isso. — Ele sorriu. — Mas a demência é muito comum, e as chances de tê-la podem acabar acontecendo. Portanto, no seu lugar, eu pararia de me preocupar.

— Às vezes, era legal — disse Thorne. — Com meu pai, sabe? Certa tarde, estávamos todos jogando bingo no píer e ele simplesmente pirou. Começou a suar e a berrar várias obscenidades, e todo mundo ficou furioso, mas eu morri de rir. E ele *sabia* que era engraçado. Eu podia ver isso em seu rosto.

— Que bom que nem tudo foram trevas e ruínas — falou Kambar. — E como foi, no final?

O apetite de Thorne voltou de repente. Só há pouco tempo, ele havia descoberto como começara o incêndio em que Jim Thorne morrera; o papel dele na morte do próprio pai. Sequer conseguiu partilhar com Louise essa verdade. Ele ouviu a voz de Kambar do outro lado da mesa, dizendo que não havia problema, que não era sua intenção ser intrometido.

Thorne se sobressaltou levemente quando o *bip* de Kambar se pôs a tocar. Ele se levantou, apertou a mão do médico quando este a estendeu.

— Obrigado. Você me ajudou muito.

— Gostaria de dizer que tenho que sair para realizar uma neurocirurgia vital — disse Kambar —, mas a verdade é que marquei um jogo de *squash*. Ele tirou a mão do bolso e apoiou na barriga. — Eu deveria ter almoçado um pouco mais cedo.

— Foi culpa minha.

— Não tem problema.

— Alguém anda matando os filhos das vítimas de Garvey — disse Thorne.

— O quê? — perguntou Kambar fazendo a mesma careta enigmática de antes.

Thorne podia ver uma pequena gota de molho na extremidade do bigode do médico, uma manchinha pouco acima da gola.

— Os filhos das mulheres que Garvey assassinou. — De repente, Thorne sentiu uma breve tonteira e achou que havia se levantado rápido demais. Ele aguardou alguns segundos, esperando que Kambar pensasse que a pausa fosse em consideração a ele. — Quem quer que seja, a pessoa que tem esses fragmentos da tomografia do cérebro de Garvey já assassinou quatro pessoas.

Pela expressão de Kambar, via-se que teria preferido não ter perguntado. Ele soltou o ar dos pulmões e disse:

— Merda.

A surpresa ficou evidente no rosto de Thorne.

— É um termo médico — disse Kambar. — Costumamos guardá-lo para quando ouvimos algo que nos faz sentir como curandeiros inúteis com os bolsos cheios de sanguessugas.

— Eu o utilizo de modo bem parecido — brincou Thorne. — Só que com mais frequência.

— Existem tantas coisas que podem bagunçar o cérebro, mas com a maioria delas não há nada a fazer. — Kambar sacudiu a cabeça, a resignação aprofundando as rugas em torno de sua boca. — Às vezes, o estrago é... invisível.

— Divirta-se em sua partida de *squash* — disse Thorne.

Quando o médico se foi, Thorne foi até o balcão. Comprou um café e uma fatia de *cheesecake*, depois voltou para a mesa. Pela janela, tinha uma vista espetacular do pântano plano e verdejante: Grantchester encolhida um pouco ao norte; as torres de Cambridge visíveis alguns quilômetros a leste; e a artéria vibrante e cinzenta da rodovia M11 a meio caminho do horizonte.

Thorne olhou para fora, saboreou sua sobremesa e tentou se lembrar exatamente do que seu pai havia gritado aquele dia no píer. Com base no que Kambar lhe dissera, o homem poderia ter cometido um homicídio e ter boas chances de se livrar da culpa. Uma pena que seu pai não tivesse sabido disso. Às vezes, ele era um velhinho bem excêntrico e implacável, especialmente nos últimos anos. Ele teria elaborado uma lista de tamanho bem razoável de vítimas

— O filho de Garvey pensa que seu pai foi equivocadamente condenado e que aquele tumor poderia ter sido detectado mais cedo, se ele não estivesse na prisão. Então ele culpa Deus e o mundo pela morte do pai.

— Ainda não estou convencido de que esse maluco seja filho de Garvey — disse Thorne.

— Mas parece que Garvey estava.

— Tá, para efeito de conversa...

— Então o filho de um assassino começa a matar os filhos das vítimas. Faz algum sentido, quando paramos para pensar.

— *Sentido?* — perguntou Thorne.

— Você entende o que estou dizendo, não é?

Thorne caminhava perto do quiosque da WH Smith, na estação de Cambridge, esperando o trem das 15h28 para King's Cross e acabou entrando, fustigado pelo vento que açoitava a plataforma. Ele mantinha o telefone perto da boca, enquanto falava, assim poderia sussurrar quando ele e Brigstocke chegassem ao X da questão.

— Há 26 Anthony Garvey no Reino Unido — disse Brigstocke. — Poderia ser melhor, mas poderia também ser bem pior.

Thorne havia conversado com Brigstocke mais cedo, após o encontro com Kambar. Holland também entrara em contato com o inspetor-chefe, depois de falar com o diretor de Whitemoor; portanto, agora era Thorne que se atualizava.

— Acho que estamos perdendo tempo — disse ele.

— Você não está convencido. Sei, você já disse isso.

— Ainda que *seja* o filho de Garvey, acho esse nome suspeito. Se fosse autêntico, haveria registros. Nós já teríamos sabido.

— Assim mesmo, precisamos conferir, Tom.

— Eu sei.

Thorne estava seguro de que, independentemente de quem fosse esse homem e de seu grau de parentesco, ele próprio escolhera o nome que usara para entrar no presídio e para atormentar Pavesh Kambar. Mas ele estava igualmente ciente de que, no ponto em que se encontravam as investigações, o melhor era proteger a própria retaguarda, e era sempre mais fácil criticar quando não se estava na pele do inspetor-chefe que comandava o inquérito.

— Desde que nos falamos, mais cedo, já descartamos a metade deles — disse Brigstocke. — Portanto, não deve levar mais muito tempo.

— E quanto às vítimas potenciais?

— Nesse ponto, ainda estamos mal. Ainda faltam aqueles três.

— Como "ainda faltam"?

— Aparentemente, um deles tirou férias para realizar uma longa caminhada. A esposa dele não sabe mais nada, ou não quer nos dizer, por alguma razão. Os outros dois sumiram do mapa por algum motivo. Mas vamos acabar os achando.

Houve uma pausa em que só se ouviam as vozes ao fundo. Thorne parara diante das revistas masculinas e seus olhos vagaram da *Mojo* e *Uncut*, passando pela *FourFourTwo* e indo parar na *Forum* e *Adult DVD Review*, nas prateleiras mais altas.

— O que você acha dessa história de mudança de personalidade?

— Adivinhe.

— Mas Kambar não negou que isso fosse possível?

— Qualquer coisa é possível.

— Sei.

— E não devíamos descartar a possibilidade de Garvey ser um lobisomem, ou talvez a vítima inocente de uma maldição cigana. Pelo amor de Deus, Russel...

— Escute, um homem que já matou quatro pessoas acredita nisso; então, o que nós pensamos, não importa muito.

— Você não disse o que *você* pensa.

— Estou mantendo a mente aberta — respondeu Brigstocke. — Você deveria fazer isso, de vez em quando.

— Não foi você quem prendeu Garvey, portanto não sei por que tem que ficar em cima do muro.

— Fique frio, camarada.

— Desculpe...

— É nossa pista, Tom, então temos que levá-la a sério, certo?

Thorne apanhou um exemplar de *Uncut* e se dirigiu ao caixa. Havia uma fila pequena, mas ainda faltavam cinco minutos para o trem chegar.

— Não dormi muito bem na noite passada — disse ele.

— A que horas você chega a King's Cross?

— Em meia hora, mais ou menos.

— Vá direto para casa — disse Brigstocke. — Você começou cedo hoje e, de qualquer forma, não conseguiria chegar aqui antes das 17h. Apenas cuide para ser o primeiro a chegar amanhã de manhã.

— Tem certeza?

— É com você mesmo. Quero dizer, se estiver a fim de passar algumas horas ligando para uma dúzia de Anthony Garvey...

— Até amanhã, então.

— Eu ligo, se houver novidades.

Certo, pensou Thorne, por exemplo, se aparecer o cadáver de uma das três vítimas potenciais que estão desaparecidas.

Thorne tomou um gole de sua latinha de cerveja que, graças a Brigstocke, ele se sentira livre para comprar e saborear. À sua frente, uma jovem loura com a pele em mal estado folheava um exemplar de *Heat*. De tempos em tempos, ela erguia os olhos das páginas lustrosas e olhava para a cerveja na mão de Thorne, como se o consumo de bebidas alcoólicas nos trens estivesse bem no alto da lista de comportamentos inaceitáveis em público, como fumar crack e colocar o pau para fora.

Estavam sentados em um vagão "sossegado", mas não estava bebendo de modo *ruidoso*.

Levando a latinha à boca, Thorne flagrou outro olhar severo e brincou com a ideia de lhe oferecer um gole. Ou lhe dizer o que ele pensava sobre o desperdício de DNA naquela revista estúpida e acéfala, e sobre as pessoas que gostavam de ver as fotos de *paparazzi* de celebridades saindo aos tropeços das boates ou entrando descalças em suas limusines, e que não estavam em condições de julgar ninguém. Depois, pensou no que Louise diria. Ele se lembrou que às vezes ela folheava a *OK* e a *Heat*, embora o fizesse quando estava no cabeleireiro ou sentada na sala de espera de um consultório médico.

Ele aguardou que a mulher olhasse outra vez para ele e sorriu, até que ela, mais que depressa, voltou a se concentrar na revista.

Faz algum sentido.

As pessoas morrendo por suas mães terem sido quem foram; matando pelo que seus pais poderiam ter sido. Thorne bebeu um gole da cerveja sem graça e imaginou que isso fazia tanto sentido quanto qualquer outra coisa em um mundo em que ser famoso era tão importante. A razão dessa fama não tinha a menor relevância. Um mundo em que casais incapazes de criar um hamster arrastavam seis crianças pelo supermercado. Em que algumas mulheres procriavam como se estivessem cuspindo ervilhas, enquanto outras não conseguiam isso tão facilmente.

— Mais alguém que tenha embarcado em Cambridge?

Thorne não vira o fiscal antes, quando estava no vagão-restaurante, comprando sua cerveja. Assim que seu bilhete foi perfurado, Thorne se levantou, amassou a latinha, e saiu de seu lugar. Depois, largou a lata sobre a mesa.

No fim do vagão, um homem tagarelava no celular. Ele estava rindo, tossindo de forma meio sibilante e dizendo a alguém como algo era "a cara" de alguma outra pessoa. Não falava muito alto, mas de maneira irritante.

Thorne parou ao lado da mesa do homem e arrancou o celular de sua mão, apontando para a placa: a imagem de um celular cortado por duas faixas vermelhas. Ele apertou o botão, encerrando a ligação, e meteu a mão no bolso para pegar sua credencial. O homem disse "Que porra é essa?" e em seguida se calou, ao ver a identificação policial.

Thorne se dirigiu até o vagão-restaurante com um humor bem melhor.

Louise só chegou em casa uma hora após Thorne.

— Você sabe como é — disse ela. — Você tira alguns dias de folga e, quando volta, tem um caminhão de problemas para resolver.

Ela lhe disse que estava contente em poder voltar ao trabalho, poder pensar em outras coisas. Sentia-se bem-humorada.

Thorne disse que ela devia fazer mais horas extras, já que o trabalho, sem dúvida, lhe fazia bem.

— É preciso colocar as coisas em perspectiva — disse ela.

Louise fez espaguete com bacon, cebola e *pesto* para eles; depois, sentaram-se diante da televisão por algum tempo.

— Eu estou a fim de falar sobre o que aconteceu — disse ela. — Acho mesmo que devíamos.

— Nós *já* falamos sobre isso.

— Não, não falamos. Não o que sentimos em relação a isso. — Ela sorriu. — Porra, tem sido ensurdecedor, para falar a verdade.

— O quê?

— O som que você faz pisando em ovos.

Thorne fixou-se na TV.

— Como você se sente? — insistiu Louise.

— Não sei. O que você acha? Transtornado.

— Mas você não disse nada.

Thorne sentiu um calor desconfortável.

— Acho que ainda não tive tempo suficiente para... processar as informações.

— Ótimo. Muito bem. Está certo.

Eles assistiram à TV um pouco mais e depois foram se deitar. Ficaram abraçados e, quando Louise adormeceu, Thorne leu por algum tempo; algumas páginas a mais de um livro sobre crimes verdadeiros que comprara pela internet.

Raymond Garvey era torcedor do Crystal Palace e criava coelhos de estimação quando criança. Divertia-se mexendo com motocicletas e espancara sua primeira vítima com a metade de um tijolo.

Quando Thorne apagou a luz, ele se virou para o lado, sentindo Louise fazer o mesmo, pressionando-o levemente por trás, e o sentimento de culpa entrou em ebulição dentro dele, como um refluxo gastroesofágico.

QUATORZE

Penitenciária de Whitemoor

— Não consigo compreender por que é tão difícil entrar aqui.
— É muito mais difícil sair.
— Eles tiram tudo de você, verificam todas as suas coisas. Tantas portas a atravessar.
— Então você não contrabandeou nada?
— O quê, por exemplo?
— Cigarros, isso é o principal. Drogas. As pessoas ainda conseguem fazer isso.
— Sei.
— Desculpe-me por... olhar assim para você. Ainda não acredito que esteja aqui.
— Você não acreditou em mim, quando eu disse que viria?
— É que foi tão de repente, sabe? Nunca esperei... Nunca achei que você descobriria.
— Não foi fácil. Ninguém me contou nada.
— Então, como?
— Achei umas cartas antigas no sótão, alguns documentos oficiais, na casa da minha tia. Fiz algumas perguntas e ela começou a chorar, então eu soube que era verdade.

— E como se sentiu ao descobrir?

— Fiquei puto da vida. Com *ela*, quer dizer. Com a *mamãe*, por não me contar nada.

— Ela também nunca me falou de *você*.

— Eu sei. Achei a carta que você escreveu para minha tia. Eu sei por que você agiu assim.

— Ah, meu Deus...

— Está tudo *bem*, de verdade. Eu sei como você se sentiu, caramba...

— Não, não está bem.

— Acho que eu teria feito a mesma coisa.

— Eu sempre pensei que você iria me odiar. Por isso é que nunca tentei entrar em contato nem nada.

— Desde que eu tinha 6, 7 anos, mais ou menos, ela dizia que você estava morto. Que meu "pai" estava morto. Contou que ele era engenheiro. Como ela pôde fazer isso?

— Eu era engenheiro na British Telecom. Antes...

— Eu não lamento que ela esteja morta. Você não precisa se preocupar.

— Você não se parece com as fotos que mandou.

— São muito antigas. Da época em que eu estava na escola. Posso mandar outras mais recentes, se quiser.

— Você parou de estudar?

— Estudar para quê?

— Desde que isso não tenha nada a ver comigo, com o fato de descobrir quem eu era, quer dizer. Se você precisa passar em alguns exames ou coisa parecida, provavelmente deveria concluí-los.

— Você parece diferente, também. Eu vi algumas fotografias na internet e em jornais velhos. Há uma que eles usaram em todos os livros.

— Todo mundo acaba engordando aqui. Eu não tenho direito a fazer muitos exercícios, como os demais detentos... os detentos *normais*.

— Isso não é justo.

— Eles mantêm os presos especiais afastados dos outros. Ex-policiais, pedófilos, esse tipo de gente.

— Você não é *esse tipo de gente*.

— Tudo bem, já me acostumei.
— Por que está sorrindo?
— É engraçado. Ela nunca falou de mim para você e, depois, escolhe meu segundo nome para você.
— Não, ela não escolheu. Ela me deu um nome *ridículo*. Eu mudei assim que descobri aquelas cartas. Não legalmente, mas é provável que eu acabe fazendo isso.
— Você que sabe.
— Não tem importância. De agora em diante, eu sou Anthony
— Isso é bacana.
— Anthony Garvey.
— Soa muito bem, com certeza.
— *Tony* é legal. Não me incomoda.
— Soa muito bem. Parece mais *jovial*.
— Então você não se incomoda se eu voltar a visitá-lo?
— Já está indo embora?
— Não, não se preocupe, ainda falta um bocado. Só queria saber se você não se incomodaria.
— De maneira nenhuma.
— Tudo bem, então.
— É... Tony soa muito bem...

QUINZE

Brigstocke estava animado na reunião matinal, mas, pensando bem, não tinha muita opção. Estavam progredindo — de modo lento, porém concreto —, mas o humor do inspetor-chefe teria sido o mesmo, ainda que não houvesse avanços. Como comandante das investigações e líder do grupo, ele nunca podia ser visto batendo com a cabeça na parede, dizendo a seus subordinados que a investigação estava parada e que tudo estava uma merda.

Era uma das razões pelas quais Thorne não queria ser promovido; apesar do incentivo de Louise, ele não fizera a prova para inspetor-chefe. O salário maior teria sido bem-vindo, claro, e havia um estacionamento muito melhor para esse posto, mas fingir confiança, não importando o quanto as circunstâncias o exigissem, não era algo que ele sabia fazer direito.

— Tudo isso você aprende depois — dissera Louise.

Mas Thorne não se convenceu.

— Não quero aprender — respondera. — E provavelmente vou quebrar a cara do primeiro que vier apertar minha mão de um jeito esquisito.

Após a reunião, Thorne voltou com Holland para o setor de Incidentes Especiais. Ele esperou que Holland preparasse o café e deixou os olhos vagarem pelo amplo quadro branco que tomava conta de uma das paredes. Abaixo das fotografias das quatro vítimas até então, o quadro se dividia em dois, com uma linha espessa, não muito retilínea, e preta no meio. À esquerda, havia a relação das sete mulheres assassinadas por Raymond Garvey; e, ao lado, seus filhos. Linhas vermelhas ligavam os nomes das mães àqueles de seus filhos e filhas.

Thorne olhou para a lista de nomes à direita do quadro, suas idades e as datas em que haviam morrido, quando era o caso. Como uma lista de chamada dos já assassinados e dos que, presumiam, seriam alvo do assassino:

Catherine Burke (23 anos) 9 de setembro (irmão, Martin, morto em um acidente de carro)
Emily Walker (33 anos) 24 de setembro
Gregory e Alexandra Macken (20 e 18 anos) 27 de setembro
Andrew Dowd (31 anos)
Deborah Mitchell (29 anos)
Graham Fowler (30 anos)
Simon Walsh (27 anos)

Ao longo da parte inferior do quadro, havia as três identificações faciais computadorizadas fornecidas pelos vizinhos de Emily Walker, pela testemunha que vira um homem conversando com Catherine Burke e pelos estudantes que tinham visto o cara que saíra do Rocket Club com Greg Macken. Sob cada uma delas estava o nome "Anthony Garvey". Não importava se Thorne ainda estivesse em dúvida sobre a autenticidade desse nome, era o único de que dispunham para seguir em frente no que se referia à identidade do principal suspeito.

Holland voltou com o café e entregou um a Thorne, que ficou admirando o copo de plástico.

— Acabou o leite na geladeira, tive que colocar aquela coisa em pó.

— Vamos ter que começar a escrever os nomes nas embalagens — disse Thorne. — Como os estudantes.

Holland assentiu, olhando para o quadro na parede.

— O que você acha de Dowd e sua esposa?

Andrew Dowd era o homem que Brigstocke mencionara no dia anterior; o cara que, segundo a própria esposa, tinha tirado férias para caminhar pelo Lake District alguns dias antes, e com quem ela não tivera mais contato desde então. Garantira que não sabia em que endereço ele ficaria ou o nome de qualquer hotel ou pousada em que pretendia ficar, sequer sabia quantos dias ele pretendia permanecer por lá. A preocupação com a segurança de Dowd era previsível, até alguns policiais falarem com a esposa, depois do que concluíram que certamente era apenas o casamento que estava quase com certeza morto. Ela lhes dissera que Andrew viajara quase sem avisar, que havia levado seu celular, mas não o carregador, e que ele ligara somente uma vez, na noite do dia em que partiu, para avisar-lhe que tinha chegado bem. Usando tecnologia de localização de chamadas, a equipe descobriu que a ligação foi feita de Keswick, onde agora ele estava sendo procurado. Uma mensagem de celular fora enviada a Dowd, pedindo que ele entrasse em contato urgente com a polícia, mas, desde então, o aparelho tinha sido desligado ou estava sem bateria.

— Os dois tiveram, com certeza, uma discussão violenta — disse Thorne. — Ela não quer admitir que ele simplesmente caiu fora, então está fazendo de conta que não é nada, como se ele fizesse isso regularmente. Isolar-se por alguns dias a fim de pôr a cabeça no lugar, algo do gênero.

— Ele quer é encontrar uma nova esposa — falou Holland. — A que ele tem parece um pesadelo.

— Ninguém sabe o que se passa por trás das portas fechadas. — Thorne percebeu o olhar de soslaio de Holland. — Como na canção de Charlie Rich, de 1973.

— E quanto aos outros dois?

Se os dois homens que figuravam na lista abaixo do nome de Dowd possuíam telefones celulares, então eram pré-pagos, visto que não havia vestígio de seus nomes em contrato algum. Nenhuma pista.

Simon Walsh tinha morado em sete endereços nos 18 meses anteriores, tendo ido meia dúzia de vezes à agência de empregos da região, antes de sumir do mapa. Sua única parente existente, uma tia, afirmou não ter tido notícias dele nos últimos dez anos; e um amigo que o vira seis meses atrás informou que achava que Walsh talvez fosse viciado em antidepressivos. Ignorando os motivos que levavam a polícia a procurá-lo, o amigo acrescentara, com um traço de ironia, que sempre pensava que receberia a notícia de que Simon havia sido encontrado morto em algum lugar.

Segundo a esposa de Graham Fowler, que estava separada dele, nos últimos dois anos ele vivia pelas ruas no sudeste de Londres, após um gravíssimo problema com álcool, que lhe custara primeiro o emprego e, depois, a família. Não havia ninguém com esse nome nos centros de acolhimento ou nos abrigos noturnos.

— Muito bem, pelo visto nunca encontraremos nenhum dos dois através de recibos de cartão de crédito — disse Thorne.

Alguns anos antes, ele passara um período disfarçado, morando nas ruas do West End para pegar o homem que andava matando os sem-teto. Conhecera um bocado de gente, como Simon Walsh e Graham Fowler, homens que escorregaram pelas fendas por acidente ou destino.

— Parece que eles não querem ser encontrados — concluiu Thorne.

— Talvez isso salve a vida deles — disse Holland. — Quero dizer, se *nós* não os encontrarmos...

Thorne olhou para o último nome, que havia sido circundado inúmeras vezes com caneta vermelha, como se por exasperação.

— Não basta encontrá-los para resolver o problema.

A única pessoa da lista de vítimas em potencial que eles tinham sido capazes de localizar estava se revelando bem problemática. Apesar das repetidas conversas e visitas feitas pela polícia, Debbie Mitchell se recusava a sequer levar em consideração a possibilidade de ficar sob custódia.

— Pois é, mas ela não está muito bem, não é? — perguntou Holland.

— Tem seus problemas.

— E tem aquela história de seu filho.

Debbie Mitchell era a mãe solteira de uma criança com sérias dificuldades de aprendizado. Ela já havia sido presa três vezes por prostituição e outras tantas por posse de drogas pesadas.

— É estranho esse negócio de drogas — disse Holland.

— Que negócio?

— Catherine Burke usava um pouco; agora Debbie Mitchell. Suponho que as chances sejam grandes de ser o mesmo caso de Walsh e Fowler.

— Não acho nada estranho, na verdade — disse Thorne. — Não quando você pensa no que todos eles têm em comum. Na minha opinião, os estranhos são os que não são viciados em drogas ou alcoólatras.

As atividades prosseguiam em volta dos dois, enquanto eles tomavam café e olhavam para o quadro, como se aquelas linhas e palavras fossem símbolos em uma complexa equação cuja resposta poderia de repente surgir, se continuassem olhando fixamente.

Três horas mais tarde, Thorne estava de pé à frente de outro quadro, o cardápio de refeições especiais do Royal Oak. Até recentemente, ele era considerado o restaurante local da equipe, "especial" também seria uma boa palavra para praticamente qualquer prato que fosse ao menos tragável, mas o novo gerente melhorara bastante o nível. Por ser um ex-policial, sabia que até os agentes de polícia querem no almoço algo além de porcarias e batatas fritas. Ainda estava longe de ser um *pub gourmet*, mas havia pelo menos deixado de ser considerado último recurso.

Thorne fez seu pedido e levou uma Diet Coke e uma água tônica com limão para a mesa, ao lado de uma máquina de caça-níqueis. Em seguida, sentou-se perto de Yvonne Kitson. Eles brindaram e beberam, a expressão em seu rosto transparecendo a certeza de que prefeririam beber uma cerveja e um vinho branco, respectivamente.

— Mais tarde — disse Kitson.

Thorne pegou um descanso para copos e começou a rasgá-lo metodicamente em pequeninos pedaços.

— Este caso está chegando a um novo nível — disse ele. — Do tipo "quem-não-foi".

Kitson gostou da ideia e entrou na brincadeira.

— Comece, então. Diga quem não foi.

— Bem, já que está me perguntando... Não foi um professor da escola primária em Doncaster, não foi o homem que conserta fotocopiadoras nem um fã de boxe amador de Wrexham, e certamente não foi um ex-oficial de marinha mercante de 78 anos que se aposentou e foi com a esposa para Portugal. Aliás, nesta época, o clima é bem agradável por lá, ele já me disse várias vezes. Ele e a esposa estão planejando almoçar à beira da piscina.

— São três de seus Anthony Garvey?

— Até agora.

— Alguém tem de fazer o trabalho sujo.

— Pois é, e eu estou curtindo cada minuto extremamente importante de tudo isso. Estou eliminando pessoas do meu inquérito como se não houvesse amanhã. Riscando nomes e os marcando, só por precaução. Eliminando o dia todo... eu sou o *Eliminador*!

Kitson deu um gole.

— Certo, mas não vi nenhuma ideia brilhante vinda de você hoje de manhã.

Thorne parou de rasgar o descanso de copo e reuniu os fragmentos em uma pilha arrumada. Ele não tinha muito a dizer e, mesmo se tivesse, ao ver Russel Brigstocke perto do balcão acenando para eles, teria ficado calado. Usando o básico da mímica, ele e Kitson conseguiram demonstrar quais bebidas queriam mais e, assim que Brigstocke as trouxe, ele se sentou ao lado deles.

— Vocês já pediram?

Os dois assentiram com a cabeça.

Brigstocke bebeu um longo gole de sua água com gás e recostou-se na cadeira.

— Acabei de desperdiçar 15 minutos do meu almoço graças a Debbie Cabeça-dura.

— Ainda se fazendo de difícil? — perguntou Kitson.

— Você conhece um policial responsável pelo contato com as famílias chamado Adam Strang?

Thorne disse que conhecia, lembrando-se do escocês que estava no local do crime dos jovens Macken.

— Pois bem — prosseguiu Brigstocke —, ele passou a maior parte da manhã tentando fazê-la concordar com a custódia, mas ela não quer conversa. Simplesmente se recusa a ir para qualquer lugar que seja.

— O que ela já sabe?

— Nem tudo, claro. Mas o bastante, ou pelo menos o que devia ser suficiente.

— Quais são as alternativas? — perguntou Kitson.

Brigstocke balançou a cabeça negativamente, como se estivesse cansado de pensar no assunto.

— Estou relutando em colocar um carro na porta de sua casa 24 horas por dia só porque ela está sendo idiota.

— Não podemos instalar um botão de alarme?

— Não basta — disse Thorne. — Não acredito que Emily Walker ou Greg Macken tivessem tido tempo para acionar um.

— Então, o que mais podemos fazer? — perguntou Brigstocke. — Prendê-la?

Kitson deu um peteleco com a unha vermelha na borda do copo.

— Isso não vai tardar, considerando sua ficha policial.

Uma garçonete chegou com a comida; para Thorne carne de carneiro cozida, para Kitson torta de peixe. Brigstocke olhou sem entusiasmo para o prato de massa que lhe foi dado, depois apontou para o de Thorne.

— Eu queria isso aí, mas *alguém* ficou com o último.

— O mundo é dos mais rápidos.

Eles comeram em silêncio por alguns minutos, até Thorne dizer:

— Por que ainda não envolvemos a imprensa nisso?

Brigstocke engoliu apressadamente.

— Acho que já falamos sobre isso antes — respondeu ele, aguardando a aprovação de Kitson.

Ela concordou.

— A importância de manter o sigilo em casos de assassinatos em série.

— Exatamente — disse Brigstocke.

— Não é disso que estou falando — argumentou Thorne. — Por que não colocamos fotografias de Dowd e dos outros nos jornais, na TV, em todo lugar? *Nós* podemos conseguir algo com isso, para variar.

Desta vez, Brigstocke demorou a engolir e responder calmamente:

— Isso é... arriscado.

Ele olhou ao redor. Muitos integrantes da equipe estavam sentados às mesas vizinhas.

Thorne afastou seu prato e se inclinou na direção de Brigstocke, no momento exato em que um dos detetives em treinamento decidiu se aproximar e apostar todas as suas moedas na máquina ao lado. Nada mais foi dito a respeito do caso até ele terminar. Thorne fez um comentário sobre a honestidade da máquina e observou o detetive se afastando. Em seguida, virou para Brigstocke.

— Você disse "arriscado"?

— Andei conversando com Jesmond — respondeu Brigstocke.

Thorne fez uma cara feia ao ouvir o nome do superintendente.

— Sinto muito por você.

— Tudo bem. De qualquer maneira, parece haver uma forte sensação de que usar a imprensa do modo que você está sugerindo pode não ser uma boa ideia.

— Por que não?

— Porque pode alertar o assassino para o fato de estarmos atrás dele.

— E isso é um problema?

— Eles acham que pode ser, se quisermos pegá-lo.

— Então nós estamos mais a fim de pegá-lo do que proteger as pessoas que ele está tentando matar?

Brigstocke soltou um longo suspiro.

— Olhe, eu *entendo*.

— Isso é loucura — exclamou Thorne. — Ele já deve saber que estamos atrás dele. Caramba, ele nos deixou pedaços de radiografias. Ele quer que nós montemos o quebra-cabeça.

— Estou só falando o que me disseram, certo?

— Além do mais, não consigo imaginar esse cara fazendo as malas e indo embora só porque saíram fotos suas nos jornais.

— Nesse ponto, você está certo.

— Não acho que seja o tipo do cara que vá parar.

— Olhe, não adianta nada ficar agressivo comigo. Só estou dizendo, há uma... tensão entre as diferentes prioridades.

— Com certeza, a prioridade maior é proteger as possíveis vítimas, não? — indagou Kitson.

— Explique isso para Debbie Mitchell — disse Brigstocke e, virando-se para Thorne, continuou: — Na verdade, você pode falar com o superintendente, já que isso o está afetando tanto. Eles estão falando em organizar um painel sobre incidentes críticos.

— Prefiro perfurar meus olhos com uma agulha — declarou Thorne. Ele já tinha ido a um painel assim algumas vezes, lutando para parecer interessado enquanto diplomatas uniformizados falavam sobre estratégia midiática, e jurara que nunca mais voltaria a assistir a um.

— Certo, então desça do salto e pare de encher meu saco. — Brigstocke comeu mais uma garfada de sua massa e afastou a cadeira da mesa. — Tudo bem assim?

Nem Thorne nem Kitson comeram muito depois que Brigstocke se foi, deixando que a garçonete recolhesse os pratos ao passar.

— Descer do salto?

— Foi isso que ele disse — confirmou Kitson.

— Ora, vamos, eu tenho razão, não?

— Eu não acho que ele discorde de você, mas não há muito o que fazer. Ele não tem escolha.

Ainda tinham 15 minutos, antes de voltarem para Becke House. Thorne esvaziou seu copo.

— Então, acha mesmo que vale a pena passar o resto da tarde telefonando para pessoas que você sabe que não mataram ninguém e perguntando se elas mataram alguém?

— Finalmente, você teve uma ideia brilhante.

— O que você disse sobre prender Debbie Mitchell?

— Estava só brincando.

— Vamos dar um pulo até lá. Nunca se sabe. Se pressionarmos um pouco, talvez ela agrida um de nós.

Kitson tirou um estojo da bolsa e retocou o batom.

— No caminho, a gente tira a sorte.

DEZESSEIS

Totteridge era um subúrbio londrino arborizado, com um autêntico vilarejo no centro, onde homens que eram donos de, ou jogavam em, times de futebol moravam com suas esposas inexpressivas. Alguns minutos dali, contudo, na direção de Barnet, pode-se encontrar uma área visivelmente menos abastada, um pouco afastada da Great North Road, onde a maioria dos jogadores de futebol era daqueles que chutavam a canela uns dos outros nas manhãs de domingo, fumavam no meio do campo durante o intervalo do jogo e se dirigiam para o *pub* mais próximo ao som do apito final.

Debbie Mitchell morava no último andar de um prédio de três andares em Dollis Park Estate, uma construção dos anos 1960 e 1970 à sombra do campo do Barnet FC. Da janela da pequena sala de estar cheirando a cigarro, Thorne conseguia ver os holofotes do estádio de Underhill.

— Isto aqui deve ficar bem movimentado em dias de jogos — comentou Kitson.

— Espere um pouco, estamos falando do Barnet — disse Thorne. — Para eles, nós quatro já somos uma multidão.

Só Kitson sorriu, quando Thorne voltou a olhar pela janela. Na outra direção, dava para ver a rua principal, o cinturão verde se estendendo para além do posto de gasolina e uma filial enorme da Carpet Express.

— Eu ainda posso entender um *Visão* Express — disse ele, apontando para o prédio. — Até mesmo *Sapato* Express, com um pouco de boa vontade. Sabe, você perdeu um sapato, está atrasado para uma festa, alguma coisa assim. Mas quem poderia precisar de um carpete assim *tão rápido*?

— Do que ele está falando?

— Quer dizer, é preciso estar com muita pressa mesmo.

Uma das duas mulheres sentadas juntas no sofá olhou para Thorne e depois voltou a se dirigir a Kitson, que estava sentada em uma das cadeiras ao lado da porta.

— Entendi — disse ela. — Eles não conseguiram nada com os tiras mais sensíveis, nem com aqueles que entraram aqui marchando e berrando; então, agora, mandaram um policial que pensa que é humorista.

Nina Collins tinha alguns bons anos a mais que Debbie Mitchell, devia estar com seus 40 e poucos, provavelmente, e ela havia respondido à maior parte das perguntas desde a chegada de Thorne e Kitson. Ela abrira a porta, disse-lhes que era uma amiga de Debbie, sua *melhor* amiga, e que Debbie estava lá dentro, tentando descansar um pouco e acalmar Jason. Contou que ela estava em frangalhos, e quem não estaria, com a polícia telefonando a cada dez minutos, avisando-lhe que deveria sair de casa?

— Imagino que tenham vindo perturbá-la um pouco mais — disse ela, soprando a fumaça do cigarro neles, antes de se virar e entrar.

Na sala de estar, Thorne se afastou da janela e deu de ombros.

— Na verdade, algumas pessoas dizem que sou bem engraçado.

Collins apagou seu cigarro.

— Estão enganadas — disse ela.

Thorne arrastou um banco até o sofá e sentou-se nele, em frente à televisão. Ele ficou olhando para as duas mulheres. Collins era baixa e tinha seios fartos, com os cabelos pretos e espetados, vermelho nas pontas, refletindo a luz. Usava uma camisa de rúgbi listrada bem apertada que ressaltava seu peito, e havia uma suavidade em seu rosto, em desarmonia com a linguagem corporal e a voz rouca dos fumantes inveterados. (Mais tarde, com novos casos a lhes preocupar, Thorne confessaria a Kitson, depois de algumas cervejas, que gostara um bocado de Nina Collins.)

— Ele tem razão — disse a mulher ao lado de Collins. — É um nome bem ridículo. Mas os carpetes que vendem são bem baratos. É preciso reconhecer.

Debbie Mitchell era mais alta e mais magra que sua amiga. Seus cabelos longos eram de um louro turvo, cortados bem reto nas laterais de um rosto tenso e manchado, algumas espinhas inflamadas em um lado do nariz. Estava descalça, sentada sobre as próprias pernas e um dos braços estendido sobre o encosto do sofá, em contato quase permanente com o menino brincando ao seu lado, no tapete.

— Parece uma criança feliz — disse Kitson.

Collins desviou o olhar, como se tivesse se esquecido da presença de Kitson.

— Ele *é* feliz. E muito mais quando está com a mãe.

— Ele tem alguma... babá?

— Só eu — disse Mitchell. — Só somos nós.

Jason era alto para sua idade — 8 anos, segundo os dados sobre sua mãe —, e o pijama que usava parecia ser um ou dois números menor que seu tamanho. Ele estava empurrando um trem de plástico — um modelo sobre o qual uma criança menor poderia subir — de um lado para o outro em uma linha reta ao longo do sofá. O tapete marrom ficara cheio de marcas.

— E na escola? — perguntou Thorne.

— Ele frequenta uma escola especial três dias por semana — respondeu Mitchell. — Lá em Hatfield. Mas eu tenho que ficar com ele, senão começa a chorar.

Collins ergueu dois dedos.

— Por *duas* vezes, a assistente social levou Jason daqui e em ambas as vezes foi um pesadelo para ele. — Mitchell sacodiu a cabeça e olhou para baixo, como se não quisesse que sua amiga continuasse, mas Collins ergueu a mão novamente, determinada a falar. — Supostamente, é para seu próprio bem que o afastam da mãe e, claro, ele odeia isso. — Estendendo o braço, ela apertou a mão de Mitchell. — Mas agora ela está limpa e sem problemas. Não é, querida?

— Nós estamos bem, agora — disse Mitchell.

— Três malditos ônibus e um trem para chegar a Hatfield — disse Collins, balançando a cabeça com desgosto. — Você acha que o conselho municipal ofereceu algum tipo de transporte, não é? Mas, não, eles estão ocupados demais para financiar parques de diversão para lésbicas e esse tipo de coisa.

— Não faz mal — reagiu Mitchell. — É sempre uma aventura, desde que faça bom tempo. — Ela se virou para Kitson. — Ele não fica aborrecido, como as outras crianças, sabe?

— Trata-se de autismo? — indagou Kitson.

Mitchell deu de ombros.

— Eles acham que não. Eu penso que não sabem o que é, para falar a verdade, e nós desistimos de nos preocupar com isso. Seja o que for, ninguém pode ajudar. Então, vamos vivendo.

Thorne observou o menino puxando o trem de um lado para o outro, seu queixo se mexia enquanto fazia ruídos quase inaudíveis. Seus olhos eram azuis como os da mãe, embora os lábios fossem mais grossos e mais vermelhos. Quando sorria, o que ele fazia o tempo todo sem razão aparente, seus dentes da frente deslizavam sobre o lábio inferior e se moviam rapidamente de um lado para o outro. Não havia como saber se Debbie Mitchell fazia o mesmo, já que Thorne ainda não a vira sorrir.

— O que ele é capaz de entender? — perguntou o detetive.

Nina Collins se irritou outra vez.

— Porra, vocês são policiais ou assistentes sociais?

— Eu só não quero incomodar o garoto — disse Thorne — quando começarmos.

Mitchell balançou a cabeça, como se não houvesse problema, mas sua mão foi parar na cabeça do menino, afagando seus cabelos.

— Vocês vão voltar a falar sobre esse tal homem? — quis saber Collins.

Thorne fez que sim com a cabeça.

— O que eles já contaram para vocês, quer dizer, os policiais sensíveis e os durões? — perguntou ele.

Mitchell respirou fundo.

— Falaram sobre esse maluco que pode querer me machucar por causa do que aconteceu com a mamãe.

Thorne assentiu outra vez com a cabeça.

— Certo, e eles provavelmente disseram coisas do tipo "Temos razões para crer que você pode estar correndo perigo".

— Coisas assim.

— Pois bem, é o seguinte: não há mais dúvida sobre isso, certo? Se ficar aqui, o perigo é real.

Kitson aproximou sua cadeira.

— Você não deve subestimar esse homem sobre o qual estamos falando agora, Debbie.

— Malucos desse tipo já a atazanaram durante toda sua vida — exclamou Collins. — Querendo saber o que aconteceu com a mãe, se divertindo com isso ou coisa parecida.

— Este maluco, em particular, já matou quatro pessoas, Debbie — disse Thorne. — Quatro pessoas cujas mães morreram do mesmo jeito que a sua.

A mão de Collins estava em seus cabelos, brincando com os cachos.

— Ninguém mencionou *quatro* mortos...

— Achei que eram dois — disse Mitchell. — Disseram que *poderia* se tratar do mesmo homem.

Thorne olhou para Kitson. Tentou imaginar quem teria tomado a decisão sobre o que essa mulher deveria saber. Terão se estendido sobre a quantidade de homicídios anteriores? Até dois, tudo bem. Três, inaceitável? Isso parecia ridículo, sem falar que *um só* já deveria bastar para ela sair correndo em busca de proteção sem olhar para trás. Mas o que quer que estivesse impedindo Debbie de agir de modo sensato, e por mais que fosse complicado tomar decisões unilaterais, Thorne não via sentido em ficar melindrado para tocar no assunto.

— Você gostaria de saber como ele matou essas pessoas? — perguntou.

— Não. — Collins ficara visivelmente pálida.

— Sabe exatamente como ele espreitou e assassinou quatro pessoas, o que usou para matá-las? Isso ajudaria você a levar o assunto a sério? Tomar uma atitude e começar a fazer as malas?

— Não faria diferença alguma — disse Mitchell, elevando a voz. — Precisamos ficar aqui.

As duas mulheres tinham se aproximado mais uma da outra. Thorne percebeu que Jason parara de brincar com o trem e estava ajoelhado ao lado do sofá, puxando a mão da mãe, tentando esfregá-la no próprio rosto.

— Você está preocupada com Jason? — perguntou Kitson. — É esse o problema? Porque vocês continuariam juntos.

Mitchell fez que não com a cabeça, mas não ficou claro se ela estava respondendo à pergunta ou simplesmente não estava acreditando no que Kitson lhe dizia.

— Temos acomodações especiais para famílias.

— Não.

— Vocês precisam sair daqui...

— Ele entrou em outras casas — disse Thorne. — Você entende isso? Todas as outras vítimas estavam se sentido seguras e ele entrou e as assassinou.

— Eu tomarei conta deles — afirmou Collins.

Thorne piscou os olhos em sua direção.

— Como? E à noite também, Nina? Você vai sair para trabalhar, não vai?

Thorne verificara os dados sobre Collins e vira que ela havia sido presa por prostituição mais vezes que Debbie Mitchell. Ele a viu hesitar, depois percebeu uma expressão estranha no rosto de Kitson e sentiu uma ponta de culpa; como se o ar lhe faltasse por um instante. Por mais idiotas e obstinadas que essas mulheres estivessem sendo, estava claro que Nina Collins gostava muito de Debbie Mitchell e de seu filho; que sua afeição por eles era impetuosa e incondicional.

— Só estou dizendo — prosseguiu Thorne — que...

Quando Collins voltou a se dirigir a ele, sua voz soava mais branda. O nervosismo estava evidente nas tragadas repetidas em seu cigarro e na gagueira, ao soprar a fumaça, dizendo:

— *Vocês* não podem nos proteger?

— É isso o que estamos tentando fazer — disse Thorne.

— Não podemos ir embora — retrucou Debbie. Ela estava olhando para Jason, vendo seus dentes se moverem sobre o lábio inferior enquanto ele apertava sua mão. — Vocês não entendem. Ele precisa de uma rotina. Nós dois precisamos. É o único jeito de manter tudo em equilíbrio, sabe? A única coisa que impede que tudo desabe.

No desespero que lhe cobrira o rosto como uma máscara, Thorne vislumbrou o que estava fazendo com que ela agisse assim. Podia ver que seu terror ao admitir a ameaça — o medo paralisante da mudança que poderia levá-la de volta às drogas e talvez custar-lhe a guarda de seu filho mais uma vez — era ainda maior que o medo do homem que queria matá-la.

— Ele ficaria tão infeliz — disse ela.

Thorne compreendia isso, mas não importava.

— E você acha que ele ficaria feliz se você fosse assassinada?

Mitchell começou a gritar de dor de repente e arrancou a mão da boca de Jason, pois seus dedos ficaram presos pelos dentes do garoto, enquanto ele a apertava e beijava. O rosto dele ficou congelado por alguns segundos, em choque, e ela rapidamente saiu do sofá para consolá-lo, mas ele já começara a choramingar e voltara sua atenção para o trem de plástico.

Collins se levantou também.

— Acho que é o bastante — disse ela.

Depois de esperar que Thorne e Kitson se levantassem, ela os encaminhou até a porta.

Kitson parou e se virou, ao chegar ao fim do corredor.

— Por favor, tente falar seriamente com ela, Nina.

Collins passou por Kitson e abriu a porta.

— O que ajudaria seriamente é se vocês parassem de encher o saco e pegassem esse pervertido. Concorda, querida? Então não precisaríamos estar aqui conversando sobre isto, não é mesmo?

— Faça isso por Jason — insistiu Thorne.

Collins só faltou empurrá-los para fora e, vendo Thorne descer a escada, seu lado valentão voltou a emergir.

— Eu preferia você contando aquelas piadas de merda — disse ela. Depois, bateu a porta na cara deles.

— Pelo jeito, vamos ter que prendê-las — disse Kitson, quando voltavam para o carro.

Thorne sacudiu a cabeça e se apressou, andando à sua frente.

— Última cartada — disse ele.

Depois de abrir a porta da sua BMW, ele apanhou no interior um grande envelope marrom e, passando por Kitson, se dirigiu outra vez ao apartamento de Debbie Mitchell.

— Tom...?

Ele não disse nada quando Nina Collins abriu a porta. Apenas colocou o envelope em sua mão e foi embora. Já estava a meio caminho do carro, quando ouviu a porta sendo batida.

Kitson o encarou enquanto ele dava partida no motor.

— Aquilo é o que eu penso que é?

— Impossível responder a essa pergunta — disse Thorne. Ele ergueu a mão para fazer com que ela se calasse, como se isso ajudasse na ignição do motor. — Não faço a menor ideia do que você acha que era aquilo.

DEZESSETE

De volta à Becke House, ainda havia alguns Anthony Garvey a encontrar e eliminar. Havia também alguma burocracia relativa ao departamento de trânsito e a várias agências de crédito a ser concluída, como parte da caçada atrás de Graham Fowler e Simon Walsh; e alguns contatos com a polícia da área norte em um esforço para localizar Andrew Dowd. Desta forma, em termos de emoção, não existia nada que se comparasse à pequena aposta que Thorne e Kitson tinham feito no caminho de volta de Whetstone.

— Até o fim do dia, acho — disse Kitson.

— De jeito nenhum.

— Estou dizendo. Collins é do tipo que gosta de ter a última palavra.

Havia grandes chances de Kitson ter razão, mas Thorne estava a fim de discutir assim mesmo.

— Amanhã — disse ele. — Não antes.

— Dez libras?

Ser chegado a uma discussão — "atrevimento", seu pai costumava dizer — é uma coisa, mas aquilo era dinheiro vivo. Thorne lera em algum lugar que a emoção das apostas estava mais no medo de perder do que na possibilidade de ganhar, e, tendo abandonado recentemente o hábito de jogar pôquer pela internet, agora estava procurando alguma coisa que fizesse seu coração bater um pouquinho mais rápido.

— Apostado — disse ele.

Quinze minutos antes da hora de ir para casa, Sam Karim espiou pela abertura da porta para dizer que Brigstocke queria ter uma palavra com ele, e o coração de Thorne disparou pelas razões erradas.

— Como você vai gastar esse dinheiro? — perguntou ele, caminhando até a porta.

— Estou economizando para comprar um par de sapatos — respondeu Kitson. — Se quiser, podemos partir para o dobro ou nada?

— Em relação a quê?

— Mais dez como o Tottenham perde amanhã.

Jogando em casa contra o Aston Villa, o time deveria garantir pelo menos um empate. Mas, em se tratando do Tottenham...

— Acho que a coragem de alguém começou a diminuir — disse Kitson.

Karim ainda estava de pé ao lado da porta, e disse:

— O patrão disse *agora*.

— Vocês dois podem ir para o inferno — disse Thorne.

— Acho que você deveria falar de novo com o neurologista — afirmou Brigstocke.

Ele estava encostado em sua cadeira, os braços cruzados. Thorne não disse nada. Em geral, era melhor ficar sentado ali e ouvir.

— Diga para ele dar uma olhada e ver se consegue achar alguma coisa.

Brigstocke tinha passado do estágio de reprimenda direta e tom de voz alterado — fizera isso enquanto ele relatava sua conversa telefônica de 15 minutos com Nina Collins — e agora estava sendo sarcástico. Em pouco tempo, chegaria à fase final, a que Thorne menos apreciava, na qual o volume caía e o tom se tornava cheio de tristeza e decepção, como se o delito que agora repreendia o tivesse realmente *magoado*. Thorne sabia que Brigstocke aprendera aquela abordagem "você me deixa na mão, você se deixa na mão, e deixa toda a equipe na mão" com Trevor Jesmond, que se considerava um mestre no assunto. Thorne estivera na posição de receptor várias vezes, parecera humilhado diante daquela cabeça que balançava lentamente e da expressão de cão sem dono, mas, no caso de Jesmond, ele sempre gostava, trabalhando com o princípio de que, se perturbava o superintendente, ele estava claramente fazendo alguma coisa certa.

— Mitchell ficou aterrorizada — disse Brigstocke. — A pobre coitada se cagou de medo, segundo sua amiga.

— A intenção era essa.

— Ah, obrigado por essa. Mostrar fotografias confidenciais de todas as vítimas do assassino para ela, só sendo um imbecil insensível e louco para voltar a usar uniforme. Você ainda tem seu quepe?

— Não de todas as vítimas — disse Thorne.

— O quê?

— Não foram as fotos de todas as vítimas; só as dos irmãos Macken.

— Ah é? E isso é certo?

Thorne não conseguiu conter um leve sorriso.

— Só uma amostra.

— Porra, Tom...

— Funcionou?

Brigstocke encarou-o por alguns segundos, deu a volta em sua mesa e sentou-se.

— Debbie Mitchell está se mudando para a casa de Nina Collins — disse ele. — Fica somente a algumas ruas...

— Pouco importa, desde que ela se mude.

— Ela disse que quer ficar perto do parque. Aparentemente, é o lugar preferido do filho.

— Bem, é melhor ela esquecer isso por algum tempo.

— Além disso, o menino conhece Nina, portanto a ruptura não vai ser tão grande. Pelo que entendi, ele não reage bem a... mudanças.

Thorne disse a Brigstocke que ele estava certo. Podia se lembrar do sorriso do garoto, como surgia facilmente e como era surpreendente, considerando que ele vivera muito tempo em meio a mudanças.

— Então não me meti em encrenca nenhuma.

Foi a vez de Brigstocke soltar um risinho.

— Mas não se preocupe, se Collins ou Mitchell fizerem uma queixa oficial, você se dará mal rapidinho.

— Você é mesmo um camarada — disse Thorne.

— Sei que sou. — Brigstocke olhou para a papelada sobre sua mesa, como se estivesse esperando que Thorne saísse. — Se não fosse, você já teria se dado mal há muito tempo.

Thorne entendeu a deixa e se encaminhou para a porta, mas Brigstocke chamou-o de volta.

— Você estava enganado a respeito de Anthony Garvey — disse ele.

— É mesmo?

— Não sei em relação ao nome, mas é certo que se trata do filho de Raymond Garvey.

— O DNA?

— Pois é. Nós tínhamos arquivado o de Raymond, então comparamos com a amostra que conseguimos sob as unhas de Catherine Burke. São de 99% as chances de serem pai e filho.

— Noventa e nove por cento?

Brigstocke sabia que Thorne estava ciente de que não poderiam declarar cem por cento, mas explicou mesmo assim, divertindo-se ao fazê-lo.

— Para ter certeza, precisamos saber quem era a mãe. — Brigstocke voltou a olhar para sua papelada, e disse: — Só isso.

Caminhando de volta ao estacionamento — dez libras mais rica —, Kitson disse:

— Você se lembra da discussão com Brigstocke no *pub*? Aquela história sobre a *tensão* entre a necessidade de pegar o assassino e a necessidade de proteger as possíveis vítimas?

— Acho que foi aí que o mau humor dele começou — disse Thorne. — Foi por isso ou por eu ter ficado com o último prato de carneiro cozido.

— Estou falando sério.

— Prossiga.

— Eu estava pensando. Não parecia que alguém estivesse realmente tentando fazer Debbie Mitchell sair de seu apartamento.

— Bem, agora, pelo menos, ela mudou de ideia.

— Pois é, você conseguiu. Como é possível que ninguém tenha conseguido antes?

Fazia frio e começara a chover. Eles pararam sob a marquise de concreto do lado de fora dos fundos da Becke House, o carro de Thorne a cinquenta metros à esquerda e o de Kitson, ainda mais afastado, na outra direção.

— Você está dizendo que eles queriam que ela ficasse em casa, como se fosse uma espécie de isca? — perguntou Thorne.

— Bem, eles não precisaram planejar isso nem nada. Quer dizer, ela não queria ir embora, então, talvez, alguém tenha pensado: "Vamos nos aproveitar disso."

— Então não podem nos culpar se tudo der errado.

— Certo. Eles colocam alguns carros disfarçados em volta do local, instalam um ponto de observação, câmeras, qualquer coisa.

Thorne estava assentindo com a cabeça, acompanhando seu raciocínio.

— E o pessoal de alta patente ficou furioso *comigo*, não porque eu mostrei as fotos da cena do crime, mas porque eles tinham ali a próxima vítima sentada à espera do assassino, numa bandeja, e eu cheguei e estraguei tudo.

— Talvez. — Kitson estava usando um capuz cinza que saía de dentro de sua jaqueta de couro. Ela ergueu o capuz e olhou para a chuva fina. — Acho que estou pensando em voz alta. Foi um longo dia.

— Você já teve ideias mais tolas — disse Thorne.

— Você acha?

— Com certeza. — Thorne virou-se para ela e sustentou o olhar para que entendesse o que queria dizer, e sorriu. — Nós certamente arrancaremos pelo menos o empate contra o Aston Villa amanhã.

— Então você devia ter aceitado a aposta — disse ela.

O celular de Thorne começou a tocar. Ele o tirou do bolso. A mensagem era de Louise: *Uma rodada para celebrar com a equipe após o trabalho. Não chego muito tarde. X.*

— Está a fim de tomar um drinque? — perguntou Thorne. Kitson olhou para seu relógio, mas ele percebeu que era apenas um gesto habitual, mais nada. — Um rapidinho no Oak?

— Melhor não. Os meninos, sabe.

— E por que você ainda está aqui, falando comigo?
— Até amanhã.
— Não sei se virei — replicou Thorne, apertando botões em seu celular para apagar a mensagem de Louise. — Tenho um compromisso no centro da cidade no meio da manhã. Enfim, veremos.
— Até segunda, então....
Thorne murmurou alguma coisa e observou Kitson correndo em direção a seu carro. Depois de alguns segundos, Thorne saiu na chuva e caminhou até o seu.

Mais tarde, sentado no sofá, os olhos vagaram pela sala de estar, observando a marca de infiltração perto da janela e a superfície do tapete ainda imaculada. Não era a primeira vez que pensava em fazer uma limpeza. Ele escutava Charlie Rich cantando "A Sunday Kind of Woman" e "Nothing in the World", os olhos fechados, a mente errante, a música minguando em um *mix* que incluía as vozes menos afinadas de Russel Brigstocke e Yvonne Kitson, a valentia de Nina Collins e o berro de Martin Macken uivando ao fundo sobre os acordes melosos e as ondas suaves da guitarra havaiana.

Thorne pensava em Jason Mitchell, em sua concentração e no sussurro tranquilo com que imitava o trem, indo de um lado para o outro. O sorriso, repentino como um tapa. Ele não sabia dizer se o menino sequer percebia que estava sorrindo e tentou imaginar em que pedaço de seu cérebro estava o problema.

Branco, rosa ou azul?

Seria alguém como Pavesh Kambar capaz de apontar para sua maquete de cérebro multicolorida e dizer: "É aqui que está o problema, aqui é onde a conexão está falhando?" Ou talvez ele dissesse que não havia nada de errado, que se tratava simplesmente de uma diferente espécie de conexão sobre a qual ele não havia estudado, sobre a qual nada sabia. Hora de sacar aquele termo médico raramente utilizado.

Branco, rosa ou azul.

O CD chegou ao fim, então Thorne se levantou, retirou o disco do aparelho e o deixou de lado. O telefone estava na base, perto da porta da frente. Ele apanhou a carteira sobre a mesa, tirou um cartão e discou para o número nele escrito.

— Alô? — A voz soou exausta, desafinada.

Ele olhou para o relógio: nove e pouco, não era tão tarde assim.

— Aqui é Tom Thorne.

— O que você quer?

As palavras pareceram sair mediante algum esforço, como se ela tivesse acabado de acordar ou estivesse bebendo. Ele olhou para a lata de cerveja que segurava e afastou o pensamento.

— Não quis assustar — disse ele. — Com as fotos.

— Sim, você quis.

— Tudo bem, mas só o bastante para fazer vocês saírem de casa.

— *Só o bastante?* Como se essas coisas pudessem ser medidas.

— Eu sinto muito.

— Elas me deixaram mal. E se Jason as tivesse visto? Você imagina...?

— Eu não sabia mais o que fazer — disse Thorne. — Acabei me metendo numa encrenca por causa disso, se serve de consolo.

Houve uma pausa.

— Um pouco, sim.

Thorne riu, esperando que ela risse também, o que não aconteceu.

— Quando vocês vão para a casa de Nina?

— Amanhã de manhã, bem cedo — respondeu Mitchell. — Estou tentando fazer as malas.

— Tudo isto é um grande pesadelo, não é?

— Não é como tirar férias em Maiorca.

Thorne começou a se arrepender de ter ligado, tentando entender o motivo que o fizera telefonar. Não que esperasse que Debbie Mitchell facilitasse as coisas.

— Você está sozinha?

— Estou. Nina está... trabalhando.

— Ele *vai aparecer*, sabe? — Thorne bebeu um gole de cerveja. — Se nós não o pegarmos. Você agiu corretamente.

Ele ouviu o estalo do isqueiro seguido de uma pausa, enquanto ela tragava.

— Acho que sim.
— Escute, você pode me ligar a qualquer hora...
— Vocês vão pegá-lo? — Sua voz não parecia mais cansada. — "Se nós não o pegarmos", você disse. Quais são as chances, você acha que esse cara vai conseguir escapar?
— Estamos fazendo tudo o que podemos.
— Numa escala de um a dez?
Thorne pensou um segundo. Cinco? Mais?
— Como está sua mão? — perguntou ele.
— O quê?
— A mão que estava sangrando antes. — Thorne ouviu o barulho de chaves na porta da frente. — A que Jason mordeu.
— Está bem.
— O que estou tentando dizer é que você pode telefonar, se ficar preocupada com alguma coisa.
— Como? Ligo para você ou para o número de emergência da polícia?
— Para mim. Se você se sentir... angustiada ou coisa parecida. — Ele ouviu a porta se abrindo, enquanto fornecia o número de seu celular para Debbie Mitchell. Depois, escutou a porta se fechando, enquanto ela anotava o número e o conferia com ele.
— De qualquer modo...
— Certo. Vou deixar você fazer as malas — disse Thorne.
— Está bem.
Louise entrou e Thorne ergueu um dedo, pedindo "um minuto", e ela passou na direção da cozinha. Ele pensou em dizer alguma coisa como "Dê um olá para o Jason", mas acabou achando que soaria falso, então disse apenas:
— Até logo, Debbie.
Ele seguiu Louise até a cozinha e estava a ponto de dizer "Você me pegou ao telefone com minha namorada", quando ela se virou da geladeira com uma garrafa na mão e ele viu sua expressão.
— O que houve?
— Nada. Tudo bem.
— Pensei que você chegaria mais tarde — disse Thorne. — Essa celebração, obviamente, não foi lá grande coisa.

Ela se serviu uma taça de vinho branco e se apoiou no balcão da pia.

— Obviamente.

Ela estendeu a garrafa para ele, à guisa de pergunta. Ele ergueu sua lata, à guisa de resposta.

— A inspetora-chefe presunçosa fez 40 anos de novo?

Louise bebeu um gole como se estivesse precisando daquilo.

— Não era aniversário.

Thorne balançou a cabeça.

— Eu só pensei que...

— Lucy Freeman está grávida — disse Louise. Mais um gole, antes de abrir um sorriso hesitante. — Ela guardou segredo. Como se deve fazer.

— Merda.

— Não, está tudo bem. Estou feliz por ela. — Seu olhar se desviou dele e Louise bebeu um grande gole do vinho em sua taça. — Eu *preciso* ficar feliz por ela.

— Não seja boba.

— É sério. Só preciso seguir em frente, entende? Não posso ficar imbecilizada cada vez que vejo um carrinho de bebê na rua ou me sentir transtornada se cruzar com alguma mulher grávida.

— Eu sei — disse Thorne sem saber coisa alguma.

— É só que... é difícil. Como quando você é adolescente, leva um fora do namorado e parece que todas as músicas no rádio foram feitas para você.

Thorne concordou. "All by Myself" de Eric Carmen tinha dilacerado seu coração quando ele estava com 15 anos. "I Know It's Over" do Smiths fez o mesmo anos depois. Hank Williams cantando "I'm so Lonesome I Could Cry" ainda era capaz de fazer a mesma coisa.

— Vou dar um jeito — disse Louise. — Tenho que dar um jeito, não é? Ela se senta ao meu lado, pelo amor de Deus. Tenho uma pilha de revistas sobre bebês, posso levar para ela.

— Não faça isso.

— Um monte de pijaminhas para recém-nascidos que posso lhe dar também. Não os devia ter comprado, na verdade, mas não resisti.

Thorne deu alguns passos em sua direção e tirou da mão dela a taça de vinho que segurava.

— Venha aqui.

Alguns segundos depois, ela ergueu a cabeça do peito dele, quando o telefone começou a tocar na sala. Ela fez um gesto para se afastar, mas Thorne a abraçou novamente.

— É seu celular.

— Não tem importância — disse ele.

— Atenda.

— Está tudo bem.

Louise livrou-se do abraço e caminhou até a sala de estar. Thorne lançou a lata de cerveja dentro do cesto de lixo. Ele a ouviu atender e dizer: "Só um minuto." Eles se cruzaram na porta da cozinha, e Thorne pegou o telefone que Louise trazia na mão.

Ele reconheceu a voz precisa do outro lado da linha.

— Estava mesmo pensando em você — disse ele.

Pavesh Kambar riu.

— Com certeza, você também estava em meu pensamento, inspetor. Eis o motivo deste telefonema. Mentes brilhantes pensam parecido...

Thorne aguardou. A única outra pessoa que ele conhecia que usava a expressão "eis o motivo" era Trevor Jesmond. "Eis o motivo de proceder corretamente." "Eis o motivo de eu o estar suspendendo de sua atribuição..."

— Pensei numa pessoa com quem você devia conversar — continuou Kambar. — É um escritor.

— Escritor?

— Seu nome é Nicholas Maier.

— Deixe eu pegar uma caneta... — Ele achou uma sobre a mesa ao lado da porta e pegou um pedaço de papel em sua carteira.

Kambar repetiu o nome, soletrando-o, e Thorne o anotou. Kambar lhe disse que o escritor havia entrado em contato com ele dois anos atrás, cerca de um ano após a morte de Raymond Garvey, alegando estar fazendo umas pesquisas.

Mais uma obra-prima sobre um crime de verdade, pensou Thorne. Ele não identificou o nome. Embora não conseguisse se lembrar dos nomes dos autores que haviam escrito os dois livros que comprara e lia atualmente, estava certo de que nenhum dos dois chamava-se Nicholas Maier.

— Esse cara estava escrevendo um livro, ou atualizando um que já havia escrito, alguma coisa assim. Ele me telefonou várias vezes, veio até o hospital em mais de uma ocasião. Ele sabia tudo o que há para se saber sobre o estado de Raymond Garvey e queria minha opinião sobre o assunto.

— Sua *opinião*?

— Se eu achava que o tumor havia mudado a personalidade dele.

— A mesma coisa na qual o filho dele estava insistindo?

— É por isso que estou ligando, exatamente — disse Kambar. — Ele afirmou ter obtido essas informações do filho.

— Ele entrou em contato com o filho de Garvey?

— Foi o que disse. Ele falava como se tivesse sido encarregado de escrever a biografia oficial de Raymond Garvey.

Thorne sublinhou o nome várias vezes.

— E aí, você se recusou a falar com ele?

— Claro — respondeu Kambar, como se aquela fosse uma pergunta idiota. — Assim que eu soube o que ele queria, sim, é claro. Ele fez ofertas substanciais, mas eu lhe disse onde devia enfiar o dinheiro. Ele estava convencido de que eu acabaria voltando atrás. Esses caras são sempre assim, não são? Ele deixou o cartão. Quer mais detalhes?

Thorne anotou o telefone e o e-mail, depois agradeceu a Kambar por ter tido a consideração de ligar.

— Não tem problema — disse o médico. — Quando nos encontramos, você parecia convencido de que esse homem que reivindica ser o filho era muito importante. Pode muito bem ser o indivíduo que você está procurando.

— É o que tudo indica.

— Neste caso, você deveria realmente conversar com esse escritor.

— Maier disse se ele o conhecia a *fundo*? — perguntou Thorne.

— Ah, sim. Com toda certeza. Pelo jeito como Maier falou, ele era o melhor amigo de Anthony Garvey.

MINHAS MEMÓRIAS

3 de outubro

Nem sempre é fácil. Ainda mais numa cidade como Londres, onde qualquer um pode se perder sem nem perceber, pode se tornar anônimo, mas a maioria das pessoas quer contato com as outras. Desejam essa proximidade. Talvez eu a deseje da mesma forma que qualquer um, mas desisti disso há muito tempo. O fato de todos os outros parecerem precisar disso torna meu trabalho mais fácil, é o que estou dizendo.
As coisas ficam mais fáceis quando a gente se aproxima da vida de outras pessoas. Basta observar e descobrir a melhor maneira de penetrar. Se for uma enfermeira, por exemplo, a gente pode, com certeza, apostar que são pessoas que gostam de cuidar dos outros. Então, é preciso cruzar com ela algumas vezes. Talvez você finja ser um viciado que está tentando se livrar das drogas e pode ter certeza de que ela se mostrará solidária. Você se torna um rosto que ela conhece, alguém em quem confia, até o momento em que vê a pedra vindo em sua direção.
Observe. É preciso conhecer a rotina, o padrão. A que horas o marido volta da escola para almoçar. Quando chega a hora de dar um telefonema para a esposa, você é apenas aquele cara com quem ela falou algumas vezes no supermercado ou em outro lugar. Ela não fica precavida, como devia. Você é um rosto no meio de um bar de estudantes, ou o homem que lava o carro da família uma vez por semana. Finalmente, você é convidado para tomar um café e começa a se tornar familiar. Consegue descobrir horários, hábitos, o fato de o homem do qual você está atrás e sua esposa andarem brigando feito cão e gato.
Você encontra seu ângulo.

Está começando a ficar arriscado agora, mas eu sempre soube que isso aconteceria. Achei os mais fáceis, tirei-os do caminho logo de início; eu me preparei. Obviamente, a polícia já deve ter juntado as peças agora (literalmente) e descobriu o que está acontecendo. Até aí, tudo bem. Agora, eles podem fazer a parte mais difícil para mim: encontrar aqueles que não tenho conseguido localizar.
Felizmente, esta parte eles ainda não resolveram.

* * *

Meti a mão no dinheiro novamente e me mudei para outro endereço, um estúdio bem arrumado, perto da estação, como os outros, o que simplifica as viagens. Desta vez, estou em King's Cross. Ainda que seja só por algumas semanas, gosto de passear pela vizinhança, conhecer um pouco as ruas. Dizem que King's Cross é um local violento, cheio de prostituição e drogas, mas até agora estou gostando. Ninguém fica olhando para ninguém, o que acho ótimo. É como aquilo que eu disse antes sobre as pessoas se tornarem anônimas. É isso que todos parecem por aqui. Mais uma coisa que facilita minha vida.

* * *

O jornaleiro estava falando sobre o crime dos Macken hoje de manhã, quando fui comprar cigarros. Ainda há um bocado de coisas nos jornais. Fotos da família, essas coisas. Porém, nenhuma conexão entre um e outro, o que significa apenas que a polícia está escondendo parte do jogo. Outro cara no jornaleiro começou a ficar nervoso. Ele não chegou tão longe a ponto de dizer que deveriam reinstituir os enforcamentos, mas chegou perto. Eram tão jovens, ele ficava dizendo, a vida toda pela frente. O que importa saber que idade tinham? Não entendo isso. Como se os jovens tivessem mais direito à vida que os outros. Como se fosse mais trágico que um velho aposentado que cai escada abaixo.

"Futuros brilhantes", é o que dizia no jornal. O jornaleiro continua batendo com o dedo no *Sun*, no *Mirror* ou noutro qualquer, balançando a cabeça com a tristeza provocada por tudo isso. Que injustiça. Tudo isso foi arrancado deles, ele diz. *Roubado.*

Como anos passados na prisão por alguma coisa que não era sua culpa. Como uma vida normal. Como o direito de ir e vir sem ser cuspido ou espancado, e não passar 24 horas por dia tentando suportar a dor de cabeça, enlouquecendo aos poucos numa cela. No fim, eu apenas assenti com a cabeça, peguei meus cigarros e fui embora. Fiquei pensando que o cara não tinha ideia alguma do que era "justo". Pensei no meu papel no futuro de outras pessoas, brilhantes ou não. Pensando em todos os tipos de vida que podem ser roubados.

DEZOITO

Thorne tinha dado um jeito de encontrar Carol Chamberlain no Starbucks perto de Oxford Circus, tomando o cuidado de especificar qual das inúmeras filiais na área ele tinha em mente. Graças à linha norte do metrô, ele estava 15 minutos atrasado, e como Chamberlain já terminara seu café quando ele chegou, resolveram sair e, conversar enquanto caminhavam. Era uma manhã de sábado, ensolarada e seca, e a Oxford Street estava bem movimentada. Outubro mal começara e as pessoas estavam ávidas para fazer suas compras de Natal com antecedência. As lojas já estavam decoradas para as festas e repletas de porcarias natalinas transpondo as portas.

Slade, Wizzard, Pogues, Cliff Richard.

— Isto é ridículo! — exclamou Chamberlain.

— Nem me fale — disse Thorne.

Thorne conhecera Carol Chamberlain havia precisamente quatro anos, quando ela interveio em uma investigação que, tendo regredido, precisava muito de uma nova abordagem. Na época, ela já estava afastada da polícia havia cinco anos, mas trabalhava na Unidade Principal de Revisão Judicial, uma nova equipe que utilizava o precioso *know-how* e a experiência de policiais aposentados para lançar um novo olhar sobre os casos que estavam esfriando. O Esquadrão Enrugado, como alguns o chamavam, inclusive Thorne, até que ele conheceu Chamberlain. Com seus cabelos de tonalidade azulada e sapatos felpudos, puxando um carrinho de compras em tecido xadrez pelas ruas de Worthing, onde morava, ela podia parecer inofensiva, mas ele a vira trabalhando. Vira como extraiu informações de um homem com a metade de sua idade de um modo que o deixara passando mal. Quase tão difícil de aguentar para ele quanto o fato de ter assistido a tudo sem dizer nada, porque, ainda que tivesse sentido o cheiro da pele do homem queimando, sabia que aquilo era necessário.

Desde então, nunca mais falaram sobre o incidente.

E muita coisa havia mudado para eles, desde que um caso afetara a ambos de maneiras diferentes, e custara, no fim das contas, a vida do pai de Thorne. Eles tampouco falavam sobre isso. Mesmo o fato existindo, como uma sombra entre eles, seguiram em frente se lixando para isso, assim como outros dois policiais quaisquer, apesar das diferenças de idade e experiência.

Abrindo caminho pela multidão, Thorne falou sobre a investigação, a ligação entre as duas séries de homicídios com intervalo de 15 anos. Ela disse que se recordava muito bem do caso Garvey, pois trabalhara alguns anos com o Departamento Superior de Inquéritos. Acompanhara tudo de perto e assistira a alguns dos primeiros interrogatórios.

— Ele jamais contou por que fez aquilo, não é? — perguntou Chamberlain. — Como Shipman. Nunca deu uma razão. Esses são sempre os piores.

— Talvez não houvesse motivo. Talvez apenas gostasse de fazer aquilo.

— Mas, normalmente, há alguma coisa, não é mesmo? Com a maioria deles. A voz de Deus lhes dizendo para agir assim. Uma mensagem do diabo numa música de Britney Spears. Algo do tipo.

— Bem, este agora, com certeza, tem um motivo — disse Thorne. — Ou acha que tem. Ele quer que saibamos *exatamente* por que está fazendo isso.

— Tudo bem. Esqueça o que eu disse. São esses os piores.

Eles seguiram na direção da Totteham Court Road, atravessando a Oxford Street, graças à insistência de Chamberlain, a fim de poderem caminhar ao sol. Ele lhe contou sobre a busca dos três filhos das vítimas de Garvey que faltavam, e sobre o telefonema de Pavesh Kambar.

Thorne tinha feito algumas averiguações e descoberto que Nicholas Maier escrevera um livro sobre o caso Garvey, publicado um ano antes da morte dele. Achara um exemplar de *Linchado — Os assassinatos de Raymond Garvey* em uma livraria da região, em Camden, antes de pegar o metrô. À primeira vista, parecia bastante com os demais, que comprara pela internet. As mesmas fotografias, a mesma sinopse na quarta capa. Ele pegou o livro em sua maleta e lhe mostrou.

— Quando você vai vê-lo? — perguntou Chamberlain.

— Segunda-feira. Ele me mandou um e-mail durante sua viagem de divulgação nas universidades americanas. Está chegando amanhã.

Chamberlain fez uma cara feia. Thorne prosseguiu.

— Pois é. Eles ensinam essas coisas lá. Assassinos em série, coisa do gênero. Ele disse alguma coisa na mensagem sobre estar pagando, assim, suas próximas férias. Disse também que ficaria feliz em me encontrar.

— Isso não me parece muito bom.

Thorne riu, sabendo muito bem o que ela queria dizer. Sempre suspeitava de alguém que parecesse feliz em encontrar um policial. Ser popular não fazia parte de seu trabalho.

— Quero dizer, eu *conheço* você — disse Chamberlain —, e mesmo assim não fico feliz ao vê-lo.

Voltaram a atravessar a rua para cortar caminho pela Soho Square. Embora não estivesse muito quente, havia um bocado de gente reunida nos bancos e espalhada pelo gramado com livros nas mãos. Eles arrumaram um lugar para sentar perto de um ciclista que terminava seu sanduíche. Ele se levantou e se foi antes de engolir o último pedaço.

— Então, do que você está precisando? — perguntou Chamberlain.

— Precisamos saber de onde saiu esse cara. Tudo indica que seja o filho de Garvey; então, vamos começar tentando descobrir quem é a mãe. Ao que parece, ela não manteve contato com Garvey.

Chamberlain ainda estava com o livro nas mãos.

— Por que você não pergunta ao seu novo melhor amigo?

Thorne pegou o exemplar de volta.

— Dei uma boa olhada e não há nada sobre o filho dele aqui. Acho que Anthony Garvey entrou em contato com o autor após a morte do pai.

— Você acha que ele quer que Maier escreva outro livro? Que aborde toda essa história de tumor cerebral?

— É o que vou descobrir na segunda-feira. Enquanto isso, você pode começar a pesquisar, ver se chega a alguma conclusão. Todas as descrições indicam que ele tem uns 30 anos, portanto nasceu uns 15 anos antes de Garvey começar a matar. E então, sopa?

Chamberlain concordou.

— Ora, é isso ou jardinagem. Escolha difícil.

— O Departamento não lhe mantém ocupada?

— Eles não podiam pagar a mim e ao hipnoterapeuta *ao mesmo tempo*.

— Sinto muito.

— O chefão achou que seria uma boa ideia experimentar uma terapia de regressão com algumas testemunhas, ver o que conseguem lembrar.

— Sei, aquela história de "Acho que eu era Maria Antonieta" e coisa e tal.

— Eles acham que esse cara fez alguma testemunha se lembrar de um número de placa que ela esqueceu. Não sei...

— Caramba. — Thorne sempre se surpreendia com a capacidade das pessoas de desperdiçar recursos tentando se exibir. — As coisas ficam difíceis quando você é afastado de um caso para dar lugar a um charlatão.

Chamberlain sorriu. Eles ficaram em silêncio por alguns instantes, vendo as pessoas indo e vindo. Um adolescente magrinho com cara de rato passava entre os grupos sentados no gramado, pedindo dinheiro, encarando cada recusa com um olhar penetrante. Um oportunista. Ele olhou para Thorne, porém não se mostrou disposto a tentar a sorte com ele.

— Aí está alguém que com certeza não fica feliz em vê-lo — disse Chamberlain.

Ela quis saber como andava a busca por Andrew Dowd, Simon Walsh e Graham Fowler, e por que não haviam lançado mão da mídia para obter ajuda. Thorne lhe contou o que Brigstocke dissera sobre a prioridade em achar o assassino, e a teoria de Kiston de que estariam usando Debbie Mitchell como isca.

— Isso não me surpreende — disse Chamberlain. — O que importa são os resultados, não é?

— Vão conseguir um do qual não vou gostar nem um pouco, se não forem cautelosos — declarou Thorne. Ele falou que estavam fazendo o possível para localizar os homens desaparecidos através de canais convencionais, como cartões de crédito, registros telefônicos, o velho e bom trabalho exaustivo, sem chegar a lugar algum. — Dowd está viajando, tentando encontrar a si mesmo, se acreditarmos na mulher dele. Os outros dois sumiram do mapa. Sem-teto, talvez; vagando pela rua com certeza. Todos eles têm... problemas.

— Parece que têm um problema enorme.

Thorne concordou, observando o rapaz com cara de rato discutindo com um guarda municipal que tentava fazer com que ele desse o fora dali.

— Mas não chega a ser um choque, não é mesmo? Estão todos encrencados de um jeito ou de outro.

— É, carregamos sempre nosso passado nas costas — disse Chamberlain.

— Pois é. Talvez o hipnoterapeuta consiga alguma coisa.

— Eles enganam direitinho. — Ela estava sentada, imóvel, batucando na bolsa em seu colo. — Mas a gente sabe mais que eles, não é?

Thorne não olhou para ela. O adolescente magrelo agora se afastava, agitando os braços e gritando. O guarda municipal riu, disse algo para as pessoas estendidas no gramado.

— Como vai o Jack? — perguntou Thorne.

— Um câncer nos deu um susto — respondeu ela. — Mas parece que estamos bem. — Ela olhou para Thorne e falou novamente, vendo que ele se esforçava para achar algo adequado a dizer. — E como vai Louise? Você sabe, não estou convencida de que ela não seja uma invenção sua.

Chamberlain e Louise nunca tinham se encontrado. O próprio Thorne não via Chamberlain havia mais de um ano, embora fizesse questão de tentar ligar para ela sempre que podia. Ele se sentiu estranhamente culpado.

— Ela anda ocupada — disse ele. — Você sabe como é.

— Dois policiais juntos. Sempre um grande erro.

De repente, Thorne percebeu que não sabia o que o marido de Chamberlain fazia; ou costumava fazer, antes de se aposentar. Não havia meio de lhe perguntar sem que isso ficasse aparente.

— Provavelmente, você tem razão — disse ele.

Permaneceram sentados mais um minuto ou dois e então, com um gesto de cabeça, ambos se levantaram e seguiram pela praça, caminhando em direção à Greek Street e penetrando no coração do Soho.

— Mais tarde, eu enviarei tudo para você — disse Thorne. — E uma cópia do dossiê original de Garvey.

— Ótimo para ler na cama.

— O que você lê normalmente? Catherine Cookson?

Ela lançou um sorriso sarcástico para Thorne e depois, andando mais devagar, olhou para a vitrine de uma joalheria. Ela se aproximou ainda mais, tentando enxergar os preços nas etiquetas, depois se virou para Thorne e disse:

— Obrigada por tudo isso.

— Não há de quê.

— Sei que você poderia ter encontrado alguém mais perto de casa.

— Não consegui pensar em ninguém melhor.

— Suponho que isso seja um elogio.

— Quer que eu a acompanhe até o seu hotel?

— Não seja ridículo.

Chamberlain estava hospedada em um pequeno hotel em Bloomsbury, no qual a polícia mantinha constantemente meia dúzia de quartos reservados. Eram usados pelos policiais de outras unidades em visita à cidade, e também por parentes de vítimas que não tinham onde ficar e, ocasionalmente, por um agente de alta patente que, por um motivo ou outro, não estava a fim de voltar para casa.

— Tem sido agradável ficar num hotel por algum tempo — disse Chamberlain.

— Aproveite bem. — Ele sentiu que corava um pouco, lembrando-se da última noite que passara em um hotel; o equívoco no bar.

— Pelo menos, poderei dormir um pouco.
— Quem sabe você possa estender sua estada?
— Os roncos de Jack estão me deixando doida.
— Com um pouco de sorte, encontrará Ovomaltine no frigobar.
— Cale a boca.

Quem ganhava permanecia na mesa, no salão do andar de cima do Grafton Arms, e levou quase uma hora para Thorne e Hendricks conseguirem se enfrentar. A mesa vinha sendo dominada por um tipo desagradável que usava uma camisa de rúgbi e vencera ambos facilmente, até perder para Hendricks ao atingir a bola preta sem querer. Depois de ganhar do jogador de rúgbi, Hendricks foi impiedoso com uma adolescente gótica, que olhava admirada para os *piercings* do legista e parecia não saber a diferença entre as duas extremidades de um taco de sinuca.

— Você é cruel — disse-lhe Thorne, enquanto Hendricks guardava as moedas que ganhara ao vender a partida.

— Acho que ela gostou de mim — comentou Hendricks. — Acabei com ela rapidinho.

— A sinuca não é a única coisa que ela desconhece na vida, então.

— Vamos apostar cinco libras nesta, certo?

Thorne foi buscar mais duas canecas de Guinness no andar de baixo, enquanto Hendricks arrumava as bolas. O bar estava cheio, mesmo para uma noite de sábado, mas ficava só a dois minutos a pé do apartamento de Thorne e ele se sentia em casa lá. O Oak era o bar aonde iam as pessoas do trabalho e, como tal, nunca seria um local para relaxar. Não que as pessoas no Grafton soubessem seu nome, e tampouco que houvesse uns tipos filosóficos bebendo no balcão, mas Thorne gostava de receber um cumprimento do barman, que enchia uma caneca de Guinness, sem que ele precisasse pedir.

— Escolhi o emprego errado — disse Hendricks, curvando-se para dar uma tacada. — Uma excursão para dar palestras nos Estados Unidos?

Thorne lhe contara sobre o e-mail recebido de Nicholas Maier.

— Você é professor também, não é?

— Sou e o que ganho em um mês não cobriria um fim de semana em Weston-Super-Mare.

— Você faz isso por amor.

Hendricks acertara a bola da vez. Ele deu a volta na mesa, passando giz no taco.

— Talvez eu possa escrever um estudo acadêmico com o título: "Homem mata filhos das vítimas de seu pai, as implicações patológicas na época e hoje", esse tipo de coisa. Poderiam até publicar isso em algum lugar, eu acho. Nos Estados Unidos, *com certeza*.

— Vá em frente — disse Thorne. Ele sabia que esta não era a intenção de Hendricks. Ele olhou para o antebraço todo tatuado de seu amigo, enquanto este observava a bola, e se lembrou do braço no pescoço daquele perito insensível. — Se precisar de alguém para carregar suas malas, já sabe...

Era a vez de Thorne à mesa. Hendricks bebeu um gole da cerveja, sorriu para a moça gótica, que estava sentada num canto com dois amigos, do outro lado do salão.

— E o livro do cara vale alguma coisa?

Thorne passara a tarde lendo *Linchado*, com um ouvido nos resultados do futebol transmitidos pelo rádio.

— Não há nada que não possa ser encontrado nos outros, até onde pude ver. As pessoas entrevistadas dizendo sempre a mesma coisa. As fotos habituais: Garvey e seus malditos coelhos. É isso que a maioria desses livros faz, simplesmente requenta material antigo. Dinheiro fácil.

— Então não vai dar trabalho aos jurados do Booker Prize.

Thorne perdeu uma tacada fácil e voltou para sua cerveja.

— Por que as pessoas leem essas coisas?

Hendricks encaçapou algumas bolas.

— Acontece o mesmo com livros sobre desgraças — disse ele, sem tirar os olhos da mesa. — Você vai a uma livraria como a Smith's e, de uma parede a outra, há livros sobre crianças que foram trancadas no porão, pessoas que tiveram oito tipos de câncer, coisas assim.

— Não estou entendendo.

— As pessoas gostam de saber que há gente em situação pior que a delas. Talvez isso faça com que se sintam... mais seguras ou coisa assim.

— Na minha opinião, são emoções baratas — disse Thorne, vendo-o acertar por sorte a penúltima bola. — Você é um cagão.

— Habilidade pura, meu camarada.

Hendricks deixou as bolas finais perto de uma caçapa com a preta colocada bem no centro da mesa. Ainda restando quatro bolas, Thorne tentou fazer algo inteligente e jogou a preta para o canto. Acabou fazendo tudo errado e abrindo caminho para Hendricks.

— Talvez as pessoas leiam esses livros para saber o *porquê* — disse Hendricks. — Os casos de Garvey e Shipman e os outros... Querem saber por que essas coisas acontecem.

— Você está lhes dando crédito demais.

— Não estou dizendo que eles sabem o que estão fazendo, mas faz sentido se você pensar. É pela mesma razão que essas pessoas se transformam em monstros, falando sobre o "mal" e coisas semelhantes. Fica mais fácil esquecer que são engenheiros ou médicos, ou o vizinho ao lado. Não é dos próprios assassinos que as pessoas têm medo, de verdade. É do fato de não saber por que assassinaram, quando aparecerá o próximo, é isso o que as aterroriza.

Hendricks ainda tinha que jogar. Thorne sabia que o próximo jogador, um rapaz com os cabelos espetados sentado à mesa ao lado da garota gótica, os fuzilava com o olhar, esperando que eles acabassem de conversar e concluíssem a partida.

— Eles podem, então, ler sobre Raymond Garvey o quanto quiserem — disse Thorne, que estava se lembrando da conversa com Carol Chamberlain. — Com ele não tem "o porquê". Ele nem sequer matou seus coelhos de estimação.

Quando Hendricks começou a preparar a mesa, o rapaz de cabelos espetados se aproximou e pegou suas moedas. Hendricks largou o taco e disse ao rapaz que ia parar um pouco, seguindo Thorne de volta à mesa e deixando que o próximo da fila tomasse seu lugar.

— Então talvez haja algo nessa história de tumor. Mudança de personalidade.

— Kambar diz que não.

— Hipoteticamente — disse Hendricks.

— Bobagem.

— Digamos que você tenha um tique nervoso ou coisa do gênero, algo que o leve a se debater.

— Acho que você pirou, camarada.

— Você atinge acidentalmente alguém num bar cheio de gente. Abre a cabeça do indivíduo, que morre por causa de uma hemorragia cerebral. Isso não é culpa sua, é?

— Não é a mesma coisa.

— Eu sei, estou apenas pensando, isso seria... legalmente interessante.

— Se por "interessante" você quer dizer que isso geraria um bocado de dossiês e um monte de dinheiro, então, sim, pode ser. Como se eles já não tornassem nossas vidas suficientemente difíceis do jeito que estão. — Thorne sorveu um gole e observou a mesa de sinuca por um instante.

— Enfim, como eu disse, na opinião de Kambar, isso é bobagem.

— Tudo bem, ele é o homem que entende de cérebro — falou Hendricks.

O rapaz com o cabelo espetado preparou a mesa. O jogador de rúgbi se aproximou e pegou o taco do perdedor, embolsando o dinheiro, sem dizer nada.

— Ainda que *houvesse* algo nisso, o *filho* de Garvey não tem tumor algum.

— Talvez ache que tem — sugeriu Hendricks.

— Como é?

— Há várias pesquisas indicando que alguns fatores que colaboram para o desenvolvimento de determinados tumores podem ser hereditários.

— Você está de onda com a minha cara.

Hendricks sacudiu a cabeça e bebeu o último gole de cerveja.

— Pois saiba que há também estudos que dizem que ser canhoto pode ser um fator desencadeador, portanto...

— Porra, só faltava isso — esbravejou Thorne. — Algum advogado nojento solicitando que a acusação de assassinato de seu cliente seja anulada com base no fato de ele ser canhoto.

Hendricks trouxe mais uma rodada, após insistir que Thorne lhe desse o dinheiro que acabara de perder. Eles dividiram as batatas fritas e os torresmos, observando o jogador de rúgbi encaçapar duas bolas seguidas.

— Eu costumava arrasar nesse jogo — disse Thorne.

— Você está enferrujado, camarada. É isso que a vida doméstica faz.

Era a primeira vez que algo relacionado a Louise entrava na conversa. Hendricks passara o dia com ela, passeando pelas lojas de Hampstead e Highgate, antes de almoçarem no Pizza Express. Thorne ficara em casa com o livro de Maier e a BBC por companhia. O Tottenham tinha perdido o jogo com um pênalti no último minuto e a frustração de Thorne só abrandara um pouco com o recado presunçoso que deixara na caixa postal de Yvonne Kitson, sobre a aposta que ele sabiamente não aceitou.

— Você e Lou se divertiram hoje? — perguntou Thorne.

Hendricks olhou para ele.

— Você não perguntou a ela?

— Perguntei. Ela disse que se divertiu.

— Então, por quê...?

— Não tivemos muito tempo para conversar quando ela voltou. Ela não deu muitos detalhes, só disse que estava cansada e queria cair na cama.

— Realmente, a gente andou um bocado — disse Hendricks.

— Como ela está?

Hendricks olhou fixamente para ele.

— *Caramba* — disse Thorne, batendo a caneca quase vazia na mesa. — Não acredito que eu precise perguntar a você como a Lou está.

— Não precisa. Basta tomar coragem e perguntar a ela.

— Eu perguntei.

— E...?

— Ela diz que está bem, mas não sei se acredito. Aquela mulher do trabalho que está grávida deve tê-la deixado arrasada, mas ela finge que está tudo bem.

— Talvez esteja. Ela é durona. Você sabe disso.

— Acho que não sei de nada — disse Thorne, terminando a cerveja. — O que você acha, Phil?

— Eu acho que... Só faz pouco mais de uma semana? Creio que, provavelmente, ela precisa de um pouco de espaço. E que você deve parar de tratá-la como se ela tivesse uma doença terminal.

— Ela falou alguma coisa?
— Falou... *isso*, basicamente.
— Caramba.
— E ela disse o mesmo sobre você. Que diz estar bem, mas ela não sabe se acredita ou não.

O cara de cabelos arrepiados encaçapou a bola branca. O jogador de rúgbi fez um gesto de vitória, inclinou-se para apanhar a bola branca e se preparou para suas últimas tacadas.

— Lamento que você esteja envolvido nisso tudo — disse Thorne.
— Não faz mal, camarada. — Hendricks entregou a caneca vazia a um garçom que passava por lá e se virou para Thorne. — Você *está* bem?

Thorne assentiu com a cabeça, mas o olhar que recebeu em troca sugeria que ele havia respondido rápido demais. Não podia ser honesto, não totalmente. Não podia contar a Hendricks, ou a qualquer pessoa, como se sentia; que se sentia amargurado.

— A gente tem que ir levando, não é mesmo?
— Imagino que sim — disse Hendricks.
— E quanto a você? Algum novo *piercing* nos planos?

Hendricks ficou calado por alguns segundos. As coisas andavam delicadas entre eles, pelo menos sobre esse assunto, desde um caso no ano anterior que os dividira. Hendricks se tornara o alvo de um homem que Thorne estava tentando pegar e quase morrera ao frequentar uma série de bares gays. Com a ajuda de Louise, eles tinham recuperado um certo equilíbrio bem rápido, mas a vida sexual de Hendricks continuou sendo um assunto melindroso.

— Estou bem — respondeu ele, finalmente. — Chega de *piercings* permanentes. Agora, só os provisórios.

Ele perguntou se iam beber mais e Thorne disse que estava pronto para ir embora.

— Fique e tome mais uma, se quiser. Vou para casa, deitar no meu sofá. Louise ainda pode estar acordada, então...

Hendricks espiou de novo a mesa de sinuca, onde o jogo acabara e o vencedor procurava um desafiante. Ele disse a Thorne que não demoraria muito.

— Não posso ir embora sem tentar vencer aquele panaca com uniforme de rúgbi.

— Você não precisa jogar — disse Thorne. — É só enfiar algumas bolas numa meia e acabar com ele.

— Estou pensando seriamente nisso — concordou Hendricks ao se levantar. — Ouça, se eu não voltar em uma hora é porque fui para casa com aquela garota que se parece com o Marilyn Manson, certo?

DEZENOVE

Nicholas Maier morava em Islington, no andar térreo de um prédio georgiano com pórtico, em uma praça sossegada atrás da Upper Street. Thorne estacionou em uma vaga para moradores e pôs seu distintivo "viatura policial" sobre o painel da BMW. Fazia um tempo agradável.

Thorne e Holland foram conduzidos até uma ampla sala de estar, enquanto Maier foi buscar café. O tapete era espalhafatoso, mas com certeza caro, e as estantes de livros de ambos os lados da lareira estavam bem abastecidas, embora, olhando de perto, várias delas contivessem somente exemplares das obras do próprio Maier. A sala era imaculada. Havia arranjos de flores em vasos chineses idênticos sobre duas mesinhas de canto e, acima da lareira, uma vasta tela de plasma cintilava sem traços de poeira. À exceção de um gato malhado que dormia em um sofá perto da porta, não havia indícios de que Maier dividisse o apartamento com outra pessoa.

— Ele já havia preparado o café — observou Holland. — Eu gosto quando as pessoas se esforçam.

— Esforço nenhum — disse Maier, abrindo a porta e carregando uma bandeja até a mesa de centro. Sua voz era grave e perfeitamente cadenciada, como a de um locutor de rádio. — Só cheguei dos Estados Unidos ontem à noite, então não tive tempo de arrumar as coisas. Meu escritório está provavelmente um pouco mais atravancado que aqui, mas não costumo ser muito chegado a uma bagunça.

— É um belo apartamento — disse Holland.

Maier levou-os até o sofá e começou a servir o café.

— Meus livros são o meu ganha-pão. — disse ele.

— Tenho certeza disso — concordou Thorne, impressionado, mas trocando olhares com Holland. Ele havia averiguado um pouco e sabia muito bem que Nick Maier tinha herdado a propriedade de seu pai, um rico homem de negócios que morrera quando Maier ainda cursava jornalismo.

Maier perguntou-lhes como queriam o café e colocou um prato com biscoitos na mesa. Ele estava com uma calça larga bege e uma camisa social cor de salmão, sapatos marrons de camurça sem meias e uma quantidade um tanto demasiada de joias de ouro. Parecia um corretor imobiliário de luxo, pensou Thorne.

— Você está bem bronzeado — disse Holland.

— Aproveitei o clima agradável lá, quando eu não estava enfiado numa daquelas palestras.

— Onde?

— Costa Oeste — respondeu Maier. — Los Angeles, Santa Barbara, San Diego. Já estiveram lá?

Holland sacudiu a cabeça, negando.

— Agradeço por ter nos recebido tão prontamente — disse Thorne.

Maier pegou um biscoito e sentou-se.

— Dificilmente vocês encontrarão alguém que faça o que eu faço e não seja curioso. — Ele olhou para os dois policiais e ergueu a mão...

— Então...?

Thorne contou a ele sua conversa com Pavesh Kambar, os telefonemas e as visitas que o médico descrevera. O relacionamento que Maier sugerira ter com Anthony Garvey.

— Não acredito que eu o tenha *atormentado* — disse Maier. — Mas, considerando o que eu estava tentando escrever, o Dr. Kambar era uma pessoa importante a ser consultada, então eu... persisti. É o meu trabalho. O de vocês também, suponho.

— Conte-nos sobre Garvey — pediu Thorne. — *O júnior.*

— Minha grandiosa loucura, você quer dizer.
— Como?

Maier ergueu a mão outra vez, como se quisesse dizer que falaria disso no momento certo. Ele terminou o biscoito e espanou as migalhas que caíram em sua camisa.

— Pois bem, eu escrevi um livro sobre os assassinatos de Raymond Garvey.

Thorne apontou para sua mala.

— Eu comprei um exemplar.

— Posso autografá-lo, se quiser, embora imagine que esta não seja a razão principal de sua visita. Está valendo quase cinco libras a mais se comprado no eBay. — Maier começou a rir, e sua tentativa de autocensura foi quase tão convincente quanto o sorriso falso de Thorne. — O homem que depois fiquei sabendo se tratar do filho de Raymond Garvey o leu e entrou em contato comigo.

— E isso aconteceu quando?

— Talvez seis meses após a morte de Garvey; portanto, faz uns dois anos e meio, eu acho.

— Como ele entrou em contato?

— Mandou um e-mail para o meu site. Fez isso de um cybercafé, se quiserem saber. Eu verifiquei. Trocamos algumas mensagens e ele me disse que havia algo que, achava, poderia me interessar, então dei a ele o número do meu telefone. Ele ligou e, depois de um tempo, me disse o que queria. Ele estava certo, é claro. Fiquei *muito* interessado.

— Vocês se encontraram?

— Infelizmente, não. Foi tudo feito por e-mail e telefone.

— Ele lhe contou toda aquela bobagem sobre tumor cerebral, não foi? — perguntou Holland. — A história sobre a mudança de personalidade.

Maier assentiu, como se já aguardasse a pergunta.

— Olhe, *Anthony* acreditava nela, e era isso o que importava.

— E o fato de você acreditar ou não? Não importa? — perguntou Thorne.

— Minha função é contar a história — respondeu Maier. — E, pense o que quiser, a história era ótima. A possibilidade de um de nossos assassinos mais notórios nos últimos cinquenta anos não ter sido *responsável*, no sentido mais estrito da palavra, pelo que fez. Como eu poderia ignorar isso?

— Presumo que você tenha pedido provas? — indagou Thorne. — Prova de que Anthony era realmente quem dizia ser.

— Ele me mandou algumas cartas, ou cópias de cartas que havia recebido de Raymond Garvey nos últimos anos, da época em que o visitava em Whitemoor. — Maier percebeu a expressão no rosto de Thorne. — Posso mostrá-las, se quiser. No que dizia respeito a Raymond Garvey, Anthony era sangue de seu sangue.

Holland se inclinou para a frente e colocou sua xícara de café na mesinha, usando o descanso.

— Então ele lhe pediu que escrevesse outro livro, colocando esse novo... fato em foco?

— Exatamente.

— Ele pensava mesmo que as investigações seriam retomadas? Com seu pai morto?

— Tudo o que me disse foi que queria esclarecer a verdade — respondeu Maier.

Holland balançou a cabeça.

— Tenho certeza de que você estava planejando conversar com alguns dos parentes das mulheres que Garvey matou. Você sabe, considerando a importância do fato.

— Nunca cheguei a esse ponto.

Thorne lançou um olhar para Holland; sinal de que assumiria a partir dali.

— O que aconteceu, depois de você concordar em escrever o livro?

— Ora, me dirigi ao editor, obviamente. Nunca vi a frase "comeram na minha mão" ser tão bem aplicada. Eles ficaram felizes em gastar aquele dinheiro.

— Dinheiro?

— Anthony queria 45 mil libras pela história. Pela utilização das cartas de seu pai, entrevistas com ele, tudo isso. Infelizmente, o negócio foi precipitado demais, pois o Dr. Kambar se recusou a participar. Ele não se arriscava nem a dizer que o tumor *poderia* ter afetado a personalidade de Garvey. Sem qualquer evidência médica, não tínhamos o que fazer. Tudo desabou bem rápido depois disso e, desnecessário dizer, deixei de ser a menina dos olhos do editor.

— Lamento — disse Thorne, fazendo o possível para parecer sincero.

Maier deu de ombros.

— Tive que me virar como *ghost writer* por algum tempo. Fiz algumas autobiografias de uns policiais veteranos, por sinal. Todo mundo tem uma ou duas histórias para contar. Imagino que você tenha mais que isso, não, inspetor?

— Você não pensou em conversar com Kambar, antes de entregar o dinheiro para ele?

Maier voltou a encolher os ombros.

— O dinheiro não era meu, era? Além disso, precisávamos agir enquanto o assunto estava quente. Ele podia ter oferecido a história a outros.

Thorne entreviu uma possibilidade.

— Suponho que você tenha depositado o dinheiro numa conta bancária.

— Receio que não. Foi pago em espécie.

— O quê? Cédulas usadas num saco de papel marrom?

— Numa bolsa de viagem, na verdade, no guichê de bilhetes da estação Paddington. Se quer saber minha opinião, acho que o editor se divertiu bastante com todo aquele mistério. Além do que, todo mundo sabia que isso atrairia uma atenção enorme: fotos da operação ilícita, o filho misterioso de um assassino em série, todo esse tipo de coisa.

— Foram feitas fotos?

— Eles mandaram um fotógrafo lá, sim, escondido no meio dos demais passageiros. Eu as tenho no meu escritório, se quiserem dar uma olhada.

— Você poderia...

— Claro que sim. — Maier se levantou e caminhou até a porta. Ao passar por Thorne, ele sorriu. — Eu as separei antes de vocês chegarem.

Holland esperou Maier sair da sala e disse:

— Ele é bem egocêntrico, não é?

— Se ele já havia separado as fotos, é porque sabia a razão de nossa visita.

— Você não lhe deu nenhuma dica?

Thorne sacudiu a cabeça, negando.

— Disse apenas que queria lhe falar sobre um assunto profissional. Que precisava da ajuda dele numa investigação em curso. A baboseira de sempre.

Eles se serviram de mais alguns biscoitos enquanto aguardavam o retorno de Maier. Ele já entrou na sala falando.

— Evidentemente, não poderíamos fazer nada enquanto o dinheiro era entregue. Como eu disse antes, não queríamos que ele fosse procurar outra editora. Depois disso, eu lhe perguntei quem era a moça, é claro.

Thorne olhou as fotos que Maier trouxera. Meia dúzia de retratos em preto e branco no formato dez por oito. Uma mulher com seus 20 poucos anos, de jeans e um casaco extravagante. Ela parecia visivelmente nervosa. O fotógrafo a flagrara se aproximando da bolsa que havia sido deixada no balcão. E outras fotos: uma verificação final, para ver se alguém estava olhando; abaixando-se para pegar a bolsa; e uma lateral, quando ela se dirigiu para a saída.

— E ele disse quem era ela? — perguntou Thorne.

Maier estava de pé, atrás deles, olhando para a foto por cima do ombro de Thorne.

— Alguma moça com quem andava saindo. Disse que lhe pagou cem libras para pegar a bolsa, pois sabia que íamos "vigiá-lo" e ele preferia manter o anonimato. Uma pena, mas não fiquei muito decepcionado, pois as fotos ainda podiam ser usadas. Perguntei o nome dela, mas ele disse que isso não tinha importância. A moça já estava fora da história.

Thorne entregou as fotografias para Holland.

— O que aconteceu depois de você não conseguir nada com Kambar?

Maier voltou a sentar-se.

— Bem, muito embora soubéssemos que a opinião dele era a melhor que poderíamos usar, tentamos outros neurologistas, mas o resultado foi idêntico. Não tínhamos nenhum tipo de... endosso. Então, no final, precisei dizer a Anthony que, sem isso, o editor se recusava a editar o livro.

— Como ele recebeu a notícia?

— Não muito bem — respondeu Maier. — Gritou um bocado, mandou algumas mensagens agressivas, inutilmente, já que eu estava tão ferrado quanto ele. Eu já havia feito muitas pesquisas, começado a elaborar o livro, *trabalhado*. Tudo uma grande perda de tempo no final.

— E depois?

— Na última vez em que nos falamos, ele estava muito mais calmo. Acho que, talvez, seu humor tenha sido abrandado pelo fato de ele saber que não haveria como recuperarem o dinheiro. Ele me disse que estava estudando algumas alternativas. Tudo cercado de mistério, mas desejei-lhe sorte com elas, quaisquer que fossem. O que mais eu podia dizer?

Maier arrumou o vinco de sua calça e ajeitou os punhos da camisa para que ficassem do jeito que queria.

— *Caramba*. — Thorne só balançou a cabeça, incrédulo, e observou o escritor erguer novamente os braços, como se fosse um mundo antigo.

Depois de se acomodar na cadeira e cruzar as pernas, uma expressão astuta surgiu em seu rosto.

— E então... quantos o Anthony matou até agora? Quatro, não?

Thorne estava estupefato. Tentou responder imediatamente, mas sua dificuldade aumentou ao ver o prazer de Maier com sua hesitação.

— Olhe — prosseguiu Maier —, não é nenhum mistério. Passei tempo suficiente estudando os homicídios de Raymond Garvey, portanto os nomes das vítimas me saltaram aos olhos, embora todos os casos fossem descritos como eventos separados. Agora, o irmão de Catherine Burke morreu alguns anos atrás num acidente de carro, se não me falha a memória; então, pelos meus cálculos, ainda restam quatro. Suponho que vocês os tenham prevenido.

— Não sei bem o que você espera que eu diga — disse Thorne dando de ombros, como se aquilo não tivesse a menor importância. — Você vai entender que não posso lhe contar mais do que já sabe.

— E *há* mais a contar?

— Além do que, ficaríamos muito gratos se não dissesse a ninguém o que você já sabe.

— Não sair procurando os jornais, você quer dizer?

— Não sair procurando ninguém.

— Acho bom vocês deixarem a mídia no escuro desta vez — disse Maier. — No que diz respeito à ligação entre os assassinatos. Mas alguém vai finalmente ficar sabendo, vocês têm ciência disso. Uma boa história de assassinatos em série ajuda a vender jornais.

— E livros — acrescentou Holland.

Maier pareceu se divertir com a sacada.

— Tomara.

— Então, estamos entendidos? — perguntou Thorne.

— Bem, *eu* entendo *vocês*, com certeza, mas devem ter em mente que preciso trabalhar para viver.

Thorne esperou, torcendo para que o ruído de seus dentes rangendo não fosse ouvido por ele.

— O que estou dizendo é que, quando vocês estiverem em condições de falar com um pouco mais de liberdade, ou se houver algum evento importante no que diz respeito às intenções de Anthony, espero ser a primeira pessoa a saber. A primeira pessoa sem um distintivo policial, pelo menos. — Ele se inclinou para um derradeiro biscoito. — O que acham disso?

Thorne observou Maier mastigando, seu queixo frágil se mexendo, pensando que ele tinha o tipo de rosto em que não basta bater uma única vez.

— Acho que está tudo certo — respondeu Thorne.

Maier assentiu e se inclinou na direção da bandeja novamente.

— Ainda tem café no bule.

Dez minutos depois, avançando lentamente em direção ao norte pela Holloway Road, Holland disse:

— Eu estava tentando imaginar como vive Anthony Garvey.

Thorne xingou o trânsito, frustrado, e depois olhou para o lado.

— Quer dizer — prosseguiu Holland —, ele não deve ter um tipo de trabalho comum, não é? Não sem deixar vestígios e, certamente, não se precisa se deslocar tanto, para localizar suas vítimas. Suponho que aquela grana que ele arrancou de Maier era exatamente o que lhe faltava para poder agir.

— Aquela frase que Maier usou — disse Thorne. — "Estudando algumas alternativas."

— Merda! Eles praticamente o *financiaram*. — Holland olhou pela janela por um instante. — E aquele safado vai acabar conseguindo um contrato para o livro.

Thorne o ouvia apenas parcialmente. Estava pensando na moça da fotografia e em outra coisa que Maier dissera. As palavras exatas que Garvey usara.

Fora da história.

VINTE

Penitenciária de Whitemoor

— Que marca é essa no seu rosto?
— Está tudo bem.
— Nossa, pensei que você estivesse... protegido aqui. Um prisioneiro vulnerável.
— Infelizmente, não estou preso aqui só com pedófilos. Todos aqui são vulneráveis, precisam ficar separados. Foi um ex-policial que me fez isto. Deve ter se sentido melhor por alguns dias. Conseguiu se livrar de uns caras que estavam atrás dele.
— Esta porra aqui é um jardim zoológico!
— Não foi feito para ser agradável. Imagine, agora nós *temos* até um PlayStation...
— Eu estava pensando, sabe, como vai ser quando você sair daqui.
— Isso não vai acontecer, Tony, eu já disse.
— Nada nos impede de *pensar* nas coisas que poderíamos fazer.
— O quê? Eu e você andando no parque, jogando bola?
— Você precisa ser otimista.
— Isso é bobagem.
— Eu não vou a lugar nenhum, é isso que estou dizendo.
— Ótimo. Isso é ótimo.

— Mas deve haver lugares aonde você gostaria de ir, coisas que gostaria de ver.

— Ah, claro. Um *pub* seria bacana. Um par de seios decentes, que não sejam os de um ladrão armado pesando 110 quilos.

— Não sei como você consegue rir.

— É preciso.

— Com certeza, não herdei isso de você. O senso de humor, digo. Não me lembro da última vez em que achei algo muito engraçado. Vejo as pessoas assistindo à TV, morrendo de rir com uma comédia estúpida ou coisa parecida, e eu simplesmente não... entendo.

— Você sofreu muito, só isso.

— Eu ria quando era pequeno?

— Como vou saber?

— Não *muito* pequeno, quero dizer, mas quando você me via?

— Não me lembro. Isso só aconteceu duas vezes.

— Nós sabemos de quem foi a culpa.

— Não comece com isso.

— O quê?

— Fico com dor de cabeça quando fala da sua mãe. Sério. Na última vez, eu vomitei depois que você foi embora.

— Já disse, está tudo bem quanto a isso. Não foi culpa sua.

— Claro que foi minha culpa. Todas aquelas mulheres. Não há desculpa.

— É isso o que acontece quando você guarda segredos.

— Podemos falar de outra coisa?

— Tudo bem.

— Você está saindo com alguém?

— Como assim? Garotas, é isso?

— Garotas, garotos, sei lá.

— Não fode, papai.

— Então?

— De vez em quando. Nada sério. O que foi?

— Isso ainda me dá dor de cabeça. Quando você me chama assim. Papai.

VINTE E UM

Numa escala de um a dez, em que receber a notícia de que você ganhou na loteria é o ponto mais alto e o diagnóstico de um câncer, o mais baixo, o telefonema que Thorne recebeu na noite anterior ficaria quase empatado com o diagnóstico do câncer. Brigstocke falara rápido e sem hesitação, para que Thorne não começasse a gritar antes de ele terminar de falar.

— Você se lembra de quando eu disse que talvez realizassem um painel sobre incidentes críticos? Pois bem, é amanhã às 10h. Eles gostariam de vê-lo por lá. Trate de tirar um terno do armário. Quero dizer... *o* terno...

— *Gostariam de me ver por lá* significa que eu posso não ir se quiser?

— *Gostariam de vê-lo por lá* significa o que você acha disso?

— Você não acha que eu poderia usar a parte da manhã em algo mais produtivo? Tentando achar a moça na foto de Maier, talvez? É só uma ideia.

— Tom...

— Não sei, ou talvez me masturbando.

— Não adianta fuzilar o mensageiro.

— Estava pensando mais em "estrangular".

— Só tente não provocá-los demais, certo?

— Agora você está me pedindo demais.

— Tenha uma boa noite.

— *Estava* tendo.

Então, 12 horas depois, Thorne estava agora sentado diante de uma mesa de madeira clara lustrada, dentro de uma sala de conferência quente demais da Scotland Yard. Havia seis outras pessoas à mesa, cada uma com um bloco de anotações e um par de lápis recentemente apontados à sua frente. Havia jarras de água e copos em cada extremidade da mesa. Thorne sorriu nos primeiros minutos de conversa informal, tentando imaginar como as pessoas reagiriam se ele recostasse a cabeça na mesa, ou pedisse uma cerveja gelada, enquanto aguardava que as baboseiras começassem a invadir o ar quente e saturado.

A Associação dos Chefes de Polícia era responsável pela realização de painéis assim, e seu representante, do Comandante do Departamento de Homicídios, estava presidindo o encontro. Alistair Johns era baixo, atarracado e devia ter 50 e poucos anos, sempre com a mesma expressão corporal contraída, como se caminhasse o tempo todo sob uma chuva intensa. Ele pediu silêncio e esperou todos que estavam à mesa se apresentarem. Além de Trevor Jesmond e Russel Brigstocke, havia um sargento-detetive carrancudo chamado Prostor, da Unidade de Relações Comunitárias, e uma mulher chamada Paula Hughes que, pelo que Thorne entendeu, era uma assessora de imprensa, uma civil. E outra mulher, uma policial uniformizada cujo nome ele não ouvira porque bocejou na hora. Ela parecia já estar exausta, ou talvez pensasse sobre o trabalho que teria pela frente: digitar suas anotações, enviar incontáveis e-mails e preparar um relatório encadernado para todos os membros do comissariado e da prefeitura.

— Precisamos avançar — disse Johns. — Obviamente, este inquérito ainda está em andamento e agradeço ao inspetor-chefe Brigstocke e ao inspetor Thorne por terem vindo até aqui.

Thorne virou-se para Brigstocke que, de repente, parecia achar a superfície da mesa fascinante.

— No entanto poderemos muito bem encontrar problemas mais adiante, no que diz respeito à percepção do público sobre nossa maneira de conduzir o caso, portanto precisamos tomar algumas decisões agora. Podemos começar preparando respostas para algumas das perguntas que certamente nos serão feitas, quer obtenhamos ou não resultados concretos na investigação.

— Teremos resultados concretos — disse Jesmond.

Ele fez sim com a cabeça virada para Brigstocke, que parecia ainda mais interessado na superfície da mesa. A confiança de Jesmond era de se esperar, é claro; ele não queria saber de dúvida ou incerteza. Um certo otimismo estava sempre presente na atitude do alto escalão.

As baboseiras começavam a aflorar prematuramente.

A primeira vez que Thorne ouviu falar em painéis de incidentes críticos, ele imaginou que eram realizados depois de ataques terroristas e coisas do gênero, mas logo descobriu que não passavam de fóruns visando a abrandar o desgaste da imagem da polícia, discutir casos que provavelmente atrairiam crítica da imprensa ou de grupos comunitários. Não eram muito mais que exercícios de controle de danos. Com frequência, procuravam precaver-se com retaliações.

— Precisamos conversar sobre a imprensa — disse Johns. — Como devemos usá-la, ou não, para que a investigação avance. Obviamente, estamos prontos para reagir no que diz respeito aos elementos seriais desses homicídios.

— Mais ou menos — declarou Thorne instintivamente, mantendo o olhar firme, quando viu a expressão de Jesmond sugerindo que ele devia ter ficado de boca fechada. — Um jornalista, pelo menos, já encaixou as peças.

Johns deu uma olhada em suas anotações.

— Nicholas Maier. Mas lhe garantiu que entendia a importância de manter sigilo, não garantiu?

— Ele entendeu que nós o alimentaremos com informações sobre o caso para mantê-lo calado. Se tiver bastante sorte, ele poderá tirar um livro dessa história toda.

— Não podemos fazer grandes coisas em relação a isso — disse Brigstocke.

Jesmond se lançou em uma diatribe sobre Nicholas Maier e sua "laia", ganhando a vida com o sofrimento dos outros. Ele os chamou de "intrometidos", "sanguessugas", disse que estavam perto, na cadeia alimentar, dos próprios assassinos. Houve alguma concordância gesticulada ou murmurada por parte de todas as pessoas à mesa, exceto uma.

Os comentários de Jesmond pareceram sinceros, mas Thorne sabia que a única coisa que o superintendente realmente adorava era sua própria progressão no pau-de-sebo. Os dois homens voltaram a trocar olhares, e Thorne sorriu como um bom garoto. Mas não conseguiu deixar de imaginar qual intrometido se tornaria o *ghost writer* da autobiografia de Jesmond dali a alguns anos.

— Ficaremos de olho nesse Sr. Maier — disse Johns. — Mas, obviamente, nosso foco hoje está na busca das nossas três vítimas em potencial. — Ele voltou a olhar para suas anotações. — Andrew Dowd, Simon Walsh e Graham Fowler.

— Quanto a isso, nós achamos que está na hora de começar a divulgar alguns retratos — disse Brigstocke.

Thorne olhou para o inspetor-chefe e sentiu um jorro de admiração pelo homem. Ele tinha se mantido alheio a caminho da reunião, e Thorne não se sentira capaz de apostar para que lado ele pularia.

— Você tem condições de fazer isso logo? — perguntou Johns.

Brigstocke assentiu com a cabeça.

— As fotos de Fowler e Walsh são muito antigas, mas é tudo o que conseguimos: uma velha fotografia da carteira de motorista de Walsh e a foto mais recente de Fowler que seu pai conseguiu encontrar. Deveremos achar algumas melhores de Andrew Dowd com a esposa dele, assim que nos autorizarem.

— Se ela não cortou todas elas em pedacinhos — disse Jesmond. — Essa mulher parece ser uma megera.

Johns olhou na direção de Paula Hughes. Sua cabeleira parecia um esfregão de cachos castanhos e, na opinião de Thorne, ela mostrava demais os dentes quando sorria.

— Podemos mostrá-los em rede nacional amanhã — disse ela. — E na edição das 18h hoje à noite, se formos rápidos.

Johns concordou e fez mais algumas anotações.

— Ainda estamos... preocupados — disse Johns — quanto à possibilidade de estarmos alertando Garvey, deixando que saiba que estamos atrás dele.

O suspiro de Thorne foi claramente audível para todos à mesa. As pessoas se viraram para olhar.

— Eu acho que ele está ciente. Acho até que isso é do seu agrado. Por que outra razão estaria deixando fragmentos de uma radiografia?

Jesmond ficou sério.

— É muito perigoso presumir qualquer coisa em relação a um homem como Anthony Garvey. Não estamos lidando exatamente com uma mente racional.

— Mais razão ainda para não arriscarmos.

— Concordo. Então, por que divulgar justamente os retratos das pessoas que ele pretende liquidar?

— Para podermos localizá-las.

Mas que babaca, esse cara. Essas palavras soaram tão alto dentro de sua cabeça que, por um segundo ou dois, ele temeu tê-las dito em voz alta. Olhou nos olhos da policial que fazia anotações. Claramente, ele nem precisaria ter dito nada.

— Temos que, pelo menos, considerar a possibilidade de o estarmos ajudando.

— Eu acho que ele sabe atrás de quem está — disse Thorne, lutando para suprimir o sarcasmo de sua voz. — E, se não fizermos tudo o que podemos agora, corremos o risco de ele os encontrar antes de nós.

— Como ele conseguiria fazer isso?

— Está procurando há muito mais tempo que nós. — Thorne verificou se havia chamado a atenção de Jesmond. — E, se não usarmos essas fotos, vai começar a parecer que ele está procurando também com muito mais disposição.

O rosto de Jesmond ficou vermelho e ele bateu com o lápis na mesa. Thorne teve pena ao reparar que os cabelos louros de Jesmond estavam um pouco mais ralos que da última vez que o vira, o rosto também, mais enrugado.

— Sinto muito — disse Thorne. — Realmente, não entendo por que você está tão preocupado.

— E se divulgarmos essas fotos na imprensa e Garvey matar alguém?

— E se não mostrarmos e ele matar alguém assim mesmo?

— Bem, obviamente, ambas as situações devem ser evitadas. Mas precisamos pensar qual delas é menos... problemática.

— *Problemática?* — Quando Thorne olhou para Jesmond, ele se lembrou de ter lido sobre uma empresa automobilística americana que descobrira falhas potencialmente perigosas em um de seus modelos. Depois de analisar as opções, a diretoria decidiu não alertar o público. Haviam calculado que seria mais caro organizar um *recall* nacional dos veículos afetados do que pagar pelos danos causados aos feridos e pelas indenizações aos parentes dos mortos.

Mais problemático...

— É sobre isso que temos que conversar — disse Johns. — Não queremos ser acusados de não fazer tudo o que podíamos, no caso de essa informação vir a público.

— O que certamente vai acontecer — ponderou Thorne.

Jesmond balançou a cabeça.

— Enquanto mantivermos a relação entre as vítimas em segredo, não há uma crítica que possa ser feita.

— Os jornais ficarão sabendo — disse Thorne. — Existem muitos panacas por aí, e muitos jornalistas acenando com seus talões de cheques. E essa história toda vai ser divulgada de qualquer maneira quando o próximo livro de Maier for publicado.

Thorne pensou ter visto uma sombra de preocupação na expressão facial de Jesmond, mas foi bem passageira. Jesmond sabia que, muito provavelmente, ele já estaria longe disso quando qualquer coisa de prejudicial emergisse. Seu sucessor teria que lidar com as consequências. Thorne imaginou que Johns estivesse pensando a mesma coisa.

Mas Thorne ainda estaria onde estava agora, assim como as famílias de Catherine Burke, Emily Walker e dos Macken.

Jesmond tirou os óculos e começou a limpar as lentes com um lenço.

— Mobilizamos mais 12 agentes para procurar Andrew Dowd e os outros. Estamos em comunicação com todas as demais forças locais, cujas unidades de pessoas desaparecidas praticamente deixaram de lado todos os demais casos. — Recolocando os óculos, ele olhou pela mesa, estabelecendo contato visual com todos menos Thorne. — Nós vamos conseguir.

— Posso mobilizar *mais* uma dúzia, Trevor — disse Johns. Ele olhou para a assessora de imprensa, que imediatamente fez algumas anotações. Thorne sabia que *essas* informações eram as que eles ficariam felizes de ver nos jornais.

— Além do mais, *dispomos* de outra linha de investigação — alegou Jesmond.

Johns virou a página.

— A moça na fotografia de Maier?

— Exatamente. — Jesmond se virou para Brigstocke. — Essa pista me parece muito boa, Russel. Se conseguirmos achá-la, poderemos pegar Garvey antes de ele se aproximar de Dowd e dos outros.

— Coloquei alguns homens atrás disso — disse Brigstocke.

— Podemos pelo menos divulgar a foto *dela*? — perguntou Thorne. Ele estendeu o braço para apanhar a jarra de água, mas recuou quando não conseguiu alcançá-la e ninguém pareceu disposto a ajudar. Olhou para Proctor, o oficial de relações comunitárias, que não havia aberto a boca até então e perguntou: — O que você *faz*, afinal de contas?

Johns se inclinou para a frente.

— Ouça, ninguém aqui está dizendo que não divulgaremos as outras fotos em algum momento. Estamos pesando as opções, só isso. — Ele olhou fixamente para Thorne. — Tenho certeza de que você entende muito bem nossa posição, inspetor. Você não é ingênuo. Portanto, vou considerar esse tom apenas como uma preocupação autêntica com os desaparecidos e não como uma simples rebeldia.

— Provavelmente, um pouco dos dois — retrucou Thorne.

Brigstocke pigarreou.

— Tom...

Jesmond ergueu a mão e empurrou a jarra de água em direção a Thorne.

— Não vejo grandes problemas em divulgar a foto da moça — disse ele. — Isso me parece uma medida sensata.

Pronto. Uma das palavras favoritas do superintendente. Thorne estranhara que tivesse levado tanto tempo para ouvi-la.

— Certo, faremos assim — concordou Johns. — E mantenham a mente aberta no que diz respeito às outras fotografias.

— Com certeza — disse Jesmond. Seus olhos se fecharam ao sorrir, como sempre.

Thorne se serviu de água e bebeu um pouco. Estava morna e tinha um gosto ligeiramente metálico.

— Se as coisas mudarem...?

— Podemos agir rapidamente — disse a assessora de imprensa.

Thorne não duvidava disso. Sabia que, quando se tratava de fechar a porta do estábulo depois da fuga do cavalo, não havia ninguém mais rápido.

Brigstocke ficara retido para uma reunião individual com Jesmond, mas Thorne não estava se queixando. Ficou feliz em sair daquela sala e voltar à rua para respirar com intensidade o ar lindo e poluído.

Sentado dentro do vagão do metrô em direção a Colindale, seus olhos se fixaram nos anúncios acima das cabeças dos passageiros à sua frente e ele se sentiu mais relaxado. Permitiu que as imagens vagassem pela mente e as ideias elevassem suas vozes acima do barulho do trem; deixou a imaginação voar.

Thorne visualizou a expressão de Jesmond, quando o conteúdo da jarra escorria sobre seu rosto, e o olhar da policial uniformizada — lascívia e admiração em partes iguais — enquanto ela desabotoava a camisa branca engomada e implorava para que ele a possuísse ali mesmo, em cima da mesa de madeira clara.

Ele se imaginou contando a Martin Macken que o homem que matara seus dois filhos estava em uma cela, ou então informando algo muito mais terrível a um pai que ele ainda não encontrara.

Imaginou Louise, sorrindo para ele do outro lado da mesa de jantar, ou deitada na cama, ou de dentro de um quarto em uma bela casa, com quadros nas paredes e flores cujos nomes desconhecia combinando com os vasos de porcelana.

Imaginou o ventre dela começando a crescer.

Tirar a vida de alguém parecia um pouco mais fácil quando este alguém estava bêbado; o mesmo para roubar uma carteira. Este fora certamente o caso com Greg Macken — as reações lentas, incapaz de se defender, a falta de foco nos olhos, antes mesmo de o brilho deles desaparecer. Ao ver o homem se afastando do *pub* agora, não sabia se ele estava embriagado ou não, mas uma ou duas canecas já eram o bastante para embotar seus reflexos. Ele atravessou a rua e passou a segui-lo. A partir do momento em que alguém entorna uma quantidade suficiente de bebida alcoólica goela abaixo, você pode tirar quase qualquer coisa dessa pessoa, sem precisar de nada mais letal que um simples *kebab*.

Isso não queria dizer, é claro, que qualquer um se tornava facilmente manipulável sob o efeito do álcool, e ele sabia disso tão bem quanto qualquer pessoa. Se seu pai não tivesse sido o tipo de bêbado mais capaz de dar um murro que um beijo, talvez nunca tivesse entrado naquele bar de Finsbury Park, talvez não tivesse sido detido.

Talvez ainda estivesse vivo.

Passando por um muro caindo aos pedaços, ele se abaixou rapidamente para pegar uma pedra do tamanho de um punho fechado. Seus olhos continuavam fixos na figura a uns cinquenta metros à sua frente, observando quando o homem passou a caminhar pela rua, já que a calçada estava coberta de lama. Ele apertou um pouco o passo, verificou mais uma vez os bolsos para ter certeza de que trouxera o saco, assim como o resto das coisas de que precisava.

Quando o homem estava a poucos metros de distância, ele pegou os cigarros no casaco, sorrindo feito um idiota, no momento em que o homem olhou para trás, e fez o gesto de alguém riscando um fósforo; agradeceu quando o viu concordar e depois se apressou para cobrir o espaço entre eles.

— Troca o fogo por um cigarrinho? — perguntou o homem.

Melhor ainda...

Ele pensou no pai naqueles poucos segundos, antes de desferir o golpe com a pedra, em seus dedos amarelados cruzados sobre a mesa de metal e em como suas bochechas ficavam encovadas cada vez que ele tragava um daqueles cigarros finos que ele mesmo enrolava. Os dentes podres aparecendo, quando ele dizia "Andam banindo isto em quase todos os lugares lá fora, não é mesmo? Perseguindo as pessoas por isto. Puta estupidez. E pensar que aqui é praticamente o único lugar onde ainda se *pode* fumar".

A pedra resvalou no braço do homem — provavelmente quebrado — quando ele o ergueu para proteger o rosto, mas o grito de dor foi rapidamente silenciado pelo segundo golpe. Ele deixou o homem cair e montou sobre ele, ajoelhando-se em seu peito e golpeando-o várias outras vezes, até não haver mais resistência.

Não, não estava bêbado, pensou, mas ele procurou assim mesmo aquela luz se apagando, olhando para onde os olhos do homem deveriam estar, enquanto apanhava o saco plástico.

Era impossível saber. O rosto não passava de uma massa disforme de carne e sangue.

Ele o acertou com a pedra novamente, até ela se tornar muito escorregadia em sua mão.

Quando faróis começaram a iluminá-lo, rolou o corpo para o lado sobre a lama e esperou ali, o coração começando a se acalmar e a grama úmida incomodando seu rosto, enquanto o caminhão passava ruidosamente ao seu lado. Ele se ergueu e removeu o grosso da lama da calça. A caixa de fósforos do homem estava caída perto da rua e ele aproveitou para acender um cigarro, enquanto voltava andando para onde havia deixado o carro estacionado.

VINTE E DOIS

Manhã de quarta-feira: duas semanas desde que o professor voltara para casa e encontrara o corpo da esposa; desde que um homem que dizia ser Anthony Garvey havia começado a se fazer conhecer.

Carol Chamberlain se perguntou se seria cedo demais para beber uma taça de vinho. Apesar da piada de Thorne sobre o Ovomaltine, aquele não era o tipo de hotel no qual havia frigobar nos quartos, mas, nas últimas noites, ela bebera uma garrafa e meia do Pinot Grigio que comprara em uma loja próxima e mantivera gelada dentro da pia do banheiro.

Sabendo o que Jack teria dito sobre aquilo, resolveu esperar até o jantar, e retornou para suas anotações sobre o caso Anthony Garvey.

Era como procurar uma agulha no palheiro, ao que parecia, dissera Jack. Ela lhe dera uma ideia geral do que lhe tinham pedido que fizesse, considerando desnecessário mencionar o nome de Raymond Garvey, e ele ainda assim tentara partilhar de seu entusiasmo.

— Por que você conseguiria descobrir alguma coisa se os policiais não foram capazes? — perguntara ele.

Porque eu *sou* uma policial, pensou em dizer. *Por dentro.* E sou ótima nessas coisas.

— Por quanto tempo você vai se ausentar?

Era o tipo de missão que seria adequada a um detetive particular — uma mudança de carreira que ela havia considerado alguns anos atrás, quando saíra da polícia. Colocada para fora. Mas sabia que odiaria ficar sentada dentro de um carro horas a fio, acumulando sacos de batatas fritas vazios no assoalho e vigiando uma casa qualquer na esperança de conseguir uma ou outra foto de um marido ou esposa infiel.

Ela havia feito pouco caso daquela história de hipnoterapeuta, o que, na época, não tinha sido engraçado, e se sentia extremamente agradecida pela ajuda de Tom Thorne. Aquilo a resgatara de um futuro de passeios com seu cachorro e jogos de palavras cruzadas. Seria uma fase da vida que conseguiria aceitar dali a cinco ou dez anos, mas não agora.

Porra, ela não tinha sequer completado 60 anos.

Thorne lhe parecera um tanto distraído, pensou ela, quando se encontraram no sábado. Mas era difícil dizer se tinha algo de fato errado, porque, para ser honesta, ela não podia dizer que o conhecia suficientemente bem para discernir o que era normal. Havia coisas sobre as quais nunca falavam, e ela sempre pressentia algum tipo de reação, caso as mencionasse.

Algumas vezes, observando o cachorro correndo à beira-mar, ou conversando com Jack em seu pequeno jardim, aqueles eventos pareciam ter acontecido com outra pessoa. Mas ela não se envergonhava do que havia feito. Na época, a necessidade de obter resultados concretos ofuscara todo o resto — um único seria o bastante para compensar a frustração e o fracasso de uma dúzia de casos. Aquilo a 'mpelia — algo que sabia ter em comum com Tom Thorne — e ainda agora, olhando para aquela papelada espalhada sobre a cama à sua frente, ela voltava a sentir a emoção que temera ter perdido para sempre.

Preciso sair mais vezes de casa, pensou.

Ela passara o dia que se seguiu ao encontro com Thorne folheando as anotações sobre o caso a partir do inquérito original de Garvey. Não esperara nenhuma grande revelação, mas ficara chocada mais uma vez com a brutalidade dos assassinatos. Como Thorne, ela achava difícil engolir que eles tivessem sido realizados por um homem cuja personalidade havia sido terrivelmente alterada; um homem cujas ações abomináveis não combinavam com seu caráter.

Ela preencheu seu tempo depois disso ao telefone, ou trabalhando no computador, fazendo contato com antigos colegas, muitos dos quais tinham se envolvido profundamente com o inquérito. Pedira informações e favores, contando àqueles que se mostravam interessados a ponto de lhe perguntarem o que ela andava fazendo, desde a última vez que se viram:

— Sabe como é, continuo trabalhando — era sua resposta habitual.

Quando foi preso, Raymond Garvey estava casado havia 17 anos com sua namorada de infância. Logo após o assédio previsível da imprensa e depois de terem enchido várias vezes sua caixa de correio com excremento, Jenny Garvey saiu de Londres e se escondeu, esperando que o homem que pensava conhecer fosse para a prisão e, depois, esperando pela oficialização de seu divórcio. Chamberlain a havia localizado em um apartamento em Southampton. A mulher parecera compreensivelmente cautelosa ao telefone, mas se tranquilizara quando Chamberlain lhe garantiu que não ficaria remexendo em cicatrizes antigas.

Ela tomaria o trem até South Coast bem cedo na manhã seguinte e veria se um papo com a ex-mulher resultaria em alguma coisa. Obviamente, ela sabia que Anthony Garvey não era filho de Jenny; porém, sem muita opção, queria ver até onde aquela conversa a levaria. Talvez conseguisse ao menos ver cintilar uma agulha no palheiro de Jack.

Ele voltaria a telefonar em algumas horas. Costumavam se falar três vezes por dia, às vezes mais. Com frequência, ele ligava quando ela levava mais tempo do que de hábito no supermercado, mas raramente isso a incomodava.

Mais tarde, teriam sua conversa costumeira.

Na noite anterior, ela perguntara como estava passando sozinho e ele lhe dissera que estava tentando fazer o melhor que podia, apesar do fato de estar com dores nos quadris e sentindo falta de sua comida. Ela se mostrou sensibilizado, mas sabia perfeitamente bem que ele estava levando uma boa vida, andando pela casa de roupão, e comprando comida para viagem e cervejas em lata. Era uma mentirinha branca. Mas ela andava pensando ultimamente muito mais sobre as mentiras menos brancas que diziam um para o outro todos os dias. Os dias que ainda viveriam juntos, se o câncer não voltasse.

— É estranho, querida, só isso — disse ele. — Quando você não está aqui.

Chamberlain fez o possível para organizar sua papelada, e arrumou um espaço na cama para se deitar. Pois é, ela não estava lá, concluiu, portanto não havia razão para não se comportar também de um modo um pouco diferente. Pegando a taça que estava na mesa ao lado da TV, ela foi até o banheiro.

Apesar do foco e da magnitude da investigação envolvendo Anthony Garvey, como todos os demais detetives da Homicídios, Thorne tinha outros casos em andamento. Aqueles que se sentiam inclinados a assassinar suas esposas ou pegar uma faca e atacar alguém que falasse mal dos seus tênis de corrida não se continham só porque havia um assassino em série ocupando o tempo de todo mundo. Existiam também muitos casos já no estágio de pós-detenção. Havia provas a serem cuidadosamente conferidas e preparadas, quando chegasse a hora dos procedimentos judiciais, e um contato incessante com a promotoria. À medida que a data do julgamento se aproximava, o representante de lá poderia ligar para o detetive a qualquer hora a fim de comunicar suas reflexões e os desejos daqueles que tentavam livrar seus clientes da prisão.

Como havia pouco que podia fazer para ajudar na procura de Dowd, Fowler e Walsh, e com Kitson cuidando da fotografia de Maier, Thorne passara grande parte da manhã cuidando de seus casos em andamento: o espancamento até a morte de um garoto de 13 anos, praticado por uma gangue de meninas mais velhas em um parque em Walthamstow; um casal que morrera em um ataque premeditado em Hammersmith. Logo após o almoço, um advogado da procuradoria chamado Hobbs telefonou com notícias deprimentes. Oito meses antes, uma moça havia sido assassinada durante uma tentativa de roubo de carro em Chiswick. Ela entrara em seu veículo após fazer compras e notou um grande pedaço de papel colado no vidro traseiro. Ao parar o carro e sair para retirá-lo, um homem saltou de um veículo atrás e tentou roubar o dela. Tentando impedi-lo, ela foi arrastada entre as rodas e, uma semana após o incidente, seu marido decidira desligar o equipamento que a mantinha viva artificialmente.

— O advogado de defesa é Patrick Jennings — disse Hobbs. — E ele está confiante de que conseguirá reduzir a pena para homicídio culposo.

— De jeito nenhum — protestou Thorne.

— Ele alega que tem um bom argumento. Diz que foi culpa da mulher. Pretende apresentar um pilha de material de campanha da polícia que estimula a vítima a não reagir e a entregar seus bens quando ameaçada.

— Está brincando comigo.

— O cara está ficando bom nisso. Mês passado, estava defendendo um rapaz que tentou roubar o carro de uma mulher se escondendo no banco traseiro, enquanto ela pagava a gasolina.

— Merda. É mesmo, Jennings?

— Só para você ter uma ideia.

O julgamento provocara um rebuliço nos jornais, sem mencionar uma briga indecente na escadaria do tribunal. O atendente do posto de gasolina vira o rapaz entrar no carro e manteve a mulher lá dentro, enquanto chamava a polícia. Mais tarde, soube-se que o rapaz já havia sido fichado por agressão sexual, mas, como estava desarmado, o advogado de defesa conseguiu diminuir a acusação para simples invasão de propriedade e ele foi solto com uma fiança de duzentas libras.

— Precisamos ter cuidado — acrescentou Hobbs. — Não podemos deixar a menor possibilidade de o safado se livrar.

— Isso não vai acontecer.

— Vamos garantir que não. Estão começando a chamá-lo de Jennings Vaselina.

Apesar do trabalho que isso acarretava, além do estabelecimento de um acampamento de base e uma assustadora montanha de papéis, Thorne não conseguia tirar o caso Anthony Garvey do pensamento. Não por mais de alguns minutos, pelo menos. Com suas batidas sombrias, a melodia distorcida, como a primeira música que se escuta pela manhã e que fica na cabeça o dia inteiro.

A boca de Martin Macken como uma ferida rasgada, uivando sangue.

Uma anotação presa à frigideira de Emily Walker.

O filho de Debbie Mitchell, puxando seu trenzinho para cima e para baixo no tapete.

E o tempo todo, enquanto ele e o resto da equipe se agitavam, esperando alguma coisa acontecer, persistia aquela irritante impressão de estarem dançando conforme a música de Anthony Garvey.

Perto do fim de seu turno de nove horas, com a possibilidade de ir cedo para casa se tornando real, Thorne cruzou com Yvonne Kitson ao voltar do banheiro.

— Acho que encontrei a moça da fotografia — disse ela.

A primeira coisa que ele pensou foi que Louise tinha razão ao dizer que estava sendo otimista ao achar que jantariam juntos. Contudo, era uma boa notícia. Mas, então, ele percebeu a expressão de Kitson.

— Merda...

— Vasculhei todos os relatórios de pessoas desaparecidas no período de seis meses após a data em que a foto foi feita. Descobri uma moça que se encaixa na descrição. Ela apareceu duas semanas depois. Foi... achada.

— Onde?

— No mesmo local em que tinha ido apanhar o dinheiro, bem pertinho — disse Kitson. — Atrás da estação Paddington. Ao que parece, Garvey tem senso de humor.

— Estou morrendo de rir.

— Entrei em contato com a Unidade de Operações de Segurança e Informação e consegui o endereço dos pais.

— Contou isto para Brigstocke?

— Ele não está aqui, então...

— Deixe comigo. — Ele pegou seu telefone, enquanto Kitson se afastava indo em direção ao departamento de Incidentes Especiais, e disse "ótimo" enquanto ligava.

Acabou caindo na caixa postal de Russel Brigstocke.

— Sou eu. Se você estiver jogando golfe com Trevor Jesmond, talvez possa lhe dar um recado. Diga a ele que sua bela e útil linha de investigação acabou de não dar em nada.

VINTE E TRÊS

De repente, Alec Sinclair, um homem grande de 50 e tantos anos, cabelos ralos e mãos nervosas, ficou calado. Ele estivera falando sobre a filha Chloe, cujo corpo havia sido encontrado em um depósito de equipamentos desativado, atrás da estação Paddington, quase três anos antes.

Sem saber mais o que dizer, ele se virou para a esposa, sentada ao seu lado, em uma sala de estar atravancada de coisas de uma casa geminada em Balham. Miriam Sinclair era provavelmente alguns anos mais nova que seu marido, mas havia uma mecha grisalha acima da testa em seus cabelos tingidos, e Thorne imaginou que usava uma maquiagem mais espessa do que costumava usar antigamente.

— É bom falar sobre Chloe — disse ela, sorrindo para Thorne e Kitson. — Mas, então, tudo volta com violência dentro da gente. Não é algo que se possa simplesmente esquecer.

— Sonho com ela, às vezes — declarou Alec. — E aí vêm aqueles poucos segundos, quando acordo... antes de lembrar que ela está morta.

— Vocês têm certeza de que não querem beber nada?

— Não. Não precisa se incomodar — respondeu Thorne.

O casal se espantou, evidentemente, com o telefonema de Kitson na tarde anterior. Aquela ligação tanto tempo após a investigação sobre o assassinato de sua filha ter sido arquivada os deixara perplexos, mas estavam ávidos por saber se havia algum progresso. Kitson dissera que o assassinato de Chloe poderia estar ligado a uma investigação em curso; e então ela se conteve e salientou que a investigação sobre o assassinato de Chloe ainda estava aberta, e assim continuaria até que o culpado fosse detido.

— Tudo bem, querida — falara Miriam pelo telefone. — Sei que vocês vivem sob muita pressão e, quero dizer, basta você abrir o jornal para ver que há um bocado de outros assassinatos. Outras famílias que não estão há tanto tempo de luto quanto nós.

— Vocês o acharam? — perguntou Alec.

— Não temos nenhum suspeito em custódia — respondeu Kitson. — Mas dispomos de pistas bem importantes, e...

— O namorado. — Miriam olhou para o marido. — Nós *sabemos* que foi o namorado.

— Certo — disse Kitson.

O policial que comandou as buscas pelo assassino de Chloe, três anos antes, confirmara que o principal suspeito tinha sido o homem que, segundo registros, estava saindo com ela antes de sua morte. Apesar de seu máximo empenho, não tinha sido possível encontrá-lo.

— Temos um nome — disse Thorne. — Uma descrição. — Ele não revelou que nenhuma delas era exatamente confiável. — Estamos fazendo o possível para seguir essa linha e, obviamente, já passamos todas essas informações para o inspetor-chefe Spedding.

E o policial que estivera encarregado da investigação original ficou contente com o telefonema de Kitson; feliz, ele disse, em partilhar qualquer informação capaz de apagar o assassinato de Chloe Sinclair de seus cadernos.

Alec Sinclair dirigiu-se à esposa.

— Dave Spedding ainda entra em contato conosco de vez em quando, não é mesmo?

— Envia um cartão de Natal todos os anos — disse Miriam. — Telefona no aniversário de Chloe, esse tipo de coisa.

— O que estou dizendo é que ele ficou bem próximo de nós no final. Próximo de Chloe também, de uma maneira um pouco estranha.

— Foi difícil para ele também, imagino — disse Miriam.

Thorne concordou. Mas é assim mesmo, pensou ele. No dia em que deixar de ser difícil, é hora de sair fora, tirar o time de campo e achar um *pub* bem bacana para administrar. Ele disse que Spedding parecia um homem distinto e um bom policial.

— Pode parecer bobagem — disse Kitson —, mas haveria algo de que vocês se recordaram após a investigação inicial? Alguma coisa que tenha voltado à mente?

— Teríamos avisado a Dave Spedding — falou Miriam.

— Eu sei, e nós realmente não queremos remoer tudo novamente.

— Vocês se incomodariam em apenas recapitular o que aconteceu? — pediu Thorne.

No armário contra a parede mais afastada, ele viu uma série de fotografias em molduras de metal: os Sinclair na praia com seus dois filhinhos; Chloe e o irmão com um macaquinho nos braços à porta de um parque de safári; um rapaz posando orgulhosamente ao lado do que provavelmente era seu primeiro carro. O irmão que perdera a irmã, o filho que se tornara filho único.

— Ela havia terminado o ensino médio — disse Alec. — Estava economizando para viajar antes de ingressar na faculdade. Ela me ajudava com algumas coisas no escritório, mas aquilo a entediava, então arrumou um emprego num *pub*. Foi lá que conheceu Tony.

— Ela falava muito dele? — perguntou Kitson.

Miriam sacudiu a cabeça, negando.

— Ela nos disse que ele era alguns anos mais velho que ela e acho que sabia que não tinha nossa aprovação.

— Talvez, se tivéssemos sido um pouco mais... liberais ou sei lá, as coisas poderiam ter sido diferentes. — Alec olhou para o vazio durante alguns segundos. — Eu simplesmente não queria que ela se apegasse demais a *ninguém*, não naquele momento, entrando na faculdade. Depois disso, ela começou a falar em não ir para a universidade e viajar com aquele tal de Tony, ou ir morar com ele.

— Houve muita discussão — acrescentou Miriam.

Thorne disse que tudo isso era compreensível, que entendia que eles tinham se preocupado antes de tudo com a filha.

— Mas vocês nunca o viram? — perguntou ele.

A temperatura estava agradável, mas MiriaM se encolheu um pouco mais dentro do casaco de lã, enquanto negava com a cabeça.

— Chloe era muito misteriosa em relação a isso, dizia que era a sua vida, essas coisas. — Seu sorriso pesaroso fez tremer o lábio inferior. — Eu sentia que corríamos o risco de afastá-la de nós, então pedi que ela nos apresentasse o rapaz.

— Ela disse que era tarde demais para isso — completou Alec. — Que Tony sabia como o víamos e ela não queria expor o rapaz a uma espécie de julgamento de nossa parte.

— Parece tudo tão sem sentido, agora — continuou MiriaM. — Só fazia alguns meses, mas ela estava muito apegada a ele. Um dia, ela estava nos dizendo todos os lugares que desejava visitar e, em seguida, ficávamos sem vê-la por vários dias.

A expressão de Alec tornou-se soturna.

— Por isso não soubemos nada do que aconteceu durante alguns dias.

— Vocês podem nos contar... — começou Thorne.

Alec pigarreou, mas foi sua esposa que falou.

— Chloe tinha começado a passar cada vez mais tempo na casa dele.

— Onde ele morava? — interrompeu Kitson.

— Hanwell, acho. Pelo menos ela mencionou Hanwell algumas vezes, e eu lembro que ela precisou comprar um cartão de transporte até a Zona Quatro. Mas nunca soubemos o endereço. Obviamente, nós o teríamos dado à polícia. — Ela puxou um fiapo solto do sofá. — Então, quando ela não voltou para casa na noite de quinta-feira, nós presumimos que, vocês sabem...

— Começamos a ficar preocupados na manhã de sábado — disse Alec.

— Quer dizer, é verdade que havia muitas discussões, mas ela sempre telefonava depois de um dia ou dois. Sabia que ficávamos preocupados.

Miriam puxou o fiapo até soltá-lo, depois o enrolou na palma da mão e cerrou o punho.

— Chamamos a polícia no sábado. Então, três semanas depois, vieram nos ver.

— Vi dois policiais lá fora — emendou Alec. — Eu soube no momento em que a policial tentou sorrir e não conseguiu.

— Vocês sabem o *porquê*? — perguntou Miriam bruscamente. — Sei que já têm um nome, então talvez já tenham uma ideia. Por que ele fez isso?

Porque Anthony Garvey já tinha um plano. Porque ele precisava de sua filha para apanhar o dinheiro que iria financiá-lo. E, depois de ela fazer o que ele queria, era preciso tirá-la do caminho. Ele não podia deixar pontas soltas pelo caminho para quando seu grande esquema fosse acionado, então espancou sua filha atrás de um monte de metal enferrujado e sacos de lixos, deixando-a com a parte de trás do crânio esmagada e um saco plástico cobrindo sua cabeça.

Porque ele precisava praticar em alguém.

— Ainda é um pouco cedo para saber — respondeu Thorne, esperando não deixar transparecer como se sentia covarde e ridículo ao dizer aquilo.

Kitson olhou para ele, mas seus olhares não se encontraram.

— Nós voltaremos a ver vocês assim que soubermos um pouco mais.

Thorne podia ver que o casal já estava exausto. Ele agradeceu pela atenção e desculpou-se por obrigá-los a falar de coisas tão dolorosas. Miriam disse que não tinha problema, não havia incômodo nenhum em ajudar a achar o homem que assassinara sua filha. Disse que era ela que devia se desculpar por não ser uma anfitriã melhor.

— Por acaso, Chloe tinha um diário?

— Tinha, mas só servia como agenda — respondeu Miriam. — Eu dei uma olhada depois... esperando que ela tivesse escrito alguma coisa. A polícia também o examinou, é claro, mas só acharam "encontrar T", "sair para beber com T", esse tipo de coisa. Vocês podem levá-lo, se quiserem.

— Pode vir a ser útil para verificar as datas — disse Thorne. — E um celular?

— A polícia o examinou também — declarou Alec. — Eles o encontraram na bolsa dela.

— Vocês ainda o têm?

Miriam fez que não com a cabeça.

— Assim que a polícia nos devolveu os pertences dela, Alec levou tudo para um depósito de reciclagem.

— Não suporto guardar coisas assim. — Alec estendeu o braço e segurou a mão da esposa. — Não consigo suportar.

Thorne assentiu com um gesto da cabeça e olhou para sua pasta. Ele sentiu que aquele homem não estava mais falando sobre telefones celulares.

Jenny Duggan, antes conhecida como Jenny Garvey, não gostara da ideia de Carol Chamberlain visitá-la em sua casa, então combinaram de se encontrar em um pequeno *pub* no centro da cidade. Chamberlain chegou depois dela, pois seu trem vindo de Waterloo se atrasara 15 minutos e, assim que saiu do banheiro e apanhou as taças de vinho no balcão, ela saiu para o terraço e sentou-se ao lado de Duggan sob o sol. Elas não estavam a mais de cem metros do Bargate, o antigo monumento na extremidade norte da velha muralha medieval. Ali ficava o quartel-general da polícia durante a Segunda Guerra Mundial e agora há uma galeria de arte contemporânea, mas, oitocentos anos antes, tinha sido a principal porta de acesso à cidade de Southampton.

— É tudo muito bonito — disse Duggan, enquanto Chamberlain se sentava. — Mas ainda é muito perigoso por aqui nas noites de sexta-feira.

Chamberlain pegou um par de óculos na bolsa, menor que aquele um tanto exagerado que Jenny Duggan estava usando. Chamberlain se pegou indagando se, ainda hoje, 15 anos indo e vindo de cidades diferentes, aquela mulher ainda se preocupava em ser reconhecida.

— Não sabia que vocês podiam beber no trabalho — disse Duggan. — Ou isso só acontece na TV?

— Não estou a trabalho, estritamente falando — respondeu Chamberlain. — Estou aposentada, na verdade. Apenas dando uma ajuda numa investigação.

— Uma espécie de arquivo morto? Como na série policial de TV *Waking the Dead?*

— Suponho que sim.

— Eu sempre gostei do ator principal — disse Duggan. — Você conhece policiais como ele?

— Não muitos — disse Chamberlain.

Elas ficaram ali sentadas uns dez minutos ou mais, falando sobre televisão, o tempo, o trabalho com contabilidade de uma firma de móveis da região que Duggan encontrara recentemente. Chamberlain sabia que era uns dez anos mais velha que ela, mas diziam que uma pessoa de fora consideraria que a diferença era de 15 anos. Duggan havia cuidado de si mesma, mantendo uma boa aparência com os cabelos cortados retos em longas mechas de que as mulheres bem mais jovens pareciam gostar. Chamberlain se constrangeu um pouco ao imaginar que aqueles óculos escuros podiam também esconder os vestígios de uma plástica.

Duggan estava falante e relaxada. Chamberlain sabia que devia direcionar a conversa para Garvey, mas relutava em começar, e não só porque era sempre útil estabelecer uma relação amigável. Ela estava se divertindo com o papo aleatório. O sol estava agradável e o vinho não era nada mal. Qualquer passante as tomaria por duas amigas almoçando ou se preparando para uma tarde de compras.

— Então, você não se casou de novo? — perguntou Chamberlain.

— Como?

— Você ainda usa seu nome de solteira.

Duggan riu.

— É mesmo ótimo esse trabalho do qual você se aposentou. Casada novamente *e* divorciada novamente.

— Ah, sei.

— Não se preocupe, o último marido não era nenhum assassino em série. — Ela tomou um gole de vinho, sorvendo-o rapidamente. — Apenas um porco egoísta.

Chamberlain não sabia como reagir, então ficou calada e olhou para o tráfego e os transeuntes por alguns minutos, até ouvir Duggan dizer:

— O Ray nunca me bateu, sabe?

Mais uma vez, Chamberlain não soube como replicar.

— Inacreditável, não? — prosseguiu Duggan. — Considerando o que aconteceu depois. Ele era um bom marido, mais ou menos. Bom no trabalho, também. — Ela desviou o olhar. — E, pelo visto, bom assassino.

Chamberlain pensou no tumor, na ideia de que ele havia mudado a personalidade de Raymond Garvey. Estariam ela e Thorne enganados ao descartarem tão rapidamente essa possibilidade?

— Então você diria que o que ele fez não tinha nada a ver com seu caráter?

— Olhe, eu não fiquei... chocada — disse Duggan. — Quando essas coisas acontecem, as pessoas falam com os vizinhos e com a imprensa e dizem sempre a mesma coisa, "Não acredito nisso" e "Ele parecia um cara tão normal" e todas essas coisas. Mas, quando me contaram o que Ray tinha feito, eu simplesmente assenti com a cabeça. E me lembro do rosto dos policiais, como ficaram olhando um para o outro, e, por um instante, tenho certeza de que pensaram que eu sabia o que ele andava fazendo, sabe? Pensando agora, acho que havia alguma coisa nele... um lado sombrio, que eu sabia que estava ali, mas que não queria encarar. Não que eu tivesse a menor ideia de onde tudo ia acabar, entende?

— Você não tinha como saber.

Duggan sorriu, grata.

— Como eu disse, muitos pensaram que eu sabia de alguma coisa, mas o quanto realmente sabemos sobre uma pessoa? Ouvimos falar nesses casos, episódios terríveis, homem escondendo crianças no porão de casa e o que mais você quiser, e eu sou má como todo mundo, e penso que a esposa dele devia saber o que estava acontecendo. Onde há fumaça, há fogo, entende?

— Você sabia que ele tinha um filho?

Duggan levou um tempo até voltar a falar. Chamberlain olhou para ela, viu uma expressão de surpresa apenas transitória, e soube que estava vendo um eco da reação de 15 anos atrás, quando disseram a Jenny Duggan que seu marido havia assassinado brutalmente sete mulheres. Ela entendeu, então, por que os policiais ficaram desconfiados na época.

— Eu sabia que havia outras mulheres — disse Duggan, por fim. — Sabia... mas fingia não saber. Dizia a mim mesma que estava apenas sendo tola. — Ela retirou os óculos escuros e os pôs sobre a mesa. — Você entende o que eu estou dizendo?

Chamberlain assentiu com a cabeça. *As mentiras menos brancas que diziam um para o outro.*

— Pelo menos, ele mantinha tudo isso fora de casa — acrescentou Duggan. — E sempre voltava.

— Estamos procurando alguém que deve ter nascido uns trinta anos atrás — disse Chamberlain. — Então...

— Logo depois de nos casarmos.

— Isso mesmo.

Duggan balançou a cabeça, refletindo, o olhar pairando no que restava de vinho em sua taça.

— Quando estávamos tentando ter filhos.

Chamberlain aguardou que ela prosseguisse.

— Havia um grupo de mulheres que trabalhava com ele na British Telecom. Algumas delas eram casadas, mas não passavam de um bando de safadas. No começo, eu saía com eles, mas logo ficou óbvio que os cônjuges não eram realmente bem-vindos. Fico pensando agora se, na época, ele estava aprontando com algumas delas.

— Você se recorda de algum nome?

Duggan disse que não se lembrava, mesmo quando Chamberlain a pressionou. Entretanto, afirmou que conhecia alguém que poderia ajudar e falou para Chamberlain sobre um amigo de Raymond Garvey, da época em que ele começou a trabalhar na BT.

— Malcolm Reece era um pilantra — disse ela. — Ele costumava ficar com Ray por aqui, enquanto eu servia sanduíche e cervejas para eles. Algumas vezes, eu o flagrava rindo, como se soubesse alguma coisa que eu ignorava, e uma vez fiquei tão furiosa que derramei chá na sua perna de propósito. — Ela sorriu, divertindo-se com a lembrança, o sorriso logo se desfez. — Mesmo assim, eu dizia a mim mesma que estava imaginando coisas, sabe, sobre a existência de outras mulheres. Acabava me convencendo de que era só o Malcolm que fazia esse tipo de coisa. Ele era bem vaidoso. Lembro que uma vez ele passou a mão na minha bunda, quando Ray não estava olhando.

— Parece um cara metido a sedutor — opinou Chamberlain.

Duggan concordou e esvaziou sua taça.

— Para Malcolm, nunca faltava companhia feminina, isso é certo.
— Ela se recostou na cadeira e deixou o sol banhar seu rosto. — Se alguém sabe o que Ray andava aprontando naquela época, e com *quem*, esse alguém é ele.

Chamberlain anotou o nome, junto ao da rua onde Malcolm havia morado na década de 1980. Ela agradeceu a Duggan pela atenção, especialmente por tê-la feito se ausentar do trabalho pela manhã.

— Eu disse a eles que tinha alguém vindo consertar meu aquecedor — disse Duggan. — Com o passar dos anos, eu me acostumei a contar mentiras.

Enquanto colocava seu caderno de anotações na bolsa, Chamberlain perguntou:

— Por que você e Ray não tiveram filhos?

— Nós queríamos. Mas eu não podia. — A voz de Duggan pareceu não se alterar, mas Chamberlain pôde ver o sofrimento em seus olhos, antes de ela baixar o olhar para a mesa. Mesmo depois de tantos anos, saber que Raymond Garvey tinha sido pai de uma criança com outra mulher obviamente a magoava. Chamberlain omitiu que outras tinham acabado pegando um preço bem maior pela infidelidade do seu ex-marido.

— Você gostaria de ir almoçar? — perguntou Duggan. Ela apontou para um restaurante italiano do outro lado da rua. — Quer dizer, você provavelmente precisa voltar.

— Ora, não estou com *tanta* pressa. — Chamberlain estava faminta, e não comprara o tíquete do trem para o retorno. E, por mais insignificante que isso pudesse parecer agora, o sofrimento não abandonara totalmente os olhos de Jenny Duggan.

Kitson marcara uma hora para se encontrar com Dave Spedding, o inspetor-chefe no caso do assassinato de Chloe Sinclair. Ela agora era superintendente em Victoria. Então, após sair da casa dos Sinclair em Balham, Thorne deixou Kitson e seguiu para o Peel Centre.

Passando pelo centro da cidade rumo ao norte, ele não conseguia parar de pensar nas emoções horrivelmente contraditórias com as quais

Miriam e Alec Sinclair haviam falado da filha deles. Thorne já vira muitas tristezas para saber que o tempo acabaria inclinando a balança, que as boas lembranças um dia superariam as tristes. De forma gradual, tinha sido assim — *ainda* era assim — em relação ao seu próprio pai. Chegaria o dia em que — embora, com o homem responsável pela morte dela ainda estando foragido, ele não tenha ficado à vontade de dizer isso aos pais dela — o nome de Chloe não precisaria mais ser sussurrado e, ao mencioná-lo, não sentiriam mais uma pontada no peito.

Um dia em que a mãe não precisaria mais usar casaco de lã em dias de calor.

No tráfego lento da Euston Road, Thorne percorreu as estações de rádio, procurando algo que não o irritasse demais. Parou em uma estação de música clássica, deixou o dedo sobre o *dial* e depois o retirou. Ele mal conseguia diferenciar Beethoven de Black Sabbath, mas a música era agradável e, apesar do progresso lento do carro, conseguiu pensar em outras coisas.

Mas não por muito tempo...

Ele pensou no marido de Emily Walker e no namorado preguiçoso de Catherine Burke. Pensou no pai de Greg e Alex Macken e nos pais de Chloe Sinclair.

As outras vítimas de Anthony Garvey.

Por motivos que não conseguia desvendar, Thorne imaginou-os amarrados a uma corda, como contas de tamanho humano em um colar vivo. Bem presos e se balançando no frio e na escuridão, os corpos de seus entes queridos, lívidos, ao lado deles. Um morto, um quase morto, um morto, um quase morto... O longo colar tenso com o peso deles, ainda com bastante espaço na corda rangente.

Thorne aumentou o volume e pisou fundo, quando o tráfego desafogou um pouco.

Embora suas perdas tivessem provocado em cada um deles um comportamento absurdamente cortês ou turbulento, urros ou silêncios, Thorne sabia que os parentes daqueles que Anthony Garvey havia assassinado estavam olhando em sua direção, em busca de algum tipo de consolo. Braços fortes e palavras calorosas eram fáceis de achar, mas encontrar o homem responsável pelo sofrimento deles era algo que cabia a ele e aos seus colegas. Seria um único passo, não mais que isso, porém o primeiro a amenizar aquele emaranhado de dores.

Ele seguiu por Camden e Archway, chegando a Highgate quando começou a chover, depois desceu para Finchley, passando a poucas ruas de onde o corpo de Emily Walker havia sido encontrado duas semanas antes. Dez minutos mais tarde, aproximando-se de Barnet, ele pegou a Great North Road e logo em seguida entrou na rua onde morava Nina Collins.

Thorne mostrou sua credencial aos policiais no carro estacionado do lado de fora desde que Debbie Mitchell tinha mudado para morar com sua amiga, e tocou a campainha.

Collins veio à porta e o encarou.

— Você?

— Tudo bem?

Ela fez um gesto com a cabeça em direção ao carro de polícia e atirou a guimba de seu cigarro na grama à frente da casa.

— Exceto pelo fato de ter que pedir permissão a Starsky e Hutch toda vez que saio para comprar um maço de cigarros, está tudo bem, sim.

— Tudo bem, Nina. — Debbie Mitchell apareceu atrás de Collins, que suspirou e deu-lhe passagem, desaparecendo dentro da casa.

— Eu estava nas redondezas — disse Thorne.

— Sorte a sua.

— Pensei em ver, você sabe... como vão as coisas.

— Ora, não posso ir a lugar algum e Jason está faltando às aulas. Mas não tem outro jeito, tem?

— Eu sinto muito, mas você ainda tem a opção de entrar no sistema de custódia. Seria, provavelmente, o melhor a fazer.

Ela fez que não com a cabeça.

— Certo — prosseguiu Thorne. — Você pode me telefonar se ficar preocupada com alguma coisa, sabe disso?

Debbie Mitchell concordou e cruzou os braços.

— Alguma boa notícia?

Thorne demorou um instante para responder.

— Qualquer coisa, eu aviso. Prometo.

Ainda com bastante espaço na corda rangente.

O celular de Thorne tocou em seu bolso.

— Com licença. — Ele viu o identificador de chamadas e se afastou um pouco da porta da casa. — Preciso atender.

Holland estava arfante, falando de dentro de um carro em velocidade, elevando a voz quando necessário acima daquelas dos outros policiais que estavam com ele.

— Onde? — perguntou Thorne, depois de ouvir Holland. Ainda ao telefone, ele olhou para Debbie Mitchell e viu a expressão em seu rosto em reação à sua própria, e a viu descruzar os braços. — Sinto muito, Dave. Diga novamente.

A chuva estava ficando mais forte e, quando Thorne abriu a boca para dizer alguma coisa, ela perguntou:

— Houve mais uma vítima, não é?

Ele fixou nela seu olhar, com Holland ainda passando detalhes, e depois viu Jason Mitchell chegando até a porta para espiar o que estava acontecendo.

— Está me ouvindo? — perguntou Holland.

Debbie Mitchell disse alguma coisa antes de recuar, saindo da chuva.

Thorne ficou calado por alguns segundos. Não conseguia desviar seu olhar do menino no corredor, os olhos arregalados, os lábios num sorriso, de pijama vermelho e branco, os dentes deslizando de um lado para outro pelo lábio inferior.

MINHAS MEMÓRIAS

10 de outubro

Não sei ao certo se já o encontraram, mas, se não o fizeram, devem estar perto. Na minha opinião, ele será descoberto por alguém passeando com o cachorro. Quantas vezes lemos isso nos jornais? Ou, então, por garotos brincando onde não deviam. Eu estava pensando que, se tivesse chance, poderia descobrir de algum modo quando vai acontecer, poderia aparecer por lá e dar uma olhada, como quem não quer nada. Você imagina, a menos que não tenha uma televisão ou viva numa caverna, não é difícil imaginar como seria. Dúzias deles formigando por lá com suas máscaras de plástico e macacões descartáveis, lanternas, tendas, faixas e algum policial fumando um cigarro depois do outro, afastado, gritando com seus subalternos ou se queixando de seu chefe.

Não consigo parar de pensar que, se tivessem se empenhado dessa forma 15 anos atrás, eles poderiam ter descoberto o que estava acontecendo bem mais rapidamente. Poderiam ter salvado a vida de algumas mulheres e poderiam até ter desvendado que seu "assassino depravado" era um homem que não conseguia se controlar. Que era uma vítima, assim como elas.

Poderiam ter evitado tudo isso.

Mesmo se eu tivesse a oportunidade de ir até lá e me juntar aos curiosos, certamente não conseguiria ver o corpo sendo trazido para fora, mas com certeza eles tiveram mais facilidade que eu para movê-lo. Só deslocando um deles para entender por que chamam de "peso morto". Colocá-lo para dentro e para fora do carro foi um pesadelo, entretanto foi divertido vê-lo deslizar para dentro d'água um pouco depois, quando encontrei o lugar adequado. Em seguida, ele pareceu quase destituído de peso, sumindo na neblina. Graciosamente.

Para ser franco, não sei por que realmente gostaria de ir até lá. Com certeza, não seria para me vangloriar, nada disso. Suponho que eu queira apenas me sentir parte daquilo. Pode parecer bizarro, considerando que nada disso estaria acontecendo se não fosse por mim, mas é fácil sentir-se... distante do que está acontecendo. Estou afirmando o óbvio, eu sei, mas tenho que me manter um passo à frente nesse jogo e não posso sequer abrir meu coração para um estranho no *pub*, posso?

Isso sempre me faz rir, quando leio sobre os "loucos solitários". Pois é, e há geralmente uma boa razão para isso! Não que não seja um inconveniente, quando se trata de carregar esses "pesos mortos", sabe como é.

Não estou desesperado para chamar atenção. Sei... Então por que estou anotando tudo isto num papel? Bem, suponho que, quando tudo estiver terminado, quero simplesmente que haja um entendimento básico dos motivos e das razões. Não que eu esteja esperando muito quanto a isso, para ser sincero. Há sempre os vampiros e os acadêmicos, imagino, e os fanáticos religiosos que enchem o saco com essa história de perdão. Mas, fora estes, a reação será tão histérica que praticamente ninguém dará a mínima para o raciocínio lógico.

Mais uma razão para eu anotar isto bem claramente, certo? Além do que, quando os Nick Maier deste mundo sentarem para escrever seus *best-sellers*, eles terão um pouco mais que o normal para ir em frente.

Espero que façam um melhor trabalho com isso do que na última vez.

* * *

Choque, horror: as coisas têm estado bem calmas ultimamente na banca de jornal. O jornaleiro anda preocupado demais mantendo as crianças fora da banca e não dá muita atenção às manchetes dos jornais. Há garotos demais esfaqueando uns aos outros, demasiada sordidez. O escândalo de uma celebridade ou uma matéria decente sobre o terrorismo supera sempre um bom e honesto assassinato. Assim que descobrirem este último, porém, ele vai começar a se exaltar outra vez, agitando seu jornal na mão como uma espada da justiça, reclamando da insegurança das ruas. É melhor eu passar por lá assim que possível. Com um pouco de sorte, o velho moralista vai arrebentar um vaso sanguíneo enquanto me entrega meu maço de cigarro.

VINTE E QUATRO

— Além disso, a vítima parece ter sido submetida a uma mudança de sexo bem recentemente, e assassinada com um arco-balestra de valor inestimável, com uma joia incrustada.
— O *quê*?
— Agora você está prestando atenção, não é?
— Sinto muito, Phil.

Thorne estava sentindo os efeitos negativos da privação de sono. Ele só voltara bem tarde do local do crime para casa na noite anterior, Louise estava dormindo quando chegou e ainda dormindo quando ele saiu novamente, a rua tão escura e encharcada quanto estivera quatro horas antes.

Por volta das 11h, ele já ansiava voltar para a cama, os braços e as pernas pesados. As pranchas metálicas do Necrotério de Hornsey estavam tão convidativas quanto a mais confortável das camas.

— Você devia tomar um ProPlus — disse Hendricks. — Ou um Red Bull, embora eu recomende os dois juntos.
— A menos que tenha algumas latinhas escondidas em uma de suas geladeiras, você não está ajudando muito.
— É considerado ilegal na França. Você sabia disso?
— O quê?
— Red Bull. E na Noruega e na Dinamarca.

— Os franceses bebem absinto. Isso não mata?
— Não sei, mas deixa o coração mais mole.

Thorne levou alguns segundos para entender a piada; mesmo assim, um sorriso sarcástico consumia muito menos energia que uma gargalhada.

Do lado de fora da sala de autópsia, Thorne examinou os cartazes de saúde e segurança presos à parede. Um bocejo foi suficiente para abafar o som de um peido discreto, enquanto ele lia os meios de evitar aids e infecções hospitalares, e Hendricks tirava seu uniforme e a touca de proteção, atirando-os no lixo. Eles tinham caminhado ao longo de um estreito corredor em direção ao escritório do médico-legista, que o perito de plantão podia utilizar sempre que estava no prédio.

— Silencioso, mas fatal — disse Hendricks.

Por alguns segundos, Thorne pensou que seu colega estava falando de infecção hospitalar, mas, então, percebeu o sorriso no canto da boca.

— Foi mal.

— Seu nojento...

O escritório era pouca coisa maior que o de Pavesh Kambar, porém muito mais caótico. Uma pilha de pastas verdes de arquivo se avolumava sobre uma das três mesas, e havia post-its colados às telas de todos os computadores. Hendricks puxou uma cadeira para Thorne, depois sentou em outra. Um calendário com o time lendário do Arsenal nos anos 1970 era a única demarcação de território no espaço compartilhado, e Thorne pôde ver que dali a duas semanas Hendricks compareceria a um seminário sobre "regulamentação genética". A data estava destacada na cor vermelha, embaixo da foto de Charlie George, correndo após marcar o gol da vitória na final da copa de 1971.

Hendricks fez um gesto, apontando para as outras mesas.

— A maioria das pessoas que trabalha aqui prefere lidar com certos tipos de "clientes", e sempre sobram afogamentos para mim. O que a água faz com o corpo. Já um suicida ou um acidente de carro decente, eu poderia encarar qualquer dia.

Thorne era incapaz de se lembrar de cenas de crime agradáveis, mas, ao chegar à margem do canal na tarde anterior, chegou a ficar contente por não ter tipo tempo para almoçar.

Eles haviam retirado o corpo da água perto de Camden Lock, a curta distância das lojas e bares do amplo mercado, embora, naquele momento, fosse impossível saber onde ele havia sido largado. O cadáver estava estendido sobre a margem, encoberto por uma tenda armada apressadamente: uma das mãos cerrada, apertando o esperado pedaço de radiografia; a outra, a pálida palma para cima e as pontas roxas dos dedos, como se a vítima fosse de cor negra e estivesse usando luvas brancas sem dedos; um sapato estava desaparecido, algumas plantas envolvendo o pé e a barriga distendida pelos gases contra uma jaqueta de brim ensopada.

Havia restado ainda um pouco de água dentro do saco plástico, **que** agora cobria o rosto do homem, distorcendo o que restara dele. Thorne achou que parecia uma velha almofada. O conteúdo encharcado vazando, o tecido esfarrapado e apodrecido.

— Algo em torno de 36 horas dentro d'água — disse Hendricks. — Não que sua aparência estivesse muito melhor antes disso.

— Com certeza, foi morto antes de entrar na água, então?

— Você viu a cara dele, Tom. Aquilo não foi feito pelos peixes. — Hendricks acomodou-se em sua cadeira. — Ele foi morto algumas horas antes, eu suponho. Umas quatro ou cinco horas.

— Então foi assassinado em outro lugar?

— Bem, eu não acho que o assassino o tenha espancado, enfiado sua cabeça dentro de um saco plástico e depois ficado à toa na beira do canal, cumprimentando os transeuntes.

Thorne reconheceu a estupidez da sua pergunta com um gesto breve da cabeça, já pensando que a melhor maneira de descobrir onde ele tinha sido morto seria através da perícia da medicina legal. Mas era quase um beco sem saída, aquelas 36 horas dentro d'água já teriam arruinado muito mais que a bela aparência da vítima. Ele piscou os olhos tentando afastar do pensamento a imagem daquela carne esfrangalhada dentro do saco plástico.

— Parece não fazer muito sentido uma identificação pessoal — disse ele. — Nenhum sinal de nascença ou coisa semelhante, e não consigo imaginar ninguém capaz de *reconhecê-lo*.

Hendricks sacudiu a cabeça.

— Melhor assim.

— Primeiro golpe de sorte que temos — disse Thorne. — Ele era um numa lista de três.

O tratamento dado ao rosto do homem morto tornava até uma verificação odontológica difícil, para dizer o mínimo, e as chances de obter impressões digitais ou amostras de DNA de uma fonte confiável para comparação com seu cadáver eram praticamente nulas. Assim, os itens encontrados no próprio corpo eram provavelmente o máximo que conseguiriam para identificar a vítima mais recente de Anthony Garvey como sendo Simon Walsh: uma velha carteira de motorista no bolso traseiro de seu jeans; uma carta praticamente indecifrável de sua tia dentro da carteira.

— A tia é o parente mais próximo, certo?

Thorne confirmou com a cabeça.

— Como ela recebeu a notícia?

— Brigstocke ficou com a pior parte nesta história.

— Ainda não entendo como vocês conseguem — disse Hendricks. — Cortá-los em pedaços parece brincadeira de criança perto disso.

— Eu prefiro encher uma sala de viúvas e consolar os pais.

Hendricks balançou a cabeça, determinado.

— Pelo menos, eu sei como os mortos vão reagir.

Thorne estava pronto a concordar, dizendo: "A gente se acostuma", porém Hendricks o conhecia bem demais, e sabia que não era assim.

— Acho que a tia ficou contente em saber que Walsh ainda tinha sua carta. Que ele pensava nela, sabe?

Ouviu-se um ruído repentino, o chiar de rodas de borracha do outro lado da porta, quando um carrinho passou por lá. O barulho logo desapareceu, perdendo-se em meio à conversa entre os funcionários do necrotério; rotina diária.

Hendricks virou-se para seu computador, abriu seu e-mail e examinou as novas mensagens. Thorne o observou, a elaborada faixa céltica tatuada em torno do bíceps que se mexia à medida que ele movia o mouse.

— Você gostaria de passar alguns dias em Gotemburgo? — perguntou Hendricks, olhando para a tela. — Um seminário sobre "análise de imagem na patologia toxicológica" e todo arenque no vinagre que conseguir comer?

— Por que ele mudou seus métodos? — perguntou Thorne. — Por que Walsh foi atingido pela frente? E por que tanta violência desta vez?

Hendricks girou com a cadeira.

— Isso quer dizer "não" para o arenque no vinagre, então?

— Ora, vamos.

— Talvez esteja se tornando presunçoso, se achando bom no que faz.

— Ninguém questiona isso.

— Ou então ele acha que precisa nos confundir. Não sei. Talvez estivesse com pressa, ou não teve tempo de conhecer o cara, como aconteceu com Macken. — Hendricks refletiu por um segundo. — Talvez esteja apenas ficando mais raivoso.

— Mas por que matá-lo em outro lugar e desová-lo aqui? — indagou Thorne. — A descoberta do corpo nunca o preocupou antes.

— Ninguém disse que ele não queria que o corpo fosse encontrado. Se ele o matou fora de casa, precisava desová-lo fora de casa, eu diria. Onde mais o faria?

— É...

— Mesmo se quisesse usar o mesmo *modus operandi* de antes e assassiná-lo dentro de casa, ao que parece, Walsh talvez não estivesse morando em lugar algum onde Garvey pudesse fazê-lo.

— É... você provavelmente tem razão — disse Thorne. Ele inflou as bochechas e deixou o ar escapar lentamente, forçando-se a se levantar, mesmo preferindo permanecer sentado mais algumas horas. Caminhando em direção à porta, dizendo que telefonaria mais tarde para pedir que o relatório fosse enviado via fax assim que estivesse pronto, ele sabia que Hendricks estava olhando para ele. Thorne conhecia bem aquela expressão, os olhos se estreitando por trás das lentes dos óculos, e sabia que Hendricks estava preocupado com ele. Com ele e com o caso, com ele e Louise, não sabia bem qual dos dois, mas certamente não lhe perguntaria.

Finalmente, Hendricks apenas disse:

— Tem certeza sobre a viagem a Gotemburgo? Eles têm vodcas excelentes na Suécia, sabe? E não proibiram o Red Bull.

De volta à Becke House, o clima na Incidentes Especiais estava estranho, parecendo uma equipe de funcionários de telemarketing — ao qual o setor se assemelhava hoje mais que habitualmente — que tivesse recebido como incentivo um prêmio misterioso que todos suspeitavam não valer a pena ganhar. A descoberta de um corpo sempre incendeia a equipe, mesmo que ela já esteja habituada àquilo, mas a urgência parecia, de algum modo, superficial. A sensação de impotência estava ali, se observada com atenção — em cada olhar de um integrante para outro, em cada toque nos teclados e em cada telefonema atendido.

Como responsável pelo setor, o detetive-sargento Samir Karim estava reunindo os agentes de polícia desde o telefonema para Camden na tarde anterior. Ele encontrou Thorne ao lado da máquina de café, procurando em vão alguns biscoitos.

— Frangos sem cabeça — disse Karim.

Thorne bateu a porta do armário acima da geladeira.

— Não há muito mais que possamos fazer.

Como esperado, os magos do Departamento de Polícia Científica ficaram a ver navios, todas as provas forenses tendo sido destruídas pela ação da água. Restava sempre a esperança de um telefonema anônimo de alguém que vira algo, fosse no Camden Lock ou no local do crime — onde quer que este tivesse ocorrido —, e havia vários policiais nas ruas, batendo de porta em porta; contudo, à exceção de algumas casas elegantes a poucas centenas de metros de onde o corpo fora achado, aquela não era uma área residencial.

— Na América, houve um frango que sobreviveu sem a cabeça por 18 meses — disse Karim.

— O quê?

— Sério. Faz uns cinquenta e tantos anos. Um dos meus filhos me mostrou isso na internet. "O milagre de Mike, o frango sem cabeça." Era alimentado com um conta-gotas diretamente pelo pescoço e participava de exposições e apresentações circenses. Um ano e meio, correndo de um lado para outro, sem cabeça.

— Não dispomos de tanto tempo assim — disse Thorne.

Brigstocke apareceu no outro lado da sala de Incidentes Especiais e o chamou. Thorne deixou Karim continuar a busca pelos biscoitos e seguiu o inspetor-chefe até seu escritório.

— Acabo de ter uma ótima conversa com a tia de Simon Walsh pelo telefone — declarou Brigstocke. — Aquela bobagem e diplomacia de sempre. Contei a ela que seu sobrinho foi vítima de um ataque aleatório e tentei convencê-la de que não era uma boa ideia vir vê-lo.

— Eu estava conversando sobre frangos miraculosos — disse Thorne.

Brigstocke hesitou e Thorne balançou brevemente a cabeça para deixar claro que aquilo não era importante. Brigstocke deu a volta em sua mesa e sentou-se.

— Então, assim que pudermos encontrar um pedaço do maxilar desse pobre coitado com alguns dentes, vamos verificar os arquivos odontológicos a fim de confirmar a identidade. Primeiro, precisamos encontrar o dentista, claro, mas não estou contando muito com isso. — De repente, pareceu que acabava de notar pela primeira vez a aparência de Thorne. — Porra, eu que tenho três filhos para criar não estou tão exausto assim.

— Exaustão mental — disse Thorne. — Para exercitar um cérebro do tamanho do meu, é preciso esforço, não que você seja capaz de entender isso. É um pouco mais difícil que ajudar os filhos com o dever de geografia e preparar a lancheira.

Brigstocke riu.

— Espere só até chegar sua vez, parceiro.

Thorne examinou as partes amassadas da beira da mesa de metal, a poeira na bandeja de papéis. Quando olhou para a frente novamente, Brigstocke estava empurrando uma pilha de jornais em sua direção.

— O que é isto?

— Conseguimos, finalmente, algumas fotos — disse Brigstocke. Ele apontou com o dedo, enquanto Thorne folheava edições matinais do *Evening Standard*. — Página cinco... e em todos os jornais nacionais também. Deve estar passando no *London Tonight*, neste momento.

Thorne olhou as fotos em preto e branco de Graham Fowler e Andrew Dowd. Em cima, uma manchete dizia "CAÇA POLICIAL AOS HOMENS DESAPARECIDOS", ao passo que, embaixo, havia algumas palavras deliberadamente vagas sobre uma "investigação em andamento" e um número de telefone para contato. A primeira foto estava desfocada e era bem antiga, e a segunda, embora tivesse sido fornecida naquele dia pela esposa de Dowd, estava longe de ser um retrato definitivo. Thorne ficou imaginando se elas serviriam para alguma coisa. Ainda assim, ele sabia que, à exceção dos casamentos, poucas pessoas tinham fotos profissionais e que, se pedissem a Louise que fornecesse retratos dele, não haveria outros senão o do passaporte e algumas fotos de férias.

Ele largou os jornais sobre a mesa.

— Que bom que o superintendente finalmente percebeu que isso precisava ser feito. Porém, um pouco tarde demais para Simon Walsh, não é?

— E, por falar nisso, Jesmond *ainda* foi contra essa ideia.

— Está brincando.

— E alguns outros, que estão sempre puxando o saco dele. Do jeito que ele vê as coisas, divulgar as fotos agora, depois de Walsh ter sido assassinado, é quase admitir que falhamos. Algo em que as pessoas vão se concentrar, quando tudo tiver passado.

— *Nós* falhamos?

Brigstocke ergueu a mão.

— Felizmente, Johns teve a última palavra, e agora podemos relaxar e ficar torcendo.

— E é só isso que podemos fazer?

— Não temos dez mil pistas batendo na nossa porta, não é mesmo? Não avançamos mais, depois do assassinato de Walsh, e, pelo que sei, sua amiga Carol ainda não fez nenhuma descoberta.

Chamberlain havia telefonado uma hora mais cedo. Assim que Thorne lhe contou sobre o último cadáver, ela descreveu seu encontro com a ex-esposa de Ray Garvey e lhe falou sobre Malcolm Reece, o velho amigo, que ela já estava tentando localizar. Thorne disse que passaria em seu hotel para uma troca de informações direta, se conseguisse achar tempo para isso. Ele a encorajara, com a maior delicadeza possível, a trabalhar um pouco mais rápido.

— Talvez você devesse me pagar um pouco mais. — Chamberlain pareceu chateada. — Ou me arrumar um assistente.

— Do jeito que está, já começa a faltar dinheiro — disse Thorne. — Era você ou o hipnoterapeuta...

Brigstocke se levantou e deu a volta na mesa, apontando para os jornais.

— Acho que hoje de tarde vão chover ligações para esse número.

— Esperemos apenas que não haja muitos malucos nos telefonando.

— Devíamos sair para comer alguma coisa decente — disse Brigstocke. — Parece que o dia vai ser longo.

Thorne concordou. Ele não havia comido nada pela manhã e precisava de algo para esponjar todo o café que tinha ingerido desde então.

— Com um pouco de sorte, hoje vai ter aquela carne de carneiro de novo, lá no Oak — disse Brigstocke, abrindo a porta. — Como aquela que você me surrupiou outro dia.

Thorne achou que era uma boa ideia, mas pensou que deviam provavelmente comer alguma coisa um pouco menos pesada. Algo que pudesse ser consumido por um conta-gotas direto pelo pescoço.

Várias ligações foram feitas à tarde; e, apesar dos maiores receios de Thorne, algumas pareciam promissoras. Mais de uma pessoa vira Graham Fowler. Duas delas, a menos de 1 quilômetro uma da outra na área entre Piccadilly e Covent Garden. Uma mulher que tomava conta de uma pousada em Ambleside, uma cidade a uns vinte quilômetros de Keswick, no Lake District, afirmava que um homem que podia ser Andrew Dowd passara alguns dias em seu estabelecimento no início da semana, até partir de repente. Ela estava mais preocupada com a conta pendente do que com qualquer outra coisa.

Não faltara trabalho, o clima no escritório ficou um pouco mais otimista, mas Thorne, ainda assim, conseguiu voltar para Kentish Town antes das 19h e ficou feliz que Louise também tivesse voltado mais cedo. Ela estava mais animada e falante depois de uma semana melancólica. Ela lhe contou sobre a evolução do caso em que estava trabalhando, enquanto preparava ovos *poché* e abria uma garrafa de vinho que comprara a caminho de casa.

Eles assistiram à metade de um episódio antigo de *Os profissionais* na TV enquanto comiam, depois escutaram *The Essential George Jones* — escolha dela — enquanto Thorne limpava tudo e Louise revisava alguns relatórios para o dia seguinte. Se ainda estava se sentindo fragilizada, não dava sinais disso. Ela cantarolou "Why Baby Why" e "White Lightning", e parecia bastante feliz ao som de "The Door" — uma das várias canções de George Jones que o próprio Thorne raramente conseguia escutar sem sentir um nó na garganta.

Quando se preparavam para deitar, ela disse:

— Tive um longo papo com Lucy Freeman hoje.

A mulher grávida do trabalho de Louise. Thorne jogou a camisa suja no cesto de roupas, sentou na beira da cama e tirou a calça.

— Eu disse a ela que tenho uma amiga que acabou de perder o bebê.

— Por que você fez isso?

Louise deu de ombros; não sabia, ou não tinha importância. Ela se sentou diante do pequeno espelho da penteadeira apenas de calcinha e camiseta.

— Na verdade, Lucy foi muito... bacana.

— Isso é ótimo.

Ótimo que aquela mulher fosse bacana. Ótimo que Louise tivesse conversado com ela e tudo houvesse corrido bem.

— Quando isso acontece, os hormônios ficam totalmente confusos, razão pela qual ando irritada, mal-humorada, essas coisas.

— Você tem todas as razões para ficar transtornada.

— Só estou dizendo. É sobre isso que Lucy estava falando. Ela também tem uma amiga que perdeu um bebê...

— Um em cada quatro casos, é o que diziam no panfleto informativo.

— E *ela* não se sentiu bem até a data do nascimento.

— O quê?

— Lucy disse que isso só melhora de verdade quando passar da data em que o bebê deveria nascer. Funciona como um interruptor, ela disse. Só então você pode... seguir em frente.

Thorne assentiu com a cabeça, fazendo as contas enquanto tirava a cueca.

— Mais 31 semanas e vou ficar bem.

Thorne percebeu algo diferente na risada dela; o bastante para saber que devia abraçá-la.

— Venha cá...

Ela se levantou e se entregou aos seus braços, pressionando o rosto contra o dele. Era possível sentir a tensão nela, o esforço que fazia para se manter firme.

— É minha culpa — disse ela. Sua boca deslizou até o peito de Thorne. — Ela só estava tentando ajudar.

— Mas não adiantou, não foi?

— Não, não muito.

Aquela risada parcial de novo, e depois seu rosto se iluminou e se aproximou de Thorne, e, quando se deitaram, ela já tinha tirado a camiseta.

— As coisas ainda estão um pouco... *delicadas* aqui embaixo — disse ela. — Vamos ter que achar outras coisas para fazer.

Thorne sorriu.

— Não isso — disse Louise.

Não havia nada que não fosse suave ou sutil demais nas coisas que faziam para dar prazer um ao outro, e, apesar das emoções vibrando entre eles, ainda parecia mais que estavam fazendo sexo do que amor.

Como algo de que ambos precisavam.

O telefone celular de Thorne tocou, arrancando-o de um sonho no qual ele avançava rapidamente sobre a superfície de uma água muito azul. Ele olhou para o relógio; marcava 6h12. O nome de Brigstocke apareceu no visor.

— Você acordou cedo.

— Por algumas coisas, vale a pena sair cedo da cama — disse Brigstocke. — Estou com o astral tão bom que pode ser que eu pule de volta para a cama e acorde a Sra. Brigstocke com uma rapidinha.

Thorne se lembrou da noite anterior e sentiu certa tensão. Esperava que a culpa tivesse ido embora, mas ela ainda estava lá, sólida e obstinada dentro de seu peito.

— Vamos às notícias, então.

— Graham Fowler entrou na estação Charing Cross ontem, às 23h, com um exemplar do *Standard* sobre o qual estava planejando dormir.

— Puta merda!

— E tem mais — disse Brigstocke. — Há cerca de meia hora, receberam uma ligação de Andrew Dowd na Incidentes Especiais. Ao que parece, ele finalmente ligou o celular e recebeu nossa mensagem.

— Onde ele está?

— Em Kendal — respondeu Brigstocke. — Onde inventaram a barra de chocolate com menta. Já tem alguém a caminho para buscá-lo.

Tomando cuidado para não acordar Louise, Thorne afastou o cobertor e ficou de pé, nu, ao lado da cama no escuro.

— Então, Jesmond e seus comparsas poderão se livrar dessa, no fim das contas.

— Nós todos poderemos.

— Malditos bastardos.

Brigstocke riu.

— Nós ou eles?

— Estava falando de Fowler e Dowd — disse Thorne.

PARTE TRÊS

UM JOGO DE HABILIDADE E ESTRATÉGIA

POSTERIORMENTE

Nina

Nos piores momentos, quando sente vontade de soltar os bichos, ela sabe que só existe um homem realmente responsável pelo que aconteceu, mas é difícil não acusar aqueles dois policiais sentados no carro lá fora. Ou aquele babaca do Thorne e seus comparsas, que os colocaram ali 24 horas por dia, desde que Debbie e Jason se mudaram para cá.

Trabalhando em casa, como ela faz, como fazia, não é nada bom para os negócios ter um carro de polícia bem na sua porta.

Ela sempre preferiu tocar seus negócios na própria casa, e a maior parte das garotas que conhecia pensava o mesmo. Sentia-se mais segura dentro de quatro paredes, com tudo sob controle. Mas ela não podia esperar que seus clientes regulares viessem andando e cruzassem com um par de homens em uniforme azul, não é mesmo? E o dinheiro estava começando a faltar. Então, ela precisou fazer mais algumas visitas a hotéis sórdidos e apartamentos suspeitos, masturbar alguns caras dentro do carro estacionado atrás do campo de futebol. Foi preciso assumir mais alguns riscos.

E ela dificilmente trabalhava à tarde, e isso era o pior! Era raro que estivesse disposta, preferia dormir após uma longa noite de trabalho. Gostava de ter o dia para si mesma e se preparar calmamente para arrumar quantos fregueses conseguisse na noite seguinte.

Um executivo careca e balofo de Manchester, vindo para uma conferência ou coisa parecida, foi a razão de ela não estar ali quando aquilo aconteceu. Mesmo se estivesse em casa, não faria muita diferença. Ele conseguiu passar com bastante facilidade pelos dois policiais.

No fim das contas, o filho da puta era esperto demais para ser pego.

O pior de tudo foi que ela fizera uma promessa a Debbie mais ou menos uma semana antes de acontecer. Disse que ia parar com as drogas e resolver sua vida. Falou um monte de asneira, sugerindo que os três fossem para algum lugar por algumas semanas, tão logo juntassem dinheiro suficiente. Algum lugar protegido, de modo a não depender do bom tempo. Algum lugar com uma boate decente para ela e Debbie se divertirem à noite, com uma piscina, área de lazer e coisas assim, capazes de deixar Jason feliz.

"Desde que haja uma linha de trem por perto", dissera Debbie. "Algum lugar em que ele possa fazer piuí para os trens."

Meu Deus...

Tudo isso não deu em nada, promessa e planos.

Ela tem gastado quase tudo o que ganha com drogas desde o dia em que Anthony Garvey apareceu. Não que precise dessas coisas mais do que costumava precisar; ela simplesmente precisa ficar chapada com mais frequência. Não consegue encarar as coisas e se preocupar com o futuro. Mas está ficando de um jeito que, por mais que se drogue, a onda não dura o bastante.

Alguns dias, com um freguês qualquer suado montado sobre ela, era como se tivesse acabado de... acordar, e se lembrado do que aconteceu, e era tudo o que podia fazer para não berrar e pular no pescoço dele. Ultimamente, ela tem percebido que está correndo cada vez mais riscos. Entrando em carros de aparência bizarra, quando sabe que deveria se afastar; deixando um ou dois safados a tratarem com violência, sentindo-se melhor quando dói.

Sentindo como se merecesse isso.

Nina fica de pé diante do espelho, ao lado da porta de casa. Aplica um pouco mais de maquiagem antes de sair para o trabalho: um professor importante que gosta quando ela fala palavrões e que combinou de pegá-la em frente ao posto de gasolina.

Ela verifica se há preservativos na bolsa, assim como gel lubrificante e lenços de papel, depois observa seu reflexo.

Poderosa para cacete, pensa ela, sabendo que, antes, teria dito isso em voz alta e Debbie teria achado graça. Depois diria que ela estava ótima e que, quem lhe desse grana em troca do prazer de sua companhia naquela noite deveria ficar tremendamente agradecido.

Ela passa os dedos pelos cachos dos cabelos e faz o possível para sorrir para seu reflexo. Depois diz: "Benza Deus."

Apanhando um lenço de papel dentro da bolsa, Nina se vira para a porta.

VINTE E CINCO

No fim da manhã, Thorne seguiu para o sul, na direção de Euston, com o trânsito mais fluido. A dor de cabeça que o afetava desde que acordara sem dar sinais de arrefecer e a discussão acalorada no rádio sobre o fraco desempenho do Tottenham não estavam ajudando nada. Típica manhã de segunda-feira.

Ele havia passado a maior parte do fim de semana sozinho, exceto pelo período de uma hora ou duas com Phil Hendricks no Grafton, no almoço de domingo. Louise viajara para passar alguns dias com seus pais, voltou tarde na véspera e saiu cedo de manhã.

— Ela está se recuperando — dissera Hendricks no *pub*.

— É, ela está mesmo — concordou Thorne calmamente, tendo o cuidado de não dar muita ênfase ao pronome *ela*.

— Vocês dois deveriam viajar um pouco, assim que possível.

— Falar é fácil.

— Vocês podem ter uma oportunidade agora que o caso Garvey está mais tranquilo.

— Tranquilo para *você*, talvez.

Hendricks, porém, estava certo. Tudo se acalmara um pouco. Havia cinco homicídios sem solução — seis, se levada em conta a morte de Chloe Sinclair — e ainda havia um assassino à solta, mas o foco realmente mudara, agora que as duas últimas pessoas da lista de Anthony Garvey tinham sido encontradas e estavam sãs e salvas.

Uma pequena equipe de policiais especialmente treinada passara o dia anterior "interrogando" Andrew Dowd e Graham Fowler. Na prática, isso significava explicar a ameaça que estavam sofrendo da maneira mais delicada possível, enfatizando que agora estavam seguros; e instruir os dois sobre suas novas condições de vida. Isso não transcorrera tão tranquilamente, segundo os relatórios que enviaram a Thorne. Nenhum dos dois homens tinha mostrado muito senso de cooperação, ambos sendo descritos como "difíceis" e "não muito inteligentes" em uma conversa telefônica que Thorne tivera com um dos policiais que os acompanhava.

— Compreensível, eu acho — disse o policial, parecendo aliviado por ter chegado ao fim do dia de trabalho. — As mães assassinadas, uma espécie de maluco tentando fazer o mesmo com eles, e parece que os dois andam tomando uns remédios.

— E isso vai ser um problema?

— Podemos usar nossas pistolas elétricas.

Thorne riu, mas já havia visto a destruição que o sofrimento, o medo e as drogas eram capazes de provocar por si sós. Os três juntos podiam ser uma combinação volátil e perigosa.

Compreensível, eu acho.

Ele entrou em uma rua larga, recentemente asfaltada, atrás da estação de Euston, um pouco apreensivo com a conversa que teria em pouco tempo com aqueles dois homens que encontraria pela primeira vez. Gostaria de poder contar com Kitson ao seu lado. Ou Holland. Os dois eram melhores que ele, quando se tratava de deixar as pessoas à vontade, enquanto seu dom pendia mais para o oposto.

Estacionou atrás de um Volvo cuja placa o identificava como veículo da polícia, o que provavelmente seria detectado mais rápido do que deveria. Ele pegou sua credencial de policial e atravessou a rua depressa.

Pensando: *Seguro, mas não particularmente bem.*

Era um prédio de dois andares sem graça, com oito apartamentos, todos independentes e acessíveis somente através de um saguão constantemente vigiado. Os carros de polícia não podiam permanecer em um perímetro de duas ruas, os homens uniformizados tinham sido instruídos a manter-se à distância e não havia nada que chamasse a atenção para aquele quarteirão residencial. Embora as contas dos moradores estivessem sendo coletadas pela polícia, seus movimentos estavam sendo mais cautelosamente vigiados do que no hotel em que Carol Chamberlain estava hospedada. Câmeras em todos os corredores transmitiam as imagens para a mesa de controle, no térreo; unidades de urgência estavam posicionadas por perto e policiais à paisana permaneciam no recinto 24 horas por dia.

Apesar da falta de uma presença ostensiva da polícia, ninguém ali corria o menor risco de ser assaltado.

O prédio havia sido adquirido pelo Departamento de Polícia para alojar testemunhas em julgamentos importantes, principalmente aquelas que estavam trocando provas pela imunidade, ou que envolviam alguém que tivesse boas razões para que isso não fosse feito. Durante um caso relevante de drogas no ano anterior, o lugar ficara conhecido como "Hotel dos Delatores", e assim permaneceu, com um brincalhão chegando a confeccionar um livro de visitantes com esse nome escrito em relevo. Na época, todos os apartamentos haviam sido ocupados, e um bom número de policiais passou longas noites ali, jogando baralho ou recebendo refeições encomendadas pelo telefone. Mas agora o Hotel dos Delatores tinha somente dois hóspedes.

Thorne digitou o código que lhe fora fornecido e abriu a porta do saguão. Os dois homens, que estavam conversando perto da única mesa, se viraram quando ele se aproximou. Um dos rostos era novo para ele, mas Thorne reconheceu o outro policial como sendo um detetive-sargento que trabalhara com ele alguns anos antes.

— Sobrou para você, Brian?

Brian Spibey estava com seus 30 anos, era um cara alto e vinha de algum lugar do sudoeste do país. Se sua calvície prematura o incomodava, ele não demonstrava, e Thorne admirava qualquer um que aceitasse o inevitável e raspasse o pouco que restava, em vez de ficar disfarçando, passando gel ou, o mais imperdoável, cobrindo a careca com os cabelos das laterais da cabeça.

— Não é tão ruim assim — disse Spibey. — A rotação dos turnos é bem justa e eu só fico aqui três noites por semana.

— E como estão eles? — Thorne fez um gesto com a cabeça na direção do andar superior, onde sabia que estavam alojados Fowler e Dowd.

— Ah, estão tranquilos. Começaram a conversar, o que é bem conveniente. Isso nos poupa de fazer companhia a eles.

— Então eles estão mais calmos agora? — perguntou Thorne.

— Bem, ouvimos uns berros mais cedo. Foi o Fowler, mas acho que é só porque ele não está acostumado a ficar trancado em algum lugar. Demos mais um maço de cigarros para ele e acabou se acalmando.

O outro policial riu.

— É, mais calmo que isto, não dá.

Spibey apresentou seu colega como Rob Gibbons. Ele e Thorne se cumprimentaram com um aperto de mãos.

— Vamos dar uma olhada, então? — propôs Thorne.

Dois lances de escada depois, os dois últimos quartos ficavam no fim de um corredor perfeitamente reto. O tapete de náilon era cinza e cheio de eletricidade estática. Havia uma grande planta artificial no alto da escada e alguém tivera a ideia de romper com a monotonia das pálidas paredes amarelas com alguns pôsteres emoldurados.

Thorne pensou que, se tivesse que passar algum tempo ali, provavelmente começaria a berrar também.

Spibey indicou a penúltima porta.

— Você está a fim de um chá?

— Deve haver aí dentro, não?

— Você provavelmente vai ter que preparar sozinho.

Spibey digitou o código de quatro dígitos da porta de segurança e depois bateu.

— O que é? — falou alto uma voz rouca.

— Você está vestido, Graham? — Houve um resmungo como resposta e Spibey deu uma risadinha antes de abrir a porta. — Quando estiver pronto, é só dar um berro.

Fowler estava sentado em uma poltrona que fazia um ângulo com a janela, e mal pareceu notar a chegada de Thorne. Usava jeans e um blusão de moletom grande demais para ele, parte do conjunto de roupas que haviam lhe fornecido, embora não tivesse ficado impressionado com os sapatos ou as meias. Estava fumando e havia um cinzeiro cheio de pontas sobre uma mesinha à sua frente.

Thorne se apresentou e desculpou-se por não ter passado antes. Depois, sentou-se no pequeno sofá.

— As coisas têm andado muito agitadas. Mas acho que já explicaram tudo para você.

Fowler, então, se virou e encarou Thorne. Seus cabelos eram pretos e caíam sobre o pescoço, e uma barba de mais ou menos uma semana não conseguia disfarçar as bochechas fundas ou seu aspecto frágil.

— É. Já explicaram, sim — disse ele.

Thorne fez um gesto com a cabeça, indicando o apartamento e esforçando-se para parecer impressionado.

— Então, nada mal aqui, não é?

— Dá para o gasto.

— Melhor que os lugares por onde você tem andado.

— O que você sabe sobre isso?

Thorne se inclinou para trás, tentando ao máximo fazer aquilo parecer uma simples conversa. Podia ver que Fowler estava apreensivo, desorientado.

— Pois é, estou aqui para descobrir, mas eu sei que você andou morando nas ruas por um tempo. Sei um pouco como são essas coisas.

— Sabe mesmo?

— Um pouco.

Fowler esboçou um breve sorriso, obviamente cético. Ele dispensou seu cigarro, deixando a guimba ainda acesa e disse:

— Talvez você devesse mudar para cá.

— O quê?

— Já que *sabe* como são essas coisas.

— Eu não disse isso.

— Suponho que, como eu, sua mãe tenha sido assassinada quando você era criança — disse ele, zombador e sério ao mesmo tempo. — Então esse cara também deve estar atrás de você.

Thorne fez um movimento de cabeça, sugerindo que seu argumento era justo e perguntou a Fowler se ele queria tomar um chá. O homem deu de ombros, voltou a olhar para a janela e disse:

— É... quero, sim. — Enquanto Thorne se dirigiu à pequena cozinha.

Quando retornou, Thorne sentou-se de novo e colocou as canecas na mesa. Fowler acendeu outro cigarro.

— Pronto — disse Thorne.

Houve um breve grunhido de agradecimento, a janela estava quase fechada e os olhos de Fowler se concentravam nas espirais de fumaça, acompanhando cada uma à medida que flutuava para o alto e desaparecia na brecha da janela, sumindo de vez.

— Você está tomando alguma medicação neste momento, Graham? — perguntou ele.

Fowler se virou vagarosamente, após um breve instante, como se a pergunta tivesse levado algum tempo para chegar até ele.

— O que você acha?

— Posso pedir que um médico venha até aqui.

— Eu vi um no primeiro dia.

— E aí?

— Ele disse que podia me conseguir um pouco de metadona.

Os gritos e berros que Spibey mencionara eram agora ainda mais compreensíveis.

— Vou dar um jeito nisso — disse Thorne.

— Algumas cervejas também, seria bom.

— Não deve haver problemas.

Fowler sacudiu a cabeça, murmurou um "obrigado" e esticou os braços.

— Lar maldito lar — disse ele. Depois sorriu, revelando a falta de vários dentes, tanto em cima quanto embaixo. — Lar para um sem-teto.

— Veremos se o serviço social consegue arrumar alguma coisa permanente — falou Thorne. — Quando tudo isto tiver terminado.

— Não, obrigado. Estou bem.

— Está a fim de voltar a morar na rua?

— Não gosto muito de albergues, lugares assim. Têm regras estúpidas demais, e, em alguns deles, não deixam sequer a gente beber.

— Isso pode ter seu lado bom.

— Agora é tarde, parceiro.

Thorne sabia que havia outros nas ruas que pensavam da mesma forma que Graham Fowler, que por uma razão ou outra tinham aversão a qualquer tipo de instituição. Ele havia dividido espaço com vários deles, quando estava dormindo nas ruas, alguns anos atrás. A atitude de Fowler explicava por que eles foram incapazes de localizá-lo nos registros de albergues públicos e abrigos municipais.

— Então, de quando estamos falando? — perguntou Fowler

— Não entendi a pergunta.

— Quando tudo isto vai terminar? Quando pegarem o cara, certo?

— Certo. Não sei.

— Você quer dizer que não faz a menor ideia, não é? — disse ele sacudindo a cabeça rapidamente, sem esperar uma resposta. — Escute, meu irmão, enquanto vocês me trouxerem metadona e cerveja Special Brew, podem levar a porra do tempo que quiserem. — Ele riu e logo se conteve ao ver a expressão de Thorne. — Estou brincando, certo? Brincadeira.

— Com um pouco de sorte, vamos poder chutar você daqui antes de trocarem esses lençóis — disse Thorne.

Fowler se levantou e arremessou a ponta de cigarro pela janela, ficando agitado outra vez.

— Por que ele está fazendo isso? Isso, ninguém me disse.

Thorne não viu razão para guardar segredo. Se os pacientes tinham o direito de ver suas fichas médicas, então um homem merece saber por que alguém o quer morto.

— O cara acha que o homem que matou sua mãe não devia ter sido condenado.

— Garvey? — Fowler cuspiu as palavras como um insulto.

— Ele acredita que Raymond Garvey não tinha o controle de suas ações. Que tudo se deveu a um tumor cerebral e, se este tivesse sido detectado mais cedo, ele não teria morrido na prisão.

Fowler balançou a cabeça, absorvendo as palavras.

— Mas, então, por que não correr atrás de reparação nos tribunais? Por que fazer *isto*?

— Porque é uma pessoa seriamente perturbada.

Fowler refletiu por um instante, depois se acomodou cuidadosamente na poltrona, como se sentisse dores.

— Pois bem, quando vocês pegarem o cara, com certeza vou procurar você para bater um papo. Ao que parece, nós temos algo em comum.

Thorne se deu conta de que não havia tocado em sua caneca. Ele, então, a ergueu e bebeu o chá morno de uma só vez.

— Imagino que você não tenha percebido alguém o seguindo nas últimas semanas? Alguém que você não reconhecesse aparecendo de vez em quando?

Fowler balançou a cabeça.

— Lamento. Na maior parte do tempo, não sou muito observador.

— Alguém procurando você?

— Não até onde eu sei. Você pode perguntar a um dos rapazes, se os encontrar. As pessoas estranhas são fáceis de encontrar.

— Pode me dar alguns nomes?

— Posso dizer onde tentar encontrar esses caras.

Thorne sentiu que não conseguiria nada além daquilo. As pessoas que cochilam na rua ou dividem a seringa nas sombras da noite não possuem nome e sobrenome e nem endereço completos.

— Seria ótimo, obrigado.

— Pode dar um alô a eles por mim, certo? — disse Fowler. — Fale para eles que eu ganhei na loteria.

Thorne garantiu a Fowler que o faria. Ele observou seu sorriso irregular, aqueles breves estremecimentos no canto da boca, e pensou que, pelas leis do destino, a sorte passara claramente muito distante dele.

Alguns minutos depois, ele saiu para o corredor, acenando para uma das câmeras do circuito interno instaladas na parede. Estava a ponto de descer as escadas e esbravejar sobre a segurança, quando ouviu a voz distinta de Brian Spibey ecoando no saguão lá embaixo.

— Estou chegando, está tudo bem, estou vendo você! Só estava aqui resolvendo um maldito sudoku...

VINTE E SEIS

O apartamento de Andrew Dowd era bem parecido com o de Fowler — sem graça, mas confortável —, e, embora Dowd parecesse mais à vontade que seu vizinho, e estivesse certamente mais bem-vestido, calça cargo e uma camisa de botões, por outro lado sua aparência era igualmente chocante.

— Você está... diferente — disse Thorne, lembrando-se da foto que a esposa de Dowd havia fornecido e que os jornais publicaram na sexta-feira anterior.

— É por isto? — Dowd deu de ombros e passou a mão pela cabeça raspada. Thorne notou o relógio caro em seu pulso. — Muitas coisas diferentes — comentou ele. — Um bocado de mudanças.

— Não foram apenas férias para dar uma caminhada, então?

— Eu dei várias caminhadas.

Thorne aquiesceu com a cabeça e se recostou no sofá idêntico àquele em que estivera sentado alguns minutos antes.

— Eu sempre quis conhecer o lugar.

— É lindo.

— Um bom lugar para escapar?

— Eu precisava botar minha cabeça no lugar.

— Certamente você tem suas razões para isso — disse Thorne.

Dowd sorriu, mostrando alguns dentes a mais que Fowler.

Quando Thorne entrou, Dowd estava lendo um jornal, com o rádio ligado. Se Fowler parecera agitado e volúvel, Andrew Dowd transmitia calma e resignação em relação à sua situação, mas Thorne imaginou que muita coisa devia estar passando em sua mente. A cabeça raspada podia ter sido somente uma decisão radical quanto à aparência, mas, associada ao que Thorne havia compilado sobre sua problemática situação doméstica, ele estava certo de que o homem sofrera algum tipo de colapso nervoso.

Não era uma das vítimas de Anthony Garvey, mas ainda era uma das vítimas de Raymond.

— Além de eu ter vindo saber como você está — disse Thorne —, eu gostaria de ouvir uma palavra sobre sua esposa.

— Pois bem, "vagabunda" é a primeira que me vem à mente. Mas tenho muitas outras.

Thorne forjou um sorriso, a fim de acompanhar o que Dowd esboçara.

— Pretendemos ir vê-la.

A expressão de Dowd ficou sombria por um segundo ou dois.

— Boa sorte. É bom levar um pouco de alho e uma estaca de madeira.

Muita coisa devia estar passando em sua mente.

Tendo falado com os policiais que o tinham escoltado na volta de Kendal, Thorne não se surpreendeu com a atitude de Dowd a respeito de sua esposa, mas o veneno lhe pareceu exagerado; ainda mais porque ele falava calmamente, sem perder a paciência.

— Ele não quis vê-la — disse um dos policiais. — Disse para o levarmos diretamente ao distrito policial.

Dowd se mostrara determinado a não ter contato com a esposa. Não queria ir até sua casa buscar roupas e, certamente, não queria que ela fosse informada do endereço onde ele ficaria alojado. Chegou mesmo a dizer que, se tivessem obedecido à sua vontade, ela sequer teria sido avisada de que ele tinha sido encontrado.

— Teria lhe feito bem um pouco de preocupação — disse ele. — E isso me daria algum motivo pra achar graça.

Agora, Dowd estava sentado e mantinha os olhos fechados, aparentemente desinteressado. Mas a curiosidade acabou por dominá-lo um minuto depois.

— Obviamente, você sabe que estamos procurando um sujeito que diz chamar-se Anthony Garvey.

— Era de se esperar.

— Achamos que ele conseguiu, de algum jeito, se aproximar das pessoas que matou até agora. — Thorne se calou, vendo que Dowd ficara atento às duas últimas palavras. — Das pessoas que matou.

— Que ato falho! — exclamou Dowd.

Thorne prosseguiu, sentindo que havia corado um pouco.

— Estamos razoavelmente certos de que elas o conheciam. É provável que não mais do que casualmente, mas o conheciam. Sabemos que ele dedicou seu tempo a se certificar de que as vítimas ficariam relaxadas perto dele, o deixariam entrar em suas casas, esse tipo de coisa.

— Como ele fez isso?

— Sabemos que ele conheceu uma delas num bar — disse Thorne. — Pode ter se aproximado de outra no hospital no qual ela trabalhava. Ainda estamos montando o quebra-cabeça, para ser franco, mas estamos quase certos de que ele se envolve de algum modo nas vidas delas.

— Você acha que ele está envolvido na minha?

— Não sei. Talvez ele ainda não tenha chegado perto de você...

— *Meu Deus...*

— Mas, sim, é possível. Você consegue pensar em alguém que tenha conhecido nas últimas semanas?

— Um monte de gente — respondeu Dowd. — Quando estava lá no Lake District, havia outros caras, algumas pessoas nos *pubs*. — Ele ergueu a mão, como se aquela fosse uma pergunta idiota. — Conhecemos pessoas o tempo todo. Você, não?

— Tudo bem, alguém que tenha visto algumas vezes. Um novo vizinho, talvez. Um limpador de janelas.

Dowd pensou por um instante.

— Tem um cara que Sarah conheceu e que vem lavar os carros uma vez por semana. Ele tem uma dessas vans pequenas com um gerador dentro, sabe?

— Desde quando?

— Faz alguns meses, eu acho.
— Qual é o nome dele?
— Para ser sincero, eu mal falei com ele. Seria melhor perguntar isto a Sarah.
— Como eu disse, estamos planejando conversar com ela, de qualquer maneira.

Dowd resmungou e desviou o olhar, tamborilando os dedos no braço da poltrona. Visto pela janela de Graham Fowler, o céu estava limpo, mas, olhando agora, Thorne pôde ver uma manta de nuvens cinzentas escurecendo lentamente o dia.

— Qual é o problema entre você e sua esposa, Andrew? — perguntou Thorne. Quando Dowd o fuzilou com os olhos, ele disse: — Olhe, não estou afirmando que isso tenha algo a ver com o caso, mas...

Dowd ajeitou a gola da camisa. Antes de falar, ele respirou fundo.

— Não faz sentido tentar enganar vocês. Não sou uma pessoa fácil de conviver, certo?

— Nem eu.

— Tomo uns comprimidos que não ajudam muito. Já tomei praticamente todo tipo de medicamento desde que era criança.

Thorne se lembrou do capítulo relevante do livro que estava lendo. *Desde que Raymond Garvey arrebentou o crânio da sua mãe*, pensou ele. *Desde o dia em que ele a desovou em um terreno baldio atrás da estação de ônibus de Ealing.*

— Mas Sarah conhece meus pontos fracos. É uma tremenda especialista nisso. Como se fosse *divertido* tocar nesses pontos... um deles em particular. Sabe, essas mulheres que parecem ter prazer em irritar? Às vezes, acho que são os únicos momentos em que ela sente realmente alguma coisa, quando se sente viva. Como se pensasse que a própria vida era uma merda e o único jeito de fazer seu sangue pulsar é provocando, provocando, provocando, até conseguir uma reação. Até me forçar a revidar. Pois bem, estou cansado dessas provocações. Preciso encontrar um lugar onde ela não possa me atingir, você entende? E não apenas dentro da minha cabeça, quer dizer.

Thorne fez um gesto compreensivo com a cabeça, imaginando que talvez fosse a primeira pessoa para a qual Dowd dizia aquilo, mas como se ele já tivesse ensaiado. De repente, ele teve uma visão do homem perambulando em volta dos lagos o dia todo, decidindo o que dizer para a esposa, quando tivesse oportunidade. E se embriagando no *pub* todas as noites, tentando esquecer que estava lá. Voltando para alguma pousada com cheiro de mofo, pegando a tesoura e a lâmina de barbear.

— Um ponto fraco em particular, você disse.

— Crianças — respondeu ele rapidamente. — Ela queria filhos e eu não queria nem pensar nisso.

Os olhos de Thorne piscaram.

— Complicado.

— Pois é. Alguns dias antes de eu sair fora, ela ficou irritada e começou a falar sobre encontrar alguém que quisesse ser pai. — Ele cruzou os braços e deixou a cabeça pender para trás. — Talvez o cara que lava os carros aceitasse. Alguns jatos rápidos e...

— Sinto muito — disse Thorne. Não sentia nada particularmente, mas lhe pareceu a coisa certa a dizer.

Quando se levantou para ir embora, Thorne viu a expressão de confiança de Dowd vacilar um pouco, viu algo parecido com decepção, pois a conversa estava concluída. Havia medo em seus olhos, também, enquanto acompanhava Thorne até a porta.

— Vocês vão pegar esse cara, não é?

— Vamos fazer o possível.

Dowd balançou a cabeça rapidamente.

— Claro, é... desculpe. Então, fale com Sarah. Talvez isso leve a alguma coisa. Você sabe, essa história do lavador de carros.

— Havendo progressos, eu aviso — disse Thorne.

Quando ele estendeu a mão para abrir a porta, Dowd se aproximou dele e disse:

— Por que alguém ia querer colocar filhos num mundo como este? Um mundo doente.

Com certeza, um mundo esquisito, pensou Thorne um pouco depois, voltando para seu carro. Um cara que pede para dar notícias a seus parceiros na fila da sopa, ao passo que o outro não tem nada a dizer à sua esposa.

— Como as pessoas acabam assim? — perguntou Louise. — Por que ficariam juntas tanto tempo, se elas se odeiam tanto?
— É mais fácil que ficar sozinho, talvez?
— Não...
— Ou, então, é como ele disse, algumas pessoas simplesmente se divertem quando estão em conflito. Não é o meu caso, mas nunca se sabe.

Thorne lhe contara sobre sua conversa com Andrew Dowd, sobre a natureza disfuncional de seu casamento. Ele não se dera o trabalho de mencionar a discórdia principal que Dowd afirmava estar no centro de tudo. Aquele ponto fraco, em particular.

Louise balançou a cabeça.
— Se não funciona, é melhor sair fora.
— Vou me lembrar disto.
— Ótimo. Porque, se você começar a me irritar, eu simplesmente vou trocar você por um modelo mais novo.

Thorne estava no sofá com uma cerveja. Lia seu exemplar do livro de Nick Maier sobre os assassinatos de Garvey, revendo as partes que tratavam das mortes das mães de Andrew Dowd e Graham Fowler, e o capítulo angustiante que detalhava o assassinato de Frances Walsh, a mãe de Simon. Seu corpo foi o terceiro a ser descoberto, embora depois tenha sido esclarecido que ela havia sido a primeira vítima.

Um momento de leve distração após o jantar.

Louise deitou no chão e brincou com Elvis, acariciando o pescoço da gata. Elvis fechou os olhos e esticou o pescoço na direção de sua nova melhor amiga. Thorne observava, pensando que Elvis raramente se mostrava tão carinhosa com ele. A gata havia pertencido a uma mulher, antes de ser de Thorne — embora ainda não soubesse que se tratava de uma fêmea — então, talvez fosse esta a razão. Ou, quem sabe, tivesse alguma coisa a ver com os feromônios, o que quer que isso fosse. Ou talvez a gata simplesmente gostasse de irritá-lo.

— Mas, sério — disse Louise —, a vida é curta demais.

Thorne olhou para a capa do livro ao seu lado, no sofá. Quanto a isso, não havia dúvidas.

— Esse é o tipo de coisa que nos espanta — prosseguiu ela —, quando algo assim acontece. Sabe, perder um bebê. Primeiro, você pensa que foi falta de sorte, mas pode encarar isso também de outro modo e começar a apreciar o que tem.

Thorne concordou, sentindo um peso no peito.

— Você está bem?

Ele pegou o livro novamente.

— Eu estava só pensando nesse negócio, desculpe.

— Isso é outra coisa — disse Louise. — Desde que aconteceu, meu trabalho parece não fazer muito efeito em mim. Não sei se é porque tive coisas mais importantes para pensar, ou se simplesmente as coisas já não são como antes. Você entende o que quero dizer?

Ela disse mais alguma coisa, depois ficou ali deitada, afagando a gata, mas Thorne mal a ouviu. Era difícil seguir uma linha de raciocínio com os dois Garvey martelando dentro de sua cabeça.

Pai e filho.

Segundo o livro de Maier, o detetive no comando das investigações descrevera os assassinatos como uns dos mais sórdidos que já vira. Ele falava sobre o nível de violência infligida, como aquilo devia ter sido motivado por um nível incompreensível de ódio.

Um tumor tremendamente possante, pensou Thorne.

Podia ser que não fosse ódio a motivação do filho, mas seus assassinatos haviam sido igualmente brutais, e o desejo de Thorne de encontrá-lo e tirá-lo de circulação era o maior que sentira em muitos anos.

Louise falava serenamente, agora. Para Thorne ou para a gata.

Anthony Garvey podia ter lido os jornais, mas não havia meios de ele saber que Fowler e Dowd tinham sido encontrados, ou que Debbie Mitchell estava sob proteção. Ainda assim, ele devia estar em algum lugar lá fora; procurando, frustrando-se cada vez mais. Isso me dá uma vantagem sobre ele, concluiu Thorne.

Louise sentou-se e colocou Elvis no colo.

— Esta gata me adora — disse ela.

Thorne sorriu e pôs o livro de lado.

Antes que aquilo o deixasse ainda mais desesperado.

VINTE E SETE

Penitenciária de Whitemoor

— Foi o ex-policial que fez isto outra vez?
— O quê?
— No seu rosto.
— Eu caí.
— Sei...
— Sério. Tive uma espécie de surto e caí, bati a cabeça na cama. Vou ter que passar por alguns exames. Algum tipo de tomografia
— Como assim, um ataque epiléptico?
— Pode ter sido, é. Pode ser qualquer coisa. Já tive isso antes..
— *Como?*
— Mas foi a primeira vez que me machuquei. Foi melhor assim, realmente; caso contrário, não teriam percebido.
— Meu Deus.
— Mas estou bem, de verdade.
— Por que você não me falou?
— Não queria que você se preocupasse.
— Mas e quanto às dores de cabeça? A epilepsia dá dor de cabeça?
— Não sei.
— Vou pesquisar isto na internet.

— Eu posso fazer isso. Temos acesso a isso tudo. Obrigado, assim mesmo.

— Podemos fazer isso, os dois. Quanto mais informações, melhor.

— Certo.

— Ela é desencadeada por flashes de luz e coisas assim, não é, a epilepsia? Algo como um estroboscópio.

— Então não tem problema. Não há muito disso por aqui.

— Na verdade, isso vai ser bom, no fim das contas.

— O quê?

— Vão ter que colocá-lo num hospital, talvez permanentemente. Deve ser melhor que aqui.

— Não sei como funciona isso.

— Aposto que a comida é mil vezes melhor, e não deve haver malucos circulando por aí com lâminas improvisadas.

— Vamos ver o que vai acontecer.

— Pode acabar sendo um golpe de sorte, nunca se sabe.

— Como vão as coisas com você?

— Estou bem, como sempre.

— E quanto ao trabalho?

— Um aqui, outro ali, sabe? Mas, sinceramente, estou bem.

— Você precisa achar alguma coisa estável, dar um jeito na vida Quando se é adolescente, é normal vadiar um pouco, mas você deveria realmente pensar em algo permanente

— Não sei por quê.

— Você não gostaria de ter um emprego fixo, uma família e tudo isso?

— Eu tenho uma família.

— Não só eu.

— Olhe, ainda não achei nada que eu queira fazer, só isso. Há muito tempo para isso.

— Ouça, eu *tenho* mais tempo que você, certo, espertinho? Costuma ser um pouco chato quando temos que cuidar do jardim dos outros ou obter diplomas que nunca servirão para nada. Mas tudo passa muito rápido, confie em mim.

— Eu sei, não insista. Acharei alguma coisa.

— Eu estava conversando com um dos internos e ele me disse que você poderá me visitar quando me levarem para os exames. Sendo meu parente, sabe?

— Sei, é claro.

— Você não precisa fazer isso. Mas é bom ver um rosto amigo quando se está deitado e algemado num leito de hospital. Nunca fui fã de hospitais.

— Você não precisa se preocupar com isso.

— Para falar a verdade, estou me cagando de medo.

— Eu irei vê-lo, certo? Está me ouvindo?

— Seria ótimo.

VINTE E OITO

Apenas uma década atrás, Shoreditch era um bairro comercial decadente; mas, como seu vizinho, Hoxton, passara por um período rápido e radical de aburguesamento. Nos últimos anos, apareceram residências em *lofts* milionários, clubes masculinos privados e até um torneio de golfe, durante o qual alguns homens de negócios e o pessoal da mídia se vestiam com roupas ridículas e saíam dando tacadas em bolinhas especialmente fabricadas para este fim. Jovens escritores ambientavam ali seus romances, e filmes independentes eram rodados nas ruas. Os motoristas de táxi não relutavam mais em fazer uma corrida para aqueles lados à noite, e não faltavam passageiros. Décadas de sujeira foram removidas dos prédios vitorianos, enquanto novas construções brotavam com bares aconchegantes e boates, espaço para escritórios de firmas de consultoria e elegantes agências publicitárias, tais como aquela da qual a esposa de Andrew Dowd era diretora.

Ela deixou Thorne esperando 15 minutos, mas ele ficou contente em poder beber um café em um bar pequeno e movimentado, observando as pessoas; especificamente, as hordas de moças vestidas de modo impecável, que pareciam deixar as ruas próximas da Houston Square com uma aparência abençoada. Quando Sarah Dowd enfim apareceu, aumentando assim o número de beldades no ambiente, ela lamentou salientar que, com uma reunião de contas marcada para o final da tarde, só poderia ter meia hora de almoço.

Thorne poderia ter dito que ele também estava razoavelmente ocupado. Ou observar que ela parecia apressada para tudo, menos para se desculpar pelo seu atraso.

— Vou tentar não tomar muito seu tempo — foi tudo o que disse.

Ela pediu uma salada Caesar com frango e uma garrafa de água mineral.

— Lamento não poder vê-lo em minha casa — explicou ela. — Na maioria das noites, volto muito tarde, e estamos fazendo algumas obras, e está tudo uma grande bagunça.

— Não tem problema. Deve ser um pesadelo uma obra assim.

— Nem me fale. Você nunca passou por uma situação dessas?

— Não. Nenhuma obra grande em casa. Quando quero ver destruições, assisto a um filme de guerra.

— É só uma pequena extensão da sala...

Thorne não perguntara nada, mas concordou assim mesmo, indagando depois quando a obra tinha começado. Se os operários estivessem lá há um mês ou dois, isso poderia ser significante. Muitas dessas firmas de construção estão sempre contratando operários temporários para o trabalho pesado, o que seria uma boa oportunidade para Anthony Garvey conseguir acesso ao seu alvo.

— Começaram na semana passada — disse ela. — Uma bagunça infernal, mas isso ajuda a tirar da minha cabeça a ausência de Andrew, para ser franca. Consegue entender?

Thorne disse que sim e ela prosseguiu.

— Estava começando a me preocupar que ficasse tudo pronto antes de ele ser encontrado. *Se* ele fosse encontrado.

— Bem, pode parar de se preocupar.

— Posso?

A refeição dela chegou e Thorne a observou começando a comer; os movimentos precisos do garfo, um gole de água a cada duas ou três garfadas. Ele tentou imaginá-la com seu marido agora tosquiado jantando juntos na nova extensão de sua já espaçosa casa em Clapham. O salário de Sarah, mais o que Andrew ganhava como gerente de investimentos, devia permitir férias luxuosas duas vezes por ano, plano de saúde particular e um belo carro para cada um. Era o típico casal de jovens profissionais que tinha tudo, pensou Thorne.

Exceto um casamento feliz.

Quando ela pousou o garfo no prato, de repente, Thorne não soube dizer se havia perdido o apetite ou era só o que ela comia normalmente. Se fosse algo diferente de salada, ele poderia ter se oferecido para ajudá-la.

— Quando a polícia telefonou para me dizer que ele havia sido encontrado, falaram que ele não queria me ver. Bem, eles foram um pouco mais discretos, falaram umas bobagens sobre os procedimentos normais, mas eu entendi o recado.

Ela parecia extremamente séria naquele momento, mas Thorne teve a impressão de que não era o tipo de pessoa que sorrisse muito em nenhuma circunstância. Certamente, não vira nenhuma evidência disso até então.

— É evidente que isso não é da conta de ninguém — disse ele. — Nosso trabalho era só encontrá-lo e deixá-lo em segurança.

Ela começou a falar como se não o tivesse escutado.

— Então, quando apareceram para pegar as coisas dele, não quiseram me dizer onde ele estava. — Ela prendeu uma mecha dos cabelos louros atrás da orelha. — Na verdade, não sei nem se ele está em Londres.

— Está... em Londres — disse Thorne. — Tenho certeza de que você compreende que é melhor manter em sigilo o local exato. Tendo em mente a natureza da investigação.

Soou bastante convincente da forma que disse, mas ele pôde ver que não a convencera.

Ela mexeu no resto da salada no prato.

— Não sabia que as coisas estavam assim tão complicadas. Nós andamos tendo umas discussões, acho que você já sabe disso.

— Como eu disse, não é da nossa conta.

— Mas ele está fazendo com que seja, não é?

— Seu marido tem estado sob muita pressão. Talvez ele considere melhor para os dois se... Se vocês ficarem um pouco afastados por ora. Na verdade, isso faz bastante sentido, considerando que a ameaça sobre ele é bem séria.

— Não sei se você é ou não um bom detetive — disse ela —, mas é muito bom com conversa fiada.

— É uma parte vital do meu trabalho.

— Já pensou em trabalhar com publicidade?

Thorne percebeu seu primeiro indício de sorriso.

— Tenho certeza de que a grana é muito melhor.

Ela deu de ombros.

— É estressante demais.

Thorne teve que se esforçar para não começar a rir. Uma garçonete apareceu e perguntou a Sarah se havia terminado. Ela pegou o prato e o entregou sem olhar para a moça. A sugestão para olhar o cardápio de sobremesas foi rejeitada, e só então Thorne notou como eram magros os braços de Sarah Dowd, os ossos proeminentes de seu pulso.

— Andrew me falou do homem que trabalha para vocês — comentou Thorne. — Alguém que lava os carros em sua casa.

— Tony — disse ela.

Thorne sentiu um arrepio na nuca.

— Você sabe o sobrenome?

Perguntou sabendo que certamente não seria Garvey, pois ele não o usaria com pessoas para as quais este nome pudesse ser reconhecido.

— Simplesmente "Tony" — respondeu Sarah. — Nunca perguntei.

— Fale-me sobre ele.

— Ele apareceu em casa certo dia, oferecendo seus serviços. Eu lhe disse que já pagávamos por isso, então ele disse que faria por menos e realizou um belo trabalho. Tinha tudo o que precisava em sua van: mangueiras de pressão, aspirador de pó etc. Por que está tão interessado nele? — Um segundo após ter feito a pergunta, sua expressão mudou. Uma palidez passageira sugerindo que acabara de perceber algo. — Você acha que pode ser esse homem que quer matar o Andrew?

Thorne pegou sua pasta e tirou dela os três retratos computadorizados do suspeito com base nas várias descrições obtidas até aquele momento.

— Algum desses podia ser ele?

Ela examinou as imagens, depois bateu levemente o dedo na cópia do meio.

— Este aqui não e tão diferente dele, acho. Mas ele tinha o rosto um pouco mais cheio e usava óculos. E parecia estar deixando a barba crescer.

Thorne afastou os retratos, pensando em como era fácil mudar de aparência. Não era preciso ser um mestre do disfarce. Uma barba crescida ou raspada. Um corte de cabelo, um chapéu, óculos. Levando em consideração os poderes de observação e lembrança médios de uma pessoa, quase todo mundo pode passar despercebido.

— Alguma vez ele entrou na sua casa?

Ela pareceu ficar nervosa de repente, como se estivesse sendo acusada de alguma coisa.

— Eu lhe servi chá algumas vezes, conversamos sobre amenidades... Sim, já entrou.

— Desde quando isso?

— Ele deve ter vindo umas oito ou nove vezes, então deve fazer alguns meses.

— E então ele parou de vir?

Ela aquiesceu, percebendo o que aquilo sugeria.

— Mais ou menos quando o Andrew viajou. Tentei ligar para o número que ele me dera, mas estava fora de serviço. — Ela ficou corada. — Lembro que fiquei furiosa porque tive que levar o carro para lavar.

— Pode me dar esse número de telefone? — Thorne sabia que era praticamente certo de que ele havia usado um celular pré-pago, portanto impossível de localizar, mas valia a pena averiguar.

— Ele parecia um cara legal — disse ela. — Com os pés no chão. Só... um sujeito normal.

— Sobre o que vocês conversavam, quando ele estava na sua casa?

— Não sei. — Ela começou a transparecer impaciência. — Férias, empregos. Apenas ficávamos jogando conversa fora, enquanto ele bebia o chá.

— Ele fazia perguntas?

— Ora, você sabe, quando se está conversando, isso acontece. Mas nada de extraordinário.

— Nada sobre sua rotina, seus hábitos domésticos?

— Não, nada específico, mas ele provavelmente passava tempo suficiente lá para ter uma... ideia das coisas.

— Sei.

— Eu jamais disse nada... jamais *contei* nada.

— Nem precisava — disse Thorne. Tudo o que havia descoberto sobre Anthony Garvey até agora apontava para um homem que se contentava em observar e escutar, até chegar a hora certa. — Acontecia de Andrew estar em casa quando ele vinha?

Ela pensou por alguns segundos.

— Algumas vezes, acho. Ele costumava aparecer no sábado. — Ela começou a brincar com o guardanapo. — Eu me lembro de que uma vez ele estava lá, quando nós tivemos um briga enorme. Odeio isso, sabe, lavar a roupa suja na frente dos outros, mas Andrew não se intimida e abre o verbo mesmo com pessoas ao redor. Na maioria das vezes, ele sequer percebe a presença dos outros, mas, quando percebe, é como se gostasse da plateia. — Ela respirou fundo, ignorando a mecha de cabelo que voltou a cair no rosto. — Estávamos gritando um com o outro e nos xingando, e me lembro de ter chegado até a varanda e visto Tony lavando os carros lá fora. — Ela fez uma breve pausa. — Lembro que ele olhou para mim e sorriu como um idiota, como se quisesse dizer que estava tudo bem. Como se aquilo fosse perfeitamente normal.

Thorne viu que ela estava amassando o guardanapo, e pensou que, se fosse acreditar na versão de Andrew Dowd dos eventos, brigas como aquela que descrevia *haviam* se tornado perfeitamente normais. Ela pareceu refletir, olhando para o relógio, fazendo menção de partir, e ele sentiu que gostava bem mais dela agora do que dez minutos antes, especialmente ao levar em consideração o motivo das brigas entre ela e o marido.

— Tudo bem — disse Thorne. — Você não fez nada de errado.

Ele pediu mais um café e ficou algum tempo ali depois de Sarah Dowd ir embora. Achou que a música ao fundo — seria uma salsa? — era realmente muito boa e que, com a recente descoberta de que apreciava música clássica, pensou que talvez seu gosto estivesse ficando mais eclético. Tentou imaginar se um dia chegaria a gostar de jazz, depois concluiu que aquilo seria um exagero.

A maior parte do tempo, ele ficou pensando sobre um assassino que talvez fosse o mais meticuloso, o mais *organizado* que já tentara capturar.

Teria Anthony Garvey um dia planejado deixar Nicholas Maier escrever seu livro, ou aquilo não passara de um esquema para extorquir o dinheiro de que precisava? Quando teria elaborado sua lista pela primeira vez? Em que ponto de seu relacionamento, ele resolvera que Chloe Sinclair era dispensável?

Thorne imaginava, enquanto observava os transeuntes, que planos Anthony Garvey preparava naquele momento, com ainda três pessoas vivas e saudáveis em sua lista, e sem meios de chegar até elas.

Ao sair, Thorne foi quase derrubado por um homem que então cravou os olhos nele, como se o culpasse por estar em seu caminho. Thorne disse "desculpe", em seguida se arrependeu — típica reação inglesa. Ele olhou para o que estava escrito na camiseta do homem: SE ACHAR, FAVOR DEVOLVER AO BAR.

Voltando para onde sua BMW estava estacionada, Thorne pensou que, se um babaca como aquele estava perdido, as pessoas que o conheciam estariam certamente rezando para que assim continuasse, ou para que qualquer um que o achasse o deixasse exatamente onde estava.

VINTE E NOVE

— Não sei como você consegue suportar este fedor.
— O quê?
— Parece... urina seca e mofo, e nós em cima disto.
— Obviamente, você nunca esteve num necrotério — disse Kitson.

O detetive estagiário Bridges desviou o olhar para esconder seu constrangimento. Ele havia sido designado para acompanhar Kitson naquela noite, e ela podia ver que ele estava tão desanimado quanto ela. Mas fazia sentido. Uma ronda noturna pelos pontos menos glamourosos do West End era imprevisível, e o 1,90 m de Bridges estava lá para lhe dar apoio. Muito embora Yvonne Kitson pudesse se virar sozinha se fosse necessário, ela supôs que um comentário idiota de vez em quando seria um bom preço a pagar para se sentir segura; e, por mais que seu parceiro parecesse enojado, ele ao menos havia sido inteligente o suficiente para se manter afastado quando ela falava com alguém.

Era evidente que aquele papel lhe convinha.

Já haviam percorrido a Leicester Square e as pequenas ruas próximas de Piccadilly Circus, e ambos estavam felizes com a temperatura agradável da noite. Kitson havia mostrado os retratos de Graham Fowler a todos com aspecto de morador de rua, e estava pronta a mostrar a descrição digitalizada de Anthony Garvey se tivesse sorte. Até aquele momento, a foto feita pelo computador permanecera dentro da sua bolsa.

Depois de conversar com Tom Thorne e ouvir suas dicas sobre a vida nas ruas, Kitson não achava que a sorte ia lhe sorrir imediatamente. A população de sem-teto na área do West End felizmente não era imensa, mas fragmentada em bandos separados — os bebuns, os drogados, aqueles com problemas mentais —, e formava um grupo grande o bastante para que muitos de seus integrantes não se conhecessem.

— Não vai ser preciso procurar muito — Thorne lhe dissera. — As pessoas se deslocam bastante, ou até desaparecem, mas há um núcleo fixo presente ali há anos.

Bridges não estava tão otimista assim, tampouco se mostrava compreensivo.

— Mesmo que alguns deles tenham visto esse cara — dissera ele depois da primeira hora —, a maioria está chapada demais para se lembrar de alguma coisa.

Seguiram pela Trafalgar Square e foram até a estação Charing Cross. Um velho com sotaque do Leste Europeu, com um cobertor fino nos ombros, fez que não com a cabeça ao ver o retrato de Fowler, mas estava com evidente dificuldade de enxergar. Ele apontou para a direção do Strand e disse a Kitson que estava quase na hora de uma distribuição de sopa que seria feita por lá.

— Vai ter um monte de gente ali.

Kitson agradeceu, apesar de o local estar na lista que Fowler fornecera, e colocou algumas libras na mão do homem.

— Você poderá pedir reembolso mais tarde — disse Bridges, quando se afastaram. — Sabe como é, despesas com a investigação.

Kitson o ignorou.

A van estacionou pouco depois das 21h30 em uma rua sossegada atrás da Somerset House, entre um parquinho e o prédio magnífico da sede da American Tobacco. Cerca de uma dúzia de homens e mulheres esperava e se apressou para formar uma fila assim que abriram a porta lateral do veículo e o aroma saiu flutuando pela rua.

Como dissera o homem de Charing Cross: um monte de gente.

Vários tomavam a sopa e o café e sumiam, mas outros ficavam por lá, de pé, sozinhos e dando a impressão de assim preferir, ou se reuniam em pequenos grupos em ambos os lados da rua. As primeiras pessoas abordadas por Kitson negaram com a cabeça, por falta de interesse ou por não reconhecerem Graham Fowler; era difícil saber. Um homem só olhou-a nos olhos e a mulher ao seu lado lhe disse para cair fora. Isso era o que ela mais desejava no momento, mas Kitson perseverou até obter uma resposta positiva de um escocês chamado Bobby, que estava na extremidade de um grupo, perto da cerca ao longo do parque. Ele assentiu com a cabeça, enquanto bebia goles de chá e apontava um dedo para a foto.

— É, eu conheço este cara.

— Tem certeza? O nome dele é Graham Fowler.

Bobby deu de ombros e examinou outra vez a fotografia. Devia ter algo entre 40 e 60 anos.

— Graham, é isso?

— Graham Fowler.

Ainda assentindo com a cabeça, repetiu:

— É, eu conheço este cara.

Outros do grupo se aproximaram e mais dois homens disseram também reconhecer Fowler.

— Um cara legal — continuou Bobby. — Partiu para cima de um babaca que cuspiu em mim, lá perto do rio.

Outro homem disse que teria dado um soco no babaca, mas concordou que Graham, se assim se chamava, era legal.

— Faz tempo que não vejo ele — disse Bobby.

O amigo de Bobby fez um gesto com a cabeça na direção de Kitson.

— Por que você acha que estão mostrando a foto dele por aí? Ele está morto, meu camarada. Pode até ter sido o babaca que cuspiu em você que acabou com ele.

— Isso é verdade — concordou Bobby.

— Ele está bem — disse Kitson. — Está passando um tempo na casa de uns amigos. — Rapidamente, ela sacou o retrato computadorizado. — Mas é neste homem aqui que estamos interessados.

— Que foto horrível! — exclamou Bobby.

Kitson riu com os outros.

— Por acaso, algum de vocês se lembra de tê-lo visto, provavelmente sempre que Graham estava por perto?

Bobby fez que não, mas então outro integrante do grupo disse:

— Eu vi alguém com olhos parecidos. O cabelo não tem nada a ver, mas os olhos eram assim. Achei que o cara era meio doido, então não me aproximei.

— Quando foi isso?

— Duas semanas atrás, acho. Aqui mesmo, esperando a sopa.

Um dos demais concordou e disse ter falado com aquele cara de olhos pequenos e escuros. Kitson perguntou se ele se lembrava da conversa que tiveram.

— Ele estava a fim de saber onde ficavam alguns lugares, sabe... abrigos noturnos, diurnos, a hora que abriam. Essas coisas. — Ele sorveu um gole de café. — Ele disse que era novo aqui e estava só querendo saber como as coisas funcionavam, então eu lhe expliquei tudo. Quer dizer, a gente também chegou aqui um dia pela primeira vez, não é mesmo? Então, a gente tenta ajudar. E não me importa se falta um parafuso ou dois na cabeça do cara.

— Graham estava nesse dia, não estava?

— Estava, até onde me lembro. — Ele terminou de beber e se virou para a van para pegar mais. — É, ele estava por aí à toa.

Kitson agradeceu a todos e guardou as fotos. Estava se virando para partir quando um homem em quem ela não reparara antes atravessou a rua em sua direção. Devia ter seus 25 anos, magro feito uma vara, a pele feia e os cabelos louro-escuros eriçados em mechas desgrenhadas. Seu modo de andar era estranhamente decidido, e o fato de estar sorrindo foi talvez a única razão pela qual Bridges não avançou em sua direção.

— Eu conheço um de seus colegas — disse ele.

Kitson manteve a cautela.

— É mesmo?

— Fizemos um trabalho juntos, certa vez. Ajudei a pegar um outro cara. Pode perguntar a ele.

— Qual é o nome dele?

— Thorne. — Ele a encarou, esperando algum sinal de reconhecimento, mas foi em vão. — Já faz alguns anos, mas um lance assim a gente não esquece. O assunto era coisa séria. — Ele se aproximou ainda mais. — Vocês sabem que é ele?

— Sabemos, sim.

O sorriso se expandiu ainda mais e Kitson deu uma boa olhada nos poucos dentes que lhe tinham sobrado, marrons com as gengivas cinzentas. Era quase possível sentir o cheiro pútrido. A boca de um viciado.

— Diga a ele que o Espiga mandou um abraço, certo? Ele vai saber quem eu sou. — Começou a fuçar os bolsos e acabou achando um maço de cigarros. — Diga para ele se cuidar.

Quando saíram andando, Bridges estava ansioso para saber do que o rapaz estava falando, mas Kitson ignorou a pergunta, falando sobre o que Bobby e os outros haviam lhe contado. Depois, disse que ambos deviam ficar contentes com a ronda daquela noite.

— Isso esclarece que Garvey andou nesta área. E nos diz um pouco mais sobre seu modo de agir.

Bridges não parecia convencido.

— Mas não basta isso para pegá-lo, não é? Acho que não entendi bem.

— Isso é o que chamamos de construir um caso, certo? Vai nos ajudar a tirá-lo de circulação, quando o pegarmos.

— Se você diz.

Kitson apertou o passo e se afastou um pouco do detetive estagiário. O rapaz devia ser capaz de se virar sozinho, e, se estivesse interessada, poderia até achar que ele não era feio, mas não conseguia deixar de pensar que estava tendo de carregar o fardo do filho idiota do superintendente.

Bridges murmurou atrás dela:

— Tudo isso demora muito.

— Se quer um emprego que seja rápido e fácil — disse Kitson —, você escolheu muito mal sua profissão.

— Para falar a verdade, achei que a esta hora ele já estaria de volta — disse Louise, olhando de novo para o relógio e encolhendo as pernas. — Eu sabia que ele ia voltar tarde, mas geralmente chega antes disso. Talvez haja algo de novo no caso.

Hendricks estava sentado na outra ponta do sofá.

— Se houver um contratempo, ele vai telefonar — disse. Estendendo o braço, ele pegou a garrafa de vinho e serviu a ambos. — Este caso é muito complicado, Lou.

— Por que ele sempre fica com os piores?

— Parecem combinar com ele.

— Talvez eu devesse ficar preocupada com isso. — disse Louise. — Afinal, ele vai ser o pai do meu filho.

— Não se preocupe. Com um pouco de sorte, a criança vai ter sua aparência e personalidade.

— Certo, e com o terrível gosto musical dele.

Os dois conversavam ao som de um álbum que Hendricks encontrara no fundo do armário, um CD que ele mesmo deixara ali algum tempo atrás, do tipo que, ambos sabiam, Thorne ia detestar.

— Tenho que admitir, fiquei surpreso ao saber que ele a engravidou.

— Ele estava dormindo na hora — disse Louise. — Eu fiz tudo sozinha.

Hendricks riu alguns segundos a mais do que riria com menos vinho nas ideias. E disse:

— Então, vocês vão tentar de novo?

— Andamos conversando sobre isto, e talvez não imediatamente... Mas eu ainda quero, sim.

Hendricks bebeu um gole, conservando-o na boca por alguns instantes, antes de engolir.

— Engraçado, eu me lembro de ter sentado aqui alguns anos atrás... na verdade, deitado, porque estava dormindo aqui, enquanto resolviam o problema de infiltração no meu apartamento. Eu estava chateado porque queria um filho na época, e o cara com quem eu estava não tinha a menor intenção, então...

Louise se arrastou para perto dele e deixou a mão cair sobre o joelho de Hendricks, que prosseguiu.

— Eu me lembro de dizer que havia visto uma exposição sobre instalações infantis nos necrotérios, com uma sala especial elaborada para parecer um quarto de criança. Eu vi um menino lá e foi como um soco no estômago. Enfim, eu estava lhe contando tudo isso e, de repente, lá estou eu, deitado e chorando feito uma moça. Sem querer ofender.

— Não ofendeu, não.

Hendricks bebeu mais um gole, esvaziando a taça.

— Pobre coitado.

— Mas você ainda queria ter um filho — perguntou Louise. — "Na época", você disse.

— Queria, claro. Mas, agora, é assim... Se acontecer, aconteceu, sabe? Não faz sentindo esquentar a cabeça com isso.

— É assim que me sinto, acho. Eu *digo* que, se engravidarmos novamente, eu provavelmente vou pular de alegria, mas confesso que tudo isso me estressa bem menos, agora.

— Isso é ótimo — disse Hendricks. — Afinal, o estresse acaba afetando tudo... sabe?

— Como estava o Tom? Quando vocês brigaram?

— Estranho.

Louise assentiu com um meio-sorriso nos lábios.

— É assim que ele tem agido. Como se não soubesse o que dizer. Ou como se quisesse dizer alguma coisa, mas não soubesse de que maneira.

— Ele vai acabar conseguindo.

— É. Ele é assim mesmo. Estranho. E só fica feliz quando consegue algum caso terrível de assassinato ao qual se dedicar.

— Não sei se feliz é a palavra adequada.

— Certo, então, *tranquilo*.

Hendricks pensou e depois disse:

— É, acho que a palavra é essa.

E ali eles ficaram, sentados, bebendo, bastante à vontade juntos para não ter que dizer nada por algum tempo.

Thorne havia encerrado o longo dia com uma cervejinha no Oak, que acabou se somando a mais algumas assim que Brigstocke e outros colegas apareceram no *pub*. Não tinha sido sua intenção ficar ali tanto tempo, mas agora, voltando para Kentish Town, estava contente por ter sido assim, pois precisava relaxar um pouco.

Foi o melhor para todos os envolvidos.

Ele estendeu o braço e pegou o celular no banco do carona, sabendo estar quase a ponto de cometer um segundo delito. Se fosse parado, isso seria feito por um entre dois tipos de policial. Havia aqueles que o xingariam de todos os nomes e fariam vista grossa, e aqueles que cumpririam seu dever corretamente e ficariam felizes em multá-lo sem pestanejar.

Por fim, reconheceu que suas chances eram boas.

— Você está falando no viva-voz? — perguntou Kitson.

— O que você acha?

— Acho que, se um dia alguém vier a perguntar, vou negar que tivemos esta conversa.

— Onde você está?

— Em casa — respondeu Kitson. — Voltei há dez minutos e encontrei uma cozinha que parece ter sido atingida por uma bomba e um cara que está puto porque seus dois moleques o atormentaram a noite toda.

Kitson já havia saído da Becke House para seu plantão noturno, quando Thorne voltou de seu encontro com Sarah Dowd. Ele passara o resto do dia sendo razoavelmente produtivo em meio a longos períodos de observação pela janela. Tentando montar um quadro com os deslocamentos de Anthony Garvey nas últimas semanas, ele se perguntou por que havia deixado Kitson encarar a pista dos sem-teto, enquanto ele se contentara em ficar bebendo café e dando conselhos conjugais em Shoreditch.

Agora, perguntava a Kitson como as coisas tinham sido no West End.

— Fora o fato de ter que trabalhar com um estagiário que é um porre, tudo correu muito bem.

Ela lhe contou ter descoberto a existência de um homem que podia muito bem ser Anthony Garvey e que, muito provavelmente, andara seguindo Graham Fowler, à espera da hora certa de atacar.

— Eu estava justamente me perguntando como é que ele faz — disse Thorne. — Como escolhe a hora certa.

— Talvez ele queira pegá-los numa ordem específica.

— Pensei nessa possibilidade, mas ele não está atacando na mesma ordem em que as mães das vítimas foram assassinadas.

— Não dá para saber o que se passa na cabeça de um maluco — ponderou Kitson.

Thorne disse que ela provavelmente estava certa. Ele já perdera tempo demais fazendo isso no passado.

— Ah, e eu cruzei com um de seus amigos.

— Não tenho tantos assim — disse Thorne.

— Um cara chamado Espiga. Mandou um alô para você.

Thorne pisou levemente no freio da BMW enquanto sua memória disparava uma série de imagens indesejadas em sua mente: uma rede de túneis; um casal fazendo amor dentro de uma caixa de papelão do tamanho de um ataúde, uma seringa vertendo sangue.

— Havia uma mulher com ele? — perguntou.

— Não que eu tenha visto — respondeu Kitson. — Ele me pareceu muito doidão, para ser franca.

Thorne pensou em Espiga e uma mulher que as pessoas chamavam Caroline Um Dia, que se amavam e a quem as drogas estavam matando tão cruelmente. Se Caroline tivesse conseguido sair das ruas — e ele tinha esperança de que esse fosse o motivo da sua ausência —, seria bom ela ficar longe da única pessoa que poderia arrastá-la de volta para lá. Houvera também uma criança. Um menino. Thorne apertou o volante, tentando recordar seu nome.

— A gente se fala amanhã, então — disse Kitson, interrompendo o silêncio.

Ele entendeu ter sido esse motivo por que deixara outra pessoa investigar os sem-teto. Não tinha o menor desejo de revisitar um período tão turbulento de sua vida pessoal e profissional. Não queria revisitar aquele lado sombrio.

— Certo, até amanhã.

Ele ultrapassou um sinal no trevo em Archway, a cabeça ainda zumbindo com a bebida e aquelas imagens do passado, perguntando a quem ele estava tentando enganar. Questionando se sua vida agora — pessoal e profissional — estava realmente melhor que naquela época.

Ao baixar o vidro para deixar entrar um pouco de ar fresco, ele desejou silenciosamente o melhor para Espiga e pisou fundo no acelerador.

— Tom...?

Robbie. O nome do menino era Robbie.

TRINTA

Malcolm Reece, o homem cujo nome havia sido mencionado pela ex-mulher de Raymond Garvey, ainda trabalhava na British Telecom; embora, três décadas depois, ele tivesse sido promovido de engenheiro para gerente do serviço de instalações. Seu pequeno escritório ficava num parque industrial feioso em Staines, um município à margem do Tâmisa na periferia de Londres.

Ele se mostrou indiferente assim que Chamberlain entrou.

— Olhe, já falei uma vez com a polícia.

— Eu sei — disse Chamberlain.

— Informei onde estava nas datas que lhes interessavam... Isso está ficando ridículo.

Policiais haviam conversado com Reece 15 dias antes, quando a conexão de Garvey com os assassinatos tinha sido estabelecida. Ele havia sido eliminado do inquérito quase imediatamente, mas, com o relatório do interrogatório, Chamberlain logo chegou até ele.

— Na verdade, estou aqui para falar com você sobre outra coisa — disse ela.

Reece olhou para ela, a cabeça emoldurada por um amplo cronograma anual na parede atrás dele.

— Bem, eu não tenho o dia todo, portanto...

— Algumas das diversões e brincadeiras a que você e Ray Garvey se dedicavam trinta e tantos anos atrás.

— Diversões e brincadeiras?

— Falei com a ex-mulher de Garvey. Ela me contou que vocês dois formavam uma dupla e tanto naquela época.

— Não sei disso, não.

— Segundo ela, vocês eram farinha do mesmo saco.

Reece se inclinou para trás na cadeira e, gradualmente, esboçou um sorriso que dizia "uma policial que vai direto ao ponto" em sua expressão pegajosa. Chamberlain retribuiu o sorriso, adequadamente conspiratório. Ainda que, olhando para ele agora, a única coisa que lhe parecia provável era que ele fosse estourar os botões de sua camisa azul ou cair morto por causa de um ataque cardíaco.

Chamberlain calculou que ele fosse cinquentão, talvez um ano ou dois mais novo que ela, e era difícil imaginá-lo como o homem que Jenny Duggan descrevera como jamais carente de companhia feminina. Seu rosto parecia inchado, as bochechas caídas e mantinha óculos empoleirados no nariz de beberrão. Não havia perdido os cabelos, mas estes eram grisalhos e crespos, como os de seu pai, ela se lembrou.

— Caramba, isso foi há muito tempo — disse Reece. — E eu tinha certos atributos na época, se você entende o que eu quero dizer.

Chamberlain assentiu, mas pensou, *duvido*.

— Para começar, eu era solteiro.

— Mas Ray Garvey, não.

— E muitas garotas também não eram. Mas isso não parecia importar muito às pessoas. — Ele tirou os óculos e se inclinou para a frente. — Olhe, não aconteciam orgias diariamente, nada disso. Tínhamos sorte, só isso. Muitas garotas no trabalho, naquela época, eram atraentes e gostavam de uma paquera. Tínhamos uns 20 anos, pelo amor de Deus. Ora, vamos, deve ter sido parecido com você.

Chamberlain corou um pouco, involuntariamente.

— Quer dizer — prosseguiu ele —, não passava disso a maior parte do tempo, uma paquera inofensiva. De vez em quando, depois de umas bebidas, as coisas podiam ir mais longe, porém se tratava apenas de se divertir um pouco no trabalho, sabe? Atualmente, se você disser a uma mulher que a acha bonita, é processado por, como se chama... assédio sexual.

Pensando que gostaria de vê-lo processado por coisas mais sérias, Chamberlain demonstrou um pouco de solidariedade, dizendo que isso era ainda pior na polícia.

— Então, você e Ray aprontaram bastante, não?

— Pois é. Como você disse, Ray estava casado, portanto tinha que ser mais cuidadoso. — Ele abriu o botão do pescoço e afrouxou a gravata, parecendo se divertir com tudo aquilo. — Eu era provavelmente mais safado que ele. Porém, como eu disse, algumas daquelas moças não precisavam de muito estímulo. Algumas doses de gim e tônica, em geral, eram suficientes.

— Você se recorda de alguns nomes?

— Está se referindo às moças?

— Parece que a lista é longa.

— Caramba, uma lista imensa.

— Vamos — insistiu Chamberlain, sorrindo, ainda fazendo o jogo dele. — Eu sei como vocês, homens, são. Não se lembram de levar o lixo para fora, mas se recordam do nome de todas as mulheres que já traçaram.

— Bem...

— Estou falando das de Ray.

Reece pareceu decepcionado, mas finalmente respondeu:

— Imagino que ele tenha tido várias durante aqueles anos.

— Houve alguma em especial?

Reece pensou um instante.

— Talvez uma moça, que trabalhava como secretária. Um pouco mais velha que ele, se me recordo bem. E casada. É, ele andou saindo com ela por um bom tempo, na moita.

— Nome?

— Sandra. — Ele fechou os olhos e tentou pescar o sobrenome. — Quando o fisgou, estalou os dedos e apontou para Chamberlain, satisfeito consigo mesmo. — Phipps! Caramba, é isso... Sandra Phipps.

Chamberlain anotou o nome e se levantou para partir.

— Mas tudo acabou quando ela se foi — concluiu Reece. — Ela se mudou, acho. Na verdade, houve uns rumores por algum tempo.

— Que rumores?

— Bem, Ray não falava muito, mas eu conhecia umas pessoas que diziam que ela estava grávida.

Chamberlain assentiu, como se aquela informação fosse de pouco interesse.

— Vai pegar o trem? — perguntou Reece.

Ela respondeu que sim e, quando ele lhe ofereceu uma carona até a estação, Chamberlain mentiu, dizendo que já tinha um táxi à sua espera. Reece a acompanhou até a saída do prédio, andando bem próximo a ela, empurrou as portas giratórias e ela gostou do perfume que sentiu. Quando ele lhe disse que havia sido um prazer conhecê-la, Chamberlain pensou, por um segundo ou dois, que entendia o que aquelas moças haviam visto nele 30 anos atrás. Mas foi algo bem passageiro. Ao sair andando, ela concluiu que, no passado, a British Telecom devia ter uma política de contratar mulheres jovens com visão fraca e baixa autoestima.

Então ligou para Tom Thorne e conversou com ele sobre sua visita, informando que talvez dispusessem agora de um nome para a mãe de Anthony Garvey. Ele disse que seria bom se pudessem se encontrar para falar sobre isso, e combinaram de se ver mais tarde no hotel de Chamberlain.

— Se não surgirem novidades, a gente se vê por volta das 19h — disse ele.

Em seguida, ela ligou para Jack.

Quando começou a chamar, ela imaginou seu marido desligando a TV e se dirigindo calmamente até o telefone no corredor, e se lembrou de como ficara constrangida ao ouvir Reece lhe perguntar como ela era aos 20 anos. Quando Jack enfim atendeu, ela foi grossa com ele.

— O que está havendo com você?

Sentira-se constrangida não porque havia se lembrado de si mesma aos 20 anos, mas porque não fora capaz de fazê-lo.

Andrew Dowd desviou o olhar da janela do apartamento de Graham Fowler.

— Você acha que somos os únicos? Os *últimos*?

Fowler estava sentado no sofá, uma lata de cerveja em uma das mãos e um cigarro na outra. Na mesa à sua frente, os restos de várias cervejas e muitos cigarros. Ele fez que não a cabeça.

— Acho que tem pelo menos mais um — respondeu ele. — Aqueles dois policiais estavam falando sobre isso.

— E por que ele não está aqui?

— *Ela* — disse Fowler. — Ouvi um deles mencionar um nome. — Ele pôs a lata de cerveja na mesa. — Porra, você acha que ela já está morta?

Dowd balançou a cabeça e voltou a olhar pela janela. Após um minuto, disse:

— E se não conseguirem pegar o cara?

— Por enquanto, posso aguentar por aqui. — disse Fowler.

— E se nunca o pegarem. — Dowd deu alguns passos e se deixou cair na poltrona. — Eles vão procurar por alguns meses e, depois, se não o pegarem, simplesmente deixarão isso de lado. Eles têm outros casos para resolver

— Você acha?

— Como poderemos voltar a ter uma vida normal?

— Alguns de nós nunca tiveram uma, parceiro.

— Tudo bem, qualquer tipo de vida. — Dowd pareceu repentinamente irritado. — Vão ter que nos proteger de alguma maneira... E nos instalar em outro lugar. Novas identidades, quem sabe.

— Como aqueles caras que saíram denunciando todo mundo da máfia — disse Fowler. — Isso não me parece ruim, para ser sincero.

Dowd sacudiu a cabeça novamente, depois deu uma risada ao pegar o café que estava bebendo um pouco antes.

— Você é um dos caras mais otimistas que conheci. Ainda mais considerando que você tem todas as razões do mundo para achar que a vida é uma merda.

Fowler ergueu sua latinha em um cumprimento.

— As coisas só podem melhorar, camarada.

— Vamos torcer — disse Dowd. — Mas você não acha que aquele tal de Thorne exagera um pouco?

— Parece que sim — concordou Fowler, inclinando-se para apagar o cigarro. — Mas não tem grande coisa que possamos fazer quanto a isso, não é?

Eles permaneceram sentados por um instante e o silêncio só era interrompido pelos ruídos do prédio — a água fluindo pelo sistema de calefação central, o grunhido do gerador — e o ronco do tráfego pela Euston Road. Fowler pegou outro cigarro do maço e o rolou entre os dedos.

— Você pensava muito nela quando era pequeno? — perguntou ele.

— Em sua mãe?

Dowd engoliu a saliva e depois fungou.

— Durante séculos, eu apenas fingia que ela ainda estava por perto. Minha mãe imaginária. Eu lhe escrevia longas cartas, contando como eu estava indo na escola, essas coisas. Por fim, fiquei melhor. E você?

Fowler sorriu.

— Acho que apenas passei de uma confusão para outra. Todos os dias, eu sentia isso, sabe? Como se todo mundo soubesse o que tinha acontecido, e como se as pessoas olhassem para mim e vissem uma espécie de aberração. Eu me meti em diversas brigas na escola. Eles tentaram ser compreensivos por um tempo mas, no fim, me expulsaram. — Ele semicerrou os olhos, recordando, o cigarro ainda apagado entre os dedos. — Mesmo depois de me casar, ter filhos, ainda era... difícil. Então, encontrei as coisas que me ajudavam a esquecer, sabe? — Ele fez um gesto com a cabeça na direção das latas vazias sobre a mesa. — O único problema é que essas coisas tendem a arruinar sua vida aos poucos, e você acaba substituindo um tipo de sofrimento por outro. — Ele procurou o isqueiro. — Porra, eu estou divagando.

— Tudo bem.

— Sinto muito...

— Você ainda vê sua esposa e seus filhos?

Fowler fez que não com a cabeça e apontou para Dowd em meio a uma espessa nuvem de fumaça.

— Ouça bem, parceiro, tome cuidado para não perder os *seus*.

— Já perdi — disse Dowd. — De todas as maneiras que importam.

— Não seja ridículo.

— Estou falando sério. Estou seguindo sua orientação e pensando positivamente. Um novo começo, assim que tudo isto ficar resolvido. — Ele se ergueu rapidamente e bateu as mãos. — Certo, vou fazer mais café e acho que você devia tomar um pouco.

Fowler achou graça e agradeceu. Viu Dowd sumir dentro da cozinha e então disse:

— Na verdade, acho que aquele policial é um cara bacana, sabe, Andy? O tal de Thorne.

Após alguns segundos, Dowd respondeu gritando:

— Ele vai precisar ser mais que isso.

Assim que o vídeo terminou, Jason quis assistir a ele de novo, como sempre. Ele cutucou o braço de Debbie até que ela lhe passasse o controle remoto, depois sorriu ao ouvir o ruído da fita sendo rebobinada e sentou-se diante da tela.

Debbie não aguentava mais assistir àquilo. Já conhecia cada palavra de cor, cada momento em que Jason se viraria em sua direção, fazendo piuí igual ao trem. Ela se levantou e caminhou até o corredor, pensando que ficaria feliz em poder estrangular Ringo Starr, e aquela porcaria de vídeo de *Thomas e seus amigos* precisava urgentemente descarrilar.

Nina saiu do quarto no momento em que a trilha sonora tocava na sala ao lado.

— Não acredito que ele ainda não tenha estragado este maldito vídeo de tanto ver essa fita.

— Está estragando *meus* nervos — declarou Debbie. — Isso eu posso dizer.

— Mas ele adora, não é?

— É. Eu sei. Melhor investimento que já fiz. Comprei naquela feira de coisas usadas em Barnet, lembra? — Ela viu que Nina retocava a maquiagem diante do espelho. — Você vai sair?

— Tenho que trabalhar, querida.

— Você não precisa. Eu estava pensando... Eu devia começar a colaborar um pouco com o aluguel.

— Não seja boba.

— É sério, eu deveria...

— Tirando de onde?

Debbie fechou a porta. Jason não seria capaz de entender o que falavam, mas ele era sensível ao tom de voz, e se irritava facilmente com qualquer discussão.

— Vou achar um jeito.

— Não tem jeito mais fácil que o meu — disse Nina. — Esta noite, tenho três na fila e um deles sempre me paga um extra. — Ela olhou para Debbie pelo espelho. — Você vai ficar bem, aqui sozinha, não é? Está com medo?

— Não.

— Aqueles tiras ainda estão sentados lá fora e você pode telefonar para Thorne, se ficar nervosa.

— Eu estou bem.

Nina aquiesceu com a cabeça.

— Eu preciso de dinheiro, Debbie. Você sabe disso.

Quando Nina se foi, Debbie permaneceu no corredor mais alguns instantes, fazendo o possível para não se irritar com o som do vídeo de Jason na sala ao lado. Ela o colocaria para dormir assim que tivesse acabado e, quando ele parasse de gritar e se acalmasse, ela também iria para a cama mais cedo naquela noite. Era melhor que ficar acordada se preocupando, esperando Nina voltar.

Não havia uma maneira de dizer à sua amiga como ela estava assustada. Ela decidira, anos atrás, que o único modo de enfrentar tudo era não permitir que alguém percebesse seu medo. Homem nenhum, por mais hábil que fosse com seus punhos, nenhuma daquelas vadias com a cara amassada do Serviço Social, e, certamente, nem Jason. Desde que a polícia viera pela primeira vez adverti-la com aquelas expressões sérias, ela andava pensando em como seria se a separassem dele. Não só por algumas semanas, mas para sempre. Ela o observava dormindo, ou olhava fixo para sua nuca, quando ele estava ajoelhado diante da tela da TV, e, só de pensar, sentia vertigens.

Debbie se levantou e pressionou o ouvido contra a porta da sala, contendo as lágrimas enquanto ouvia seu filho fazendo piuí e outros barulhos com a boca. Eu sou o Sir Topham Hatt, ela pensou, e Thomas não saberia se virar sem ele.

O Sir Topham Hatt não pode se cagar de medo.

TRINTA E UM

Quando Thorne entrou no saguão do Hotel dos Delatores, o policial Rob Gibbons estava sentado atrás da mesa, lendo um livro de bolso. Thorne olhou a capa: alguma literatura fantástica.
— Dragões e *hobbits*, ou coisa assim? — perguntou ele.
Gibbons sorriu, pouco impressionado.
— Não exatamente.
— Onde está Spibey?
— Lá em cima com os Dois Abomináveis — respondeu Gibbons.
Subindo as escadas, Thorne se perguntou qual das respostas prontas poderia dar a Fowler e Dowd quando fizessem a inevitável pergunta sobre o andamento da investigação. Era uma pergunta razoável, afinal de contas, mas esse tipo de conversa nunca era fácil.
Achou o homem que matou nossa mãe/pai/irmão/irmã?
Por que está demorando tanto?
Quando vão pegá-lo?
Estamos fazendo o possível. Estamos progredindo. Houve vários avanços importantes. Qualquer versão de "não" e "não sei" que conseguia transmitir o deixava se sentindo ligeiramente mal. Tinha conversado sobre isso com Louise mais de uma vez, e concordaram que não havia nada a ser feito e, além disso, não era melhor dar um pouco de esperança às pessoas que sofriam? Talvez, mas isso não significava que mentir para elas ficava mais fácil.

Quando o caso avançava na direção certa, era um bom dia, mas os bons dias eram raros e espaçados, e, nos realmente bons, quando uma prisão — a prisão *certa* — era feita, tudo parecia valer a pena. Ainda que, obviamente, a possibilidade de um dia *excelente* dependesse dos tribunais. Um sistema jurídico menos que infalível significava que o melhor a se fazer nesse estágio era cruzar os dedos, passar para o caso seguinte e tentar não se preocupar.

— Se *eles* estragarem tudo — dissera Hendricks certa vez —, não é culpa *nossa*.

— Não importa — retrucara Thorne, pois não seriam os advogados suspeitos ou os juízes incompetentes que teriam que enfrentar a pergunta mais difícil de todas, certo?

Como isso pôde acontecer?

Thorne chegou ao andar superior. Ouviu o som de uma risada vindo do apartamento de Graham Fowler.

Então, alguma chance de a gente sair logo daqui, e vocês pegarem esse cara? Sabe, o cara que está tentando nos matar.

Não era a primeira vez que Thorne resolvia ser o mais sincero possível, sabendo que, quando chegasse a hora, ele provavelmente teria que se conter.

Em termos de perícia policial, não lhes faltava mais nada, e o número de telefone dado por Sarah Dowd se revelara tão inútil quanto Thorne temia. Suas informações junto às descrições visuais obtidas por Yvonne Kitson estavam ajudando a dar sentido à situação, mas só isso. Analisando de praticamente qualquer ângulo, talvez o parceiro resmungão de Kitson tivesse razão.

Thorne seguiu pelo corredor, passando pelas portas abertas dos apartamentos desocupados. Cada um deles parecia limpo e pronto para ser usado. Podia-se sentir um leve odor de tinta fresca. Thorne tentou imaginar se o Hotel dos Delatores estava esperando algum informante do submundo do crime particularmente exigente, e então — sem razão — indagou se era verdade que a Rainha achava que o mundo tinha cheiro de tinta fresca. O mundo dela era certamente mais perfumado que aquele em que ele e Phil Hendricks viviam.

A pobre coitada *teria* que se abanar um bocado...
Ele bateu na porta do apartamento de Fowler.

— Brian, sou eu, Thorne.

Spibey lhe deu o código de quatro dígitos e Thorne entrou, encontrando-o à mesa com Fowler e Dowd, fichas de pôquer espalhadas entre as embalagens de comida e as latas de cerveja. O lugar cheirava a *curry* e cigarros.

Spibey, que estava sentado de costas para a porta, ergueu suas cartas de modo que só Thorne pudesse ver. Dois reis e um valete.

— Estamos jogando um poquerzinho de três cartas, está a fim?

Thorne disse que não podia, pois estava só dando uma passada a caminho de um compromisso.

— Vamos lá — insistiu Dowd. — Talvez você ajude a mudar minha sorte e eu consiga recuperar algum dinheiro desse safado.

— Pura técnica — disse Spibey.

— Mas de onde vem todo esse dinheiro, afinal de contas?

Fowler fez um gesto com a cabeça na direção de Dowd.

— Bem, eu entrei com cerca de 46 centavos, mas Andy está me bancando.

— E sou o único que está perdendo — disse Dowd.

Fowler ergueu o braço e começou a cantar desafinadamente "Things can only get better". Ficou claro que o conteúdo das latas vazias estava agora dentro dele.

Dowd olhou para Thorne, balançando a cabeça.

— Como eu falei, este mundo está doente.

Thorne perguntou se estava tudo bem e Spibey respondeu que sim. Fowler e Dowd assentiram, os dois ali sentados, como se aquela fosse a situação mais comum do mundo.

Nenhum deles parecia disposto a fazer perguntas difíceis a Thorne.

— Deixe comigo, parceiro — disse Spibey. — Estou quase limpando esses dois.

— Com um par de reis?

Fowler e Dowd saíram do jogo rapidamente, pondo as cartas na mesa.

— Puta merda! — vociferou Spibey.

Thorne apenas sorriu.

— Telefono mais tarde, certo?

Ele telefonaria também para Debbie Mitchell naquela noite, por último.

Spibey alcançou-o no corredor.

— Ouça, Tom. Só achei que um joguinho podia distrair um pouco esses caras, sabe? Algum problema?

— Não, não vejo nenhum — respondeu Thorne. Os dois pareciam bem mais relaxados que na última vez que os vira, e algumas horas de jogo inofensivo teriam, com certeza, ajudado Thorne a relaxar. Se funcionava com homens cujas vidas tinham virado alvos, imaginou que talvez houvesse chances de um pôquer rapidinho ser a solução para aqueles momentos constrangedores com parentes desesperados.

Estou tão confiante de que pegaremos o homem que matou seu marido/esposa/hamster, que aposto dez contra um que conseguiremos. Aposte dez libras e vamos ver...

Ele resolveu expor essa ideia na próxima vez que visse Trevor Jesmond, só para ver se o babaca achava que ele estava de brincadeira.

— Você já comeu?

De repente, Thorne se sentiu culpado.

— Comi um hambúrguer. Sinto muito. Pensei que você já tivesse comido.

— Posso comer um sanduíche mais tarde — disse Chamberlain.

— Não se preocupe — emendou ela com uma taça de vinho na mão. — Provavelmente vou precisar forrar um pouco a barriga.

O bar do hotel em Bloomsbury era bem agradável, porém não maior que uma grande sala de estar, então Thorne e Chamberlain, assim que trocaram as primeiras palavras, precisaram falar baixo. Além deles, duas moças do interior, com a aparência descuidada, pareciam dispostas a encher a cara e conversavam sem a menor discrição. Por duas vezes, Thorne sentiu-se a ponto de se aproximar e lhes dizer que não tinha o menor interesse em saber nada sobre seus empregos e namorados, sugerindo que fossem tomar seu Bacardi Breezer em outro lugar.

— Você está ficando um velho rabugento — disse Chamberlain.
— Sempre fui rabugento — retrucou Thorne. — Só era mais jovem.
— Você acha que é culpa do trabalho que faz?
— Não muito.
— Você acha que seria menos infeliz se trabalhasse em uma rede de lojas de eletrodomésticos?
— Deus me livre, não.
— Pois então...
— Uma semana lá e eu me enforcaria com um daqueles fios elétricos.
— Então, anime-se — exclamou Chamberlain.

Ela voltou a encher as taças e pegou o cardápio do bar, tamborilando os dedos no compasso de uma música popular celta que escapava dos alto-falantes no teto. As garotas na mesa ao lado riam e Thorne se perguntou se devia pedir que aumentassem um pouquinho aquele som.

— Você acha que podemos aproveitar algo do que esse tal de Reece contou? — perguntou Thorne.
— Se fosse dele mesmo que estivesse falando, eu provavelmente teria considerado exagero. Mas me pareceu... convincente.
— Um rumor convincente.
— Mas vale a pena averiguar.

Thorne sabia disso. No ponto em que o inquérito estava, até um telefonema informando que Anthony Garvey era o filho bastardo de Lord Lucan valeria a pena averiguar.

— Então, fale-me dessa mulher — disse ele.

Chamberlain se inclinou para a frente. Era para isso que lhe pagavam.

— Sandra Phipps. Bem, Phipps era seu sobrenome anterior. Casou-se duas vezes depois disso. Ela mora em algum lugar perto de Reading.

Thorne pareceu se lembrar de algo.

— O que foi? — indagou Chamberlain.

Por um segundo ou dois, ele quase conseguiu recuperar algo da memória, mas o barulho vindo da mesa próxima dificultava sua concentração.

— Deixe para lá — disse Thorne. — Quando você vai vê-la?
— Amanhã.
— Ela sabe que você está indo?

— Achei que seria melhor eu aparecer de repente. Se ela *for* a mãe de Anthony Garvey, não quero que tenha tempo para pensar na minha visita, armar falsos álibis.

Thorne concordou que era uma boa ideia. Ele sabia como a ligação entre pais e filhos podia facilmente criar credulidade e descambar para a negação. Era difícil condenar o amor incondicional, mesmo quando beirava a burrice, mas, caso chegasse a ponto de atrapalhar a justiça, um limite precisava ser estabelecido.

Ele se recordou de uma mulher que voara em cima dele alguns anos atrás, após o filho dela ter sido preso por espancar um quitandeiro asiático até a morte. Ele tivera que mantê-la imobilizada até ser detida. Thorne ficou por lá com cuspe dela em sua camisa, se perguntando se ela o odiava tanto quanto odiava a si mesma.

E se lembrou da mãe de Chloe Sinclair e do pai de Greg e Alex Macken. Outro exemplo de amor incondicional.

Ele sabia para que lado pendia sua solidariedade.

— Quer que eu vá com você? — perguntou ele.

— Sei — disse Chamberlain. — Eu trabalho feito uma mula e você colhe os louros.

— De maneira nenhuma.

— Você acha que eu não estou à altura?

— Não, digo... sim, é claro que acho que está. Só pensei que poderia querer companhia. — Thorne sacudiu a cabeça. — Caramba, você está ficando uma velha *sensível*.

Chamberlain esvaziou sua taça.

— Velha é o cacete, seu folgado.

— Perdão. — Thorne terminou seu vinho e se recostou na cadeira. Ele notou que uma das garotas do interior, apesar da voz irritante, era atraente. Depois, pensou em Louise e rapidamente voltou sua atenção para Chamberlain. — É claro, mesmo que essa mulher seja a mãe de Anthony, ela pode não ter a menor ideia de por onde ele anda.

— Ou ele pode passar por lá todos os domingos com um buquê de flores. Não sabemos, não é? Na pior das hipóteses, poderemos pelo menos descobrir seu nome verdadeiro.

— Verdade.
— Talvez mais.
— Deus te ouça.
— Este caso está lhe deixando tenso, não é? — perguntou Chamberlain.

Thorne levou alguns segundos para raciocinar. Sua mente não estava funcionando com a rapidez e nitidez normais.

— O mais estranho é que me sinto quase agradecido por isso. Logo quando você acha que está ficando anestesiado para essas coisas, algum maluco feito Garvey aparece e você descobre que há uma parte sua que ainda está... merda, não consigo achar a palavra.

— Sei o que está querendo dizer.

— E há outras coisas... em casa, sei lá. Elas mudam o jeito como você reage às pessoas. Elas nos deixam mais furiosos, mais tristes. Intensificam em alguns graus as suas reações e não é muito fácil desligar.

— Que coisas?

— Não importa. — Thorne balançou a cabeça. — Estou falando merda, só isso.

Chamberlain esperou, mas Thorne encerrou o assunto como se não valesse a pena tomar o tempo e a energia deles. A cadência da música diminuiu, como se os músicos tivessem tomado um calmante. Eles observaram o garçom flertando com as duas garotas, enquanto retirava os copos vazios da mesa.

— Você está de carro? — perguntou Chamberlain. Ela ergueu a garrafa de vinho vazio para dar a Thorne uma ideia do quanto já haviam bebido.

— Bem, eu *estava*. — Thorne já havia dirigido na véspera, quando não devia tê-lo feito, mas, fora o fato de estar um pouco mais alto agora que antes, ele ainda não estava a fim de encerrar a noite. — Mas não deve ser difícil conseguir um táxi.

— Vamos tomar outra garrafa, então?

Ele havia parado em um estacionamento particular, o que significava que, além da corrida do táxi, precisaria pegar um empréstimo no banco para poder tirar o carro de lá só na manhã seguinte. Mas podia tentar ser reembolsado.

— Podemos, sim — respondeu ele. — Se você ainda vai pedir algo para comer.

— Podemos subir para o meu quarto, se quiser.

— Sou um homem comprometido, Carol.

— Deixe de ser convencido — disse Chamberlain sorrindo. — Tenho umas garrafas lá em cima, só isso. É de graça e a vista é bem melhor que esse lixo aqui. Se quiser, posso pedir um sanduíche mais tarde.

Eles pegaram suas coisas e se dirigiram para os elevadores. Ao passar pela mesa das duas garotas do interior, andando sem muita firmeza, Thorne elevou a voz e perguntou:

— Por que as mulheres vivem me convidando para ir a seus quartos de hotel?

Chamberlain deu de ombros.

— Isso é um mistério para mim.

Um minuto mais tarde, a porta do elevador se fechou e Thorne começou a rir.

— Imagine você que a última *queria* que eu pagasse para isso.

TRINTA E DOIS

Thorne se sentou na beira da cama, enquanto Chamberlain ficou na cadeira, ao lado da janela. O vinho, servido em copos plásticos do banheiro, descia facilmente, embora fosse difícil dizer se era melhor que aquele que beberam no bar. Thorne estava se aproximando rapidamente do ponto em que não poderia mais distinguir Merlot de metanfetamina.

Os primeiros copos foram sorvidos com um papo sobre o caso, mas pareciam banalidades. Tinham dito tudo o que precisava ser dito lá embaixo e ambos estavam na polícia havia bastante tempo para saber que as especulações eram, em última análise, inúteis, ainda que só restasse isso.

— Ligo para você assim que falar com Sandra Phipps — disse Chamberlain. — Se ela for de fato a mãe de Anthony, suponho que você queira conversar um pouco com ela.

Thorne assentiu, tendo de novo aquela vaga sensação de que havia algo ali que parecia lhe dizer alguma coisa.

— E, se não for, você quer que eu volte a procurar Malcolm Reece, para ver se ele se lembra de mais alguém?

— Pode ser uma boa ideia — disse Thorne.

— Na verdade, acho que ele ficou um pouco a fim de mim.

— E por que não ficaria? — Thorne esticou os braços. — Uma mulher madura e atraente, com quadris ainda no lugar. Você ainda *tem* os quadris no lugar, não tem?

— E os punhos também — disse Chamberlain. — E é melhor você ficar esperto porque bebeu mais que eu, portanto seus reflexos já devem estar lentos.

— Eu não me arriscaria, nem se estivesse sóbrio.

— Se está ciente disso...

Thorne pensara em perguntar se não havia uma música qualquer, se ela podia ligar o rádio, talvez, mas ficou calado. Com a cabeça rodando como estava, ele ainda conseguia pensar com bastante clareza para sentir que isso podia não ser... apropriado ou, no mínimo, que as conotações podiam ser constrangedoras, para um e outro. Os silêncios se alongaram, ou pareceram se alongar, interrompidos somente pelo som dos bocejos não mais reprimidos, e uma vez pela risada e conversa abafada de hóspedes entrando no quarto vizinho. Durante dez minutos, enquanto Chamberlain falava sobre a vida em Worthing, Thorne ficou apreensivo, esperando os ruídos reveladores da cama começarem a atravessar a parede. Ficariam ele e Chamberlain envergonhados, imaginou, falariam mais alto e fingiriam que não estavam ouvindo coisa alguma? Ou morreriam de rir, como crianças safadas, e ergueriam seus copos de plástico num brinde para a parede? Ele se serviu de mais um copo, concluindo que, se chegassem a esse ponto, o álcool seria certamente o fator decisivo.

Com duas garrafas e mais um pouco na conta deles, Chamberlain falou:

— Já disse o quanto sou grata por isso, não?

— Já. E não precisava.

— De verdade. E você sabe que não é só pelo dinheiro.

— Pela oportunidade de ficar num hotel... eu sei.

— Eu precisava dar um tempo, Tom. Nós dois sabemos que o câncer vai voltar e eu sei que Jack está apenas tentando fazer o melhor possível na situação, mas estamos simplesmente à deriva, entediados e falando bobagem como dois adolescentes estúpidos.

— Mas é melhor ser... otimista, com certeza.

Ela balançou a cabeça com determinação.

— Para falar a verdade, esse fingimento está me fazendo mal. *Ele* está me fazendo mal.

Thorne respirou fundo. Estava sentindo uma dificuldade cada vez maior de ordenar suas palavras.

— Eu não sei bem o que você...
— Não estou dizendo que quero partir, nada disso.
— Certo, porque eu pensei que você...
— Só que, às vezes, sinto vontade de dar uns tapas naquele tolo safado.

Thorne ia começar a rir, mas Chamberlain o interrompeu:
— Isso parece horrível?

Thorne foi capaz apenas de dar de ombros, e bufar com seu hálito etílico.

— Numa semana dessas, estávamos levando o cachorro para passear — disse Chamberlain —, e, obviamente, Jack precisa parar de vez em quando para recuperar o fôlego. E eu tenho que esperar, ouvindo ele soltar aqueles arquejos e vigiando o cachorro, até que ele esteja em condições de voltar a andar. Então, dessa vez, eu estava ali parada e pensei, posso correr, sabe? Ainda posso *correr*. — Ela lançou um sorriso triste para Thorne. — Ainda tenho dois joelhos muito bons também...

Thorne retribuiu o sorriso.

— Não sei de onde isso veio — continuou Chamberlain —, mas eu pensei, eu poderia ir, agora mesmo, me virar para o outro lado e disparar até a praia, até onde ele não pudesse mais me ver. Sair correndo pela areia, só pelo prazer de correr, simplesmente porque ainda posso, entende? E, por um segundo, fiquei ali ao lado dele, resistindo àquele impulso. Escutando o vento e o cachorro latindo em algum lugar, e o ar passando pelo seu pulmão como uma lixa. Você deve estar pensando, estúpida, safada egoísta, não é?

— Não — disse Thorne.

Ela levou seu copo até a boca e o inclinou, mas já estava vazio.

Thorne podia sentir a pulsação em suas têmporas, enquanto seus olhos se afastavam dela para finalmente se fixarem no cartão sobre o aparelho de televisão, um cardápio dos vários canais e filmes pagos disponíveis. Ele examinou os títulos, fazendo esforço para focar as letras, com pensamentos triviais efervescendo através do esmegma de preocupações mais sérias que inundavam o interior de seu crânio.

Será que a polícia paga a conta dos filmes?
Será que Carol é do tipo que assiste a filmes pornôs?

Ele se virou para Chamberlain, removendo a rolha da garrafa de vinho, e disse:

— Acho melhor eu telefonar e chamar um táxi.

Chamberlain assentiu com a cabeça e pigarreou.

— Posso fazer isso para você.

Ela pareceu artificialmente animada, de repente, como se tentasse se distanciar daquilo que acabara de confessar. De dentro da bolsa, tirou o celular.

— Louise deve estar acordada, esperando, não? — Ela sorriu, digitando o número. — Você pode se considerar um cara de sorte...

— Perdemos o bebê — disse Thorne.

Depois de alguns segundos, Chamberlain largou o telefone e se aproximou, sentando-se ao seu lado.

— Sinto muito. Eu sabia que havia alguma coisa acontecendo.

As palavras saíram rapidamente, confusas, de sua boca, e, quando Thorne terminou, observou Chamberlain levantar-se e se dirigir para o banheiro. Alguns instantes depois, ela retornou com um chumaço de lenço de papel na mão.

— Tome isto.

Foi só quando ela lhe estendeu a mão que Thorne percebeu que estava chorando, e começou a falar com a respiração entrecortada, amassando os lenços; cada soluço clareando sua cabeça um pouco mais, deixando mais leve seu coração.

— Aconteceu que... houve uma espécie de entorpecimento quando recebemos a notícia, e eu sabia que Louise estava sentindo a mesma coisa. Mas, só por um minuto ou dois, eu tive a impressão de que não se tratava de algo necessariamente ruim. Eu me senti... *relaxado*, sabe, porque estava aliviado. — Ele sorriu, como se zombasse de si mesmo. — Porque talvez, lá no fundo, eu não tivesse certeza de que estava pronto para isso. Muito maduro da minha parte, não é mesmo? — Ele sacudiu a cabeça quando viu que Chamberlain estava a ponto de dizer alguma coisa. — Foi só uma reação, eu sei disso, como quando a gente começa a rir ao ouvir uma má notícia, porém não consigo pensar em mais nada desde então. Todas as horas passadas nesse caso estúpido. Vendo como Louise tem estado angustiada, o modo como ela simplesmente retomou as coisas a fim de não deixar eu me sentindo mal e... fingindo. Carregando essa pedra no coração.

Depois de alguns segundos que pareceram minutos, Thorne ouviu Chamberlain dizer:

— E agora?

— Eu quero um filho — respondeu Thorne. — Não só pela Louise, juro. Quero que ela se sinta melhor, claro que quero, mas... por mim. — Ele começou a rir em meio ao choro. — De qualquer maneira, a gente nunca está *realmente* preparado, não é?

Chamberlain já estava segurando sua mão, e então a ergueu e apertou entre as suas.

— Às vezes, eu penso que o Jack não está mais comigo e não me sinto tão mal quanto acho que devia. Eu me sinto "aliviada", também. — Ela fez um gesto brando com a cabeça quando o olhar de Thorne se moveu em sua direção. — Essa pedra no seu peito é mais comum do que você pensa, Tom.

— Meu Deus do céu! — exclamou Thorne. — Olhe só para nós.

Mais algumas lágrimas foram derramadas e houve mais consolação. Depois, Thorne se viu tomado por uma grande vontade de dormir e pensou em seu pai enquanto fechava os olhos e deixava a cabeça se apoiar no ombro de Chamberlain.

MINHAS MEMÓRIAS

15 de outubro

Não é fácil matar alguém.
Pessoas não são vespas ou aranhas nas quais batemos ou pisamos sem pensar. Depois, fica mais fácil, certamente, assim como tudo mais; porém, se já dei a impressão de que o momento em si não seja imensamente estressante, então agi errado.
Antes de começar isso tudo, na época em que a ideia passou a tomar forma, houve vezes em que eu queria conversar com meu pai sobre isso. Sobre essa impressão. Mas nunca parecia ser o momento oportuno e, para ser franco, a ideia sempre me parecia ruim. Eu sabia que ele não queria tocar no assunto, sobre o que ele fizera; além disso, não era sequer algo que ele pudesse controlar; assim sendo, não acho que teria sido muito útil. Quer dizer, não era como se eu estivesse entrando no negócio de lavagem a seco da família, ou como se ele fosse um antigo jogador de futebol me dando umas dicas...
Nós conversamos um bocado. Sobre todo tipo de coisa, e ele me ajudou mais do que poderia imaginar. Aprendi que desperdiçar tempo é estupidez. Pode acreditar, essa é uma lição que você absorve quando vinda de alguém que já passou por um bocado de coisas. Aprendi, assim como ele, que você é julgado pelo que faz, qualquer que seja a razão que o leve a fazer. E aprendi que a vida é curta. Pois é, irônica, eu sei, esta última lição, levando em conta que eu colaborei para encurtá-la no caso de algumas pessoas. Imagino que eu esteja, na verdade, falando sobre fazer as coisas quando a chance aparece. Não querer envelhecer, enquanto bate a cabeça contra uma parede de leis. Não se deixar moer, humilhar ou ouvir dizerem que você é um obsessivo, e que

talvez possa retornar quando obtiver algum "atestado médico adequado".

A vida é curta e algumas vezes é preciso se explicar de outra maneira. Ou você provoca um impacto ou não, é simples assim.

* * *

Agora, é engraçado viver com tão pouco. Eu me lembro daquele babaca do Maier dizendo uma vez: "Vamos fazer uma fortuna." Podia imaginá-lo já gastando o dinheiro na sua cabeça. E pude ouvir como ficou chocado quando eu disse que não estava interessado. Eu precisava de uma soma de dinheiro *suficiente*; desnecessário dizer, foi razoavelmente custoso elaborar tudo isso. Mas, juro, eu jamais quis nada além disso. Assim que tudo estiver terminado, vou ficar muito bem, instalado em algum canto sossegado. Posso trabalhar de caixa, limpar o parque, qualquer coisa. Sei que isso não vai acontecer, a não ser que haja uma mudança drástica de planos, mas é algo em que ando pensando, só isso. Eu ficaria genuinamente feliz com muito pouco.

* * *

Então, vamos em frente. Tem sido muito estranho ficar sentado o dia todo, sabendo que eles querem que eu faça alguma coisa. A polícia, a imprensa e talvez até aqueles que sabem que ainda estão na lista. O último deles, olhando seu relógio e cagando nas calças, por mais tranquilizadores que o inspetor Thorne e seus colegas estejam tentando parecer. Alguma parte em mim deve estar se divertindo com isso, porém; pois estou pronto para passar à conclusão há alguns dias. Talvez esteja me divertindo com a incerteza deles um pouco mais do que é correto e adequado. Melhor não fazê-los mais esperar.

Não acho que voltarei a ver aquele pilantra outra vez, mas devo me preparar para dar ao meu antigo parceiro, o jornaleiro, mais algumas manchetes.

Será que o *Sun* tem letras suficientemente grandes?

TRINTA E TRÊS

Quando Thorne saiu do chuveiro, Louise estava de pé no banheiro. Usava uma camiseta sob um roupão leve de linho que havia comprado na Grécia. Ela lhe entregou uma toalha e sentou-se na tampa do cesto de roupas sujas.

— Começando cedo, hoje? — perguntou ela.

— Tenho que ir ao centro da cidade, apanhar o carro.

— Depois de chegar tão tarde ontem?

— Saí para beber depois do trabalho — disse Thorne.

Ele se recordava vagamente de ter tomado um táxi de aparência suspeita algumas horas antes. E de ter ficado cada vez mais irritado, ao se ver obrigado a ensinar o caminho ao motorista. Tentando se manter acordado.

— Eu sei. — Louise se levantou e caminhou na direção da pia e arregalou os olhos diante do espelho. — Acordei à noite e senti o cheiro vindo de você. — Ela se virou e observou Thorne se enxugando. — Você está se sentindo bem?

Thorne assentiu com a cabeça.

— Estou bem... o que é estranho.

Ele não conseguia se lembrar de já ter bebido tanto daquela maneira e se sentir tão bem depois, e ficou contente por ter sido vinho branco, e não tinto. A cabeça doía um pouco, e provavelmente iria continuar incomodando por algum tempo, mas, fora isso, ele estava concentrado no dia que teria pela frente, nos dias e nas semanas. Ele conseguia se recordar de tudo que dissera a Carol Chamberlain na noite anterior Sentia uma pontada de vergonha acompanhando aquela dor de cabeça, mas só isso. A conversa que tiveram poderia muito bem acabar sendo mais uma coisa que eles nunca voltariam a mencionar, mas ele estava imensamente contente de ter dito o que era preciso dizer.

Ele esfregou a toalha no peito. O peso não estava mais lá.

— Quer que eu prepare seu café da manhã? — perguntou Louise. — Ovos mexidos ou outra coisa?

— Só um chá. Estou meio apressado.

— Vou preparar enquanto você se veste. — Ela saiu do banheiro e falou, antes de entrar na cozinha: — Você pode comer em cinco minutos.

— Obrigado — disse ele, e depois a chamou: — Lou...

— O quê?

Dois segundos depois, ela apareceu na porta do banheiro.

Thorne tinha enrolado a toalha na cintura e estava com a escova de dentes balançando na mão.

— O que aquela mulher falou sobre voltar a se sentir melhor na data estimada do nascimento?

Louise enfiou as mãos no bolso de seu roupão.

— Provavelmente, é bobagem — disse ele. — Mas, se não for, será que se aplicaria se você engravidasse novamente antes dessa data?

Ela o olhou por alguns segundos.

— Não...

— Então...

Ela assentiu como se aquilo fosse importante, mas sua expressão revelava outras intenções.

— Se quiser, podemos pular os ovos mexidos — disse ela.

— Eu não tenho tempo para *isso*.

— Tem certeza? Normalmente não demora muito.

Uma hora depois, ele estava saindo da estação de metrô Russel Square e, alguns minutos mais tarde, passava diante do hotel de Chamberlain. Pensou em ligar para ela, depois achou que não era uma boa ideia. Ainda não eram 8h, e, embora não tivesse a menor ideia de quando ela pretendia fazer uma visita a Sandra Phipps, imaginou que devia estar precisando dormir tanto quanto ele. Falaria com ela mais tarde.

Ele entregou 27,50 libras ao caixa do estacionamento, verificou o troco e pediu um recibo. O caixa pareceu ríspido, indisposto para bater papo, o que era perfeito para Thorne, um grunhido de agradecimento sendo o máximo que cada um deles conseguiu emitir.

— Acho que prefiro quando você está meio de ressaca — dissera Louise. — Fica tudo mais sossegado.

Thorne sorriu, lembrando-se da expressão em seu rosto, quando fechara a porta de casa, pensando em parar em algum lugar para tomar o café da manhã, já que não comera seus ovos mexidos. Ele ligou o rádio do carro e sintonizou na Magic FM, aumentando o volume em uma antiga faixa de Willie Nelson de que gostava, enquanto saía do estacionamento escuro com sua BMW e se deparava com um dia de outubro inusitadamente luminoso.

Um dia que ficaria consideravelmente mais escuro com o passar das horas e em que Thorne descobriria exatamente qual era o plano de Anthony Garvey. E veria o filho superar o pai.

Um dia em que mais pessoas morreriam.

Quando Debbie escutou o toque do telefone, ela estava ocupada na cozinha, tentando dar de comer a Jason. Antes de atender, ouviu Nina ralhando no corredor, xingando e se queixando por ser acordada assim tão cedo.

Debbie já estava de pé havia mais de uma hora, porém sabia que sua amiga havia trabalhado até tarde e pediu desculpas, enquanto se esforçava para limpar a sujeira que Jason fizera. Ela passou um pano, recolhendo migalhas, restos de ovo e suco, com os ouvidos atentos. Assim que escutou Nina começar a berrar, não foi preciso muito tempo para descobrir de quem era a ligação.

— Sei, está certo, mas tem que ser tão cedo assim? Não, fomos todos assassinados na porra da cama, o que você acha?

Nina ainda resmungava e balançava a cabeça, quando entrou na cozinha. Ela acendeu o fogo sob a chaleira e sentou-se no lado oposto de Jason, à mesa. Ele lhe sorriu e recebeu um breve sorriso em retribuição.

— Thorne está apenas fazendo seu trabalho — disse Debbie.

Nina fazia caretas para Jason, enquanto falava.

— Se estivesse fazendo direito, não haveria um carro da polícia na frente da minha casa.

— Mas acho que ele é um cara legal.

— Eu sei como são os policiais — disse Nina. — Já tracei alguns. — Ela se levantou para preparar o chá. — Falando nisso, queria saber se um daqueles dois lá fora toparia uma rapidinha.

Ambas riram e Jason riu também. Debbie acabou de limpar a mesa e finalmente sentou-se. Nina enfiou duas fatias de pão na torradeira e cheirou o leite.

— Ouça, tenho que trabalhar hoje de tarde, tudo bem?

— Isso quer dizer que vai tirar uma folga à noite?

— Talvez. Já saí com esse cara algumas vezes, é esse o problema. Ele sempre me liga quando vem de Manchester, e sempre me dá uma grana extra, então...

— Seria estupidez não aproveitar — disse Debbie.

— Preciso começar a economizar também, sabe, se formos viajar. — Nina se inclinou e esfregou o nariz na nuca de Jason. — Quer sair de férias, meu querido?

Debbie sorriu, sabendo muito bem para onde iria cada centavo.

— Sei, faz sentido.

— Devíamos arrumar alguns folhetos de viagem — disse Nina. — Vou pegar alguns quando sair do hotel do cara. O que você acha de Maiorca?

Debbie concordou.

— Mas seria legal se você *pudesse* dispensá-lo esta noite. Podemos assistir a um pouco de TV. Posso preparar um espaguete à bolonhesa ou algo assim.

Brian Spibey estava cuidando do café da manhã. Ele havia deixado um bacon com ovos no apartamento de Fowler e seguiu pelo corredor com café e um croissant de amêndoas para Andrew Dowd. Aqueles cheiros estavam lhe dando fome e ele não via a hora de atacar o sanduíche de bacon que comprara para si mesmo e estava esfriando no saguão. Era engraçado, pensou, como as pessoas gostavam de coisas diferentes para o café da manhã. Aquele fã de *hobbits* do Gibbons estava abrindo uma embalagem de cereais quando Spibey subira a escada.

Thorne havia telefonado quando Spibey estava na fila no McDonald's. Desculpara-se por não ter ligado na véspera conforme prometido, explicando que ficara preso em uma reunião até bem tarde. Spibey lhe garantira que estava tudo bem, que os hóspedes estavam vivos e saudáveis, e tentou usar um tom brincalhão, quando disse a Thorne que não havia necessidade de ir vê-los a cada cinco minutos.

— Eu faço isso há mais tempo que você — dissera ele.

Thorne também usara um tom brincalhão ao responder:

— Duvido, Brian, mas, sua aparência da mesmo essa impressão.

Que cara mais abusado!

Ele não tinha certeza de que Thorne aprovara quando entrou e viu aquela mesa de pôquer. Engraçado, jamais considerara Thorne alguém meticuloso, e isso seria irônico, tendo em mente algumas das histórias que Spibey ouvira sobre ele ao longo dos anos. Sim, por direito, ele e Gibbons deveriam ambos estar sentados no andar térreo, grudados aos monitores de segurança, mas Spibey gostava de pensar que precisava conhecer muito bem os dois homens sob sua responsabilidade e conhecer também o melhor jeito de mantê-los relaxados e satisfeitos. Ambos tinham boas razões para se sentirem estressados, afinal de contas, e nenhum deles era do tipo de ficar rezando ou lendo um bom livro sossegado. Quanto a isso, ele não tinha a menor dúvida.

Ele digitou o código para o apartamento de Dowd, bateu na porta e aguardou.

— O rango chegou, Andy.

Dowd abriu a porta e pegou o copo e a embalagem de papel.

— É melhor eles acharem logo esse cara — disse Spibey —, senão vocês dois vão acabar ficando tão gordos quanto uma vaca. Eu também, por falar nisso.

Dowd pareceu não perceber a piadinha e sacudiu a cabeça.

— Não acho que Graham conseguiria engordar, mesmo se quisesse. As drogas foderam com seu metabolismo.

— Sei. Tudo bem — disse Spibey, alguns segundos depois. — Vou deixar você comer em paz. — Ele se afastou um pouco e depois virou-se para Dowd, quando este se preparava para fechar a porta.

— Ouça, está a fim de outra partida de pôquer mais tarde? Graham disse que gostaria de jogar.

Dowd já tinha mordido seu croissant.

— Claro, por que não? Pelo menos agora ele tem algum dinheiro para apostar.

— Vou recuperar tudo, não se preocupe — disse Spibey.

— Veremos.

— Pode crer, camarada, estou sentindo a sorte do meu lado.

— Pois é, você é o único por aqui que pode dizer isso — retrucou Dowd.

TRINTA E QUATRO

O trem chegou a Reading pouco antes do meio-dia. Uma simples verificação nos cadastros eleitorais revelara que Sandra Phipps — como se chamava trinta anos atrás — não estava trabalhando, e Chamberlain imaginou que a hora do almoço seria um bom momento para uma visita. Se não houvesse ninguém em casa, ela acharia um jeito de matar o tempo por uma ou duas horas, talvez verificar o que Reading tinha a oferecer em termos de compras, e tentaria de novo mais tarde.

Que ameaça uma mulher de meia-idade carregando algumas sacolas de compra poderia oferecer?

Esperando na plataforma em Paddington, Chamberlain sabia que estava no local onde Anthony Garvey havia coletado o dinheiro para financiar sua farra homicida. E também o lugar onde desovara o corpo de Chloe Sinclair. Ela não sabia se isso era um bom ou mau sinal, mas procurou se concentrar nas possibilidades que o dia à sua frente lhe oferecia: um resultado positivo daquela visita; a descoberta que esperava poder passar a Tom Thorne.

Relendo suas anotações no trem, não conseguia esquecer o que se passara na noite anterior. Ela indagava como o estado em que ele se encontrava — e no qual talvez ainda estivesse — havia afetado sua capacidade de comandar uma investigação. Aquilo o teria deixado prostrado ou animado? Ela sabia que os problemas pessoais, em geral, tinham algum tipo de impacto no trabalho, e se lembrou de um período de alguns meses, vinte anos atrás, em que ela e Jack atravessaram uma fase tortuosa. Posteriormente, para satisfazer sua curiosidade, ela verificara e se surpreendera ao constatar que seu índice de detenções havia sido melhor que nunca.

Ela esperava que funcionasse do mesmo modo com Thorne.

Era um trajeto curto da estação de Reading até Caversham, um bairro pequeno alguns minutos ao norte da cidade, na outra margem do Tâmisa. O táxi, cujo motorista não parou de falar durante todo o percurso, atravessou uma grande ponte ornamentada, chegando a uma área que parecia mais o centro de um vilarejo inglês típico do que um bairro residencial. O carro finalmente parou — obedecendo às instruções de Chamberlain — a cerca de cem metros de uma casa com terraço e ótimo aspecto, um pouco afastada da rua e bem próxima do rio.

Caminhando até a residência, Chamberlain pôde ver barcos a remo e a vapor atracados em ambas as margens do rio, e também um par de cisnes singrando as águas. Um grupo de crianças lançava pão para eles, tentando fazer os pedaços rodopiarem no ar, feito um disco.

— Acertei! Bem no pescoço — gritou uma delas.

— Quero ver se consegue fazer de novo...

Chamberlain já havia resolvido que, no caso de o pior acontecer, ela se mudaria, talvez para mais perto de Londres, e aquele era o tipo de lugar que escolheria. Ela adorava ficar perto da água, e, embora esse trecho do rio fosse pouco característico, era provavelmente muito mais limpo que o Canal da Mancha.

E algumas das pessoas por ali tinham menos de 50 anos.

A porta foi entreaberta por uma garota carrancuda, com seus 14 anos, olhando para Chamberlain e tomando cuidado para não abrir muito a porta. Chamberlain se lembrou de suas anotações. Deveria se tratar de Nicola, filha de Sandra e de seu terceiro marido, que devia estar no trabalho em uma loja da Tesco, onde era gerente. Chamberlain pensou em assustar a garota emburrada chamando-a pelo nome, mas resolveu apenas mostrar sua credencial e perguntou se a mãe dela estava em casa.

Alguns segundos depois, a garota se afastou da porta, empurrou-a de novo até quase fechá-la e, em seguida, sumiu. Enquanto Chamberlain esperava, ouvindo os passos da menina na escada seguidos por uma conversa abafada, começou a acreditar que tudo sairia do modo que todos queriam. Tentou imaginar se a garota sabia alguma coisa sobre seu meio-irmão com o dobro de sua idade, um assassino em série que podia muito bem ter cuidado dela quando pequena.

A mulher se desculpou ao abrir a porta por inteiro.

— Sinto muito... ela não é muito comunicativa — disse ela. — E não gosta de me ver irritada.

— Não tem problema. Está tudo bem?

A mulher inclinou a cabeça.

— Não entendo. Ela me disse que você era da polícia.

— É. Eu trabalho para a polícia, mas...

— Então, você não veio aqui para... — A mulher sacudiu rapidamente a cabeça, vendo a expressão confusa de Chamberlain. — Lamento, eu pensei que... Tivemos uma morte na família recentemente e pensei que fosse esse o motivo de sua visita.

— Eu sinto muito — disse Chamberlain. — O que aconteceu?

A mulher apoiou a cabeça na beirada da porta.

— Essas coisas. O pobre coitado estava no lugar errado na hora errada, só isso, e acabou encontrando um maluco. Não éramos exatamente próximos, para ser franca, mas, ainda assim, foi um choque.

Chamberlain aguardou.

— Meu sobrinho — disse a mulher. — Não tinha nem 30 anos! Só Deus sabe quando me deixarão enterrá-lo.

Chamberlain pigarreou sob o olhar atônito daquela mulher.

— Bem, desculpe-me se a hora não é a melhor, mas, na verdade, eu gostaria de falar com você sobre Raymond Garvey.

A mulher hesitou e se empertigou lentamente.

— Um nome do passado, eu sei — emendou Chamberlain. — E isso deve parecer um tanto desproposital.

— Sim e não.

— Como?

O sorriso pareceu a meio caminho entre o alívio e a resignação, e permaneceu em seu rosto, enquanto Sandra Phipps recuava, dentro da saleta mal-iluminada.

— Acho melhor preparar algo para nós bebermos — disse ela.

Gibbons trouxe sanduíches e refrigerantes para o almoço, queixando-se de estarem fazendo dele uma garçonete e demonstrando indignação quando Spibey o convidou a entrar no jogo. Antes de sair, ele falou que pelo menos um deles precisava ficar lá embaixo.

— Sabe, fazendo o que somos pagos para fazer.

Esse aí é um fanático pelo seu trabalho, pensou Spibey.

Depois de cerca de uma hora, Dowd estava ganhando, com várias pilhas de fichas bem organizadas à sua frente, e chegou mesmo a bancar Fowler, que acumulara grandes perdas no jogo. Levando em conta a última partida, Spibey ainda estava no vermelho, e sentia-se disposto a exercer uma pressão um pouco maior. A sorte existia, ele sabia, mas, naquela mesa, ele era, de longe, o melhor jogador. Além disso — ele sorriu para si mesmo — nenhum dos dois era exatamente sortudo.

— Só para lembrar a vocês — disse ele. — Fanfarra não ganha jogo e uma sequência bate um *flush*. Estamos combinados?

Fowler riu e lançou mais algumas fichas na mesa.

— É isso, ótimo, mas acho que você não tem nenhum dos dois na mão.

— Jogos mentais — disse Dowd. — É esse tipo de bosta que impõem às pessoas nas salas de interrogatório. — Ele empurrou fichas suficientes para o centro da mesa, capazes de cobrir a aposta de Spibey. — Estou pagando para ver...

Spibey aquiesceu com uma expressão pensativa, mas foi incapaz de conter um sorriso largo quando abriu sua sequência até o ás. O sorriso se tornou uma risada, quando Fowler e Dowd murmuraram sua incredulidade e largaram as cartas. Spibey arrastou as fichas para si.

— Vocês não entendem nada de policiais — disse ele. — Somos nós os honestos nessa história.

Dowd havia recolhido as cartas e já as estava embaralhando.

— Então, fale a verdade. Normalmente, vocês conseguem pegar esse tipo de assassino?

— Não há nada típico nesse cara.

— Mas vocês os pegam ou não?

Spibey empilhava seus ganhos.

— Olhe, eu estou apenas numa missão de babá da polícia. Realmente, estou por fora dos detalhes.

— Vamos...

— Seria melhor perguntar isto a Thorne.

— Ele responderia honestamente?

— Provavelmente, não.

— Você vai dar as cartas ou não? — perguntou Fowler rispidamente. Dowd ergueu a sobrancelha na direção de Spibey.

— Faz quanto tempo que você tomou seu remédio, Graham?

Fowler pareceu impassível por um segundo do outro lado da mesa, depois pegou seus cigarros.

— Eu vou ganhar tudo isso, parceiro. — Ele apontou para as pilhas de Spibey. — Até a última ficha.

— Fácil dizer quando se está jogando com a grana alheia — disse Dowd.

— Você vai ser reembolsado.

— Como? Vai sair vendendo aquelas revistas que são vendidas por mendigos nas ruas?

Fowler sorriu, parecendo mudar de humor bruscamente.

— Quando a polícia nos der novas identidades, eles terão que nos dar um pouco de dinheiro também, não? Alguma coisa para começar.

— Olhe, isso tudo é teórico — disse Spibey. — Na verdade, você não vai ganhar porra nenhuma. — Ele pegou suas cartas. — Sério, estou numa maré de sorte.

Fowler acendeu um cigarro.

— Ela vai mudar — disse ele.

TRINTA E CINCO

Sandra Phipps não era uma mulher baixa, mas dava para ver que estava acima do peso. Seu rosto arredondado era emoldurado por cabelos grisalhos que ela nada fazia para disfarçar. Andando lentamente, conduziu Chamberlain até uma pequena sala de estar bem quente.

— Posso servir um chá — disse ela. Sua voz era monótona e a respiração, um pouco ofegante. — Mas eu acho que vou precisar de algo mais forte...

— Um chá está ótimo para mim — aceitou Chamberlain.

— Ainda é cedo, mas dane-se.

A mulher ficou parada ao lado da porta, como se estivesse esperando que Chamberlain mudasse de ideia. Chamberlain sorriu, viu cintilar algo semelhante a medo nos olhos de Sandra Phipps e, pela primeira vez desde que aceitara a oferta de Tom Thorne para se envolver na investigação, sentiu-se entusiasmada.

— Tem certeza? — insistiu Sandra.

— Tenho, sim — respondeu Chamberlain.

Enquanto aguardava a volta de Sandra, Chamberlain ficou sentada em uma poltrona com muitos anos de uso, mas confortável, e examinou a sala. Sobre a TV e todos os demais móveis, empilhavam-se bugigangas e fotografias. Uma revista com a programação da TV estava aberta sobre o sofá e, na mesinha ao lado, um romance água com açúcar. Havia um aquário de peixes exóticos instalado em um canto, o borbulhar audível em meio ao som enérgico de um baixo que vinha do primeiro andar. Não havia indício algum de luto familiar; nenhuma flor ou cartões de condolências à vista. Sua filha estava vestida de preto, mas, mesmo com seu conhecimento limitado sobre os adolescentes, Chamberlain imaginou que aquela era a cor habitual de Nicola Phipps em qualquer circunstância. A expressão carrancuda provavelmente fazia parte de seu estilo permanente.

Quando Sandra voltou — com uma xícara de chá e uma garrafa de vinho pela metade — as duas trocaram alguns comentários amenos, tentando se sentir à vontade. Sandra estava horrorizada, disse ela, com a insegurança que havia tomado conta das ruas nos últimos anos. Chamberlain concordou e reagiu com indignação quando Sandra falou dos custos extorsivos dos funerais.

Então Chamberlain abordou o assunto.

Ela havia achado difícil avaliar a reação daquela mulher ao ouvir o nome de Raymond Garvey. Um namorado do passado era uma coisa, mas, quando ele calhava de ser também um notório assassino em série, era outra. A reação de Sandra ao nome de Malcolm Reece foi mais fácil de interpretar.

— Eles formavam um par e tanto — disse Sandra, rindo. — Ele e Ray aprontavam como se fossem deuses.

— Parece que isso seduzia algumas de vocês.

— É, bem... — Ela deu de ombros. — Jovens e tolas, eu suponho.

— Por quanto tempo você e Ray ficaram juntos?

— Acho que nunca "ficamos juntos". Éramos ambos casados, portanto...

— Sei. Por quanto tempo vocês dois ficaram se esgueirando pelos cantos para dar uma rapidinha?

Sandra sorriu, enrubescendo um pouco.

— Frequentamos um hotel por um tempo. Um fim de semana a cada 15 dias fora da cidade.

Chamberlain esperou.

— Seis meses, mais ou menos, acho, com idas e vindas. Até ele conhecer minha irmã mais nova. — Ela voltou a sorrir, friamente desta vez, depois bebeu um gole. — Frances.

— Ele começou a sair com sua irmã?

Mais uma vez, ela deu de ombros.

— Ela era mais bonita que eu.

— Malcolm Reece falou alguma coisa sobre um bebê.

Se Sandra ouviu o que Chamberlain disse, preferiu ignorar.

— Eles foram mais discretos que eu e Ray — disse ela. — Eu só fiquei sabendo por acaso e, para ser franca, não quis me aprofundar no assunto. Estava com ciúmes, acho, e furiosa com minha irmã. Ficamos um bom tempo sem nos falar.

Chamberlain disse que compreendia.

— Cheguei a transar com Malcolm Reece uma ou duas vezes, que estúpida eu era! Tentando tirar o Ray da cabeça, acho.

— E então, e esse bebê?

— Não era meu — disse Sandra.

— Da sua irmã?

Sandra hesitou e depois assentiu.

— Um menino. Frances e Ray já haviam rompido quando aconteceu. Eu acho que a esposa de Ray estava começando a desconfiar.

Chamberlain demonstrou que compreendia. Ela se lembrou de Jenny Duggan lhe contando que sempre soubera que Garvey saía com outras mulheres.

— Ela levou muito tempo para se tocar, sabe? — Sandra esvaziou seu copo. — Você está bem?

Chamberlain olhou para Sandra Phipps surpresa, assim que caiu a ficha.

— *Frances?*

Sandra assentiu outra vez, e pareceu não entender por que Chamberlain levara tanto tempo para reagir.

— Frances Walsh. O mais estranho é que nós nunca nos reconciliamos de verdade.

Chamberlain piscou os olhos, imaginou as páginas cheias de anotações que tinha examinado no trem: uma lista das vítimas de Anthony Garvey e uma lista de mulheres, assassinadas há muito tempo, que haviam dado luz a elas.

— Frances Walsh foi a terceira vítima de Ray Garvey — disse Chamberlain.

Sandra balançou a cabeça, negando.

— A *primeira* vítima. Foi a terceira a ser encontrada, mas a primeira a ser assassinada. — Ela se inclinou para a frente e pegou a garrafa de vinho. — Tem certeza de que não quer um pouco?

Chamberlain negou com a cabeça.

— Como queira — disse Sandra, tornando a encher sua taça.

Hendricks respirou profundamente por alguns segundos e então falou, calma e lentamente, com a voz mais rouca que conseguiu:

— Com que roupa você está?

— Você deve estar realmente entediado.

— Porra, e você não fica mais lamentável que isso.

— Me dê só mais uma horinha — disse Thorne.

Quando a falta de progresso de um caso lançava sombras sinistras sobre todos os tijolos, escurecendo todos os vidros, Becke House podia rapidamente transformar um bom humor em mau, e o mau em péssimo. Thorne estava no meio disso, sentado em seu escritório, tentando em vão resgatar um pouco do otimismo matinal, quando Hendricks telefonou.

— Podemos tomar uma cerveja ou meia dúzia delas mais tarde?

— Difícil — disse Hendricks. — Estou em Gotemburgo.

— Merda, é verdade. — Thorne se esquecera completamente do seminário de seu colega. Uma conferência sobre alguma coisa.

— Você perdeu sua chance, parceiro.

— E como está indo?

— Bem, eu estava esperando um monte de vikings enormes e bares cheios de homens que se parecessem com Freddie Ljungberg.

— Eu estava falando do seminário.

— Igualmente decepcionante.

— Então, esses homens...

— São mais parecidos com Freddie Krueger.

Thorne riu, lembrando-se da última vez que rira, e pensou em contar sua conversa com Louise naquela manhã, talvez até falar com Hendricks sobre o papo que tivera com Carol Chamberlain na noite anterior.

Mas não teve oportunidade.

— Suponho que não haja nada de novo sobre Garvey, então?

— Bem, ele não matou mais ninguém, não até onde saibamos, pelo menos; portanto, não dá para dizer que as coisas estejam piores.

— Eu estava pensando sobre aquele no canal.

— Walsh?

— Isso. Você lembra que me perguntou por que eu achava que ele havia sido atacado pela frente? Por que havia sido tão brutalmente agredido?

— Você disse que era porque o assassino ficara mais convencido ou furioso. — Thorne colocou o aparelho entre o queixo e o ombro e começou a mexer na pilha de papéis não lidos em sua mesa. — Ou estivesse com pressa, talvez.

— Talvez.

Thorne ouviu algo no silêncio.

— O quê?

— E se ele *não estivesse* com pressa? — perguntou Hendricks. — E se, deliberadamente, ele se deu o trabalho de deixar a vítima irreconhecível? Ainda não houve uma identificação oficial, houve?

— Não, mas...

— Você acha que podemos conseguir uma amostra de DNA daquela tia? Só para nos certificarmos.

— Nós sabemos quem era o cara, Phil. O documento no bolso.

— Porra, quem carrega velhas carteiras de motorista no bolso? E uma carta antiga?

— Alguém que tenha pirado, sabe-se lá como, e esteja tentando se agarrar ao pouco que lhe resta. — Thorne fez uma bola com um bocado de papel inútil e a lançou na lata de lixo, errando o alvo. — Walsh estava praticamente morando na rua, até onde sabemos.

— Eu estava pensando nisso também — disse Hendricks. — As drogas que apareceram no seu sangue não eram as que eu imaginava encontrar.

Thorne pediu a Hendricks que esperasse enquanto ele procurava um arquivo importante no computador e achou o relatório toxicológico. Abriu o documento e pediu que o outro continuasse.

— Onde os preguiçosos costumam comprar seus antidepressivos?

Thorne examinou o relatório. Havia sido encontrado álcool — cerveja e uísque — e uma última refeição parcialmente digerida, batatas fritas e uma torta qualquer. Ele desceu o cursor e analisou a lista de drogas, vestígios das quais haviam sido achadas no corpo de Simon Walsh. Diapezam, Prozac, Wellburtin.

— Tem de tudo aqui — disse Thorne.

— Normalmente não é heroína e cerveja barata?

— Chega uma hora em que o cara toma qualquer coisa que consegue, parceiro. — Thorne se lembrou do rapaz chamado Espiga, seus olhos brilhantes e começando a fechar antes mesmo de remover a agulha da veia e deixá-la cair na calçada. — Conheço um cara que se picava com sidra.

Houve uma pausa, antes de Hendricks voltar a falar.

— Sinto muito. Tenho passado tempo demais num quarto de hotel pensando.

— Só *pensando*?

— Bem, devo admitir que os filmes pornôs têm mais classe nos circuitos internos daqui.

Thorne riu outra vez e ergueu a cabeça, vendo Sam Karim de pé ao lado da porta. Karim perguntou se Thorne estava falando com Hendricks, e depois pediu para ter uma palavra com ele rapidamente.

— Espere. Sam quer falar com você.

Thorne passou o telefone e se levantou da sua cadeira. Pensou no rosto de Simon Walsh, o que sobrara dele. Ouviu quando Karim perguntou a Hendricks se ele já havia visto algum alce por lá, e se podia trazer cigarros do *free-shop*.

Fowler estava bêbado.

Fazia um esforço para enxergar, varrendo com a mão as cinzas do cigarro caídas sobre a mesa, enquanto dizia um pouco alto demais a Spibey que ele tinha razão sobre a maré de sorte do policial estar chegando ao fim.

— Fanfarra não ganha jogo — disse Spibey. — É uma questão de habilidade e estratégia.

Dowd riu e disse:

— E onde estão todas as fichas?

— Pois é — disse Fowler, triunfantemente. — Onde estão todas as fichas, porra?

Ele bateu as mãos e apontou teatralmente para as grandes pilhas de fichas à sua frente e à frente de Dowd, depois para as poucas que restavam diante do policial.

Embaralhando as cartas, Spibey conseguiu esboçar um leve sorriso, mas sabia que Fowler tinha razão. Desde a hora do almoço não tinha tido um jogo bom nas mãos, ou, quando teve, foi vencido por um ainda melhor. Ele assistira a Fowler e Dowd se revezarem nas graças da sorte, ao passo que sua pilha de fichas estava reduzida praticamente a nada.

— Melhor pedir ao seu colega lá embaixo que dê um pulo no caixa eletrônico para você — disse Dowd.

Fowler deu uma risadinha, repetiu "caixa eletrônico" e derrubou uma pilha de fichas no chão, quando se inclinou para cumprimentar Dowd pela piada.

— Porra — esbravejou Spibey.

Fowler se curvou para recolher as fichas, enquanto Dowd pedia a Spibey que distribuísse as cartas.

Spibey ficou contente ao ver que tinha um ás e duas rainhas, três cartas valiosas para começar. Ele aumentou bastante as apostas e Dowd rapidamente abandonou a mão, mas Fowler estava contente, apostando no escuro, o que lhe permitia fazer as apostas com apenas a metade das fichas de Spibey. O policial se concentrou e abriu seu jogo. Então percebeu quando Fowler olhou para as próprias cartas e começou a rir, antes de colocá-las fechadas sobre a mesa na direção de Dowd.

Dowd balançou a cabeça e deu de ombros.

— Não é o seu dia, Sr. Policial.

Depois, mostrou a sequência de Fowler.

Spibey bateu com a palma da mão na mesa e Fowler teve que reagir rapidamente para evitar que sua lata de cerveja caísse no chão.

— Sinto muito — disse Spibey.— Mas isto é simplesmente ridículo.
— É uma fase ruim — concordou Dowd.
— *Ruim?*
— Preciso ir ao banheiro — disse Fowler, recolhendo suas fichas.
Dowd afastou sua cadeira.
— Quem quer chá?
Spibey estava de costas para a janela aberta. O sol aquecia sua nuca. Assim que Dowd entrou na cozinha e Fowler se dirigiu para o pequeno banheiro do outro lado da sala, Spibey se virou para tomar um pouco de ar fresco, a névoa leitosa da fumaça de cigarro passando ao seu lado, antes de ser arrebatada pela brisa.

Virando-se para dentro, ele pegou a carteira e tirou uma nota de vinte libras para voltar a entrar no jogo.

— E foda-se — disse, calmamente.

Enquanto se acomodava na cadeira, esperando Fowler e Dowd voltarem, Spibey pensou em como ele começara a desprezar aqueles dois homens dos quais se via forçado a cuidar. Como algumas horas de apostas inofensivas eram capazes de revelar as pessoas sob outra luz. Apenas alguns dias antes, ele os tinha considerado vítimas, desraigadas e amedrontadas. Mas, hoje, chegara à conclusão de que eles eram pouco mais que simples parasitas. Doentes mentais, os dois, divertindo-se e vivendo à custa dos contribuintes, enquanto caras como ele ficavam dando uma de babá.

Caramba, como se, caso viessem a acabar mal, isso pudesse representar uma grande perda para a sociedade.

Dowd, que nitidamente se achava muito engraçado, havia se tornado insuportavelmente presunçoso; e Spibey não estava convencido de que Fowler estivesse tão bêbado quanto parecia. O que ele havia tomado? Quatro latinhas de cerveja? Aquela era uma velha trapaça de jogador, e Spibey começou a duvidar que Fowler fosse mesmo o principiante que dizia ser.

Ele desamassou a nota de vinte sobre a mesa, olhando fixamente para ela. Começaria a jogar de novo, apostando até mesmo quarenta, oitenta, ou mais. Limparia aqueles dois antes de os caras do turno da noite chegarem, às 18 horas.

Babacas.

Escutou passos e olhou para a frente, agitando no ar a cédula de vinte libras, depois apanhou as cartas novamente e se concentrou ao embaralhá-las.

— Habilidade e estratégia — disse ele.

O que sentiu, viu e ouviu — as sensações que assaltaram o corpo e a mente nos trinta últimos segundos de sua vida — não aconteceu na ordem que Spibey poderia ter esperado. Primeiro, ele *viu* sangue — ou talvez tivesse desmaiado por alguns instantes e foi simplesmente a primeira coisa que viu à sua frente quando reabriu os olhos — respingado sobre as cartas que haviam caído na mesa. Vermelho como os naipes de copas e ouro. Em seguida, ele a *sentiu*, macia sobre o couro cabeludo ao passar os dedos, a ferida na parte posterior do crânio, depois a dor, quando o segundo golpe esmagou sua mão, e um surto de náusea após a terceira pancada, até finalmente encostar o rosto no tampo frio da mesa.

Ele tentou erguer a cabeça e tudo ficou escuro, e achou que era provavelmente de madeira, com alguns espinhos, o objeto com o qual ele havia sido golpeado. Com o qual ainda estava sendo espancado. Ele ouviu alguém dizer "Porra, o que você está fazendo?" e sentiu o cheiro do próprio mijo, e o sol ainda quente na nuca.

Os raios de sol que escorriam, secos e pegajosos, sob a gola de sua camisa.

"Porra, o que está acontecendo?"

Passaram-se alguns segundos de silêncio, enquanto os dois homens ainda vivos naquela sala olhavam um para o outro.

Então Anthony Garvey deu a volta na mesa e puxou devagar uma cadeira, o sangue do policial ainda pingando do objeto, quando ele o ergueu mais uma vez.

— A maré de sorte acabou para vocês dois — disse ele.

TRINTA E SEIS

Foi só quando ela escutou o ruído na escada, que Chamberlain se deu conta de que a música que vinha do andar de cima havia parado. Ela e Sandra Phipps olharam para o alto à medida que os passos foram ficando mais próximos, o som de alguém descendo rápido e, depois, um breve silêncio, antes de a porta da casa ser batida com força.

Sandra bufou e se recostou na cadeira.

— Ela está transtornada — disse.

— Por causa de seu sobrinho?

Sandra assentiu com a cabeça.

— No fundo, isso não faz sentido. Nicola não via Simon desde que ele era pequeno. Ela ficou tão arrasada quanto ficaria se um dos caras daquelas bandas que escuta morresse. É conveniente para ela, para ser sincera.

— E quanto a você?

Sandra olhou para ela, sem saber como dizer que a pergunta lhe parecia estranha.

— Eu estou... triste. É horrível o que fizeram com ele. Não importa que não fôssemos particularmente íntimos, não é mesmo?

Chamberlain ficou calada.

— Ainda não me disseram aonde devo ir para vê-lo, resolver os detalhes do enterro, essas coisas. — Ela girou a taça, o vinho revolvendo-se dentro dela. — Só Deus sabe em que estado ele deve estar.

— Assim que apontarem tudo, vão avisar — disse Chamberlain, achando que isso era o bastante.

Todas as peças estavam em suas mãos agora. Ela sabia quem era o homem que nomeara a si mesmo Anthony Garvey, e sabia o que *aquilo* significava. Mas ainda estava lutando para entender o sentido de tudo.

— É por isso que eu reagi mal quando você chegou — disse Sandra.

— Sabe, eu pensei que era por isso que tinha vindo.

— Por causa de Simon?

— Pensei que haviam liberado o corpo ou algo assim.

Simon Walsh. O filho de Raymond Garvey e sua primeira vítima. O homem pelo qual a polícia estava procurando e que — Chamberlain acabava de perceber — acreditavam equivocadamente que tinha se tornado uma vítima.

— Foi por isso que Ray a matou.

Chamberlain ergueu a cabeça bruscamente. Era como se Sandra Phipps tivesse sido capaz de ler seus pensamentos e ela sentiu o sangue subir.

— Como?

— Foi o que ele disse, pelo menos. Porque Fran nunca lhe contou sobre o bebê. Porque ele não sabia que tinha um filho de 12 anos. Não sei bem como descobriu, para falar a verdade, mas ele disse que ficou louco. Apareceu por lá para resolver a situação com ela e acabou perdendo o controle.

— Meu Deus.

— O quê?

— Por que diabos você não contou isto para a polícia? — indagou Chamberlain.

— Eu não sabia de nada até Ray ser preso. Não sabia que tinha sido ele. — Sandra pegou a garrafa novamente. — Todas aquelas mulheres já estavam mortas na época, então fiquei calada. Isso não traria nenhuma delas de volta, não é mesmo?

— Quando você descobriu?

— Ele me escreveu da prisão — disse Sandra. — Só uma vez. Queria que eu soubesse por que ele matou Fran. — Bruscamente, o ódio cintilou em seus olhos. — Ele queria o meu perdão, dá para acreditar?

Sete, pensou Chamberlain. Sete mulheres haviam sido assassinadas porque Frances Walsh não contou para Garvey sobre o seu filho. Isso fazia a ideia de uma personalidade alterada parecer ainda mais ridícula.

— Então por que ele continuou matando? — perguntou ela. — Depois de sua irmã?

Sandra pousou a garrafa sobre a perna e olhou para o teto.

— Só Deus sabe. Alguma coisa detonou dentro da cabeça dele, talvez. Não sei como funcionam essas coisas da mente. Talvez estivesse tentando esconder a verdadeira razão que o levou a matar Fran... se a causa disso tudo foi ignorar a existência de seu filho. Talvez tenha feito uma primeira vez e gostado. Isso não importa mais, não é?

Chamberlain estava achando a calma daquela mulher e sua reação indiferente difíceis de suportar, mas não podia, por outro lado, dizer que ainda importava.

— Então você ficou com Simon? Depois de Frances ter sido assassinada?

— Era eu ou a Assistência Social; então, o que eu podia fazer? Na verdade, minha relação com a Fran nunca voltou ao normal, depois de toda aquela história antiga entre ela e Ray. Mas ela não merecia o que aquele desgraçado fez. E Simon era parte da família, então não pensei duas vezes.

— O que você contou a Simon sobre seu pai?

— O mesmo que Fran havia lhe contado: seu pai morrera quando ele era bem pequeno, mencionando vagamente que ele havia sido engenheiro. O mais estranho era que ele nunca perguntava nada. Já bastava ter que conviver com o que acontecera com sua mãe, eu acho, e todas as dificuldades que enfrentou na escola. — Ela piscou rapidamente os olhos ao lembrar-se. — Mais tarde, ele ficou um pouco com *raiva* dela, e de todo mundo. Mas isso acontece às vezes com as pessoas, não é? — Ela se serviu do que restava de vinho. — Quando perdem alguém...

Chamberlain esperou Sandra Phipps prosseguir, observando seu peito arfante, escutando-a arquejar em meio ao borbulhar do aquário. Ela foi tomada por um ligeiro sobressalto quando um telefone celular começou a tocar uma música animada bem alto.

Sandra se inclinou sobre uma mesinha e pegou o telefone. Ela olhou para o visor por alguns instantes e o desligou.

— Meu pai — disse ela. — Provavelmente está a fim de bater papo. Eu ligo mais tarde para ele.

— Você estava falando sobre...

— Olhe, eu só queria que tudo fosse o mais normal possível para o garoto, sabe? A última coisa que eu queria é que ele soubesse quem era seu pai e o que ele havia feito. Não queria que se sentisse como uma aberração.

Chamberlain tentou manter a expressão impassiva.

— Quando o viu pela última vez?

— Ele foi embora com 17 anos — respondeu Sandra. — Dez anos atrás, portanto. — Ela refletiu por um segundo. — É, dez. Foi tudo muito repentino, sabe? Ele só me disse que precisava de um lugar para morar sozinho. Acho que estava apenas a fim de encarar a vida por conta própria, se encontrar. Compreensível. — Ela fez um gesto com a cabeça na direção da porta. — Logo, *ela* também vai querer partir.

— Você não teve mais notícias dele?

— Uma ou duas vezes. Só me avisando que estava bem. Mas não estava, não é mesmo? A polícia me disse que ele estava vivendo como um vagabundo quando morreu. — Ela bebeu um gole e fechou os olhos ao engolir o líquido. — Tenho me sentido culpada por causa disso desde que soube o que aconteceu.

— E, então, por que agora? — perguntou Chamberlain. — Você guardou isso durante 15 anos.

Sandra deu de ombros.

— A verdade não importa mais, não é? Não agora que Simon está morto.

Chamberlain sabia muito bem que Simon Walsh não estava morto, mas como poderia contar isso àquela mulher? *Sei que seu sobrinho não é o homem que içaram daquele canal com o crânio rachado e o rosto esmagado como um melão. Eu sei por que foi Simon quem matou esse cara. E que matou muitas outras pessoas...*

Entre todas as notícias, esta era, sem dúvida, a melhor.

Sandra pigarreou e ajeitou-se na cadeira. O vinho que havia bebido transparecia em sua voz, que ficou de repente mais viva, mais alta.

— Quando chegou aqui, você disse que queria falar sobre Ray Garvey — disse ela. — Mas não explicou a razão.

— Não? — Chamberlain se levantou. Essa conversa deveria ficar para outra pessoa, alguém que ainda possuísse sua credencial de polícia. Naquele momento, ela só queria sair da casa de Sandra Phipps o mais rapidamente possível.

Ela precisava telefonar para Tom Thorne.

O detetive-sargento Rob Gibbons olhou para a frente, conforme fazia cada vez que virava a página, observou por um instante os três monitores de segurança na mesa à sua frente, depois voltou satisfeito à sua leitura.

Era fácil se entregar a um livro que estava adorando.

Com o trabalho que fazia, as pessoas estúpidas e desagradáveis com quem tinha que lidar todos os dias, o que mais podia fazer, senão ler uma aventura fantástica? Aquele babaca do Thorne e sua turma podiam zombar o quanto quisessem — dragões e *hobbits*, o cacete —, mas, do modo como Gibbons via as coisas, os mundos extraordinários criados nos romances de literatura fantástica, pelo menos nos melhores deles, faziam muito mais sentido que aquela realidade de merda em que vivia. Estes eram os livros mais populares nas bibliotecas das penitenciárias também e, certamente, os que eram roubados com maior frequência. Não era preciso ser um gênio para descobrir a razão. Histórias fantásticas e livros sobre crimes verdadeiros, obviamente.

Em termos de hábito, o de ler era um bocado mais seguro que o de apostar em um jogo de pôquer, Gibbons sabia bem disso, e sabia que Brian Spibey tinha um problema. Horas sem fim tentando extrair algumas libras de caras como Dowd e Fowler, que coisa mais triste! Ele não voltara lá em cima desde a hora do almoço, caramba. Gibbons estava bem contente, ali, sozinho com seu livro, mas ainda havia um trabalho a ser feito e ele estava começando a achar que precisava conversar sobre isso com alguém. Com Spibey, desde que ele não agisse como um imbecil, ou com alguém mais acima. Tratava-se de um passo importante, mas...

Ele ouviu um grito vindo do andar de cima e largou o livro; olhando para o monitor, teve tempo de ver uma sombra cruzando a imagem da câmera do corredor do primeiro andar.

Ele pegou o rádio.

— Brian, você está descendo?

Um ruído de estática e depois:

— Brian? *Não fode!*

Não parecia a voz de Spibey...

Ele se levantou e deu a volta na mesa. Seus sapatos fizeram um barulho muito alto quando atravessou o saguão. Ninguém desceria sem a ordem de Spibey, pensou. Eles deviam ficar em seus apartamentos, com as portas trancadas. Teria seu colega pirado de vez e perdido a paciência com eles?

Virou-se para a escada e então parou e deu um passo para trás, o rádio caindo da mão e espatifando no soalho de mármore.

— Merda!

Ele encarou o homem descendo lentamente a escada em sua direção. O olhar desvairado e o sangue empapado na camisa.

— O que aconteceu, *porra*?

— O cara pirou de vez. É melhor chamar alguém.

Gibbons só conseguiu engolir seco e concordar, incapaz de se mexer durante os poucos segundos que o homem levou para descer os últimos degraus. Perplexo diante do sangue e da expressão dele. Percebendo tarde demais a faca de cozinha na mão de Anthony Garvey.

— Acalme-se, Carol.

Thorne tinha acabado de falar com Phil Hendricks, quando ela ligou. Ele estava conversando com Dave Holland, descrevendo algumas das escapadas do médico-legista na Suécia. Agora, ouvindo o tom da voz de Thorne, Holland se aproximou da sua mesa perguntando:

— O que houve?

Thorne sacudiu a cabeça.

— Você está me escutando, Tom? — Chamberlain parecia nervosa, ofegante.

— Claro que estou, mas você...
— O filho de Ray Garvey é Simon Walsh.
— Isso é impossível.

Chamberlain relatou sua conversa com Sandra Phipps o mais rápido possível: o equívoco em relação ao motivo de sua visita e, finalmente, a revelação que mudava tudo.

— Garvey teve um caso com a irmã dela, e eles tiveram um filho. Ela foi a primeira vítima, Tom. *Frances Walsh*.

— Mas por que ele...?

— Ele a matou porque ela nunca lhe disse nada sobre o menino. Foi por isso que matou todas. Não tem porra nenhuma a ver com qualquer tumor cerebral.

Thorne pulou de sua cadeira, esforçando-se para absorver tudo aquilo.

— Mas Simon Walsh foi espancado até a morte. Nós o pescamos daquele maldito canal.

— Não, não pescaram — retrucou Chamberlain.

— Havia uma carteira de identidade — mas, no momento em que disse isso, ele entendeu que haviam se enganado. Ele pensou no que Hendricks dissera e compreendeu que as preocupações de seu amigo haviam sido justificadas. A ideia tinha sido deixar o corpo irreconhecível, com a carta e a carteira de motorista a fim de fornecer provas de que a vítima era outra pessoa.

Mas por quê?

No dia em que o corpo foi encontrado, Thorne e Hendricks tinham também conversado sobre o fato de a vítima ter sido desovada após a morte em outro lugar. Agora, Thorne começava a imaginar a que distância de Camden aquilo poderia ter acontecido.

— Anthony Garvey é o filho da primeira vítima de Ray Garvey — disse Chamberlain. — O pai matou a mãe dele, Tom.

A camisa de Thorne estava totalmente empapada de suor nas costas. Ele sentiu seu pescoço latejando.

— O mais importante, porém — prosseguiu Chamberlain —, é que, seja quem for que vocês pescaram no canal, essa pessoa não era Simon Walsh.

Thorne disse a Chamberlain que telefonaria para ela mais tarde e desligou. Antes que Holland tivesse a chance de dizer alguma coisa, ele já estava de saída. Holland o seguiu pelo corredor estreito, começando a fazer perguntas, mas Thorne o interrompeu.

— Precisamos enviar algumas unidades de reação rápida para Euston. Todas que você puder conseguir. E uma unidade armada também.

— O quê?

Seja quem for que vocês pescaram no canal...

Thorne sabia que só poderia se tratar de uma pessoa. O mesmo se aplicava para o próprio assassino.

— *Rápido*, Dave!

TRINTA E SETE

Penitenciária de Whitemoor

— Você está pronto para amanhã?
— Eles me mostraram a lista do que pode dar errado.
— Eles precisam fazer isso para se proteger.
— Eu sei, mas você ainda está pensando nisto, não está?
— Esse tal de Kambar parece saber o que está fazendo.
— É, imagino que sim. Não tenho muitas opções, tenho?
— Como estão as dores de cabeça?
— É sempre assim, não é? Nos últimos dias, tenho sentido somente uma pontada. Devia pensar em outra coisa, talvez.
— Você deveria pensar em ficar melhor e viver por bastante tempo.
— Certo, tenho tantas coisas pelas quais viver.
— Ouça, tenho pesquisado bastante, na internet e tal, e há milhares de coisas sobre essa história de mudança de personalidade.
— Por favor, Tony.
— Existem casos documentados.
— Eu lhe disse...
— Você deveria ficar animado com isso. Pode tirar você daqui.
— Isso não vai acontecer.

— Deixe que eu me preocupe com isso, certo? Apenas melhore e depois eu mostro tudo o que estou preparando.
— Não quero que você desperdice seu tempo.
— Não estou desperdiçando, juro. Depois da operação, vou começar a falar com as pessoas, dar início a uma campanha.
— Que pessoas?
— Escritores, jornalistas, qualquer um. Falarei com o Dr. Kambar após a operação.
— E quanto às mulheres que morreram?
— Não foi *você* que as matou. Podemos provar isso.
— E quanto a seus maridos e seus pais? Seus filhos? Você não acha que eles podem querer dar início a uma campanha também?
— Não podemos... nos desviar por causa disso. Um inocente é um inocente.
— Sem mencionar...
— Chega.
— Sua própria *mãe*, Tony.
— Ela teve o que merecia.
— Nenhuma delas merecia.
— Não foi culpa sua. Foi o tumor. Isso explica o que houve com as outras mulheres, você não entende isso? Você estava fora de controle. Mesmo com *ela*.
— Não concordo com isso. Com nada disso.
— Mas eu, sim, está bem? Você não precisa se preocupar com nada.
— Só deixar eles cortarem meu cérebro.
— Estarei lá quando você entrar, certo? E estarei lá quando você acordar.
— *Se...*
— Não diga isto.
— Sinto muito. É só que...
— Está tudo bem.
— Agradeço muito.
— Deixe de bobagem. Família é para isso.

TRINTA E OITO

Debbie recuou um passo da porta, antes mesmo que o policial pudesse mostrar inteiramente sua credencial. Por instinto, ela estendeu os braços para trás, as mãos abanando, chamando Jason, que ela deixara ao pé da escada. Seu coração acelerou; medo, excitação, ambos.

— Vocês o pegaram?

O detetive fez que não com a cabeça e desviou o olhar por um instante, tentando encontrar as palavras certas.

— Houve um... uma nova ocorrência, só isso.

Ela berrou o nome do filho, sem se virar.

— Não há razão para pânico, Srta. Mitchell.

— O quê?

— Nós só achamos que seria melhor alguém ficar aqui com vocês. Está bem?

Debbie deu um passo hesitante para a frente, colocando a cabeça para fora e olhando a rua. A vizinha nojenta da frente estava observando por uma brecha da cortina. Provavelmente, achou que o policial era um dos fregueses de Nina. Debbie mostrou-lhe seu dedo médio.

— Está bem assim, Debbie? — O policial guardou a credencial no bolso do casaco. — Posso entrar?

Debbie pensou por alguns segundos e então aquiesceu e se virou para dentro de casa, procurando Jason. Ela ouviu a porta da casa sendo fechada, enquanto entrava na sala de estar, aproximando-se de onde seu filho estava agora, inclinado sobre um livro ilustrado, perto do sofá. Ela se ajoelhou ao seu lado, sentindo o coração se acalmar um pouco, ao vê-lo virando as páginas, ouvindo-o murmurar algo.

— Há mais alguém em casa?

Ela se virou para o homem de pé ao lado da porta. Fez um gesto com a cabeça na direção de uma porta aberta que dava para a cozinha de Nina.

— É o som do rádio — respondeu ela. — Estão passando uma peça de teatro.

O detetive aquiesceu e escutou as vozes por um momento. Parecia uma discussão.

— É melhor quando se usa a imaginação, não é?

— Como?

— É isso o que dizem, não é?

— Dizem o quê?

— Essas peças. Por isso são tão boas no rádio. — Ele bateu com o dedo na cabeça. — Porque é melhor quando se usa a imaginação.

— Nunca pensei nisso.

Debbie se virou de novo para Jason, mas achou que o detetive estava com a razão. Geralmente, ela sintonizava o rádio na Capital ou Heart FM. Não era uma grande admiradora dos DJs, mas gostava da maior parte das músicas que tocavam e Jason parecia gostar também. Algumas vezes, ela o surpreendia dançando, embora poucas pessoas pudessem chamar aquilo de dança. Se transmitiam uma peça teatral, porém, ela sempre tentava sentar para escutar. Preparava um café e atacava um pacote de biscoitos, enquanto Jason ficava grudado em seu vídeo. Mesmo quando era uma daquelas mais estranhas, ou alguma velha porcaria encenada na Índia ou no Iraque ou qualquer outro lugar, em geral era fácil acompanhar a história e o tempo passava sem que ela notasse.

Porque é melhor quando se usa a imaginação?

As imagens que lhe vinham à mente eram de fato melhores que aquelas que andavam enchendo sua cabeça nos últimos dias. O homem que a estava caçando. Nada havia ali de favorável para uma tarde aconchegante escutando uma agradável peça de teatro...

Ela ouviu o detetive andando pelo tapete e se virou no momento em que ele se agachou ao seu lado. Seus joelhos estalaram e ele riu, balançando a cabeça.

— Caramba, ouviu isto? — perguntou ele.

O homem exalava um cheiro de cigarro e suor.

— E quem é este?

— É o Jason — disse Debbie.

Por cerca de trinta segundos, ambos observaram Jason percorrendo com os dedos as imagens no livro.

— Que idade ele tem?

— Oito anos.

Se aquilo surpreendeu o policial, ele não demonstrou, apenas ficou olhando por mais uns instantes, depois assentiu com a cabeça e se levantou. Naquele momento, Jason desviou o olhar de seu livro ilustrado e sorriu para ele.

O detetive retribuiu o sorriso.

TRINTA E NOVE

Quando Thorne e Holland chegaram a Euston, as duas extremidades da rua já haviam sido bloqueadas. Uma pequena multidão começou a se juntar. Moradores e passantes rapidamente se transformaram em uma atenta plateia. Eles disparavam perguntas para os policiais que os mantinham afastados e espalhavam rumores entre si, quando suas dúvidas não eram esclarecidas. Thorne também se fez de desentendido. Saiu do carro cabisbaixo e exibiu sua credencial antes de correr pela rua em direção do Hotel ao Delatores.

Havia pelo menos uma dúzia de viaturas estacionadas desordenadamente ao longo da rua: vans, carros, oficiais ou não, e uma ambulância. À medida que Thorne se aproximava, vários policiais armados vieram em sua direção, vagarosamente, ao passo que outros guardavam suas armas e equipamentos nas vans.

Sua presença já não era mais necessária.

Thorne não admirava muito o Comando Armado — sempre achou que muitos dos policiais eram caras arrogantes. Obviamente, a maior parte deles deixara de se sentir maioral desde a morte de Jean Charles de Menezes, e ele percebeu, pelos olhares que eram trocados — e pelos passos pesados e ombros caídos —, que não teria que lidar com nenhum ego inflado naquele dia.

Ele viu um policial do Comando Armado, atarracado e carrancudo, lançar seu capacete no gramado e começar a remover o colete à prova de balas. Quando Thorne chegou mais perto dele, o homem pegou um maço de cigarros no bolso e disse:

— Puta merda! — O rosto do cara estava branco feito vela.

— Está muito ruim? — perguntou Thorne.

— Pior é impossível.

Ambos se viraram ao ver uma padiola sendo carregada da porta do prédio até a ambulância. Havia um cobertor sobre o corpo e uma máscara de oxigênio sendo pressionada contra seu rosto, mas, ainda assim, Thorne conseguiu reconhecer o detetive-sargento Rob Gibbons. Ele examinou a expressão sombria dos paramédicos, em busca de alguma pista sobre as chances de o policial se safar, mas não conseguiu concluir coisa alguma. Em seguida, foi rapidamente para o prédio.

Lá dentro, o saguão fervilhava. Ninguém pararia para beber chá por ora. A equipe da perícia já se movimentava cheia de determinação, o farfalhar de seus uniformes competindo com o chiar dos rádios e as ordens vociferadas pelos superiores, fazendo o possível para conter o pânico.

Thorne se dirigiu até onde o restante da equipe de paramédicos reunia seus equipamentos, ao pé da escada. Holland estava a apenas alguns passos atrás dele, e ambos pararam um instante para observar a longa lâmina da faca caída no último degrau e o sangue esparramado, fazendo brilhar o chão de mármore.

— Porra, o que aconteceu? — perguntou Holland.

— Ele estava ao nosso alcance — disse Thorne. — O tempo todo em nossas mãos.

— Quem?

— Anthony Garvey.

— É, eu sei.

Thorne fizera o possível para explicar tudo assim que o carro saiu de Colindale. Holland escutara, perplexo, Thorne contando o que Carol Chamberlain descobrira, esclarecendo todas as implicações, enquanto pedia ao motorista que pisasse fundo.

— Mas então *quem*? — perguntou Holland.

Instintivamente, Thorne levantou a cabeça, olhando para cima, na direção dos apartamentos onde visitara os dois últimos homens da lista do assassino. Onde ele visitara o próprio assassino.

— Senhor?

Thorne se virou e assentiu com a cabeça para uma jovem nervosa que se aproximara. Ela se apresentou como inspetora da Equipe de Homicídio de plantão, seu nome lhe escapando imediatamente.

— Vamos lá — disse ele.

— Dois corpos lá em cima. — Ela piscou, olhando para suas anotações. — O detetive-sargento Spibey e um homem chamado Graham Fowler.

— Meu Deus! — exclamou Holland.

— Vamos ver — disse Thorne.

A mulher continuou falando, enquanto eles subiam a escada, o nervosismo ainda evidente na voz. Ela explicou que o superintendente Jesmond estava a caminho, assim como o legista, que estava mais atrasado do que devia, por ter ficado preso em um engarrafamento. Houvera algum tipo de confusão, continuou ela, quanto à pessoa que deveria substituir o Dr. Hendricks. Thorne pensou em seu amigo, feliz e distraído em alguma boate de Gotemburgo, e sentiu uma pontada de inveja. Olhando para Holland, ele disse:

— Então agora sabemos quem é.

— Dowd — confirmou Holland.

— O homem *fingindo* ser Dowd — retificou Thorne.

Eles pararam à porta do apartamento na extremidade do corredor, tão sem graça e banal até Anthony Garvey ter passado por ali. Observaram sua nova e apavorante decoração.

Spibey ainda estava sentado na cadeira, a cabeça tombada sobre o tampo escorregadio da mesa. No outro lado da sala, Graham Fowler estava caído contra a parede, um dos joelhos para o alto, estranhamente, como se estivesse deitado ali para descansar, embora o sangue e os fragmentos do cérebro espalhados ao lado de seu rosto contassem uma história diferente. Alguns metros adiante, um círculo irregular fora feito sobre o tapete em torno de uma espécie de porta-canecas manchado e lascado, três pequenas hastes haviam sido partidas; arrancadas do objeto, quando este foi usado repetidamente para golpear a cabeça do homem morto.

Thorne observava, cerrando e abrindo os punhos, enquanto o fotógrafo da polícia se aproximava o quanto podia dos corpos. Ele ouviu um dos peritos dizer algo sobre a arma do crime, fazendo uma piada ruim sobre o hábito de beber chá.

— O superintendente vai ficar louco — disse Holland.

Thorne aquiesceu, escutando-o parcialmente. Voltou a pensar na conversa que tivera com o homem que todos achavam se tratar de Andrew Dowd. Tentando perceber se ele deixara escapar alguma coisa.

— Algumas cabeças vão ter que rolar, e pode ter certeza de que a de Trevor Jesmond não será uma delas.

Thorne havia interpretado o comportamento do homem como decorrente de seu estresse e seus remédios. Alguma espécie de colapso nervoso provocado pelos problemas e as histórias com sua esposa. Caramba, como tinha sido burro! Totalmente enganado. *Vocês vão pegar esse cara?,* perguntara Dowd, olhando-o bem dentro dos olhos, ali mesmo onde Thorne estava de pé agora. Ele se virou para a detetive que estava atrás deles conversando discretamente com um policial mais jovem.

— Precisamos divulgar imediatamente uma descrição dele — disse Thorne.

Ela deu um passo até ele e disse:

— Isso já foi feito.

— E todos os carros na área, certo?

— Já foi feito...

— Bater de porta em porta também, em todas as ruas mais próximas. — Ele voltou a olhar para a sala. — O cara deve estar coberto de sangue, portanto não pode ter ido muito longe sem ser notado.

— Suspeitamos que ele tenha levado o casaco do sargento Spibey — disse a mulher. — Não conseguimos encontrá-lo. — Ela voltou a olhar para o colega, em busca de apoio moral, antes de prosseguir. — Não há sinais de seu carro, tampouco. Já verifiquei e Spibey seguramente veio até aqui com ele, então...

Thorne ficou olhando para ela fixamente.

— Precisamos supor que nosso suspeito o levou.

— E quanto à sua pasta?

Foi a vez de a mulher olhar para ele fixamente.

— Pasta, bolsa, qualquer coisa assim — disse Thorne. — Está faltando algum dos pertences de Spibey?

— Não vi nada.

— Pois procure.

Ela se virou e se dirigiu de volta à escada, mas Thorne sabia que aquilo não fazia sentido. Ele começou a gritar, ao sair atrás dela. Para qualquer um que pudesse escutar. Para si mesmo:

— É praticamente certo que o assassino esteja agora em posse de documentos e anotações importantes. — Sua voz ecoou ao se aproximar do saguão. — Detalhes sobre segurança e operações de proteção. Números e nomes...

Ele parou por um momento e quase tropeçou, aproveitando o embalo para descer de dois em dois os últimos degraus da escada.

O nome de Debbie Mitchell.

O endereço de Nina Collins.

Ao sair na rua, ele viu um carro de polícia estacionar e dois policiais uniformizados saltarem. Reconhecendo os dois, sentiu uma contração no ventre. Como Nina Collins os havia chamado? Starsky e Hutch...

— Porra, por que vocês saíram de Barnet?

O mais velho se encostou no carro e ficou observando a movimentação na rua.

— Fomos instruídos a sair de lá e vir até aqui.

— É — emendou seu parceiro. — Ele disse que estava tudo resolvido.

— Quem disse isso? — perguntou Thorne.

— O detetive-sargento Spibey.

Aquilo foi como um soco na boca do estômago e, ainda cambaleando, Thorne correu na direção de uma BMW da polícia que se aproximava lentamente, o motorista procurando um lugar para estacionar. Thorne acenou furiosamente para ele, a fim de que desse meia-volta bem rápido.

Piscando os olhos sem parar, ele tentou apagar de seus pensamentos a imagem que se formava em sua mente, enquanto pegava o rádio e gritava ordens urgentes para todas as viaturas.

A imagem do rosto de Debbie Mitchell dentro de um saco plástico.

QUARENTA

A BMW disparou pelas ruas de Camden e Kentish Town, e seguiu com o uivo da sirene para o norte pela Archway Road. Os pensamentos voavam igualmente frenéticos na cabeça de Thorne, apoiado contra o painel do carro, tentando controlar a respiração e gritando obscenidades para todos os veículos que não abriam caminho rapidamente para eles.

Na verdade, aqueles palavrões se dirigiam para o homem que o havia feito bobo.

O corpo encontrado no canal devia ser o do verdadeiro Andrew Dowd. Não haveria dificuldades em conseguir uma amostra do DNA e realizar uma identificação positiva. A conversa que Thorne teria em breve com a esposa de Dowd seria bem mais difícil. Ele já esperava que a mulher os processasse por incompetência.

Este seria um caso difícil de defender.

— Segure-se.

Thorne trincou os dentes, tentando ocultar o medo, quando o carro acelerou no sinal vermelho e deu uma guinada entrando na faixa exclusiva para os ônibus. Ele deu uma olhada na direção do velocímetro que beirava os 120 quilômetros por hora.

— Chegaremos lá em dez minutos, no máximo — avisou o motorista.

Ele se recordou do que Hendricks dissera sobre a vítima ter sido morta em outro lugar e, depois, desovada. Era uma premissa razoável que Walsh — ou Garvey, como ele se chamava agora — tivesse seguido Dowd até o Lake District e o assassinado por lá, depois voltado para Londres a fim de dispensar o corpo antes de seguir para Kendal outra vez, e se entregar à polícia da região.

Em termos de monstruosidade, esta era brilhante.

O truque tinha sido *não* tentar se parecer com Dowd, mas mudar radicalmente a aparência do homem cuja identidade ele roubara. A cabeça raspada havia convencido a todos que estavam diante de um homem que acabara de sofrer um colapso nervoso, e Garvey usara todo o conhecimento que obtivera sobre a vida privada de Andrew e Sarah Dowd para manter a esposa fora da ação. Lavando seus carros. Vigiando e aguardando a ocasião, esperando as informações que usaria quando a hora chegasse. O casamento em crise lhe dera a desculpa perfeita, assim que ele se "tornou" Dowd, para evitar qualquer encontro com a única pessoa que seria capaz de saber que ele não era quem dizia ser.

No quesito confiança, era o mesmo que um ladrão de supermercado saindo de uma loja de departamentos pela porta principal empurrando uma cama de casal.

Com dois nomes em sua lista que não conseguia localizar, Anthony Garvey deixara a polícia fazer o trabalho por ele. Penetrando como um contrabando dentro da investigação. Fowler o aguardava em uma bandeja no apartamento ao lado. Um alvo fácil. Havia sido o policial viciado em apostas, a facilidade com que este tinha desobedecido às regras de conduta, que oferecera a Garvey a oportunidade que estava esperando, as informações de que precisava.

Conduzindo-o até a última vítima de sua lista.

Apesar da velocidade, do barulho e da adrenalina efervescente dentro dele, Thorne ainda tomou um susto ao ouvir o celular tocar. Quando o carro entrou na Finchley, ele passou trinta segundos gritando para Dave Holland acima do som da sirene, pedindo que verificasse a chegada estimada de outras unidades que mandara para o endereço de Nina Collins, esperando que pudessem alcançar o local mais rápido que ele.

— Nós vamos pegá-lo — disse Holland.

A sirene continuou urrando, sem que Thorne conseguisse pensar em mais nada, e só lhe restou aguardar. No momento em que enfiava o celular no bolso, ele teve uma ideia.

Garvey havia levado o casaco e a pasta de documentos de Spibey, assumindo sua identidade diante dos policiais que vigiavam a casa de Collins. Então, por que não...?

Ele sacou novamente seu celular, procurou na memória e ligou para a primeira pessoa que chamara naquela manhã, a última vez que falara com Brian Spibey.

O celular tocou três, quatro vezes, e foi, enfim, atendido.

— Você custou a ligar, Sr. Thorne.

Thorne precisou de um momento para recuperar o fôlego. O tom casual, a leveza da voz do homem, causou-lhe um arrepio que se espalhou por seu peito e seus ombros.

— Ela está viva?

— Você precisa ser um pouco mais específico.

— Ouça, eu sei a razão disto tudo, Simon. Precisamos conversar.

— Meu nome é Anthony.

— Sinto muito... Anthony. Precisamos conversar sobre o que aconteceu com seu pai. Acho que podemos reabrir o caso.

Aquilo não fazia sentido, mas Thorne não conseguiu pensar em outra maneira de prender a atenção do homem. Quando ouviu o tom brincalhão na voz de Garvey, ele se retraiu. Estava claro que ele também achava aquela conversa absurda.

— *É mesmo?* Você faria isso por mim? Depois de todas essas vítimas?

Thorne estava com a boca seca. *Essas* vítimas, não *aquelas*. Estaria Garvey olhando agora para o corpo de Debbie Mitchell, enquanto falavam?

— Você ainda está me ouvindo?

— Ainda estou aqui — disse Thorne.

— Imagino que você esteja rastreando esta ligação.

— Não.

— Usando um localizador via satélite ou algo assim.

— Não estou, não

Não tinha tido tempo para isso, e não havia razão, posto que Thorne sabia precisamente onde Garvey se encontrava.

— A tecnologia hoje é bem mais avançada do que quando vocês tropeçaram por aí tentando capturar meu pai.

— Isso é verdade.

— Não que você mesmo não esteja se mostrando atrapalhado.

— Não posso negar isto — disse Thorne. — Mas você tem sido muito esperto.

— Certo. A abordagem do tipo "precisamos conversar" não funcionou, então agora está tentando me bajular. — Garvey soltou um suspiro. — Você é muito previsível.

— Estou apenas tentando salvar a vida de uma mulher.

— Sabe, está muito barulhento aí. Essa sirene e tal.

— A Debbie está viva?

— Já tenho bastante dor de cabeça sem isso.

— Simplesmente, saia daí — disse Thorne. — Se ela ainda estiver viva, saia correndo agora. Não me importa, certo?

— Isso me fez lembrar que preciso me mexer.

— Anthony!

A ligação foi interrompida.

Thorne virou-se para o motorista, que não tinha tirado os olhos das ruas um instante. Na velocidade em que estavam, Thorne estava agradecido por isso, mas ele sabia que o homem o ouvira.

— Cinco minutos — disse o motorista.

Thorne só podia fechar os olhos e cerrar os punhos, e torcer para que Debbie estivesse viva.

QUARENTA E UM

Ela deu mais um passo na direção da cozinha, com um olho na porta que levava até o corredor, onde o homem ainda falava ao telefone.

— Preciso atender esta chamada — dissera ele, olhando para o visor e sorrindo antes de responder: "Você custou a ligar, Sr. Thorne." Naquele instante, ele caminhou em direção à porta, olhando para ela e balançando a cabeça, como se dissesse: "Que pentelho, esse cara! Só vai levar um minuto."

Debbie assentira com a cabeça, mostrando que entendia e fez sinal para ele indicando que ia preparar um chá. Ela mordeu o lábio, tentando evitar que sua expressão a entregasse até que ele saísse do corredor e baixasse a voz.

Você custou a ligar, Sr. Thorne...

Não foi o que ele disse que lhe provocou um frio na barriga, embora soubesse que um policial não falaria desse jeito com outro. Foi o que ela vira, quando ele se levantou ao seu lado, um minuto antes. A visão em um relance de respingos de sangue, quando seu casaco se entreabriu por um instante.

A marca de sangue em sua camisa.

Ela podia ouvi-lo murmurando agora, rindo, enquanto ela chamava Jason na entrada da cozinha. Ele ainda estava concentrado no livro ilustrado.

Ela sussurrou seu nome. Não obteve resposta.

Ela o chamou novamente, elevando um pouco a voz. Quando Jason virou a cabeça em sua direção, ela olhou para a sala de estar a fim de se certificar de que não tinha sido ouvida por aquele homem.

Contou até três e respirou fundo, tentando conter as lágrimas e uma vontade desesperada de urinar.

— Venha com a mamãe, Jason...

Ele assentiu com a cabeça.

— Venha, por favor — insistiu Debbie.

Lentamente, Jason se levantou, o que durou alguns agonizantes segundos, e ficou olhando para a parede, como se houvesse esquecido o que estava a ponto de fazer. Debbie ergueu a mão e acenou. Estalando a língua, ela fez piuí até que, abrindo um sorriso, seu filho caminhou até ela.

Debbie praticamente o arrastou para a cozinha e fechou a porta devagar. Não precisou de muito tempo para perceber que o garoto estava agitado, influenciado pelo seu medo. Mas não havia tempo para acalmá-lo.

Aumentando um pouco o volume do rádio, ela se inclinou e sussurrou no ouvido de Jason.

— Vamos fazer piuí para os trens — disse.

Ele sorriu e se segurou a ela, comprimindo o tremor de sua mão livre, enquanto a outra delicadamente girava a maçaneta da porta dos fundos.

QUARENTA E DOIS

Brigstocke ligara apenas um minuto após Thorne acabar de falar com Garvey. O inspetor-chefe havia chegado à rua de Nina Collins com uma equipe de detetives do distrito policial de Barnet e uma unidade do Comando Armado, que fora liberada do local do crime em Euston e saíra de lá antes de Thorne.

— A que distância você está daqui?

— Alguns minutos.

— O que você acha, Tom?

Embora oficialmente fosse seu superior, Brigstocke parecia ávido em saber a opinião de Thorne. Este se sentiu ao mesmo tempo grato e assustado com aquela gentileza, se é que podia chamar assim.

— Acho que devemos invadir — respondeu ele.

— Não é melhor esperarmos um pouco? — indagou Brigstocke. — Avaliar o local antes? Ele pode estar bem armado.

— Não há razão para pensar que esteja — respondeu Thorne. — Mas, de qualquer modo, isso não importa. Ele usará o que estiver à mão. Porra, ele já usou até um porta-canecas, merda.

— Certo.

— Arrombe a porra da porta, Russel! Não deixe o cara escapar!

Assim, pela segunda vez em menos de uma hora, Thorne chegou a uma cena do crime em que só lhe restava interpretar nas expressões daqueles que ali já estavam algum indício sobre o estado das coisas.

Talvez já fosse tarde demais para fazer algo.

Desta vez, ao estacionar à frente da casa de Nina Collins, a expressão predominante era de espanto e Thorne sentiu um repentino alívio ao correr até a porta e encontrar Russel Brigstocke.

— Não há ninguém aqui — disse ele.

O alívio não durou muito. Teria Garvey levado Debbie?

— Algum sinal de...?

— Não há sangue no local. Nada que sugira alguma luta corporal.

— Isso há de ser um bom sinal — disse Thorne. — Você não acha?

Antes que Brigstocke pudesse responder, ouviu-se um grito vindo do fundo da residência. Segundos depois, um policial à paisana com um colete à prova de balas surgiu correndo pelo corredor.

— Venham ver o que achei no jardim.

Enquanto o policial contava a Brigstocke o que vira, Thorne entrou rapidamente na casa e saiu pela porta aberta da cozinha. Logo entendeu o que se passara. Uma cadeira branca de plástico havia sido levada de onde estava, ao lado de uma mesa, até a cerca, na extremidade do pequeno jardim. Havia pegadas enlameadas sobre o assento. Thorne se aproximou para examinar de perto.

Três pegadas distintas.

Preocupado em não apagar as provas, Thorne correu e pegou outra cadeira, subiu nela e espiou do outro lado da cerca. Só pôde ver um terreno baldio que dava para a parte posterior de uma série de garagens, o chão repleto de cacos de vidro, metais retorcidos e um velho colchão, além de vestígios de várias fogueiras. Na ponta extrema, uma cerca de ripas cruzadas semidestruída revelava uma saída parcialmente oculta.

Ele pulou de volta para o jardim e tentou pensar. Em seguida, pegou o celular.

Quando finalmente atendeu, Nina Collins parecia bem ocupada, mas, ainda assim, feliz em poder dizer a Thorne o que pensava dele.

Ele a interrompeu bruscamente, enquanto tentava manter calma a própria voz. Não queria assustá-la, mas precisava de uma informação urgente.

— A Debbie saiu de casa — disse ele.

— Saiu para onde?
— Se você pular a cerca de trás da sua casa, onde vai sair?
— O quê?
— Para onde leva aquele terreno, Nina?
— Porra, ela pulou a cerca?
— Aonde ela pode ter ido, Nina?

Houve um silêncio durante alguns segundos, depois Nina recomeçou a esbravejar. Thorne lhe disse várias vezes para se acalmar, e, quando ela se calou, ele ouviu uma voz masculina ao fundo.

— Para onde Debbie pode ter levado Jason, Nina? — Ele esperou até conseguir ouvi-la respirando e concluiu, bem devagar: — Se estivesse desesperada.

— Sei lá, porra! — O homem atrás dela voltou a falar, e a voz de Nina ficou abafada, quando ela cobriu o fone com a mão e lhe mandou calar a boca. — Para o parque, talvez.

— Parque? — O lugar predileto do garoto. — Tem certeza?
— Eles sempre vão lá.

Quando o homem que estava com Nina começou a se exaltar, Thorne desligou. Ao se virar, viu uma mulher de pé no jardim vizinho. Ela estava com uma criança no braço e olhava fixamente para Thorne por cima da cerca.

— Isso parece um hospício — disse ela.
— Você viu alguma coisa?

Ela fez que não com a cabeça, depois apontou para o telefone na mão de Thorne.

— Sinto muito, mas eu ouvi sua conversa.
— Não tem importância.
— Eu conheço um caminho mais rápido.

Tinha sido tão fácil, parecia não haver outra opção, quando ela saiu correndo pelo terreno baldio, passou pelo buraco na cerca e atravessou um emaranhado de árvores até chegar ao parque. O pensamento no que estava vindo atrás dela a havia feito avançar, esforçando-se para fazer Jason acompanhá-la, puxando-o para longe da mulher com o cachorro e cruzando o campo de futebol, na direção da ponte. A certeza do que tinha de fazer era tão absoluta, tão intensa quanto o pânico.

Agora, porém, olhando do alto da ponte, ela ficou paralisada por um tipo de terror bem diferente.

Sentia-se travada e impotente.

Em sua cabeça, tudo havia sido muito simples e óbvio. Não escolhera agir assim, e, se lhe houvesse sido dada qualquer opção, ela teria se virado de modo bem diferente. Incapaz de dormir e esperando o som da chave de Nina na porta, tinha imaginado os momentos finais na cama com comprimidos moídos e bebida alcoólica, Jason apertado contra ela sob o cobertor. Os dois, aos poucos, se deixando levar ao som do rádio, ou talvez da música do vídeo de Jason, vindo do outro cômodo. O seu corpo, comprido e quente, estendido contra o dela.

Sem saber de nada. Sem medo algum.

Ao seu lado agora, Jason batia com as mãos na grade de proteção da ponte, soltando gritinhos excitados. Ela abriu os olhos e viu o trem fazer a curva como uma serpente fraturada, os trilhos estalando sob ele, enquanto o último vagão sacolejava e se alinhava ao resto.

Seria bem rápido, ela sabia, mas a distância até o chão era tão grande que, por alguns segundos, voltou a ser aquela garotinha, mais jovem que Jason agora. Tremendo, os dedos dos pés agarrados à borda da prancha do trampolim, enquanto seu pai, empurrando-a pelas costas, lhe dizia que não fosse boba. Que deixasse de ser um bebê. As lágrimas turvando seus olhos que viam lá embaixo as linhas pretas pintadas no fundo da piscina, ondulando sob aquela massa de água azul.

Recuando sob a pressão da mão de seu pai. Fechando os olhos e engolindo aquela sensação nauseante.

Era isso que a estaria imobilizando agora, pressionando contra a pedra e retalhando seu coração? Ou, meu Deus... talvez estivesse errada. Estaria sendo estúpida e egoísta? Não tinha pensado em outra coisa desde que a polícia viera pela primeira vez até sua casa para adverti-la. Não tivera a menor dúvida de que era aquilo o que deveria fazer.

Para o bem de ambos.

Jason não poderia sobreviver sem ela, sempre soubera disso. Sua vida não seria possível com ninguém mais. Somente Debbie podia compreendê-lo totalmente e fazê-lo feliz. Ninguém jamais o amaria tanto quanto ela.

Agora, contudo, com o chão de tijolos estremecendo sob seus pés, a voz berrando dentro da sua cabeça lhe dizia que ela estava pensando só em si mesma. Como poderia saber o destino que caberia a Jason? O tipo de futuro que ele poderia ter? Estavam descobrindo coisas o tempo todo, fazendo avanços na medicina e novas ideias não paravam de surgir. Novos meios de ajudar crianças como ele.

— Piuí...

Debbie se forçou a virar a cabeça, olhou para Jason, viu seus lábios se mexendo, seus olhos arregalados e brilhantes. Destemido. Movendo rapidamente os olhos, percebeu que o homem que os havia levado até ali se encontrava a poucos metros, e os alcançaria em poucos instantes.

Ela podia sentir o odor acre do próprio corpo, as lufadas de vento contra seu rosto, pálido e exangue. Como o de alguém à beira da morte.

Como era, sem dúvida, o seu caso.

Foi então que, tentando extrair suas últimas energias, ela escutou a voz de Thorne, áspera e desesperada, sobrepondo-se ao alvoroço metálico do trem. Ele gritava seu nome continuamente, primeiro vindo da rua, depois pelo atalho à sua direita.

Sua aparição foi tão inoportuna quanto suas piadas, ela pensou ao se virar.

Fechando os olhos, seus dedos tentando ajustar as alças finas e apertadas de um maiô de banho há tanto tempo perdido.

A mão de seu pai pressionando suas costas.

QUARENTA E TRÊS

Thorne seguira as instruções que a mulher no jardim lhe passara. Ele voltara correndo pela casa e saíra pela porta da frente, ignorando os olhares espantados e as perguntas, ao passar rapidamente por Russel Brigstocke. Girando a chave da primeira viatura policial que encontrou, ele acelerou e arrancou. Seguiu até a Great North Road e foi para o sul pela Whetstone, contando as transversais até chegar àquela na qual devia entrar, depois desceu uma ladeira, saindo em uma rua lateral de traçado curvo.

Ele procurou o atalho que passava por cima da linha do metrô.

Este era o caminho normal para o parque, dissera a mulher, o caminho que as crianças da vizinhança e as pessoas que levavam seus cães para passear faziam normalmente, e assim ele chegaria lá muito mais rápido do que seguindo o percurso que Debbie Mitchell parecia ter feito até o parque. Havia alguns atalhos saindo da mesma rua, ela lhe dissera, becos estreitos entre as paredes das casas, mas era o melhor caminho a pegar, caso estivesse procurando alguém. Por ali, teria a melhor visão de todo o parque, chegando pelo alto e atravessando a ponte sobre os trilhos.

Assim que achou a entrada, Thorne estacionou em fila dupla e, quando deu a volta no carro, viu uma senhora caminhando com um cachorro por um dos atalhos uma dúzia de casas à sua esquerda. Ele correu em sua direção. Ela ficou assustada ao vê-lo se aproximar, e deu alguns passos até o portão mais perto, puxando seu labrador contra as pernas. Thorne retirou o distintivo do bolso e começou a gritar quando estava a cerca de cinco metros dela.

— Polícia — disse ele. — Estou procurando uma mulher e um menino de 8 anos.

O cão começou a latir e a mulher fez com que ele se acalmasse.

— A senhora os viu lá no parque? Ela é alta e loura.

A mulher tirou algo do bolso e deu ao seu cachorro.

— Sei quem é, com seu filho — disse ela. — Deus o abençoe. Ele não fala muito...

— Havia alguém com eles?

A mulher balançou a cabeça, parecendo nervosa de repente.

— Acho que não. Não, não vi ninguém com eles.

— Onde os viu?

Ela refletiu por um instante e apontou para algum lugar atrás de Thorne.

— Eles estavam indo na direção da ponte, acho. — O cão recomeçou a latir, pedindo-lhe mais petiscos. — Isso foi há cinco minutos, mas eles estavam com muita pressa.

Thorne já estava correndo outra vez.

No ponto da rua em que começava, o atalho tinha a largura de um carro, mas Thorne pôde ver que ele se estreitava mais à frente, estendendo-se em linha reta por cerca de cinquenta metros, até fazer uma curva para a direita. Sua visão além da curva era obscurecida pelas copas das árvores e um bloco de prédios baixos, onde a linha reta se encerrava.

Thorne gritou o nome de Debbie.

A partir da metade do caminho, uma vez deixados para trás os jardins, o atalho se estendia ao longo de garagens e outras construções nos fundos das casas. Ele correu entre cercas em estados de conservação variados, inclinadas ou eretas. O mato crescido desordenadamente e as pequenas árvores deixavam entrever paredes de madeira e tijolos descascados, cobertos de grafites que pareciam manchas coloridas e borradas.

— Debbie!

Minha culpa, pensou Thorne enquanto corria. Minha culpa, minha culpa. As palavras soando no compasso de seus pés, enquanto ele avançava sobre a lama e pedras soltas no chão. Se não culpa, então minha *responsabilidade*...

Ele gritou novamente e ouviu apenas a resposta de sua respiração entrecortada, as moedas soltas tilintando nos bolsos e o gralhar dos corvos no alto à direita, quando alcançou a curva do atalho.

Agora, só depende de mim.

Ao fim da linha reta, ele se manteve o mais possível à direita, tentando ganhar tempo, mas perdeu o equilíbrio quando um gato surgiu, correndo sob um portão, e ele mudou de direção para desviar dele. Ele estava suando e ofegante agora, tinha a impressão de que algo perfurara a parte posterior de um de seus joelhos, mas pôde ver que o atalho virava obliquamente à esquerda a menos de dez metros à sua frente. Através das brechas entre as árvores, Thorne viu a linha do metrô lá embaixo. Ele sabia que a ponte ficava logo depois da curva, onde teria a visão necessária, assim que a alcançasse.

Podia ouvir o trem se aproximando.

Sua corrida ganhou velocidade ao chegar ao declive mais pronunciado do atalho, e seu pânico parecia mais intenso. Dentro da sua cabeça, alvoroçavam-se imagens e ideias, como ratos dentro de uma armadilha.

Garvey pegando uma pedra e um saco plástico. O garoto berrando. O sangue nos cabelos louros de Debbie Mitchell.

Thorne gritou mais uma vez ao virar a última curva, tentando afastar aqueles ratos de seu pensamento.

Havia uma série de portões metálicos à direita, quando chegou ao trecho do atalho que se aproximava da ponte: áreas repletas de motores e pneus velhos; um bocado de lenha e antigos cortadores de grama; uma sequência de estufas imundas e um cartaz feito de folhas de plástico onde se lia "Creche de Wetstone". Depois de algumas passadas, Thorne percebeu que a mulher do jardim estava certa. O parque se estendia abaixo dele, oferecendo-lhe uma visão extraordinária. Podia ver através das copas das árvores os dois campos de futebol; as pistas paralelas para corredores e ciclistas serpenteando em volta dos terrenos, na direção de um laguinho com um jardim na extremidade; e, depois dele, talvez a um quilômetro de onde estava, o início de um campo de golfe. Mas aquela visão toda era desnecessária.

Debbie e Jason estavam bem à sua frente, sobre a ponte.

Thorne parou de repente quando os viu ali sentados sobre o muro. Seu estômago se revirou e o café da manhã começou a subir. Deveria ficar onde estava ou se aproximar deles? Devia gritar ou ficar calado? A última coisa que queria era assustá-la. Era preciso que ela mantivesse a calma e ficasse parada, mas, porra, o trem estava se aproximando. Então ele viu Garvey correndo sobre a ponte na outra ponta, a poucos metros deles, e compreendeu que não havia escolha.

Gritando o nome de Debbie — ao mesmo tempo uma advertência e uma súplica —, ele recomeçou a correr. Viu Garvey levantar a cabeça e olhar em sua direção, viu Debbie fazer o mesmo. Thorne continuou correndo, sem saber ao certo o que faria quando os alcançasse, seus olhos focados nas figuras à sua frente e no trem que se aproximava rapidamente à direita, e então, ele notou, horrorizado, um reboque saindo de um dos quintais à direita e interpondo-se em seu caminho.

Thorne soltou um berro, mas o reboque seguiu em frente, carregado de galões de água, sacos de adubo e vasos de plantas. Empurrado por um pequeno trator para fora do terreno da creche, o motorista olhou para Thorne ao entrar no atalho e parar para manobrar.

Tire essa porra do caminho!

Durante alguns preciosos segundos, Thorne perdeu a visão da ponte. Quando finalmente conseguiu ver alguma coisa, ficou claro que Garvey havia alcançado Debbie e Jason. Uma briga se deflagrara.

Thorne viu braços se debatendo.

Ouviu Debbie berrar: "Não!"

Ele gritou com o motorista do trator, tentando se esgueirar perto do portão, procurando uma passagem por ali. Quando ouviu o urro dos freios do metrô, ele resolveu passar por sobre as pernas do motorista, mas, assim que alcançou o outro lado e se preparou para recomeçar a correr, percebeu imediatamente que não havia razão alguma para ter pressa.

Só havia uma pessoa à sua frente agora.

O trem emergiu debaixo da ponte, soltando um silvo metálico enquanto parava. Dava para ver os passageiros se inclinando para as janelas, ansiosos por ver o que havia acontecido. O motivo de terem parado bruscamente entre duas estações.

Ele deu dois passos curtos e depois olhou para os trilhos lá embaixo, à sua direita.

Os corpos poderiam ser facilmente confundidos com duas trouxas de panos.

Atrás dele, alguém gritava. Alguém que vira tudo o que aconteceu. O motorista do trator, talvez.

Thorne permaneceu imóvel por alguns segundos; em seguida, desistiu de esperar que a tremedeira passasse e caminhou lentamente na direção da única pessoa sobre a ponte.

PARTE QUATRO

TUDO O QUE RESTA...

POSTERIORMENTE

Michael

Sua esposa traz o jantar: frango à jamaicana e purê de batata-doce, seu prato preferido. Ele agradece e apanha o garfo e a faca, mas há poucas chances de que coma e, quando se vira e a vê olhando da porta em sua direção, ele sorri e agradece outra vez, e pode perceber que ela também sabe disso.

Ele tem comido muito pouco desde que tudo aconteceu. Tem dormido um bocado durante o dia, o que acha estranho, já que sempre foi bastante ativo, e, quando acorda e se depara com sua esposa de pé, ao seu lado, ele sabe imediatamente que não teve um sono sossegado.

— Shh — faz ela. — Por que você não pede ao médico que lhe dê alguma coisa?

Mas ele não acredita que valha a pena engolir comprimidos para isso e aquilo; jamais acreditou. Sabe que, um momento ou outro, vai passar; e, de qualquer forma, ficaria preocupado em saber que tipo de homem ele era se não tivesse sido transformado por isso. Se estivesse tendo sonhos agradáveis e comendo como um cavalo.

— No subsolo é sempre pior — disse-lhe outro condutor. — De certo modo, você teve sorte. É melhor assim do que quando você sai a toda do túnel, entra numa estação, vê aquelas cores todas e algum maluco salta no último instante.

Michael assentiu, mantendo sua opinião própria, como sempre. O homem que está falando nunca passou "por cima" de ninguém, mas afirma conhecer um monte de condutores que já viveram essa experiência.

Não faltavam histórias de guerra. Mitos e desinformações.

— É, com certeza, muito pior no subsolo — disse o homem. Mas, dois. Dois de uma vez...

— Qual é a altura dessa ponte, afinal? Doze, quinze metros? Provavelmente já estavam mortos quando você os atingiu. Não havia nada que você pudesse fazer, companheiro, nada mesmo. Quanto a isso, pode ficar sossegado.

Aquele condutor e vários outros saíram para tomar um uísque com ele no dia seguinte. Ele os acompanhou, embora tudo o que quisesse fosse ir para casa, se meter sob os lençóis por um tempo.

Ele simplesmente concordou e tomou outra dose.

Mas ele viu aquela mulher. Apenas um braço se movendo e ela erguendo a cabeça e se virando no instante em que o trem já estava quase sobre ela. Foi quando ele fechou os olhos, esperando o choque. Mas, realmente, não foi maior que naquela vez em que ele acertou uma raposa no último trecho antes de chegar a Mill Hill East.

Ele se senta no quarto da frente. A televisão está ligada, mas sem som. Hora do jantar, já? Eram somente 10h30 da última vez que olhou para o relógio. Ele acha que pode ser um bom sinal de que os dias estão passando um pouco mais rápido agora. Os primeiros pareciam não ter fim. Todos aqueles conselhos, conversas em voz baixa.

Precisava telefonar e perguntar quando poderia voltar. Alguém do sindicato apareceu, mas foi tudo tão rápido que ele não absorvera nada de verdade ainda. Duas semanas de "descanso" compulsório, não é?

Sua filha ligou para ele no dia seguinte e perguntou se queria que ela viesse vê-lo, mas não queria que ela perdesse aulas na faculdade, então disse que estava bem. Mas gostaria de que ela tivesse vindo. Podia falar com ela de um modo como jamais conseguiria falar com Lizzie, o que era bobagem, mas era assim. Sabia que sua filha conseguiria lidar melhor com tudo aquilo, com o estado em que se encontrava.

— Foi escolha deles, papai — lhe dissera sua filha ao telefone. — Você só deu azar, só isso. — Isso tudo foi antes de sair nos jornais, é claro. A escolha não tinha nada a ver com o que acontecera àquela mulher e a seu filho.

Ele viu os corpos caindo, é claro, os braços, as pernas, a saia da mulher subindo até a cintura. Tempo suficiente para sentir aquele nó na barriga antes de atingir os dois, preparando-se para o impacto.

Havia um amontoado de papéis no chão, ao lado de sua poltrona, e meia dúzia de livros empilhados na mesa de jantar. Ele sempre gostara de ler, voltava para casa todas as segundas-feiras trazendo quatro livros da biblioteca, com uma regularidade infalível. Lizzie tinha ido buscar mais para ele, dizendo-lhe que o ajudaria a tirar aquelas coisas da cabeça, mas ele mal tocou neles, como fazia com a comida. Os livros de que gosta, suspenses, esse tipo de coisa, de algum modo não parecem adequados, e não consegue ler os romances de Lizzie.

— São só corações, flores e beijos sem fim — disse ele, certa vez.

— E não há nada errado nisso — retrucou sua esposa, com uma careta. — Melhor que todo esse sangue e violência de que você parece gostar tanto.

Ela volta dez minutos depois e recolhe seu prato ainda cheio. Diz que não tem importância. Ele se pergunta a quem caberá limpar a frente do trem depois. Pensando bem, há sempre alguém em uma situação pior que a nossa.

— Acho que vou ler o jornal na cama — diz Michael.

Ele sobe e vai se deitar só de cueca, fecha os olhos e espera não sonhar com coisa alguma. Ouve uma porta sendo fechada no andar de baixo, percebe isso pela vibração do chão do quarto.

Apenas um choque. Realmente, nada além do que aconteceu com aquela raposa.

MINHAS MEMÓRIAS

16 de outubro

Bem, chegou a hora das últimas palavras. Últimas palavras nestas páginas, pelo menos; não importa como tudo acabará mais tarde. Provavelmente, eu deveria pensar em algo profundo e significativo, mas é difícil a concentração nestes momentos, sentindo como me sinto. É uma ironia que, justamente hoje, a dor de cabeça esteja tão forte. Eu deveria me deitar no escuro por algum tempo, mas não há tempo para isso. Tudo está pronto para começar a qualquer instante.
Uma partida de cartas cordial e agradável.
Durante todo esse tempo, tenho pensado no que meu pai diria sobre o que estou fazendo. Só posso imaginar que ele iria aprovar, mas nunca saberei com certeza. Na verdade, ele não queria falar sobre o que tinha feito, aquelas mulheres que o levaram à prisão. Talvez fosse porque não compreendesse, pelo menos não até o tumor ser descoberto. Mas, de qualquer maneira, ele preferiu guardar tudo para si mesmo e, por mais ávido que eu estivesse para saber, era preciso respeitar sua vontade. Ele resolveu manter sigilo. É nesse ponto que somos diferentes.
Se o pior acontecer e eu acabar na mesma situação, eles não serão capazes de me fazer calar. Ficarei contente em contar para todo mundo até cansar. Vão me colocar na solitária, só para dar um descanso a todos!
Terei deixado algo claro fazendo o que fiz? Acho que sim. Mudou alguma coisa? Mudou para *mim*, e provavelmente terei que me contentar com isso.
Aquelas últimas palavras? Bem, suponho que dependa da

pessoa para a qual estou escrevendo. Os poucos e seletos que um dia poderão ler isto. É provável que seja lido em voz alta no tribunal, de modo bem dramático, fazendo com que os integrantes mais sensíveis do júri prendessem a respiração ou contivessem algumas lágrimas. Os trechos mais suculentos serão, com quase toda certeza, escolhidos para as manchetes em letras vermelhas, que renderão algumas libras a mais ao meu velho camarada jornaleiro. E sei que cada página será ruminada incessantemente mais tarde por psiquiatras e documentaristas.
Boa sorte.
O problema é que não tenho certeza de que me importo com o fato de que isso vai impressionar ou não alguns deles.
Alguns de vocês.
No fim das contas, ainda mais num dia tão importante quanto hoje, não posso desperdiçar meu precioso tempo tentando escrever algo muito profundo.
Então, foda-se.
Dedos cruzados.

QUARENTA E QUATRO

Thorne largou na mesa a página final do arquivo; um volume espesso fotocopiado a partir do caderno com o topo das páginas dobradas que foi encontrado entre as coisas de Dowd no Hotel dos Delatores. O diário datado desde o dia da morte de Raymond Garvey no Hospital de Addenbrooke, após a cirurgia para extirpar seu tumor. O dia em que tudo mudou.

O dia em que Anthony Garvey começou a elaborar seus planos.

Thorne pegou sua latinha de cerveja e bebeu um bom gole. Estava precisando disso.

— O que vai acontecer com Jason? — perguntou Louise.

— Depende do serviço de Assistência Social — disse Thorne. — Para começar, vai ficar com uma família adotiva, eu imagino.

— Mas o histórico dele não é muito favorável, é?

— Não há mais ninguém — disse Thorne.

Nina Collins havia se oferecido para ficar com ele, chegou mesmo a implorar, mas ela não era exatamente o que as pessoas em geral consideram uma mãe adequada.

Louise se deitou no sofá com os pés para cima, Elvis se esparramou em seu peito. Ela estendeu a mão e procurou no chão sua taça de vinho vazia, depois a ergueu.

— Mais um pouco seria ótimo.

Thorne se levantou, pegou a taça e se encaminhou até à cozinha.

— Por que você acha que ele fez isso? — perguntou Louise.

Thorne se abaixou para apanhar a garrafa dentro da geladeira. Ele piscou ao se lembrar da expressão de Jason Mitchell, o desespero em seus olhos, quando Thorne o segurou e tentou puxá-lo; o som repetido do "piuí" quase inaudível em meio às sirenes que se aproximavam e os freios do trem.

— Venha comigo, Jason — dissera Thorne. — Vamos voltar e ver a tia Nina.

Jason ainda estava sorrindo, ainda apitando como um trem e apontando para a ponte lá atrás, quando Thorne o levou até o atalho, chegando até onde estavam os carros da polícia com suas luzes azuis piscando.

— Tom?

Thorne voltou para a sala de estar e entregou a taça para Louise.

— Desculpe, o que você disse?

— Por que Garvey se matou?

— Carol acha que isso sempre fez parte de seu plano — respondeu Thorne. — A mãe dele foi uma das vítimas de seu pai. Portanto, ele fazia parte da própria lista.

Louise pareceu em dúvida.

— É, eu sei.

Uma ou duas linhas no diário de Garvey também sugeriam que ele estava pensando em morrer, achando que poderia seguir o mesmo caminho de seu pai. A autópsia, realizada assim que Hendricks voltou voando da Suécia, mostrara que ele não tinha tumor algum, afligiam-lhe somente as enxaquecas. A hipocondria havia sido o menos grave de seus problemas psicológicos.

— Mas é tudo especulação — disse Thorne. — A verdade é que eu quero que ele se foda.

Ele dissera algo bem semelhante a Nicholas Maier, quando o escritor lhe telefonou, satisfeito em poder lembrar a Thorne que ele concordara em contar aquela história em troca do silêncio dele.

— Nós fizemos um trato — dissera Maier.

Thorne respondeu que sabia muito bem onde ele devia enfiar aquele trato, depois desligou.

A teoria de Chamberlain era apenas uma das várias sobre o que acontecera sobre a ponte. Debbie Mitchell pode ter lutado para salvar a própria vida, ou pelo menos para fazer Garvey despencar com ela sobre os trilhos. Ou talvez Jason o tivesse feito, se empenhando naqueles momentos derradeiros para salvar sua mãe. A única coisa da qual Thorne tinha certeza, tendo visto os dois sentados na amurada da ponte, era que, antes de Anyhony Garvey a alcançar, Debbie Mitchell tinha a intenção de acabar com a própria vida e a de seu filho.

Ele achava aquilo difícil de entender, mas igualmente difícil de condenar. O amor que uma mãe tinha por seu filho — especialmente quando pensava que ele seria incapaz de viver feliz sem ela — era algo que ele nunca pôde compreender inteiramente. A menos e até que ele mesmo se tornasse pai. Quase disse isso para Louise, mas acabou se calando, ainda cauteloso para não pressioná-la.

— Devíamos ir para cama cedo esta noite — propôs Louise.

— Boa ideia.

Thorne sabia que não havia nenhuma sugestão implícita em seu comentário. Ambos precisavam dormir. Louise estava trabalhando ainda mais que ele em um confuso caso de sequestro: a família de um gerente de uma empresa de construção fora mantida em cativeiro, enquanto ele era obrigado a entrar na empresa fora do expediente e abrir o cofre. Thorne já estava ocupado com dois outros assassinatos: um empregado doméstico e uma vítima de atropelamento e fuga. Ambos brutais e banais, e nenhum deles capaz de atrair a atenção dos noticiários da TV e dos editores dos jornais sensacionalistas, do modo como os homicídios de Anthony Garvey fizeram.

Yvonne Kitson havia se oferecido como voluntária para informar a Sarah Dowd sobre a morte do marido. Contar-lhe que seu marido não era o homem que eles estavam mantendo sob proteção policial. Que o verdadeiro Andrew Dowd tinha sido espancado até a morte em local desconhecido e jogado no canal em Camden Lock.

Thorne levara Kitson para beber alguma coisa naquela noite e ela pareceu contente com o convite.

— Ela me fez sentir como se eu tivesse simplesmente fornecido o tijolo a Garvey — dissera Kitson —, ou seja lá o ele tenha usado para esmagar a cabeça de seu marido.

— Sinto muito, Yvonne.

— Tudo bem. Fui voluntária, lembra?

— Por quê?

— Você ficou com o garoto na ponte — respondeu Kitson. — Precisávamos redistribuir um pouco a desgraça.

Agora, a desgraça havia sido devidamente distribuída e os homicídios de Garvey eram problemas de outras pessoas. Outra equipe recebera a incumbência de concluir o caso e, muito embora não fossem instaurar um julgamento, ainda havia uma montanha de papéis a ser organizada, como preparativo para as sindicâncias que seriam realizadas.

Graham Fowler. Brian Spibey.

Rob Gibbons tinha tido mais sorte — a faca não atingira nenhum órgão vital —, embora ele ainda estivesse longe de voltar à ativa.

Simon Walsh, que se autodenominava Anthony Garvey e mais tarde se passou por Andrew Dowd, fora cremado rápida e discretamente, com o comparecimento exclusivo de Sandra Phipps e sua filha. Thorne tentou imaginar se haveria muito mais gente no enterro de Debbie Mitchell dali a dois dias. Ele já tinha reservado a parte da manhã para comparecer ao funeral e levado seu terno preto para a lavanderia.

Brigstocke arqueara as sobrancelhas quando Thorne lhe dissera a razão de sua ausência naquele dia.

— É hora de seguir em frente, Tom — dissera.

Thorne respondera:

— Eu sei. — Imaginando que Nina Collins cuspiria nele após a cerimônia.

— Nosso trabalho é limpar a merda — concluíra Brigstocke. — Isso não significa que tenhamos que sair por aí com fragmentos de merda colados ao corpo.

É hora de seguir adiante...

Carol Chamberlain tinha aparecido para jantar algumas noites antes, com Phil Hendricks completando um improvável quarteto. Ele chegara com uma garrafa de vodca que havia prometido a Thorne e histórias desagradáveis sobre o belo sueco que finalmente conhecera em sua última noite de viagem.

Havia sido um jantar prazeroso, com todos bebendo um pouco mais do que deviam, especialmente Chamberlain. Thorne ficou contente em ver como ela se entendera bem com Louise, mas o surpreendera que ela não tivesse voltado diretamente para seu marido, assim que foi possível. Ela lhe dissera que estava voltando para Worthing em alguns dias; que queria enxergar melhor todas as coisas. Aquilo não convencera Thorne, mas ele não se aprofundou mais.

Ela o abraçara com força e agradecera antes de entrar no táxi que dividiria com Phil Hendricks. Thorne lhe disse que não fosse tola, pois era ele que devia lhe agradecer.

— Todas as dívidas estão saldadas, Tom — retrucou ela. — Certo?

— Certo — disse Thorne.

Em seguida, ela abaixou o vidro do táxi e fez um sinal em direção a Hendricks.

— Se este seu amigo mudasse de lado um dia, você acha que ele se interessaria por uma mulher mais velha?

Thorne desejou-lhe boa sorte.

Depois disso, ele colocou um disco de Laura Cantrell enquanto Louise fazia o possível para deixar tudo limpo. Ele cantou com ela sua versão de "The Wreck of the Edmund Fitzgerald", transportando xícaras e pratos até a cozinha, onde Louise os colocava dentro da lavadora de louças.

Dez minutos mais tarde, com apenas a metade da limpeza feita, eles estavam na cama, nenhum dos dois querendo se levantar para apagar a luz que ficara acesa no corredor, enquanto a música ainda soava na cabeça de Thorne.

— Essa história de bebê — disse Louise.

Thorne se virou e se apoiou no cotovelo.

— Não há razão para se apressar, não é? — perguntou ela.

Ele não sabia o que devia responder, e optou por um "não" hesitante.

— Vamos esperar e ver o que acontece.

Thorne concordou e eles se olharam por alguns instantes. Depois, ele se virou outra vez e ficou deitado, desperto, com a letra da música se prolongando em sua cabeça, enquanto esperava o sono chegar.

Tudo o que resta são os rostos e os nomes das esposas e dos filhos e das filhas.

Vida, amor, assassinato, crianças, pouco importa.

Era mais ou menos tudo o que se podia fazer, pensou ele.

Esperar e ver o que acontece.

Agradecimentos

Sou imensamente grato ao Dr. Brian Little, que me abriu os olhos de várias maneiras, e ao Dr. Bob Bradford por sua paciência e competência. Ambos ajudaram a esclarecer um pouco o funcionamento complexo do cérebro humano para o meu próprio, bastante imperfeito.

Como sempre, minha dívida é enorme para com meus editores que me apoiaram e entusiasmaram, tornando a publicação de um livro mais divertida e excitante que a outra.

Agradeço, como sempre, a Sarah Lutyens, Wendy Lee e Neil Hibberd.

Assim como a Peter, a cara-metade de Will Peterson.

E a Claire, claro. Pelo título e muito mais.

Este livro foi composto na tipologia Sabon LT
Std em corpo 10,5/15, e impresso em
papel off-white no Sistema Cameron da
Divisão Gráfica da Distribuidora Record.